Martin Amis

马丁·艾米斯作品

Martin Amis

经历

Experience

〔英〕马丁·艾米斯 著 艾黎 译

上海译文出版社

靠接济生活的奥斯力克：这张照片拍摄于《泰晤士文学增刊》的一间空办公室里，印在《雷切尔文件》（1973）的封面后勒口上。

在西雷汀的房子外，就在我们的剑桥日子开始之前（1961—1964）。我的精瘦模样没有持续下去（看后面的照片）。

1955 年在葡萄牙。菲利普比我高了很多：人们以为我们之间差了两三年（而不是 375 天）。在这三个月的流放过程中（金斯利·艾米斯唠唠叨叨地不断地说有多恨这件事，其实他挺享受的），有一次菲利普把埋在一群山羊中的萨丽救了出来。这一刻我看到，他背着她越过那些一颠一颠的山羊角。

1959 年，我的母亲和父亲在玛莎的葡萄庄园。

我在最左侧，胖墩墩的，懒洋洋地靠在汽车上。这是1962年，我快要十三岁了。从右开始：罗伯特·格雷夫斯，金斯利·艾米斯，托马斯·格雷夫斯，希拉里。

伊娃

小平头和白墙：1959年，普林斯顿。我们给自己准备好的美国名字一次都没用上。我的是马蒂。菲利普想到的是“小尼克”，改了一下他其中一个中间名。

1966 年前后，菲尔在富勒姆路上，检查他那辆黄蜂牌小摩托车。一旁有位警察在人行道上巡逻。

1973 年，西班牙。萨丽正吃完一盆色拉。

1967 年，罗伯（上图）和我在照相亭里花了很多时间（还有钱），嘟着嘴拍照。

1970 年初，在伦敦巴尼特区。金斯利假装是个法国知识分子，说着诸如此类的话，“如果存在先于本质……”

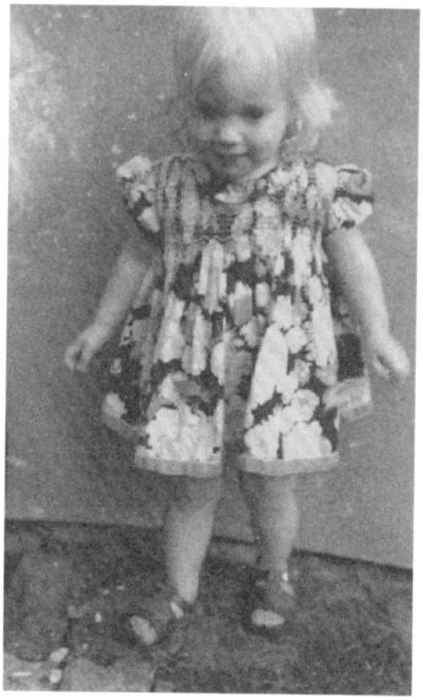

这是两张放在我书桌上的照片：迪莱拉·西尔（左图）、露西·帕汀顿（右图）。

玛丽安和露西在泉水修道院，摄于 1973 年 12 月露西消失前的一个月。

我的父母亲在二十世纪九十年代早期。

1998 年，佛蒙特，和索尔 · 贝娄以及贾妮斯 · 贝娄在一起。出于安排，我不能说出我手臂上抱着的幼儿的名字。

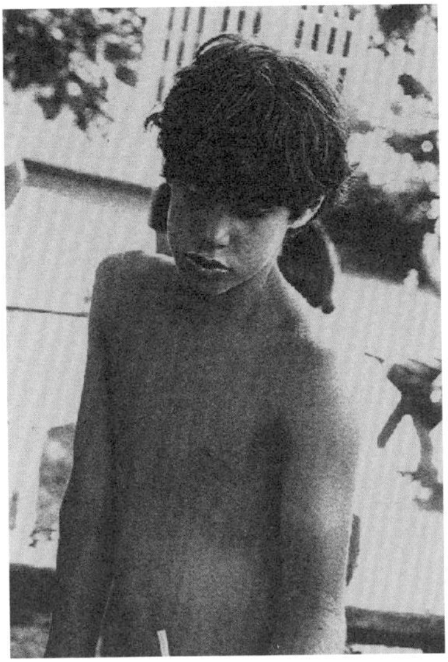

布鲁诺·丰塞卡，1958—1994 年。1968 年

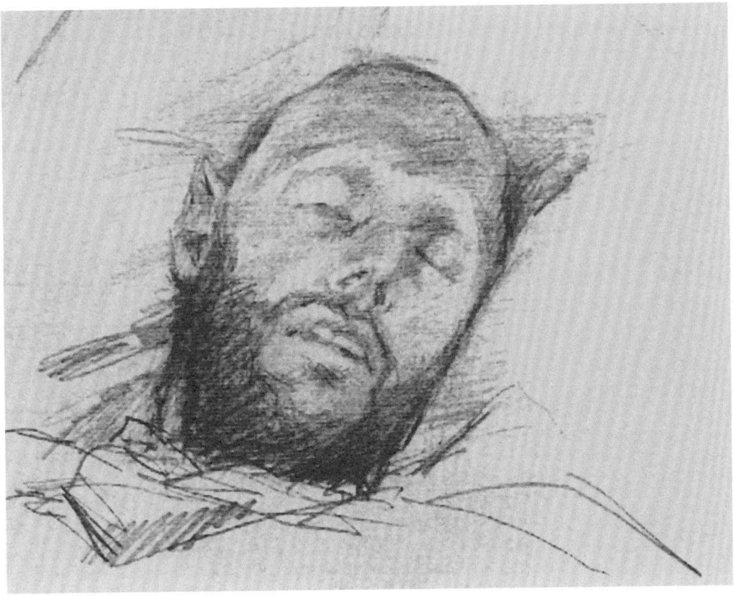

1994 年去世前的一天，速写是由他母亲伊丽莎白·丰塞卡画的。

金斯利和雪花白猫莎拉在一起。

马丁·艾米斯和他的小说

瞿世镜

马丁·艾米斯1949年生于英国南威尔士，父亲金斯利·艾米斯是著名小说家，母亲希拉里·巴德威尔是农业部一名公务员的女儿。马丁十二岁时，父母离异。继母伊丽莎白·简·霍华德也是一位小说家。马丁原来和其他同龄孩童一样，喜欢阅读连环漫画。继母引导他读简·奥斯丁的小说，这是他最早受到的文学启蒙熏陶。马丁曾经在英国、西班牙、美国十三所学校上学，然后在伦敦和布莱顿补习，为大学入学考试作准备。他考进牛津大学埃克塞特学院英语系，毕业时获一等荣誉奖。他写的第一部小说《雷切尔文件》1973年获毛姆奖。1975年，他担任伦敦《泰晤士报文学增刊》的助理编辑，出版了第二部小说《死婴》。他还发表了许多书评和散文。于是他被《新政治家周刊》编辑部录用，这时他才二十七岁。后面两部小说《成功》（1978）和《其他人：一个神秘的故事》（1981）出版之后，他成了专业作家，并且给《观察家》《泰晤士报文学副刊》《纽约时报》等报刊杂志写文学评论。他是一位多产作家，陆续发表了下列作品：《太空侵略者的入侵》（1982）、《金钱——绝命书》（以下简称《金钱》）（1984）、《白痴地狱》（1987）、《爱因斯坦的怪物》（1987）、《时间箭——罪行的本质》（1991年获曼·布克奖提名）、《访问纳博科夫夫人及其他游览杂记》（1993）、《经历》（回忆录，2000年获詹姆斯·泰特·布莱克纪念奖）、《会面屋》（2006）、《第二平面》（2008，关于“9·11事件”及反恐战争的文集）、《黄狗》（2003年获布克奖提名）、《莱昂内尔·阿斯博：英格兰现状》（2012）。

2007 年至 2011 年，马丁在曼彻斯特大学新写作中心担任创意写作课程教授。2008 年，《泰晤士报》将他评为 1945 年以来五十位最伟大的英国作家之一。马丁·艾米斯结过两次婚。他的第二位夫人伊莎贝尔·芳赛斯卡也是一位作家。马丁·艾米斯曾经住在伦敦肯辛顿区王后大道，他的小说时常以这个地区作背景。书中人物抱怨这里外国游客过多，商业气氛过浓，反映了伦敦市民丧失文化根底的异化感。他像狄更斯一样，喜欢从伦敦街头俚语、行业切口中吸收新鲜词汇，来丰富他的英语。这种植根于日常生活的通俗语言，被其他青年作家、记者、读者们纷纷仿效而流行一时。

在接受记者采访时，马丁·艾米斯阐明了他的文学观念：

“如果严肃地加以审视，我的作品当然是苍白的。然而要点在于：它们是讽刺作品。我并不把自己看作先知；我不是在写社会评论。我的书是游戏文章。我追求欢笑。

“我不相信文学曾经改变人们或改变社会发展的道路。难道你知道有什么书曾经起过这种作用吗？它的功能是推出观点，给人以兴奋和娱乐。

“小说家惩恶扬善的观念，再也支撑不住了。肮脏下流的事情，当然成为我的素材之一。我写那种题材，因为它更有趣。人人都对坏消息更感兴趣。只有一位作家，曾经令人信服地写过幸福，他就是托尔斯泰。似乎除他之外，再无别人能把幸福写得跃然纸上。

“我利用在自己周围所看到的所有荒诞可笑的、人们所熟悉的、凄惨可怜的事情……在这些日子里，到处存在着寒伧破旧、苦难悲惨的景象。

“阐明社会因果关系并非小说家的事业。他们必须对他们所具有的艺术效果非常敏感。”

马丁的处女作《雷切尔文件》被誉为青春期赞歌。这部小说的时间跨度只有一个晚上，但是通过记忆联想和闪回等意识流手法，扩展了它的容量。主人公查尔斯·海威在他二十岁生日之夜，回想他第一次爱情经历。他是一位聪明、敏感的青年，渴望成为作家。在几本笔记本里，他写满了描述女友雷切尔·诺伊斯的文字。通过这些笔记和其他回忆，第一人称叙述者查尔斯展示了一个引人入胜的故事，机智幽默地描述他的成长过程和初恋的惊喜感受。马丁·艾米斯认为，“在青春期，人人都感到创作的冲动——想要写诗、写戏剧、写短篇小说。作家不过是那些把这冲动继续坚持下去的人。”

我们发现，马丁·艾米斯的创作冲动继续坚持着，而且他有一种黑色幽默的灵感。他的第二部小说《死婴》，把幽默讽刺、生活堕落、荒诞暴行混杂在一起。这部小说写六个年轻人在伦敦郊区一幢大房子里度周末。时间跨度从星期五早晨至星期六。作者仍然使用意识流闪回手法，来扩展六个人物的生活经历和心理深度。当这群青年星期五聚在一起过周末时，来了三位美国客人。他们激起了大家放荡的欲望，在酗酒、吸毒之余，男女混居，任意淫乱。然后是一连串暴行：殴打、虐待、谋杀、撞车。此书的平装本改名为《阴暗的秘密》，因为《死婴》这个标题实在太触目惊心了。这部小说如实暴露了西方社会的阴暗面，然而它的色情、暴力内容却可能会引起我们东方读者的强烈反感。

1984 年出版的《金钱》是一部非常独特的社会讽刺小说。此书采用第一人称叙述，主人公约翰·塞尔夫是位极端令人厌恶的反派角色，集粗野、好色、蛮横、奸诈等恶习于一身。他的职业是制作电视广告和色情影片。他坦言其所有的嗜好都具有色情倾向，包括“诅咒、斗殴、射击、玩女人、吸毒、酗酒、吃快餐、赌博、手淫”。塞尔夫（ Self ）的英文含义是“自我”，可见他是个以自我为中心的人物。然而他自我意识的核心元素是金钱。他用金钱来购买一切，包括爱情。他的情人塞琳娜·斯特里特是交际花。斯特里特（Street）的英文含义是街道，暗示塞琳娜是出卖色相的街头女郎。她所做的一切都是为了钱。她和塞尔夫上床，她拍三级影片，都是为了金钱。塞尔夫与她臭味相投。他说，“我爱她的堕落”。他们做爱时不是说我爱你，而是说钱。只有钱才能帮助塞尔夫达到完美的性高潮。他内心情绪很不稳定，有偏执狂。他认为塞琳娜应该有众多情夫，这才显得她更够劲，更有价值。他又总是怀疑塞琳娜对他不忠，突然间没来由的惊恐不安、汗流浃背。约翰的父亲巴里·塞尔夫离不开毒品、女人、黄色录像、高级餐馆。他的情妇维罗妮卡是有露阴癖的脱衣舞女。他用儿子的钱来购买性爱。人与人之间没有伦理亲情，只有金钱关系。故事发生在1981年，查尔斯亲王和戴安娜王妃成婚，举国欢庆。这是个势利社会，金钱可以购买一切，而高尚的文化毫无意义，因此塞尔夫追求金钱而不追求艺术。他的另一位情妇玛蒂娜·吐温是个有文化的知识分子。她试图引导塞尔夫欣赏高雅艺术，消减他的满身铜臭。但是在塞尔夫眼中，印象派画家莫奈的作品不是艺术品，而是金钱的等价物。他的心灵已被金钱彻底地占领和腐蚀！小说的主题是金钱：描述了主人公如何得到它、保存它、消耗它、丢失它。在这过程中，塞尔夫日益腐化堕落、丧失自我。作者所使用的语言相当独特，充满着俚语、行话，弥漫着市井色情文学的特殊气息。在字里行间，响彻着金钱以及金钱的呼声，令人寒心地感到这里有一种异化压抑的气氛。这是一个国际性毒品文化的世界，吸食各种毒品的瘾君子令人恶心，人际关系极其混杂。塞尔夫表面上是个文化人，暗地里是个奸商，频繁往返于纽约和伦敦之间，靠走私毒品牟利，小说的场景也就随之而变换。在纽约和伦敦各有一个马丁·艾米斯，他们似乎是作者的化身。这些知识分子是在金钱世界中仅存的批判性良知。艾米斯给塞尔夫打工，为他写电影剧本。塞尔夫强迫他在剧本《良币》中添加暴力色情场景。后来塞尔夫穷困潦倒，与艾米斯下象棋赌博。艾米斯不肯手下留情，要将塞尔夫置于死地。最后，塞尔夫撞地铁列车自杀，终于得到了应有的下场。他口袋里那本用来赚钱的剧本《良币》成了陪伴他走向死亡的绝命书。在撒切尔夫人统治下的英国，经济暂时复苏，贪得无厌的拜金主义成了流行一时的社会风尚和万恶之源。作者对于这种资本主义社会的弊端深恶痛绝。作者以“绝命书”作为副标题，发人深省。金钱的破坏性控制力笼罩一切，要想摆脱它的控制，除了死亡之外别无它途。这是何等触目惊心的警示！

马丁·艾米斯 1989 年出版的《伦敦场地》，题词所示是献给他父亲金斯利·艾米斯的。此书篇幅五百多页，是他最长的小说，其中蕴含的黑色幽默甚至超过了《金钱》。故事发生在伦敦西区拉德布罗克丛林，时间是 1999 年。作品结构并不复杂。男主人公基思·泰伦特是个精力充沛、容易激动的飞镖手。他非常迷恋他的女友妮古拉·西克斯，又怀疑她不忠于爱情。读者感到有一种不祥的预兆，最后果然发生了惨案，西克斯被残暴地谋杀了。结果发现是死者本人精心策划，诱骗凶手杀害了她。在人们期盼的“至福千年”前夕，伦敦场地上居然发生了如此惨剧，资本主义世界还有什么希望！此书在 1989 年布克奖评委会中引发了一场剧烈争辩。两位女性评委麦吉·琪和海伦·麦克奈尔实在难以容忍女主人公西克斯被残暴杀害的血腥场面。由于她们竭力抗辩，此书被否决了。另一位评委戴维·洛奇为此悔恨不已。他认为当时五位评委的意见是 3：2，此书应该入选。

1991 年出版的《时间箭——罪行的本质》是一部简短的小说。马丁·艾米斯借鉴了库尔特·冯内果 1969 年的小说《第五号屠宰场》和菲利普·迪克 1967 年作品《时光倒转的世界》中的叙事技巧。作者在此显示出他对自己所掌握的辉煌技巧的极端自信：整个故事用倒叙法从坟墓回溯到摇篮，读者必须仔细辨认那些轶事和对话，把它们颠倒的时序重新理顺。在作者的颠倒叙述中，穿插了许多插科打诨的笑话，其五花八门的内容包括吃饭、排泄、争吵、做爱等等；与此并行的书中人物的倒叙，涉及令叙述者苦恼的道德价值判断。叙述者是第二次世界大战中的纳粹战犯，他在盖世太保集中营里当军医。他不是用其医术救死扶伤，而是用它来蓄意杀人。他在战后逃亡到美洲，把时光之箭倒转过来，从死亡到出生把人生之路重新走了一遍。于是死于纳粹屠刀之下的犹太难民自然也活了过来，纳粹集中营里出现了奇特的复苏景象。食物不是从嘴里吃进去，而是从胃里反刍出来。清洁工不扫垃圾，而是往地上倒垃圾。既然一切都颠倒了，双手沾满鲜血的纳粹战犯的罪行也就被漂白了。这种是非颠倒的态度和研制原子弹的科学家何等相似！这部黑色幽默作品，启发读者去思考一个极其严肃的问题。那就是本书的副标题：罪行的本质——是非颠倒，人性泯灭！

1997年出版的《夜车》是一部简短的作品。叙述者是一位颇有男子汉气魄的美国女侦探麦克·胡里罕。小说情节围绕着她老板年轻美貌的女儿的自杀案件逐渐展开，总体气氛灰暗、凄凉而充满着不祥预感。作者炫耀他的语言天赋，随意穿插美国本地土话、切口。评论界对此书毁誉参半。

2003年出版的第十部小说《黄狗》与《夜车》相隔六年之久。主人公汉·米欧是演员和作家。他的父亲梅克·米欧是极其残暴的强盗，早已死在狱中。他生活在父亲的阴影中，唯恐遇见父亲生前的仇人或同伙，害怕他们对他报复。在沉重的精神压力下，他变得十分孤僻，甚至疏远了自己的妻子和女儿。一直想实施报复的科拉，指使色情演员卡拉把汉诱骗到加利福尼亚，想以色相破坏其婚姻，但未得逞。汉在加州意外地遇见了自己的生身父亲安德鲁斯。这个意外发现使科拉放弃了报复的念头，因为他并非米欧的真正后代。小说把梅克·米欧作为暴君的象征，表现了主人公如何摆脱暴君影响的过程。他渴望摆脱亡父的阴影，正如那条哀鸣的黄狗试图挣脱背负的锁链。小说家泰勃·费希尔写道："我在地铁里阅读此书，唯恐有人从我身后瞥见我在读什么……就像你喜爱的叔叔在学校操场上被当场逮住手淫一样。"马丁·艾米斯却说这是他最好的三部小说之一。此书入围当年布克奖候选小说之列，但最终未能获奖。

《怀孕的寡妇》原来打算在2008年问世，后来一再修订，拓展到四百八十页篇幅，到2010年才正式出版。此书的主题涉及1970年代欧美的性革命，西方世界两性关系的规范从此改观。然而，旧的道德伦理被摧毁了，新的道德伦理尚未诞生。亚历山大·赫征将这个过渡时期称为"怀孕的寡妇"，暗示逝者已去，新儿未生，尚在寡妇腹中。作者以此作为本书标题。故事发生在意大利坎帕尼亚一座城堡中，主人公基思·尼亚林是一位文学专业的英国大学生。1970年夏季，他与一群朋友到意大利度假。他们亲身体验了男女两性关系的变化。叙述者是处于 2009 年的基思本人的“超我”，即他的道德良心。与基思一起到意大利度假的有他若即若离的女友丽丽以及她那位富于魅力的闺蜜山鲁佐德（这位姑娘与《一千零一夜》传奇中的公主同名）。基思与山鲁佐德互有好感，丽丽因而开始折磨基思。小说下半部的情节发生出乎意料的转折，给基思后来的爱情生活留下了难以磨灭的痕迹。此书幽默、机智、感伤，是对于性革命浪潮中失去自控能力的年轻人的漫画写照。

2012 年出版的《莱昂内尔·阿斯博：英格兰现状》是马丁·艾米斯的第十三部小说。此书似乎可以看作《金钱》的续篇，金钱魔力在此书中引发的闹剧甚至比前者更为夸张。故事发生在伦敦迪斯顿城。主人公德斯蒙德·佩珀代因住在大厦第三十三层。这位少年的同龄伙伴们在街头打架，他却在图书馆里看书。他的舅舅阿斯博是个贪得无厌的流氓无赖，臭名昭著的罪犯恶棍。他以独特的方式关怀外甥，对他谆谆告诫：男子汉必须刀不离身，与女朋友约会还不如色情挑逗管用，在斗狗场里赢钱的诀窍是用塔巴斯科辣酱拌肉片喂狗。然而德斯蒙德对此毫无兴趣，他在书本的浪漫天地中寻求慰藉，这种娘娘腔的行为使他舅舅火冒三丈。德斯蒙德学识增长，逐渐成熟，想要开始过一种更加健康的生活。这时阿斯博买的奖券突然中了一亿四千万英镑大奖。一位工于心计的诗人模特儿委身于阿斯博，成了他的情妇。阿斯博腰缠万贯而始终不改其流氓本色，然而舅甥俩的人生轨迹却从此发生了剧烈变化。有人认为作者是以轻蔑的目光审视大英帝国的沉沦。马丁·艾米斯辩称此书并非皱着眉头对英国评头论足”，而是以“神话故事”为基础的一幕喜剧，并且坚持认为他“作为英国人，深感自豪”。

英国小说家、评论家 A. S. 拜厄特认为，现代英国小说有两种传统。第一种传统是前现代的现实主义。菲尔丁是这种传统的鼻祖。这种传统侧重于小说模仿现实、记叙历史的功能，并且通过“情节”与“人物”之间的交织来表述，注重思维的逻辑性、时间的顺序性和文字的清晰性。第二种传统是现代的实验主义。其远祖可以追溯到斯特恩。这种传统侧重于小说的虚构功能，强调探索小说本身的形式结构，挖掘其象征内涵，并且认为叙述技巧与形式结构的标新立异比思维的逻辑性、时间的顺序性、文字的清晰性更为重要。

二十世纪八九十年代，英国小说出现了两种传统交汇合流的趋势。马丁·艾米斯正是这股潮流的代表人物。他在接受记者采访时曾经说过："我可以想象这样一部小说：它和罗伯-格里耶的那些小说一样复杂微妙、疏远异化、精心撰写，同时又能提供节奏、情节和幽默方面沉着而认真的满足感，这些品质使我联想起简·奥斯丁的作品。在某种程度上，我想这是我自己正在试图去做的事情。"马丁·艾米斯兼收并蓄的创作方式，不仅继承了英国小说的现实主义和实验主义传统，而且从法国罗伯-格里耶的新小说，爱尔兰乔伊斯的意识流小说和美国小说家冯内果、索尔·贝娄、纳博科夫那里借鉴了不少新颖技巧。他的标新立异来源混杂而丰富多彩。在当今英国文坛，不少青年作家深受他的影响，威尔·塞尔夫和扎迪·史密斯便是其中的佼佼者。

虽然作者自嘲他的小说不过是游戏文章，我们千万不要被他那种令人眼花缭乱的叙事技巧所迷惑。他创作的那些"讽刺漫画"中所蕴含的社会批判和价值判断，表明他是具有社会责任感的严肃作家。1989年春，我在伦敦英国国家图书馆中初次阅读马丁·艾米斯的《金钱》时感到十分震惊。狄更斯《双城记》的场景在伦敦和巴黎两个城市展开，《金钱》的叙事线索也在伦敦和纽约两个城市之间交织。在西方的传统观念中，爱情是纯洁的、神圣的。《双城记》主人公席德尼·卡尔登是典型的英国绅士。他为自己心爱的女人献出了宝贵的生命。《金钱》的主人公塞尔夫简直是个卑鄙畜生，情妇是他用金钱购买的泄欲工具。摒弃了圣洁的光环，爱情异化为买卖，英雄堕落为反英雄。我原来以为英国是一个具有绅士之风的国度。彬彬有礼的英国绅士，怎么会变成塞尔夫那样猥琐卑鄙的恶棍？我简直无法接受这样的人物形象！

起初我觉得马丁·艾米斯的小说令人反感，难以卒读。后来我注意到，约翰·塞尔夫在小说中自称"六十年代的孩子"。我知道二十世纪六十年代欧美社会经历过一场激进自由主义社会风暴。正是这股强烈的右倾社会思潮，冲垮了西方传统道德的底线，英雄才会异化为反英雄，神圣的爱情才会异化为可用金钱交换的生物本能。在六十年代，中国也经历了一场“文化大革命”风暴，但这股极左社会思潮对中国传统文化道德底线的冲击，我们又是否深刻反省过?

与英国著名小说家多丽丝·莱辛研讨当代英国小说发展，使我对此有了更深入的思考。她严肃地指出：“西方现代文明的发展，造就了整整一代文明的野蛮人。他们受过充分教育，掌握了现代科学知识，却用它来满足永无止境的物质欲望。西方现代文明的发展造成了野蛮的后果。虽然科学昌明、物质丰富、经济繁荣，但是精神空虚、传统断裂、道德沦丧、贫富悬殊、两极分化、民族冲突、性别歧视、国家对立、战争灾难、资源消耗、环境污染……中国现代化千万别蹈西方覆辙，必须另辟蹊径，走自己的路。”读到马丁·艾米斯小说中的色情暴力场景，莱辛关于“文明的野蛮人”这个振聋发聩的警句，就在我心中回响。也许这就是阅读马丁·艾米斯的价值所在吧。

献给伊莎贝尔·丰塞卡

目 录

第一部

尚未觉醒的

开场白：我的失去

“爸爸。”

这是我的大儿子，路易斯，当时十一岁。

“嗯?”

而我的爸爸会这么说：“……呃——嗯?”音调降了下去又扬了起来，说明他着恼了，虽然就一点儿。我曾问过他，为什么这么回答，他说：“呃，我可不就在这儿嘛，不是吗?”对他而言，这“爸爸——嗯”一呼一应显然是多余的，因为我们就在同一间屋子里，本来就说着话，虽说没什么目的（在他看来，也毫无趣味）。我理解他的意思，但五分钟之后，我发现自己叫道：“爸爸。”这一叫，我就得迎接一声特别严厉的应答。我要到了十来岁，才断了这个习惯。孩子需要短促的一点时间，一边让想法在脑子里成形，一边确定得到了大人的注意。

下面这一节选自金斯利第三本也是最贴近现实生活的小说《我喜欢在这儿》（1958）①：

> “爸爸。”
>
> “嗯?”
>
> “载着我们去葡萄牙的船有多大啊?”

---

① 在《艾米斯选集》（1990）中，金斯利·艾米斯写道：“唯有一次，出于懒惰或是衰退的想象力，我把真人搬到了纸上，写出了众人一致同意的我最糟糕的小说——《我喜欢在这儿》。”我同哥哥菲利普和妹妹萨丽共享题献致词。——原文注

《艾米斯选集》选取了金斯利·艾米斯的非虚构写作，包括书评、广播和书信。

"我真不知道。挺大的吧，我觉得。"

"和杀人鲸一样大吗？"

"什么？哦，是的，肯定有那么大。"

"和蓝鲸一样大吗？"

"是的，当然啰，再大的鲸鱼都比得过呢。"

"比鲸鱼还大？"

"是的，大得多。"

"大多少呢？"

"你别惦记着大多少了。我能告诉你的就是大得多。"

停顿了一下后，讨论又继续了下去：

……"爸爸。"

"嗯？"

"要是有两只老虎跳到了一条蓝鲸身上，老虎会不会把蓝鲸弄死了呢？"

"啊，可那是不可能发生的，你懂吗？如果鲸鱼是在海里，老虎马上就淹死了。如果鲸鱼是……"

"可是假设它们真的跳到了鲸鱼身上呢？"

……"噢，天哪。好吧，我想老虎最终把鲸鱼给弄死了，不过那可花了很长时间。"

"要是是一只老虎呢，那要花上多长时间呢？"

"那就更长了。好了，我不想再回答有关鲸鱼、老虎的问题了。"

"爸爸。"

"哦，这下是什么问题呢，大卫？"

"要是两条海蛇……"

那些有趣得紧的对话，我都记得一清二楚。我的老虎可不是一般的老虎：它们长着利剑般的牙齿。而且我想象出来的这些对峙角斗比《我喜欢在这儿》中描述的错综复杂多了。要是有两条巨蟒、四条梭鱼、三条水蟒和一条大王乌贼……那时我五六岁。

回过头看，我明白这些问题触及了父亲最深处的恐惧。金斯利拒绝开车拒绝坐飞机，不愿独自坐公交车、火车、电梯（也不愿天黑后，独自待在一幢屋子里）。对坐船，他并不热衷——对海蛇也没兴趣。何况，他不想去葡萄牙，也不想去别的任何地方。去葡萄牙是毛姆文学奖规定，强加于他的。在给菲利普·拉金的一封信中，他称之为“驱逐令”（“非要我出国，非要给我几个钱”）。他因出版于1954年的第一部小说《幸运的吉姆》获奖。二十年之后，我也得了这个奖。

《雷切尔文件》于1973年11月中旬面世。12月27日晚上，在格罗斯特郡和妈妈一起过圣诞的表妹露西·帕汀顿，去切尔特纳姆①见她的老友海伦·伦德尔。那天晚上，露西和海伦讨论了未来，一起给科陶德艺术学院写了封申请信。露西想继续在那儿学习中世纪艺术。十点一刻，她们分手。到公交车站，三分钟的路。她没有寄出那封信，也没有上公交车。那年她二十一岁。要再等二十一年，人们才会知道在她身上发生了什么。

“爸爸。”

“嗯？”

路易斯和我在车上——这是做父母的尽职的主要场所。过了一会儿，今后要给孩子当车夫的那些年头就像高速公路似的，开始在眼前延展开去。

“要是你没有名气，但其它什么都不会变，你还想要有名气吗？”

问题提得很好，我心想。他知道，有了一群读者后，名气就必定随

① 英格兰西南部城市。

之而来。但除此之外，还有什么呢？名气是毫无价值的商品。偶尔，名气让你得到些特殊待遇，如果你想要这些的话。但名气更多会让你得到不怀好意的好奇心。我并不在意——不过我算是个个案。那令我与众不同的，也令我对此习以为常。简而言之一个词——金斯利。

“我不想要了，”我答道。

“为什么呢？”

“因为名气让人头脑发昏。”

他听了进去，点点头。①

*　*　*

以前老有人说，每个人身上都装着一部小说。这话我以前也是信以为真的，而且仍旧有点儿相信。如果你是个写小说的，就得相信这一点，这是你的工作之一：很多时候你写着的就是别人身上的小说。② 不过，1999 年的这一刻，或许对此得有点儿怀疑：如今这时代，每个人身

① 写这本书的时候我并未注意（在修订校读时，我才注意到）到名声（也被称作媒体）是如何频频阻碍了我的自由意志。它会从中作乱，耍弄诡计，还导致曲解误会。你不该在乎这些，因为名声据称是件好事儿。我并没有哼哼唧唧地抱怨：我在名声面前卑躬屈膝，我想到了我的朋友萨曼·拉什迪……事实上，有个极好的理由，一个事关社会架构的理由，为什么小说家理当激起媒体的刻薄挖苦。评论一部电影或是评价一位导演时，你不会就这部电影或是这位导演制作一个十分钟的短片。评论一位画家，你不会上一幅速写。评论一位作曲家，你不会伸手取过小提琴。甚至是评论一位诗人，评论者也不会写上一首诗（除非真是狷狂傲慢或是无聊透顶。但是，评论一位小说家——一位用非韵文叙述文体来写作的人，你用的也是同样的文体。你的行文之疆界就是这些吗？——一点儿书话，一些访谈，再来点八卦闲谈。尊敬的读者呀，可由不得我来说这是嫉妒。该由你来说，这是嫉妒。嫉妒出场的时候可不是穿着嫉妒的外套，总是披挂着别的什么：禁欲主义啦，高标准严要求啦，常识习俗啦。我说过了，对这些我并不抱怨——因为名声是件大好事儿。——原文注

② 拿 V. S. 普列切特来举个例子，无出其右。他的《短篇小说全集》（1990）是有关所谓普通人想法的系列戏剧诗。我在《金钱》一书中，也作了相近的尝试：这部小说是叙述者约翰·塞尔夫身上装着但他绝不会写下来的小说。——原文注

上装的不是一部小说，而是一部回忆录。

我们生活在一个众声滔滔的时代。我们要不是正写着，至少也是在谈着回忆录呀，自白书呀，简历呀，呼吁书呀。如今，什么也比不过经历——如此无可争辩的真实可信，如此民主自由地匀布众生。我们每个人平平等等都有的唯有经历这东西，对此每个人都感觉到了。环顾四周都是特殊的个例，特殊的呼吁，上下左右莫不是名人。[①] 我是个写小说的，职业就是拿经历用作其它用途。那我为什么还要讲述自己的人生故事呢？

我做这事儿是因为父亲现在不在人世了，而我一直都知道我得纪念他一下。他是个作家，我也是个作家。说说我们的事简直责无旁贷——又来一桩文坛趣事，又是父子两代文人。这样一来，我得纵容自己某些坏习惯。时不时提些名人不可避免地是其中之一。不过，自从我第一次开口叫上“爸爸”，我就在纵容自己这一坏习惯了。

我做这事儿是因为和别人一样，我也感觉到蠢蠢欲动，想要澄清问题，说明真相（很多早已经公示于天下了），而且，至少这一回不用再迂回曲折了。虽然还得有一定的形式。人生的麻烦在于（写小说的都会这么觉得）其难以捉摸的形状，荒诞无稽的随意性。瞧瞧吧：情节散淡，缺少主题，不可避免的悲情陈腐。对话不说乏味无趣，至少是参差不齐。到了转折处，不是落了俗套，就是煽情唬人。而且，总是同一个开头，同一个结尾……所以说，我的组织原则来自内心的驱使，来自小说家对寻求平行和关联的痴迷。这一方法，加上脚注的运用（这是为了保存随之而来的一些想法）应当可以清晰地给出一个作家脑袋的地形结构。如果结果有时候是时断时续或离题万里或停停走走，我只能说，这个坐在书桌旁的我，就是这个样子的。

---

① 并不是说今后每个人都有一刻钟成名的机会。而是今后每个人无时不刻地都是名人——只不过都在他们自己的头脑里。是自己披挂的名声，卡拉 OK 的歌星。唯有一点是平等一致的：这让人头脑发昏。——原文注

更何况，我做这事儿是迫不得已。我见到了或许是哪个作家都不应该见到的：无意识的那块区域中，我的小说起源的地方。没有助力，我没有可能撞上那块地方，而事实上，我也不是碰巧撞上的。是在报纸上读到的……

有人不在这儿了。那个斡旋者，父亲，那个站在儿子与死亡之间的人，不在这儿了，再也不会一如往日了。他不见了。不过，我知道这很寻常。凡是有生命的都会死去，穿过大自然的轨迹走向永恒。我的父亲失去了他的父亲，我的孩子将会失去他们的父亲，而他们的孩子（这事想想都繁重不堪）也将会失去他们的父亲。

我的书桌旁的架子上，放着一个小小的双面相架，相架里装着两张照片。一张是黑白的，护照大小：一个十来岁的女学生穿着一件鸡心领毛衣和衬衫，打着一条领带。棕色的长发中分，戴着眼镜，微微要笑起来。她的头上方用大写印刷体字母写着：不受欢迎的外星人。这是露西·帕汀顿……第二张照片是彩色的：一个蹒跚学步的孩子穿着一条深色的花裙子，胸前打着褶，泡泡短袖衬衣，镶着粉色的边。她有着金色的细软头发。她的微笑腼腆端庄：挺高兴的，不过是不出声的暗自欢喜。这是迪莱拉·西尔。

两张照片放在一起。差不多有二十年时间，照片中的人物一起活在我脑海的深处。因为她们是，或者说曾经是，我所失去的。

来自学校的信

苏塞克斯补习学校，
海事广场 55 号，
布赖顿，苏塞克斯
1967 年 10 月 23 日

最亲爱的爸爸和简[①]：

太感谢你们的来信了。看来我们都努力得他奶奶的像犯了傻。我似乎飞快地从傲慢自信落入哼哼唧唧的忧郁。英语都还行，不过我发现拉丁语很难，枯燥乏味，毫无乐趣可言。要是拉丁语一科坏了我牛津的入学考，那可真是无聊透顶了。我每天都花两到三个小时学拉丁语，但我还是痛苦地感觉到缺乏基础知识——我不是那些从十八个月大就开始在哼唱“我爱，你爱，他爱”[②] 的讨厌家伙。话说回来，指定的书（《埃涅阿斯纪》卷二）还是很不错的。要是我细细地读过去，攻下这部分的话，升学考试里的这部分应该可以过关。

阿尔达先生下断言准备牛津入学考最好的方案是选择六个人，然后把他们了解个透，而不是东一枪西一枪地这个说说那个说说。我选择了莎士比亚、唐恩和马维尔、柯勒律治和济慈、简·奥斯汀、威尔弗雷

---

① 小说家伊丽莎白·简·霍华德：自 1965 年到 1983 年为我的继母。我的这一半令人脸红的信函可以在亨廷顿图书馆找到。——原文注
亨廷顿图书馆是由亨利·亨廷顿建立的教育研究机构，坐落在美国加州圣马力诺。

② 拉丁文初级常见的句子。

德·欧文、格林，可能还加上老叶芝。我确实挺喜欢英国文学的，不过我还是得说，有时候我非常非常想做些别的什么。教书的前景已经失去了光环，因为这意味着我要在接下去的四年里做同样的事，没什么歇息。我希望你们不要据此以为我不想学英国文学了。其实我发现自己仅是对阅读的量，都充满了热情。前几天我在伦敦，看完了《米德尔马契》（花了三天时间），《审判》（卡夫卡真是他妈的傻瓜——花了一天时间），还有《问题的核心》（花了一天时间），即便在这儿，我也能一礼拜看上两本小说（加上很多的诗歌）。就是一直想着要尽力去争取实现那个想法，让我有点烦厌，不过，这种感觉，被父亲——或是继母——说上一通也就给扳正了。① 真抱歉，我这么唧唧歪歪让人烦。这多半不过是个阶段——甚至有助于人格塑造，谁知道呢。

简，你把纳什维尔②的种种不足③警告了我一下，我觉得挺能说明你为人实诚。虽说我很想见到你们俩，但确实，为了走开整整两三个星期，却要用炉火熨衣服还要手工捏馅饼儿（我敢保证简能把这事儿改编成一个令人神思迷离的多重比喻），还是不太值得。而且晚至 12 月 20 号，我都可能要离开两三周去牛津面试。各种答复也可能最早从 1 月 1 日就开始进来了。这一些，再加上糟糕的美国电视都断了我过来的念头。真是太遗憾了，因为我真的很想很想见你们俩。

我经常见到小布鲁斯④，但看来还不够频繁，因为他没有努力储备好鱼饼子，等着我来访。不过，他的体态看起来挺不错的……可以想见，说到体、态，那就像一记钟声，把我拖回到拉丁文的即席翻译段落、文章结构等等等等。

---

① 原文标明此处有用词错误。

② 当时，金斯利在田纳西州纳什维尔（“对有些人来说，这里被不带一丝讽刺意味地认作是美国南部的雅典”）的范德堡大学访学。——原文注

③ 原文标明此处有拼写错误。

④ “布鲁斯”是我哥和我给简的弟弟科林取的绰号。科林在家里住了很多年。——原文注

请快点儿给我回信。我太想你们俩了，

很多很多的爱

马特×××[①]

又及：向卡伦转达我亲切的问候——此处不带一丝悲伤也没有遗憾。我记得，到现在她该有九英尺六英寸高了。

又又及：回头想想[②]，我觉得《米德尔马契》真是他妈的太棒了——这是奥斯汀加激情加多方位。非常好。爱你的马特。

① “马特”为马丁昵称。×此处代表亲吻。

② 原文标明此处有错用的介词。

等级

提到卡伦及她九英尺六英寸的身高，是因为当时我五英尺二英寸高(后来也只能再长上四英寸)。每个人都不断地跟我说："你会突然间抽条的。"过了一阵子，我不断地对每个人说："这突然间抽条到底是怎么回事啊？根本就没发生啊。"我很在意个子矮，主要是因为如此看来一半的女人都无法企及了。我年龄更小个子更矮的时候，有过一个女朋友，超过六英尺一英寸。我俩有个默认的协约，两个人从来不同时站起来。而且也从来不一起出去。除此之外，就是一段正常的恋爱关系，还有一件特别之处：我们躺在床上的时候，虽然从来没有真的上过床，我的脚看起来和艾莉森的腰齐高。

那些早年的信，时时会出现在本书的第一部分。要是能说"我毫无歉意"，倒是挺好的。可是，我确实有歉意：对这些信，我怀有深深的歉意。而且，这些信会越来越不像话。还会越来越坏的。我真的非常抱歉。费劲地兜着圈子说话，"嘿，瞧我呀"的那种滑稽可笑：这些，我尚能原谅。我对卡夫卡的不屑荒唐可笑①，只在"又又及"里稍微平衡了一下，保持了些公平——当年的我和这个"好"字有什么关联呢？至少，在此，我认出了自己。这封信里的其它地方都像是个陌生人写的：我是说那种被娇惯的偏狭，政治上的愚蠢。我厌恶信里思想上的陈腐和不加检视的套话，随大流的套话。还有些别的。我想我后来会提到的。

1967年下半年我到了苏塞克斯补习学校。我刚过了十八岁，正从深

① 我应当被指点看他的短篇，那些无疑是不朽的作品。卡夫卡梦境般的小说非常精彩，可那是些梦魇。连他自己都完成不了。——原文注

不见底的少年忧郁倦怠中爬出来。你记得那是怎么回事吧：把一只袜子从卧室的一端运送到另一端得花上整整一天的时间。而那样的一天算是过得还不错的一天。那种迟钝还不仅仅是体力上的。我都十八岁了，平均每隔一年考一门O级课程[①]。让人觉得安慰的是，对英语我有点天分。十五、十六岁光景，我就早早参加了A级[②]考试。虽说快到考场的时候，在三百来号年轻人面前（其中有一半是姑娘），我从楼梯上摔了下去，从考场出来时，我信心满满。我对自己说，高级水平考试的这鸟事，难度可被大大夸张了。“马丁！”某天早上，伦敦富勒姆路上的屋子里，我臭烘烘地还躺在床上，我妈朝楼上大声叫我。我妈平时叫我“马特”。把名字给叫全了总是不太妙，“你不及格。”连及格线都没过。不及格。

问题是我不喜欢做功课，因为我没法集中注意力。聚精会神的状态是一座要塞，我从来都没想过要去爬一爬。我记得自己傻呆呆地上了好几个小时的课，脑子里却是一丝想法都没有。我不喜欢做功课。我喜欢的是逃学，和好朋友罗伯一起，穿着紧身丝绒裤挂着脏兮兮的丝围巾，沿着国王街四处瞎逛，上博彩店赌一把（是赌狗，不是赌马），时不时上一家叫毕加索的咖啡馆，或是抽上点哈希什[③]（时价八镑一盎司），琢磨着怎么钓上个姑娘。有一次我说，

“我们上国王街去。”

罗伯扭过头去。我得说明一下，那时罗伯和我一样高，现在也还是一样高。

“来吧。怎么呢？我们去钓个把姑娘。”

“哪儿？毕加索咖啡馆？”

---

① 英国中等教育考试，通常由十六岁的学生参加。1988年，被普通中等教育证书（GSCE）考试替代。

② 英国中等教育考试，通常由十八岁的学生参加。亦作为大学入学选拔考试。

③ 以印度大麻提炼的毒品。

“是啊。”

“毕加索，我对付不了了。连待在自己房间，我都对付不了了。”

一如往日，我们抽哈希什抽得疑神疑鬼，不知所云了。

“毕加索怎么了？行啊，不去就不去吧。我们上别的地方钓姑娘去。”

“哪儿呢？”

“呃，那个地方。毕加索前面一点的地方。”

“可我们最终又会去毕加索的。”

“我们不会去毕加索的。”

“一去毕加索，我总觉得自己是个矮冬瓜。”

“我也是。所以啊，我们不去毕加索钓姑娘。走吧。”

“好吧。我可不想最终又去了毕加索，矮冬瓜滚来滚去，还想钓姑娘。”

不过，最终我们还是会这样做的。一整个一整个学期就这么过去了：两人决定是不是要去毕加索。过了一会儿后，罗伯和我遭遇了非常短暂的溃败。一开始时，形势还算乐观，可是在这儿，我们面对的是上流社会的女巨人。这几百年来，人们吃得够丰盛，女人被拔高了，男人也被拔高了，我们俩承认感觉自己像是走在别人的大腿间。

苏塞克斯补习学校在马路的尽头：让我喘出最后一口气的地方。连我都知道是这么回事。我的中学教育乱糟糟地东一块西一块。我去过斯旺西的一所文法学校，去过剑桥的一家男校，去过西班牙马略卡岛上帕尔马的一家国际学校，去过南伦敦的一家文法男校。之后，又是各种文法学校、考前补习学校，公立的、私立的，都据说是专事挽救那些私立学校辍学的学生的学术生涯，还有那些居无定所、杂乱无章却父母不缺钱的孩子。苏塞克斯补习学校是一家住宿的考前补习学校，服务对象是那些死马当活马医的学生。我还需要四到五门 O 级成绩（其中包括几乎要完全重新学的拉丁文），三课 A 级的成绩，而且成绩还得够让我参加十二月份的牛津入学考。我只有一年时间。

就目前看来，这一安排起作用了。我做功课了。整个城市像是围绕大海这座舞台排列的座椅。而苏塞克斯补习学校这所貌似古雅的破旧的大杂院，坐落在城市的一方崖石上，下面是突堤和卵石海滩，浪花啪啪地扑动着、翻卷着。据说，学校原本是家养老院，旁边有家养老院，周边围绕着其它的养老院。布赖顿城市本身就是一家养老院。暖和的日子，老人们或由人搀扶着或坐在轮椅里，来到露台上、围了栏杆的屋顶上，一层又一层棉花糖似的白发，一张又一张面容模糊、满布着老年斑的脸往上仰着，享受着阳光和一成不变肆虐的风。我觉得自己也像是个正待康复的病人。整个青少年时代，如此不明所以的、全然是被动地费着力，我感到头痛、晕眩，骨头也发疼。我刚到布赖顿的时候，我正爱着某个姑娘——那是我的初恋。爱情降临了，停留了一会儿，然后离开了。让我身心全被爱情占满，随即我又被掏空了。我想要再一次恋爱，当然啰，每一刻不在做功课的清醒时刻都用在了让爱情再次光临上，四下逡巡盯着姑娘看，又不好意思地红了脸，盼望着等待着。不过，最终我爱上了文学——尤其是诗歌。我连日读着诗歌。窗外，海鸥翱翔，我感觉一阵伤感。我读诗写诗。我得到了启迪。我是不是由此得到了提升？

某篇书评论及我第一部小说中的十九岁主人公，说他是个“既奢侈虚荣又令人反感的家伙”。我接受这一描写，可用于我的主人公，也可用于我自己。我是奥斯力克。（哈姆雷特：……［向霍拉旭旁白］你认识这只水蝇子吗？）[①] 我企图养成一番优雅的贵族仪态，却是徒劳无功，这引发了我羞惭万分的呻吟。私校的教育让我接触到平时接触不到的身世

① 出自《哈姆雷特》第五幕第二场。奥斯力克为克劳狄斯遣派的朝臣，敦促哈姆雷特和雷奥提斯决斗。
近日有人提醒我，1953 年，金斯利在斯旺西大学出品的演出中，扮演了奥斯力克这一角色。现在我记起了他演奥斯力克的那一套，四下调情，睫毛扑闪着，手腕耷拉着。奥斯力克赞美雷奥提斯：“一位完善的绅士，充满着最卓越的特点，他的态度非常温雅，他的仪表非常英俊。”那就是 1967 年的我。——原文注

显赫的富家子弟（在布赖顿的一位同学是凯瑟尼斯[①]伯爵。他瘦长难看，总是半张着嘴，肯定不能作为贵族气质的表率）。这私校教育让我对自己也有了点想法，不过这些想法长不了，而且确实也是这样。马丁是半个英格兰球队的名字。在一本姓氏字典里查找艾米斯这个姓的时候，我看到了如下解释："下层出身，特别是奴隶阶层。"

我和金斯利有了那段对话之后，我知道自己得放弃培养贵族仪态这回事了。

"爸爸。"

"嗯？"

"我们算是新发家的吗？"

1966年。我们在迈达谷108号的厨房里，这是金斯利和简一起建起的家。我和哥哥是新加入的成员。我们不再跟着母亲住了，开始和父亲一起住。这不是简的主意。她看得出来我们兄弟俩都是会上街去混的……在我眼里，那厨房像是有钱人家的，装修得漂亮还储备十分丰足，不断有穿着白色长外套的男人进来。简是有档次的那位，我感觉自己在这世上像是在向上攀升。我自然知晓新发家的不是什么好事，我信心满满地等着父亲让我安心，等他说我们比新发家还是要好不少的。

"——喔，"他说，"非常的新，但一点都没发家。"

"爸爸。"

三十年之后：又是在车上，又是路易斯提起了话头。

"嗯？"

"我们属于哪个阶层？"

我一边开着车，一边想要敷衍过去，

"哪个阶层都不属于。我们不在意那些东西。"

---

① 苏格兰高地上一个区域，位于东北部。

“那我们到底算什么呢?”

“我们在所有那些阶层什么的外边。我们是知识界。”

“哦,”他说,嗓音里故意加了点假嗓音,“我算是个知识分子吗?”

“爸爸。”

那是老二,雅各布。那时他九岁。

“嗯?”

“为什么你念‘Fridee’,‘Mondee’,‘Thursdee’(星期五;星期一;星期四)?”

“你是怎么念的呢?‘Fri-*day*’,‘Mon-*day*’。”

“照你那样的声音来念,肯定听起来傻乎乎的。你是念‘birthdee’(生日)吗?”

“就是‘Birthday’啊。‘Birthday’,你爷爷会说,这就是按着拼写的发音。”

“什么意思?”

“拼写发音是指你按照拼写来念,却不符合口语的节奏。就像念‘offten’(often,经常),而不是‘offn’。”

“你是念‘yester*dee*’的吗?”路易斯问。

“是啊。”

“但你不会这么念‘*to*dee’(今天)的,是不是?”

“不会,当然不这么念啦。”

“你也不会这么念‘dee’(天)的!多好的‘dee’啊。”

“第二‘dee’(天)一早。”雅各布说。

“哪一‘dee’(天)你方便呢?”

“我当然不会这么念啦。”

“那你为什么念Mon*dee*,Fri*dee*,Sun*dee*呢?”

“哎呀。我十来岁的时候,训练自己这么说来着,以为听起来很上档次啊。[①]”

“你为什么这么做呢?”路易斯问道。他的不解很真诚。

“因为那时候上档次是件很酷的事。”

他的头猛地转了过来。

“真是那样?……老天啊……”

1967年，田纳西，我父亲正遇上点有趣的事。不过，对奥斯力克来说，他没有意识到这一点，这种糟糕的行径真是太像他平素的作为了。往前翻上一两页，会看到从学校发来的信的第一段：那是一首浑浑噩噩漫不经心的散文诗。我没精打采地放弃了假期去纳什维尔的机会。没错，我是在做功课，还有几个面试要参加。而且我也不舍得放弃整整两个星期琢磨是不是要去毕加索的机会。

我父亲到达美国南部时，看到寻常的街景：“在别人的脑海中唤起这样的街景，你不需要描述，只需一张单子，或者只要是单子的开头。那张单子，每个人都了熟于心。”他也发现“用来喝的酒精”还是国家禁止的。上酒吧，得自己带酒，要一份*杯具*：装着冰块的玻璃杯。金斯利继续说道：“连饭店也都差不多，只有两家（这是有五十万人口的城市），一家提供很坏的食物和服务，另一家提供更坏的食物和服务，两者的共同点是不接受预订。”在别的地方，作为一名英国人，他被视作是罕见的贵族：“‘今天晚上，我们*还有*一位来自不列颠的绅士，’［主持人说道］，像是小地方的动物园管理员露出一点小小的骄傲——园子里的阿拉伯大羚羊，不止一头，有*两头*呐。”还有更出奇的经历，他发现自己陷在这样的交谈中（女士是伊比利亚语教授的妻子）：

“你有没有看过奥利弗爵士演的莎剧《奥赛罗》?”她用寻常的不可

---

① 原文中区别“day”在各词中的发音。比如指一星期中的日子，以发作“dee”为英国上流社会人士的发音。

置信声调问道。“你觉得怎么样呢？——我说的倒不是电影，而是他。”

“哦……我觉得他很出色。”

“可是他们把他弄成那个样子，像是黑肤的玛雅人!”

“可不是嘛。”

“可他说起话来也像个黑肤玛雅人!”

“是啊，可能是有一点儿——”

“可他连走起路来也像个黑肤的玛雅人！……可怎么可能有真正的小姐爱上那样一个人?”①

还有更出奇的。在某个英语系，金斯利发现系里的一位教授和一位小说家，居然可以转身对他说（一字不差的)：“我无论如何也不会心甘情愿地给黑人或犹太人 A 等成绩。”

既奢侈虚荣又令人反感（而且不是为了留存于世而建立的），奥斯力克若在纳什维尔，待不上十分钟，就得把自己解脱出来了。那时候上档次是件很酷的事，可不是吗？是的，路易斯，我同意极了：老天啊……

① 这令人想起在某些文化中，《奥赛罗》被认为是一出悲剧，伊阿古才是主角。这儿的原文来自金斯利·艾米斯的《回忆录》(1991)。——原文注

来自学校的信

苏塞克斯补习学校，
海事广场 55 号，
布赖顿，苏塞克斯
1967 年 11 月 4 日

最亲爱的爸爸 + 简：

你们俩的信我同时收到了——都写得太好了。听说你们和殖民地居民们处不来，那可挺遗憾的——他们都无一例外地糟糕吗？你们工作也很努力呐。不过，可能还没意识到就到了要回来的时候啦。到了那时候，你们就回来了。

那个小怪兽阿尔达先生帮我在附近罗汀迪恩村上找了份工作。我要带那些小子去玩球。怎么可以呢？这帮小子就知道揍上我一顿，给我取一些要要聪明伤人的绰号。唉，这可算是个挑战呢。①

“杂种总部”目前在布赖顿。整整十天滂沱大雨，夹杂些暴风、飓风、龙卷风、地震诸如此类的剧烈大动作。我唯一的安慰是，纵容自己毫无畏惧、坚忍不拔地走在连眼前都看不清的瓢泼大雨中。还有，我还凝视着窗外，以疯子般的坚毅，默默地下定决心，我要穿上白色的法兰绒裤，去海滩上走一圈。

我还有些小新闻给你们俩，会让你们自我感觉良好一下。

先说给简的：两个礼拜前，我遇上了一个叫夏洛特的漂亮姑娘。她

① 原文标明此处有用词错误。

家公寓在汉密尔顿街上，我去接她出去玩。她很严肃地向她母亲介绍了我。她妈妈问了我想喝点什么之后，表达了想知道我住哪儿的愿望。我告诉了她，她欣喜万分地嚷道："噢，你一定和伊丽莎白·简·霍华德住得很近!"我很平静地告诉她，我们住得有多近。这让她对我适度地刮目相看了，接着她开始赞美《朱利叶斯后事》①。我则接着把夏洛特变成了我的马子，算是这个晚上的第二重乐事②。这次征服，简起的作用可能很不小哩。

接下来，是给我杰出的父亲。我的一个朋友很恭顺地咨询我，要求我推荐您的一部作品。《幸运的吉姆》，我告诉他。他马上去买了来。有天晚上，我上他的房间去，他正朝水槽里呕吐，满脸的泪水。就是提到的这本小说里的某一段让他笑成这个样子的③。对你是件大好事吧。

顺便提一下，我希望你们不会埋怨我花钱去买书的。我得加一句，都是值得称道的书呢。我现在④有二十五本宝贵的收藏（大多是平装本的）。等我上大学时，这些收藏足以让我骄傲。

那个作怪的小怪兽阿尔达先生做的另一件事，是把一个滚滚烫的弯男安排在了我的隔壁。每天晚上十二点到一点之间，他就不敲门冲了进来，双眼冒着火苗，巴不得逮到我正好没穿衣服。他想要强奸我，不过，知道是怎么回事不顶用。我已经考虑过如何报复了——把鼻屎放在他的咖啡里，把痰吐在他的牙刷上，偷了他的洗发水，脏污了他的睡衣，不过我也知道这也不顶用。他为什么不滚开？到了最后，我想得先理理自己为什么弄不明白了。

---

① 《朱利叶斯后事》为伊丽莎白·简·霍华德的第五部作品，首次出版于1965年。

② 这个夸口空洞，而且彻头彻尾是个谎言。我觉得夏洛特又美丽又聪明（还上档次，个子也不高）。我竭尽全力，根本没得近身。——原文注

③ 到底是哪一段呢，你这笨蛋?"提到的这本小说"，可不是嘛……不过，我可别过于追问过去的自己了。在这些令我胳肢窝都要羞红了的存档里，我没有任何更改，只除了为了保护无辜者的那几处。而且，宽容慈悲的读者会同意，我也是无辜清白的。——原文注

④ 原文标明此处有用词错误。

今天晚上，我去看了老彼得·耶茨[①]的新电影《抢劫》。这部电影算是挺潮的[②]——意即“我糟糕我自己知道”——你懂的，有三十分钟是在一片墨墨黑中。

我去睡觉了，想念你们俩，快点给我写信哦。

很多很多的爱

马特×××××

顺便提一句，简，高中时，我读了劳伦斯的《彩虹》[③]，我觉得要说说他为什么不好，我够格了。入学面试之前，我要看看其它的书。我感兴趣的是《战争与和平》，还有那个小怪兽的头头建议的《丹尼尔·狄龙达》[④]。再来点闪电速评[⑤]——

埃兹拉·庞德——吃软饭的新潮小家伙。

奥登——还不错，不过我觉得他自己一定是个讨厌糟老头。

霍普金斯——读起来很有趣，不过经不起分析。

多恩——非常旖旎壮阔。

马维尔——??

济慈——不说“我是个诗人，明白不?”的时候，还行。《无情的妖女》——几乎算得上是我最喜欢的诗。

回头再写——马特。

---

① 彼得·耶茨（Peter Yates，1929—2011），英国导演和制片人。《抢劫》（1965）是一部犯罪惊悚片。

② 原文标明此处有用词错误。

③ 原文以“乏味沉闷”（bore）代替“虹拱”（bow）。

④ 乔治·艾略特（George Elliot，1819—1890）的小说。

⑤ 原文标明此处有用词错误。

女人和爱情之一

我们坐在靠近大伦敦巴尼特区的屋子[①]里，沐浴在上层资产阶级的光芒中——我父亲和我正一起喝着一杯午餐前的酒，讨论着他第一篇发表的小说，《乌干达的圣犀牛》（1932 年，当年他十岁）。这时是 1972 年，他刚过了五十岁的生日。为这一生日，他写了一首诗《献给自己的颂诗》（“今日五十岁了，老家伙？/嗯，也不见得那么糟啊……”）。当时他正处于声名和创造力的高峰期，他和简的婚姻也依旧毫无阴云——至少我是这么认为的。《乌干达的圣犀牛》：

——都是常见的那些坏处。尽是些没有分量的用词。比如说：“在炽烈蒸腾着的热气中，咆哮着，诅咒着……”

——这有什么不对的？我是说，我知道这挺老套的……

——你不能那样子连着用三个“着”。

——是吗？

——不行。应该是这样的：“在无法忍受的热气中，咆哮着，诅咒着……”

你不能那样子连着用三个“着”。有时候你还不能连着用两个。好多表示名词的后缀也同样，前缀也是如此。

吃过午饭，我上自己的房间待上几个小时，写一篇我打算投稿出版的小说。后来，喝晚餐前的酒的时候，我说，

---

① 金斯利·艾米斯和简·霍华德于 1968 年至 1976 年居住在此处。马丁·艾米斯曾在此居住过一段时间。

“我把我在写的书过了一遍。猜我发现了什么。原来是首打油诗啊。”

“肯定不是那样的。”

“是的。就是‘扁担宽板凳长，扁担想绑在板凳上’的那种。像是童谣。两只老虎，两只老虎，跑得快，跑得快。”

“你言过其实了。”

我说的是真话，但我又把小说修改了一遍：把所有这些前缀后缀都好好修理了一遍。

这是他给我的唯一一点有关文学创作的建议。当然啰，他也从来没有表达过让我追求文学生涯的愿望，尽管所有迹象都表明我自己是这么想的。以前我以为他完全是出于懒惰，不过现在想来他只是遵循父亲的直觉，而且是良好的直觉。五年之后，我做《新政治家周刊》文学编辑的时候，有一位知名作家带着儿子上我的办公室来。我得到的解释是，那男孩（大概十七岁吧?）写诗，父亲希望我能看看，或许能挑上一两首刊登。我比这位诗人大了十岁。我理解他。不过，当时我马上指出来，没有哪个用英语写作的在二十岁之前出过什么成绩（连可怜的汤玛斯·查特顿[①]也算不上。那位出色的男孩，经历了早年的成功后，穷困潦倒，十七岁那年，服用砒霜自杀）。知名作家彬彬有礼地坚持着。我想着，好吧，也是有可能的：兰波写《醉舟》的时候，也就那年龄。我读了那位儿子的诗。我寄回了给他，附上一信说，我认为这些诗都大有潜力，（同样真诚地）我会很乐意关注他之后的写作……

在文艺领域，如果父母邀请孩子紧随其后——这是件挺复杂的事，总会让人觉得有点儿自大自恋在作怪。倘若孩子应诺了，算不算是对父亲的馈赠的致意？纵观历史，要兑现诺言的几率太低啊。有特罗勒普夫人也有安东尼·特罗勒普，有大仲马也有小仲马，也就这么几个了。通常是这样的，孩子能写上一阵子，接着超越父母的竞争心就淡了。我认

---

① 汤玛斯·查特顿（Thomas Chatterton，1752—1770），英国诗人，从十一岁开始就发表成熟的作品。十七岁时，因穷困绝望，服毒自杀。

为文学的天赋有极强的遗传性。但写作的毅力没有遗传性。

过了没多久，我听说知名作家和诗人儿子闹翻了。这是长久龃龉的开端。儿子寄给我的最后一首诗是有关父亲的：一篇稍稍隔成了诗行的檄文。

我难以想象我的成年生活会是怎样，如果我和金斯利之间发生这样的冲突。促成文学志向的背后，暗昏昏的，看不清楚——对过去的怀恋，酸涩的孤独。而且在父子之间的事已经够多了。金斯利声称他喜欢我的第一部小说，却说“看不下去”第二部，当即我就感觉到了被拧了一把的疼痛。但事实是如此：任何的文学问题，他都没法模棱两可或闪烁其词，这一点我是了解的。而且，说这句话时，他的眼睛里有着几乎是恳求的神色……（他也不喜欢纳博科夫，其实除了安东尼·鲍威尔[1]，他谁都不喜欢。）除此之外，我们还有过不少激烈的争辩，也狠狠吵过架，但没有哪一次不是到了第二天就云过风轻的。唯有一次，我快到三十岁的时候，想过要和金斯利冷战一番。金斯利是这么粗鲁地评论那位我爱上的姑娘（出于对我的前任女友的喜爱）。“你觉得她怎么样？”把她介绍给金斯利的第二天，我在电话上问他，等着听到一长段像模像样的赞美——一首十四行诗，或是一首赞美诗。“我不介意你带她来家里，”他说，“如果这是你想知道的。”[2] 我的不快升级了。有那么几秒

---

① 安东尼·鲍威尔（Anthony Powell，1905—2000），英国小说家，以十二卷本的《与时代合拍的舞蹈》知名。

② 我家人都喜欢谈点八卦轶事。我坦露这里的前任女友是爱玛·索姆斯，现任女友是玛丽·费尼斯（后来成了被媒体大肆追讨的离开丈夫的沃尔德格雷夫女伯爵）。金斯利真心喜欢爱玛·索姆斯，因为她可爱极了。我和她处了两年，不过，我怀疑，另一层原因与她是丘吉尔的孙女相关。他的喜欢源自历史，而非社交。我父亲只碰到过爱玛的父母一次。简开车送他去索姆斯的乡村别墅进午餐，我经常在那儿过周末。克里斯托弗爵士皱着眉头，温柔而又忧心忡忡的样子，像是急于去关切别人（这个神情，他的三个儿子都遗传了）。上酒的时候，他问金斯利：“进去喝酒前，你要不要先去洗一下手？”金斯利说：“不用了，谢谢。我来的路上，在树丛背后洗过了。”午餐是绝对的成功——从头至尾都如同一堵音墙（现场还有爱玛两个超大型的哥哥，尼古拉斯和杰里米）。哎，那个年代，有多少是同阶层相关的啊。撒切尔夫人不论其它行迹，带领着塞西尔们、诺曼们、基思们，至少帮助动摇了阶层的壁垒。——原文注

钟，与金斯利的裂痕似乎挺浪漫挺吸引人的，像是黎明时分的一场决斗。我记得咂摸着这种滋味，这种冷冰冰的滋味。随后，我像吐痰似的，把它咳了出来。咳咳，啊呸！再加上个念头：可千万别再那么想了。我快三十了，他离六十也不远了。我们都到了关键的年龄，很快会以更复杂的方式需要对方。我父亲从来不鼓励我写作，从来不邀请我追求那遥不可及的事。① 他表扬我的次数要比公开批评我的次数少，但效果不错。

对我自己的孩子，我打算更多一些赞美。虽然我要比金斯利更喜欢作家的生活——每一天过的日子，我不会鼓励他们。不会。绝对不会。

1973 年 11 月中旬，“打油诗”对话的十五个月之后，那部处女作即将出版。② 小说出版的整件事都平静极了。如今看来，简直不可思议。没有访谈，没有朗读会，没有拍照推介。而且，也没有新书出版庆祝会——或者说，没有出版社的新书出版庆祝会。没错，这是第一部小说，不过，等我第二部小说出版的时候也没有，第三部也没有。那个年代，就是这样子的。少数人感兴趣的领域。一切静悄悄的。

那时，1973 年，没有正式的庆祝会——我打着这些字的时刻，几乎正好是四分之一世纪之前的同一个时刻。不过我还算是有过庆祝会的。③

---

① 除非你想要算上下述的对话。我们十七八岁的时候，金斯利问我和哥哥，这辈子我们想要做什么。“画家，”我哥哥说。他成了一名画家。“小说家，”我说。“挺好，”金斯利说，一边以他特有的方式快速搓着手，还发出了些声响。“那意味着艾米斯一家子开始朝其它的艺术领域发展了，同时还保留了他们在小说上的霸主地位。”他说的话中包括了简。——原文注

② 第一版的数量极少。现在单单一本书的价格都已经是当时预付稿费的两倍了。必须声明一下：我的经纪人帕特·卡瓦纳和出版人汤姆·麻什勒也管我的父亲，我早年就认识他俩了。没错，所以说整件事心照不宣地靠点关系。任何一家伦敦的出版社都会出于庸俗的好奇心出版我的处女作。——原文注

③ 金斯利·艾米斯的字迹比我的更工整规矩，不过有时候我们的笔迹会一模一样。我手稿里的那个“还算”可能是他写的：真假难辨的仿造。——原文注

我和罗伯及其女友奥莉薇亚一起住在一座漂亮的小屋子里。我买不起，而罗伯把一整笔的小额遗产付了租契，她也买不起。这个安排很快就崩了：不到一两个月，我发现自己在伯爵宫区①积了厚厚灰尘的小房间里。不过，那天晚上，我们过得开心极了。我哥哥菲利普带来了一大瓶的威士忌。妹妹也在，父亲也在。我记得他走上楼梯，跨入客厅时，眼里闪烁着期盼的光芒（任何做客的机会，他都会期盼，带着孩童般的热切。我想，这是他孩童时代、青少年时代平淡无奇也没有兄弟姐妹相伴的结果）。金斯利的老朋友，研究苏联的专家和诗人罗伯特·康奎斯特②也在。克里斯托弗·希钦斯③也在。他英俊，会玩会闹，左派的那种消瘦。克莱夫·詹姆斯④也在。他有着骑车者的身型，蓄着胡子和头发。他从澳大利亚过来还没多久，到了这座文字之城，都“兴奋得发狂了”（就像贝娄小说《洪堡的礼物》中的人物查理·希特林一样）。

我能告诉你什么呢？那是七十年代，笑话百出的年代。克莱夫穿着低腰牛仔裤和猎装，希区⑤大概穿着令人褒贬不一的打着补丁的牛仔裤，扭曲的拉链右侧有一坨污渍，就像是一个沉闷的主权国（我记得他是在莫斯科讨价还价淘来的，也可能是用了这个方法脱手的）。我和罗伯一样，几乎可以肯定是穿着一件尖领的花衬衫和绿色的丝绒喇叭裤，还是经过压皱处理的丝绒，没磨光的那几块发出一种病态的光泽。连金斯利的裤脚都大了一两寸。现在看来，那十年，我们都蠢到会穿喇叭裤，居然还能写出些有意思的字，让我觉得不可思议。那天晚上，罗伯和奥莉薇亚送了我一件蓝色的T恤，上面用紫色的大写字母印着我的书名。那

---

① 位于伦敦中心区域，属肯辛顿和切尔西区。

② 罗伯特·康奎斯特（Robert Conqust，1917—2015），历史学家、诗人，以其对苏联历史的研究知名。

③ 克里斯托弗·希钦斯（Chrstopher Hitchens，1949—2011），以其对宗教的批判知名。

④ 克莱夫·詹姆斯（Clive James，1939—　），澳大利亚出生的作家、诗人、评论家。

⑤ 希钦斯在朋友中被叫做“希区”。

个晚上剩下的时间，我都穿着那件衣服。小小的电视上，立着一本我的书。

聚会大概在四五点钟之间结束，像是败军溃退，乱得令人目瞪口呆。第二天碰到一起吃中饭的那几个看起来像是《星球大战》中星际非法售酒沙龙场景中的群众演员（这电视剧要等四年之后才会出现，是未来的事）。那天晚上，开始了几段新的浪漫故事。比如希钦和我妹妹萨丽去了附近的旅店。黎明时分，罗伯和奥莉薇亚一起上楼去睡觉，我独自去楼下的床上睡觉。我无爱可谈。事实上，我似乎连一个女朋友都找不到。我至今还时不时在梦中唤起那段相对短暂的时光：梦中的感觉充满了孤单隔绝，无人牵挂——自然啰，还有觉得自己毫无魅力。彻头彻尾的毫无魅力。你身边没有一个姑娘的话，你会开始厌恶自己，这变化快得令人吃惊。而且，这消息马上四处传遍，也快得令人吃惊：你碰上的每个女人似乎都知道了这一点……一切最终会有所改善——后来发生的事即使在那个年代，也完全称得上引人瞩目。1974 年早夏，我也会去附近的那家旅店，和十来岁的姑娘蒂娜·布朗还有她的父母喝茶。这是我第一次被介绍给她的父母，他们彬彬有礼地探问着我的底细。不过，我还得度过在伯爵府区的那段日子，没有姑娘的每一天，每一个星期，每一个月份。

“把头发剃了，”金斯利紧追不舍地说，“把头发剃了。”

房间里没有其他的人，但他不是告诉我把头发剃了。这些年来，金斯利已经说过一万两千遍把头发剃了的话。但他不是告诉我把头发剃了。这一年是 1984 年。我刚和一位叫安东尼娅·菲利普斯的美国学者结了婚，孩子快要出生。我没必要去把头发剃了。

“把头发剃了……把头发剃了。”

这是给电视机的建议。具体点说，每次琳达·汉密尔顿出现在屏幕上的时候，她都会得到这条建议。我们正（又一遍地）在看《终结者》的录像带。金斯利是科幻小说的老行家，是《终结者》的大粉丝。七年之后，我带他去西区大理石拱门那一带的一家影院看《终结者 2》，他毫不掩饰自己的钦慕之心（称之为“完美的杰作”）。

“把头发剃了……把头发剃了。”

在《终结者 2》（1991）中，琳达·汉密尔顿把头发扎在头顶或者脑后。但在《终结者》里，她满额头堆着鬈毛，1984 年那会儿，人们都是那个模样。

“把头发剃了……把头发剃了。”

“我希望你会坚持不懈，我说老爸。要有谁说你无聊唠叨，你可不会泄气让步哦。”

“把头发剃了……把头发剃了。”

“可能会有谁指出来，这部电影早已经拍好了。即使琳达·汉密尔顿能听得到你，即使她觉得这是个很好的主意，她也没法儿回去把头发给剃了呀。”

“把头发剃了……把头发剃了。”

“不过，可别听他们说的，老爸。你已经表明立场了。这下轮到你坚持下去不退却了。”

“把头发剃了……把头发剃了。”

过了一会儿，激烈的打斗开始了，而且很明显琳达·汉密尔顿不会有时间也没空闲去把头发给剃了，金斯利就不再告诉她把头发剃了。

1980 年 12 月，简离开了金斯利。这差不多是四年前的事了，还没有其他人出现。我打算离开的时候，说道：

“爸爸，你到底怎么样啊？”

“哦，还行吧……但你知道的，没有女人的人生只好说是活了一半。”

“真是这样？”

听到他这么说，我挺吃惊的，又有点儿高兴。这话听起来宽容厚道，不像他，之前我一直觉得他常年都是怨恨不已的。长长一段时间里的种种让他生出的怨恨，不是表现在他的举止或是言谈中。而是出现在他的小说中，再明显不过了，特别是反浪漫的转折，从《杰依克的东西》（1978）一直到《斯丹利和女人》（1984）。这一些年的作品中，似乎把那一方面的希望、连令人安慰的记忆都一并摒弃了。我不是把作家和作品合二为一，犯下这一基本的错误，但所有作家都知道，真相就是在虚构的小说中，精神的温度计能在这里测出读数。金斯利在那段时间的小说在我看来，道德上处于退缩状态。他像是关闭了一整个维度——那个有女人和爱情的维度。所以，令我吃惊的不是他的这种说法（我知道说法本身一点不错，活了一半的人生远远不够），而是这话是从他嘴中道出：

“真是这样？”

“千真万确。”他说道，扭过了头去。

此后，金斯利余下的人生中不再有浪漫的爱，但爱又回到了他的小说中。《老魔怪》（1986）中宽恕的爱，《你不能两者兼得》（1994）中怀旧的爱，《俄罗斯姑娘》（1992）中坚定的甚至是强劲的爱。在《杰依克的东西》中，他让男主人公宣称：

> 她们心里想的和嘴里说的不是一回事，她们用语言不是为了交流而是为了延伸自己的性情，她们把所有的不同意见都视作是针锋相对，确实是这样，连她们中最聪明的也不例外，寻求真理至此也就到头了，哪怕谈论本身就是为了寻求真理。

在《斯丹利和女人》中的酒吧氛围里，我们得到如下对女性的表述，“违背常识、仪态、公道、真理等等，不一而足”（说这些话的是一个叫伯特的中流电影制片人。至少对他醉醺醺的腔调的嘲讽，效果不错）：

> 你可以灌她些那个药，叫什么来着，对了，东莨菪碱，你可以把她上足了那操蛋的东莨菪碱，她还继续会否认……她是……她是个前操后肏的东西，就是那样儿。该收起来藏好。可是为了保护她

自己啊。

所有这些调子都变了（我知道背后的原因）。在他七十岁写的《俄罗斯姑娘》中，爱情被提升到不仅超越了政治，而且极其令人吃惊的是，还超越了诗歌①，超越了真理。

在《杰依克的东西》和《斯丹利和女人》两书中四处渗透着对女性的批评，可不能说完全没有一点趣味，不着调（两本小说都充满着邪恶的生机）。也不能这么总结：听着，女人对真理的态度正好由男人的习惯来平衡（女人写的成千上万本小说中探索了这一点）；后者的言谈举止一贯的正确，富有权威性。我反对这两部小说的原因要简单得多：我能感觉到爸爸的拇指摁在秤砣上。T. S. 艾略特建议文学是“非个人化”的用词。我觉得出色的文学评论家和空想社会主义者诺斯罗普·弗莱对这一说法作了改进。他说，文学是“不带偏见”的用词：你不能在写作中夹带私货。而金斯利是有偏见的。他是为了报复爱情和女人，报复简。

他一向都知道怎么做才更好，后来又会做得更好了。早年写的一首题名为《书店田园诗》的诗中，有个和他本人相近的角色随意地在翻阅一本从诗歌架上拿下来的一卷“薄薄的诗集”：

> 和所有的陌生人一样，它们以性别来分：
> 《帕尔玛的风景》
> 让男人感兴趣，还有《双漩涡》
> 还有《里尔克和佛陀》。

① 此处我们回到了 1973 年，金斯利写了篇《致我的葬礼的回旋曲》：“……我应当说明，从十几岁开始，自从发现了音乐之美，音乐给我的乐趣，而且是浓烈的乐趣，超过其它形式的艺术……再进一步：唯有没有爱情的世界，会当即且明确地令我觉得比没有音乐的世界更可怕。”——原文注

“看，我旅行”，“我思考”，“我读书”
　　这些题目像是在说；
可是《我记得你》，《爱情是我的信条》，
　　《写给J. 的诗》

女士们的选择，让我的喋喋不休黯然逊色……

诗人是应该给人类的心灵打气
　　还是将之使劲压压碾平？
男人的爱情和男人的生活完全是两回事；
　　而姑娘却觉得那样子不行。

我们男人掂量好爱情的重量；没了爱情
　　我们的日子还照样过。
女人似乎不觉得那样其实也行；
　　非要拿笔来涂涂抹抹，

她们写的诗呀坦露了她们的心声
　　却打动不了他们。
女人其实要比男人温柔多萌：
　　难怪我们喜欢上她们。

明白了这一点，就能忘了那些时光：
　　呆呆坐到夜半
胸口呛满了爱，塞足了五彩的念头，
　　　　　　　　还有名字和诗行，
　　却一字不能落在纸上。

诗写得再机智谐趣，技巧高明，这也是一首年轻人的诗。在最后一节里，我们感受到了对男性不足之处的遗憾，但我们同时也能感受到作者很快就会坦然接受。① 男人无法在情感的高峰期写作。情感必须是华兹华斯所说的在“平静中回忆起来”。而另一方面，《书店田园诗》暗示了写作最终也因此变得更好，更精确、更具权威性，也更有其它（男性）的优点……现在读来，让我吃惊也让我感兴趣的是诗中用口语体引用拜伦的诗行：“而姑娘却觉得那样子不行。”替代了拜伦原诗中的“这是女人的全部生命存在”。或许，这首诗也暗示了反过来可能也说得通：女人的生活和女人的爱情完全是两回事，而小伙子却觉得那样子不行。艺术是男人的全部生命存在，至少试图如此。对一个风华正茂的年轻诗人来说，可能确实是这样子的。不过，到了六十来岁，当他不再有女人的爱情，他承认留下来的是：一半的生活。

听爸爸讲那事儿

五十年代中期的某个时候，夏日下午，在南威尔士的斯旺西，我母亲告诉两个儿子去书房见父亲，他有话要说。金斯利在他的《回忆录》的开头不久写到此事：

① 得知朋友的死讯（我又在搬用诺斯罗普·弗莱的话了），一个男人可以流泪，但他绝不会放歌。在我看来，女人的小说和诗歌，多了点“歌”。就这一点，我们可以辩论一番……金斯利非常喜欢布朗宁夫人，对简·奥斯汀，他不愿花上很多时间，宁愿多看看乔治·艾略特，对弗吉尼亚·伍尔夫则一点点也不愿花时间。提及伍尔夫，他说他觉得她创造的世界太不自然了：看她的作品的时候，他发现自己不断地反对着否定着。每每有作者在文中插话，他都会嘟哝“啊，她可没那样做”，“啊，他可没那样子”，“啊，事情不是那样子的”。尽管他确确实实敬慕艾丽丝·默多克、伊丽莎白·泰勒和伊丽莎白·简·霍华德，我觉得我父亲认为女性写作基本上是难以理解的——与其说是一种文体，不如说是一种运动，和漩涡主义差不多。纳博科夫（不是金斯利的心灵密友）也同样坦承，就文学品味而言，他完全是“同性恋”。他同样也说过，一位好的译者必须是：（1）对译出语的掌握要相当得好，（2）对译入语要极其精通，此外（3）是位男性。——原文注

> 菲利普和马丁走了进来，脸上没有什么表情，极其天真……我想他们一个七岁，一个六岁。随后我脑中的简短独白就溜了出来，尽管我知道我用了一堆生理解剖术语，也可能用了很多次“东西”一词，提了父亲播下一颗种子。要不然，你能说什么呢？他们听我说完，平静而严肃，我从未比那一刻更加喜爱敬佩他们。我知道他们知道，他们知道我知道他们知道，可这有什么要紧呢。他们默默地离开了，而且体贴地继续沉默着，直到我不再能听到他们的声响……没有哪一处能更正确地说明什么叫“必言不必言之事”。

后来也有过一次介绍，那次少了点解剖术语。我记得，那天晚上，我正专心致志地玩着弹球机——地点换到了西班牙，我的年龄也增长到了十二岁。哥哥走过来说了一句：“快点，马特。爸爸要和我们讲那事儿了。”我玩得再起劲，也毫不犹豫地跟他走了。我们坐在饭店的桌前，一言不发地听着……五岁那年，在湿漉漉的学校操场，我已经听过一个朋友介绍生命的真相。我当时的反应是：我妈绝不会让我爸干那事的——这王八蛋。我敢说这反应挺普遍的。不过，1962年，在西班牙，我听完后，满心喜悦的想法和感觉：我爸和我妈相爱，我、我哥和我妹都是爱的结晶……我们全家去马略卡岛旅行十天，正开车搭船回程。那次我们是住在罗伯特·格雷夫斯①的旅店里。我们从巴塞罗那往北开的时候，汽车开始出现严重的故障：十三岁的生日，我高高兴兴地帮着把汽车推上了比利牛斯山。六个星期之后，金斯利遇上了伊丽莎白·简·霍华德。② 到了第二年夏天，他的婚姻结束了。在此之前，父亲没有停止过爱我的母亲；在此之后，也没有停止过爱我的母亲。然后，就像在

① 罗伯特·格雷夫斯（Robert Graves，1895—1985），英国小说家、学者和诗人，作品多以古希腊和罗马为题材。

② 他们是在切尔滕纳姆文学节遇上的。金斯利参加了简组织的小组讨论，主题是《性和文学》：上帝拙劣的笑话之一。——原文注

《书信集》里明确表现的那样，简·霍华德是一场突如其来的爱情。

“一个男人若没有永久地受到从父亲那儿听来的性理论的影响，他就是个罕见的聪明人……”索尔·贝娄在《银盘》（这是史上最伟大的短篇小说之一）中写道。在我们十五六岁的时候，金斯利继续用浪漫爱情的格言警句来哄骗我们。“一个裸身女人最吸引人的部位是她的脸蛋，”他说。这听起来还挺不错的。但最不招人待见的是这句话：“爱情极大程度上放大了性的生理快感。”哦，那才是你追求爱情的原因：为了性。菲利普与我和我们同龄的大多男孩一样大大咧咧精力充沛。不过，要是我们有耐心去经历“真事儿”，我们也就不会是我爸的儿子了。我十六岁时，看了打字稿的《反死亡同盟》（1966）。有两句简短的句子让我迷醉不已。之前没有被爱过的女主人公被男主人公吸引，感受到心中的涌动，问自己：“是现在吗？是你吗？”然后，过了一阵子，两句没有出声的答案：“就是现在。就是你。”我一直问自己这两个问题，一直盼望着听到那两个答案。

1973年11月，除此之外，我过得怎样呢？

落在纸上的生活看起来挺不错——事实上，落在纸上的几乎也就是我经历的生活。

第一部小说的出版花了很长时间。等出版时，接下来的一部我已经写了一半。我在《泰晤士报文学增刊》有份全职的编辑工作。① 我替

---

① 我得到这份工作挺快的，但不算迅速。有四个月时间，我在梅费尔的一家小型画廊工作，每天带着客户参观，在地下室给画框掸掸尘，泡茶泡咖啡，给画廊预展的邀请函手写地址，一天看一本书。之后，我成了一家广告公司的文案实习生。这家叫J. 沃尔特·汤普生的广告公司刚成立，位于伯克莱广场。广告行业以前是搞文学人的避难所。但在这家广告公司时，我挺为自己担心的。公司里尽是些写不出作品的剧作家，文句不通畅的诗人，出过一本小说的小说家。整个地方像是文学才子的夕阳红俱乐部。过了一个星期我就辞职了（只是因为我有别处可去），又在两个地方干了一阵子才去了《泰晤士报文学增刊》。《泰晤士报文学增刊》那时候是在黑衣修士桥《泰晤士报》老大楼的偏楼里。楼上是一家足球赌博公司，看管的门警都酒桶似的，蓄着令人生畏的胡子，翘得长长的如同张开的羽翼。

《文学增刊》还有别的刊物写评论和文章。《新政治家周刊》11 月第 23 期书刊版的开篇是我写的一千五百字书评，评论约翰 · 凯里[①]的狄更斯研究著作《暴力的肖像》。一个星期之前，也是过早出现了一个星期，书评版是以彼得 · 普林斯的五百字书评结束（是三篇书评中的最后一篇），评论的是《雷切尔文件》。书评现在[②]就摆在我的面前，只有几处，我不甚赞同。

一位写了第一部作品的年轻小说家被认定是写他自己的意识，但普林斯先生看不到其中的讥讽和艺术化。我的叙述者说些“肉麻风趣的小话”和“故作惊人的小话”，而我与我的叙述者之间毫无区别。不过，就奥斯力克要素（“早慧的，瞧不上高中课程的，中产特权加上凭成绩考大学的”）还有盲从的性别歧视来看，他说对了一半。这是我见到过的书评中最坏的一篇。其他每个人都表现得相当宽容，有几位还表现了宠溺。[③] 他们似乎觉得从我父亲的背后迈出来，一定特别的艰难，其实不是，他的影子成了一种保护。而且我也没觉得有什么特别的成就感。成了一名作家，这是挺奇怪的意外，可是，这对你来说，又没有什么比这更普通不过的了，因为这是你爸整天在做的事。因为，作为作家的痛

---

① 约翰 · 凯里（John Carey，1934— ）英国文学评论家，曾两次担任布克奖评选委员会主席。

② 书评不是在哪个妄想狂的剪贴本里（此后不会有太多处提到书评了），而是出现在杂志的合订本里。整整六年的合订本，是我 1979 年离开时得到的礼物之一。让我缅怀一下吧：《新政治家周刊》好多年来都举步维艰，但却非常出色（我的同代人中有詹姆斯 · 芬顿、克里斯托弗 · 希钦斯和朱利安 · 巴恩斯）。周刊的前一半，有关政治的那一半，已经随着工党良知的逝去而逝去。后一半还有点凝聚力，持续得久了一点，但也只相对于小众的兴趣。——原文注

詹姆斯 · 芬顿（James Fenton，1949— ），诗人、新闻人、评论家，曾任牛津大学的诗歌教授。

朱利安 · 巴恩斯（Julian Barnes，1946— ），小说家，曾以《终结的感觉》获得 2011 年布克奖。

③ 伊夫林 · 沃的儿子，奥伯伦 · 沃，非常的大方慷慨。没有人——确确实实是没有人——能比他更有资格来同情我。何况，他在十九岁就写出了第一部小说。——原文注

苦，或许也有些乐趣，对我来说，也变得不那么新鲜了。不过是些例行公事。那时，我非常努力，使足了劲，而我能做的至少也就这些了。

再说了，我仍旧觉得自己像是个学生。《文学增刊》像是座图书馆，和文学编辑开会像是在上研讨课，而我的文章就像是每周的论文。伯爵府区那个大宅子改建的公寓，空空旷旷，地面光着没有地毯，尘土飞卷，住在那儿让我觉得像是个学生。我的衣服，特别是那件工人服似的外套，让我觉得像是个学生。一个人的晚餐，一杯接一杯的速溶咖啡，让我觉得像是个学生。我一阵阵犯的头痛和面部神经痛（还有余留的一点皮脂腺分泌过多的皮肤）① 让我觉得像是个学生。我绕着转的那个姑娘道德高洁，或者根本是毫不在意，令我徒然耗神（只能亲个嘴，没有更进一步的了），让我觉得像是个学生。与此同时，成人世界中的提拔、垂青在我看来仍旧陌生而可怕，虽说我自己正慢慢地朝此爬去。目前种种的迹象再明显，也仍旧会疑心自己不但会失败，而且还一败涂地。或许每个人都会有这种念头。克里斯托弗·希钦斯也有过：我们把这种念头叫做“流浪汉恐惧”。在伯爵府这一区里，多的是流浪汉、醉汉、叫花子、话也说不清的人。在那幢公寓楼里，有个老医生，快退休了。他晚上有时候会敞着门，我能看到他倒在塑料布铺的厨房台子上，身旁是一只雪利酒的酒瓶，有时是穿着没有腰带的睡袍和难以置信的前裆呈 Y 形的内裤（深灰色，裤裆处毫无形状地晃荡着），趔趔趄趄地挥着手臂……

那年我二十四岁，而这就是我的状态：假装啥都明白，其实什么都不懂；假装啥都确定无疑，其实内心总是惶惑不安。我觉得像是个学生，又没有爱情。幸好另有个世界，一个我自觉能够控制命令的世界——那就是小说。而对此，我自此一直都深爱不移。

① 披头士的发型流行起来，很大程度是归功于这种发型能遮住上方三分之一处的脸。“刘海下面是什么？不消说是漫天繁星般的青春痘吧。”这是若干年后，金斯利精确的总结。这种发型早就不流行了。而这些繁星要花很长时间才会退去。——原文注

1973 年的圣诞期间，某种经历进入了我的人生，并且长久地驻留在我的无意识世界中，在现在看来，“经历”呈现的形式是让我熟悉了无边无际的恐惧。在漫长的回顾中，这次偶发事故让我意识到连小说也是不可控的。你可能认为自己能控制小说。你可能觉得自己能控制小说。其实并没有。

但在我们面对“经历”——那个令人痛苦的敌人——之前，让我们再多一点天真，再多一点儿。

来自学校的信

海事广场55号，
布赖顿，苏塞克斯
1967年11月7日

最亲爱的爸爸和简：

瞧，这么快又来信了。因为我想问一些挺不好问的问题，我希望不要太惊着了你们。听起来可能有点儿奇怪，不过我一月到六七月的住宿这事我们是怎么安排的，我确实是忘了。我想我们定下的是家庭旅馆，对不对？我还模模糊糊地记得我提议租个公寓，简说我不会喜欢的，我也同意了。嗯，我刚想到，其实我挺想要个公寓的：不过这不仅仅是浮夸任性。一座家庭旅馆一周房租要多少？差不多三镑到四镑吧？布赖顿的一套公寓（带卧室、起居室、浴室和厨房）要花六镑到七镑。我很乐意支付中间的差价。你们知道，我很急于在我无牵无挂的最后日子里得到一点点自主。不管怎么说，我想不出这段时间需要特别限制的理由。自主并不意味着无法无天，不讲卫生，放荡不羁。我只是想过得舒服一点，为自己做某些事情，有一点建立自我规章的感受，还想要和姑娘上上床（忍不住要用这种反叙法，不过也不会过于强调了）。①

① 什么反叙法（正话反说的修辞格）？不是的，不过是矫揉造作、陈词滥调而已。放宽了说，我请男性读者回忆一下他们十八岁的时候是什么样儿的。也让我请女性读者回忆一下她们当年得对付的那类男孩，他们那时候就是这样子的。——原文注

洗衣、烧饭、洗碗这类的事，我可以继续使用学校的设施：我会在罗汀迪恩或是随便哪儿吃中饭，在海事广场吃晚饭。

我想，是期待愉快但自律的九个月，还是开始安顿下来收获“勇气带来的果实”，这会带来大相径庭的生活。我得赶紧加一句，三个月自主管理公寓后，我还是会这么说的，对此我很自信。

周末坐在一个房间里，改改学生的考卷，想想那场景，有点儿可怜兮兮的。我这儿的面积还大得多呢。再说了，和十三四个卡车司机一起合用一个卫生间就令我心生畏惧。我知道，这算不上什么。可我和你们俩合用过一个卫生间了，我难以想象你们俩每天早上排着队，走廊里冷风飕飕，满脸的愁云惨雾……

你们要是说，我不能住公寓，那我也不会过于吵闹不休的。我也不会说，要不是顺了我的意，我就不住在布赖顿了。这些你们都明白的。不过，到目前，我要想边做该做的事，边在这儿过得更舒服一点，我是不是已经争取到了这点权益？所以，请别轻易说不，请别认定我对付不了的。真要是不行，我总是可以离开公寓并找一家家庭旅馆的——有地产租借契约，不会像菲利普的公寓那样出现复杂情况的。

好吧，很抱歉我喋喋不休，但我想你们都可以理解这是经过认真思考的建议——“这不是我临时想起来的，是责任所在，早就把这意思详细考虑过了。”① 我希望你们也能如此看待我的建议。此处有点沉重，就到此了。

很多很多的爱

马特××××××

又及：你们能不能快点儿给我简单地回复一下。因为我想把整个讨厌的事给解决了。——马特。

---

① 出自莎剧《安东尼与克莉奥佩特拉》中第二幕第二场阿格里巴所言。

重读这封信，我觉得自己必须得强调一下，我写这信时，想的不是花天酒地，纵情狂欢，而是为了好好做事，想要舒适的环境。我没可能知道怎么去交点狐朋狗党——更何况，有那个小怪兽阿尔达先生的小眼珠子盯着呢。

认识时间

中学和大学之间，英国的男男女女有传统，去菲律宾徒步旅行，或是去马达加斯加照看病人。我的那“九个月”，除了在里克曼斯沃斯[①]我继叔的唱片店里当了三个星期的收银，说不出什么来。不过，还是有些旅行。发生了下面的事。

迷你吉普里坐了四个人：我，罗伯，赛和弗兰（他们是一对儿）。老样子的混杂装扮，挂着花围脖穿着丝绒裤，没有受过邀请也没有提前通知（还抽哈希什抽得晕乎乎的），我们打算去骚扰在世的最伟大诗人之一，罗伯特·格雷夫斯。

“他还会记得你吗?”有人问我。

“不会记得我的长相。”

不过等我长长地解释了一通之后，我说，我想他很可能还记得的。我自然是记得他。

这是我父亲模仿大卫·塞西尔爵士。塞西尔爵士英俊、夸张、拿腔拿调却毫不费力，最重要的是，他是世袭贵族，牛津学监（他的成就之一是没让金斯利在牛津的毕业论文通过）：

> “女西……女西和先生们，当我们说某个人像一位诗人……这不是说……是像乔素……不是说……是像德南顿……不是说撒斯匹阿[也可能是别的什么，几乎难以辨清说的是“莎士比亚”]……说的是像雪莱[发音像是“鞋男”什么的]。马修·阿诺德[接着是一连串的最

---

① 英格兰赫特福德郡西南部的一个小镇。

急板］把雪莱称为美丽而无能的天使。马修·阿诺德的脸［渐慢］像匹马。不过今早，我的主题不是诗人雪莱。是简……奥斯汀……”

方括号都是原文里自带的（摘自《回忆录》）。“奥斯汀”居然还是原本的拼写没有变化，我挺奇怪的：在金斯利的口头表述中，第一个音节一向都是被恶意强化的。

当我说某个人像一位诗人，我说的是像罗伯特·格雷夫斯。身材高大，棱角分明，双唇沉郁性感，有点下陷但依旧不失高挺的鼻梁，水汪汪的双眼透着刺穿千里的目光——与此相配的是，大手大脚，肢体灵活，动作丰富：我记得他攀上峭立在无砂的海滩上的崖石——又从另一侧一路跳下去，再跃入水中。这实打实是一位勇士诗人。我又知道他有着宽容厚道的心灵。有天晚上，那是在 1962 年，我妈和我爸出去晚餐，他招待艾米斯家的孩子。那天有格雷夫斯的妻子贝丽尔（她让人吃惊地具有男性气质，古板而质朴，两侧总是跟着两条大卷毛狗），还有他自己的一些门徒和追随者。晚餐快结束时，格雷夫斯提议一个席间游戏：口头联诗，餐桌上的每个人都轮流说一句。菲利普和我坐在那儿，乖孩子做了几个小时了，稍稍有点疲了。格雷夫斯说：“菲利普，你来起句吧?”这位让我又怕又敬又爱的哥哥一如他平时的作为，马上去找最有破坏力的——当然那也是最近便的。他说道：“从前有个老农，坐上个草垛……”① 我的耳朵嗡嗡地响着：这下完了，我想。因为这首“诗”，那天早上父亲才教了我们，接下来是这么说的：“笑着挥着他毛茸茸的拳头/对着那个水手……”② 格雷夫斯笑笑，目光朝下轻轻地说：“你们

① 草垛此处为“rick”，暗示与“阴茎”（dick）押韵，但接下来一句故意用“拳头”（fist）。

② 这首打油诗和别的打油诗一样，是让听者出其不意。比如“我这一路去圣保罗的教堂/有个女人过来想上我的船”。——原文注
译者改编了原文注中的例子，以符合中文语音。“教堂”本与“床”押韵，但说者故意用其它词来替代。

不该知道那首诗的。”我想是贝丽尔启发我们说了有关家养动物的什么。我唯一记得的一句是格雷夫斯的：“那猫灰色的毛，暹罗的种……”很多年以后，我才会意识到，这里所用的完美低调的节律。

“他是怎么样的啊?”罗伯问，“我们该有怎样举止啊?”

这一刻，我们正穿过德亚村，对着路人问“格雷夫斯先生?”“诗人?”，他们都很自信地挥手让我们往前。当时，格雷夫斯刚刚结束了牛津大学诗歌教授的五年任期。根据他其中一部历史小说《我，克劳迪乌斯》改编的电视剧刚刚播出，他早年的学术著作《白色女神》和《希腊神话》还一点都不过时。他七十三岁。

“噢，别担心，”我说，“就当他是个神吧。”

看到我们，格雷夫斯似乎有点纳闷不解，但总体上还是挺高兴的。和几年前大步流星的大高个比，他可能有点儿缩小了，但仍旧很挺拔，昂着头，古钱币头像般的脸没有黯然褪色。我介绍了朋友们，说道，

“我很不好意思，罗伯特，不过，现在你这么有名气，这些日子你肯定有些非常怪异的人来看你。”

“哦，是啊，是啊。有些非同寻常的人来看我。非同寻常呐。”

我们五个人朝着高低起伏的几英亩地看去，尖坡、石山、坡地、枝节横生的橄榄树。随后，罗伯对罗伯特说，

“打开那座山。”

“什么?”

“喷出岩浆。”

“什么?”

“来吧。你能行的。赶走那片云。”

“哦，你是——”

“唤来一阵浪花。”

“你这个小——”

“让月亮出来。”

“噢，你——”

“令——”

这时，罗伯特抓住了罗伯，呵他痒痒。[1]

一两个小时之后迷你吉普一点点地驶出车道。格雷夫斯一次次地跑回屋子，给我们拿来新鲜出炉的面包、贴了标签的腌菜和家制的果酱。

那是1968年，货币贬值，流通受限（而别的事却纷纷纭纭）：每个人去国外能带五十英镑。我带了五十镑出来。罗伯带的不到五十镑。我们离开的前一天，他进了博彩店。两三年前几乎每天光顾博彩店后，我已经不再去了。我歇了手，是因为我突然注意到博彩店里多的不是变得更富的富人，而是变得更穷的穷人。我把这观察的结果也告诉了罗伯，不过他还是坚持去。等他到了马略卡岛的时候（在那儿我们免费住在赛父亲的房子里），他回程的钱都不够了。

接下来发生的事要实际得多。我们从巴塞罗那往北开的时候，车子出现了重要的故障。我的十九岁生日和我的十三岁生日一样：都是把汽车推上比利牛斯山。也不是完全一样，因为这次还要把这辆车推下山。这破玩意儿连顺坡溜也不行了。金斯利在1962年写的一篇叫《我的车子出毛病了》的文章中写道：

> 开了十英里后，来到了一个稍稍有点陡的山坡。仅仅是那样。我们到了一个叫勒布卢的小镇子。这个地名，再让我在地图上见到

① 格雷夫斯对友好的戏谑似乎一贯都是这样的反应。一战后的牛津，有人就他的身高开了个玩笑：“这让我想装一下暴力，但一看到他脸上的神色，我立即停手了。我碰巧撞见了他受到触碰时，病态的恐惧”（《告别所有那一切》，1929）。这一次，不是罗伯，而是T. E. 劳伦斯。我没必要担心突然出现在罗伯特·格雷夫斯面前。他自己就对托马斯·哈代这么做过，对方也同样宽容慷慨地接受了。——原文注
T. E. 劳伦斯（1888—1935），英国军人、学者，被称为“阿拉伯的劳伦斯”。一战期间，受命加入阿拉伯军队，从事间谍工作和游击战，著有《七根智慧之柱》。

（顶多也就在地图上见了），我是不可能不心生恐惧了。

而我们就在那儿。勒布卢。① 刚开始的时候，玩到深更半夜，男性荷尔蒙带来的种种不经心的偶遇，我喜欢极了。不过这时，看着罗伯走向最近的房舍（指望能借用电话给修车铺打个电话），敲着门环用法语说“下午好!”散淡随意，却又可怜巴巴。唉，在门还没当着他的脸关上之前，我已经感觉到前路漫漫了。

终于，汽车被拖回了佩皮尼昂②。对这次危机，我们的反应同普天下中产旅行探险的人一样，打电话回家要钱。我打通了继叔科林（金斯利和简也在度假）的电话。“呃，我们要点钱。”“为什么？难道不能找份工吗?”“找份工？什么工？做什么?”罗伯给他妈打电话，我在邮局等着。

“她怎么说?”

“她说，‘找份工。’”

“天啊。找份工？这说的都是什么啊。”

我们没有找份工。我继续跟科林磨着，直到他同意。要父亲的会计安排转账得花点时间（这个过程挺复杂，或许还算是半法律程序）。罗伯和我随意乱花着。到了第二天就没钱了，剩下的几个法郎也花在了可口可乐和弹球机上。接下来的一个礼拜，只好甘心情愿地打着哆嗦，忍着饥饿，在邮局晃悠着。我们睡在一家公营的青年旅社里。白天，我们有时候去公园打着哆嗦，挨过饥饿。在这儿，我们会和搭车旅行的大高个儿（德国人，瑞典人）混一会儿。这些北方的巨人们进化得很不错，自立自足，经常一个美金就能绕上地球一圈。对我们批发买来的西班牙香烟，他们感恩不尽。

---

① 若干年后，我告诉金斯利，纳博科夫在那儿的一家旅馆的房间里写了一部小说：《防守》（1930），这也没能让他对勒布卢不那么深恶痛绝。——原文注

② 佩皮尼昂位于法国南部，东比利牛斯省的首府，曾为加泰罗尼亚的一部分。

“你们是从巴塞罗那过来的？在巴塞罗那找工容易吗？”

罗伯和我对看了一眼，我们中的一个说道，

“看情况了。”

“码头怎么样？能在巴塞罗那的码头找份工吗？”

罗伯和我对看了一眼：苍白的脸色，缺少的那几英寸高度，脏兮兮的花衬衣。我们开始说道，声音突然间听起来像是十五六岁的少年：

“嗯，还算容易吧。”

“找得到的。”

“我是说，你也不能一径走到巴塞罗那的码头，可没有一份工在等你。”

当然，钱最后都汇到了。等取回车后，我们估计还有十五法郎可以用来买点日常的东西。罗伯走开了，回来时带着一些薄荷硬糖，一些夹心咖啡奶油饼干和橘子水——这个组合就是现在落在纸上，还是让我一哆嗦。开橘子水瓶时，瓶颈处断裂了（那时候，佩皮尼昂北边郊区正下着一场歇斯底里的大暴雨），把我的手割开了一个唬人的大口子。见血的事第二天还有，我在路边停车处咳出了个透明的水母，中间透着点血浆。我开车大概只开了十五分钟：一个烟蒂从后座被弹向驾驶座前的车窗，直接落到了我穿的牛仔裤的后面，导致我快速转向，冲进了对面驶来的家具搬运车。轮到我开车的机会仅此而已了。整个晚上都是罗伯在开车。轮渡过海峡时，我们打了张欠条，用了最后一点点的汽油赶回了家。

在婴儿时期，我非常缺钱。我在一个抽屉里睡觉，在室外的水槽里洗澡。我的尿布有个三角形的焦印，那是放在炉栏上烘干留下的。日子挺不容易的。父亲的晚餐经常是母亲从她工作的电影院咖啡店带回来的剩菜。（见《回忆录》：“斯旺西”）金斯利有时候会给拉金写信，借五镑——甚至就一镑。真是挺不容易的，不过我一点都不记得了。

1978 年的一天，在另一辆车子里，我把罗伯放下车时，他说，

“对不起，马特，你能借十镑钱吗？”

我能借，通常我也就给他了。但这次，我没给他。

“五镑吧。好吧，就一镑。”

“好的。一镑。”

在佩皮尼昂的那个礼拜，是我唯一一次经历穷困和饥饿。而罗伯却大不一样，他历经种种艰难困苦，千锤百炼，成为了对抗逆境的人才。那不是些寻常的挫折困难，而是非同小可的不幸灾难。出生优渥的罗伯以自己为榜样，教会了奥斯力克怎么念“星期日”，学会说“沙发”和“厕所”，学会用“起居室”，不要“小家子气”。[①] 不过，他的种种劫难和辛劳，和追求物质享受毫无关系。您的眉凝神聚着，您柔嫩的手搭在背脊上，我“高贵”的读者[②]，他的困厄是在公园的长凳上，冬日不是在地下小煤库里就是无瓦遮头，也可能是在监牢里。罗伯小时候读的是基督慈善学校，一所古老的私立小学。接着去的是威斯敏斯特学校，一所古老的私立中学。再接下来是去沃姆伍德-斯克拉比斯监狱。[③] 现在，1999 年，他没事了。有些人没法遵从通行的规范，别的规范或许可以，但通行的规范却不行。三十年之前，他有着一张纽瑞耶夫[④]的脸，后来被经历浸透了，带上了某种中世纪的特质：自加的伤痕，却不带怨毒。他现在没事了，不过罗伯——一败涂地的罗伯——总是离我笔下的世界

---

① “小家子气”挺糟糕的。有“小家子气”意味着你是这样一类人：倒茶时，习惯性地先倒牛奶。马：“那是挺常见的（工人阶级），是吗？”罗：“是啊。”马：“为什么？”罗：“我不知道。就是那样子的。”马：“……要是你后倒牛奶，但发现茶太浓了，却没有足够的地方倒牛奶，那怎么办呢？”罗：“你就起身，把茶倒一点到水槽里，回来，再来过。”——原文注

② “高贵的”一词有一层意思是那个令人发笑的词，“上档次”。《麦克白》中，邓肯说：“这座城堡的位置很好，一阵阵温柔的和风轻轻吹拂着我们高贵的感官。”我们“上档次”的感官，“上档次”的读者……——原文注

③ 因酒驾而追尾，被判了八个月。这事发生在任何一个人身上的几率都差不多，但是轮到罗伯了。——原文注

④ 鲁道夫·纽瑞耶夫（1938—1993），著名俄罗斯芭蕾舞蹈家。

很近。

从“水，不要”到“水，要”

在伯爵府区的地铁上，我看到一个年轻人在看《雷切尔文件》，差不多是在这本书出版的一个星期之后。他正读得起劲，而且以最好不过的方式：勉勉强强地笑笑，情不自禁地笑笑，勉勉强强地笑笑，如此这般。我至今还在后悔没有上前同他搭话。不过，当时我告诉自己：听着，这事会经常发生的——习惯了就好。不过，再次发生，是在十五年之后（在飞机上，有人戴着头戴式耳机，对着《蠢货地狱》皱着眉，一脸愤怒）。我的第一部小说获得毛姆奖的时候，我告诉自己同样的话：习惯了就好。而那事儿再也不曾发生过。①

毛姆奖的条件是要求作者在国外待上一段时间。我们已经知道这让金斯利挺恼火的。之前，父亲已经带我们去过葡萄牙了。这次得奖我去妈妈在西班牙的家。西班牙：我们又在西班牙了。西班牙是我在欧洲的另一处家国，不是意大利，不是法国。是西班牙……那时候，妈妈（我是这么叫她想她的：我得全神贯注想一想才能记起她的名字——希拉里）想在马拉加省的隆达开家酒吧挣钱。她一向觉得自己在餐饮业方面有商业头脑。几年之后回到英国，每天早上六点，她开上她的汉堡热狗餐车——那种路边停靠处看到的小厢车。她的主要成功创业是在密歇根州的安娜堡和别人合开了一家炸鱼薯条店，店名叫“幸运的吉姆”。提到

---

① 《情报》的挪威文译者前不久因该书的译文得了一笔钱和一条饰带。这是我自 1974 年以来，离得奖最近的一次。金斯利才得过两次：一次是毛姆奖，另一次是到了六十五六岁的那时，得了布克奖。我得出的结论是，我俩的小说很难得到一致的意见，继而得出的结论是，从某些方面来看，这是优点。媒体对布克奖如此热衷，其背后的原因是：这让作家失去了神秘性，也降低了其社会地位。作家成了众人可以赌一把的东西，开奖之夜，众人可以在电视上看他们穿着燕尾服和麻纱衬衣直冒汗，降格到了意第绪语中叫做“schwitzers”的人。就文学奖，父亲说了唯一一点可以说说的：如果你得了奖，这些奖自然是挺不错的了。——原文注
在英国博彩店可以就布克奖得奖作品下注。

这件事，她依旧会激动得很。1974年那会儿，她过得幸福极了，有新任的丈夫（她的第三任）和新来的娃（她的第四个）。她的住宅取名“龙山”，与近旁摩尔国王的王宫同名，是它的小妹妹。

我写作的地方是王宫里的一个房间。我的第二部小说从手稿变成了打字稿，一边一个两升的瓶子里也装满了烟蒂，这让隔壁的住客觉得恶心极了。中午，我会过桥进城去吃午饭，再玩上半个小时的弹球机，感受着身边着了迷的孩童们吹到指头上的温暖的呼吸。隆达是海明威①推荐的，特别是中心广场周边的赌场、俱乐部和旅馆，是私奔的最好去处。安达卢西亚的每一家酒吧都有一张海明威和酒吧主人喝醉酒的签名合影。现在赌场已经是空落落的了：没了球袋的台球桌，零星几个老人在用不费什么脑子的西班牙下法下象棋，啪的一声把棋子落在棋盘格里，伴着一记吼声、一句嘲弄。但是隆达还是非同一般——从地势上就

① 十几岁的时候，我看过两场斗牛，后来读了海明威的《午后之死》，再加另外几本相同主题的书，其中包括肯尼斯·泰南的《斗牛热》（克莱夫·詹姆斯改了个书名叫《斗牛屎》）。刚开始，我不是没有感受到这种场面强大而瞬时的感官冲击，但兴奋很快就退化成很奇怪的感觉：一种备受残害后的空虚。有一次在巴塞罗那，一个小时血肉模糊的斗杀后，我们见到被牛顶伤的斗牛士被抛到了空中，高得吓人——而他的家人拼命地喝着彩。海明威认为，斗牛不是一项体育运动，而是一种仪式，事实上也是一场悲剧，因为公牛永远不会赢。那么，什么是公牛悲剧性的缺点？就是因为它是头公牛？（更何况，不管是在传统斗牛还是现代斗牛中，斗牛士骑下的马是受到折磨最多和最长的。）1974年，我去看了另一场斗牛，就在隆达（西班牙斗牛的“摇篮”），目睹了这种仪式堕落的样子，被激怒的公牛是劣种牛，畏缩在已经磨钝的牛角下。我也瞥见了这种仪式的另一面：海明威的英雄安东尼奥·奥多涅斯现在退休了，算得上是隆达最知名的人物，我经常在城里见到他——不过从来都没在安东尼奥·奥多涅斯酒吧见到过他。那是我最中意的酒吧之一，尽管那地方尽想着和欧尼斯特扯点关系。他极其英俊有魅力，令人不敢抬头看他。他熠熠生辉，像是站在聚光灯下，还抹了一堆化妆品。在喜庆的节日里，他会驾车，带着他光彩夺人的妻子还有光彩夺人的两个女儿（城里最出挑的以色谋财的女人）。奥多涅斯的内在光辉来自吸纳众人的崇拜。他的勇气已被证实——一位不是从侧面而是从正面直冲牛角的斗牛士，而且，他确实是斗牛场里的经典艺术家之一。他被视作是一名战争英雄，而且还结合了歌唱家帕瓦罗蒂和球王贝利的特点。——原文注
肯尼斯·泰南（1927—1980），英国剧作家和剧评家。

是一处令人心跳的居住之地。小城坐落在高地上，一道深渊将其割开变成两半。往下看，能看到鸟儿飞在几百英尺的高处。

西班牙也是母亲的另一处家国。在我写下这段文字的时候，她和她的丈夫回到了那儿，住在一处简陋的小木屋里。二十世纪七十年代末，他们打算开荒种菜，自给自足来着。我母亲所掌握的西班牙语程度，最好用这个故事来说明。有一次，有个当地小伙子想性侵她，她对他高声尖叫："过来！过来！"[①] 即便有这样的事，这还是她的家国，她的最爱，我想我了解其中的原因。1974 年某个下午，我们一起漫步走在主商业街上，碰到了拉斐尔，当地的一位名人。那个年代（弗朗哥还有一年在位），你绝不会忘了西班牙有很多跛脚瘸腿、使拐棍儿等这样的人。但拉斐尔还是与众不同。虽然他的脸变形得可怕，但他温和善良。他是个痉挛性麻痹症患者，程度之重引人注目，每一个步子都令人难以置信，像是马塞尔·马索[②]竭尽其才华，在舞台上模仿一个醉鬼。每一步都如此的不省力，他怎么可能会抵达什么地方呢？（你心里会嘀咕）拉斐尔甩着四肢，一寸一寸地挪移着，路人大声朝他打着招呼："哎，傻逼！"[③]然后给他一个拥抱，模仿他拿左脚勾了勾，母亲转向我说，

"我真热爱住在西班牙啊。我现在认为他完完全全是个正常人。"

隆达竟然还是个让人经历到对牙口自我意识的地方，这会让你——或者说让我——挺吃惊的吧。很多轮廓完美的面容毫无保留地张开，坦露在你面前——露出了一袋子混合坚果，在安达卢西亚，更常见的是一袋子混合坚果和葡萄干。这可太适合我了，因为我至少有五年没有毫无保留地大笑了。我的父母都一辈子牙口不好，而我注定要更糟，这一点

---

① 我想母亲想找的词是"滚开"。——原文注
原文为西班牙语（"Venga! Venga!"）。

② 马塞尔·马索（1923—2007），法国哑剧大师。

③ 这词的意思正如你所理解的。不过在这里，和"伙计"、"好家伙"等差不多力度。——原文注
原文为西班牙俚语，指女性器官。

已经明明白白了。十岁那年，“把他带回家吧，”我们的威尔士牙医对母亲说（他边擦着手，这次看诊费劲得很），“他的牙齿坏透了。”而我的牙齿这时正越来越坏，被后来的牙医称作是“戏剧性的”衰败。我十八九岁的时候，一颗上切牙被哥哥用肘部从右侧撞入（这是难得一次和金斯利一起三个人打闹）。几年之后，一颗下切牙被罗伯扔过来的扑克牌筹码齐根砸断（这是因为他受到严重挑衅，而且一点也不算用力）。这些牙齿就是不对劲。它们不合我的嘴，一点都不合。我咬牙时，它们合不起来。口腔问题是特别容易让人心心念念备受困扰的。要是那儿出了点什么事，你就活在那儿了：没错，身心都在你的嘴里了。我快要完工的一部小说中有一个人物是牙齿偏执狂（整本书里，他都没法想别的事）。我差不多就是那样儿。因此，我理解并加入我母亲对西班牙的热爱。理由很简单：那儿的标准要低一些，牙口给体格带来的羞惭感也少一点。

1974 年，我同母异父的弟弟杰米才两岁。因此，几乎可以断定下面的事件发生在后来的夏天。不过，我现在就来讲一讲，因为在我看来，这是对我当时正在发展的恋爱生涯一段尖锐、讥讽的评论……和其他很多西班牙的孩子一样，杰米可以就着一杯葡萄酒[①]吃晚饭，酒里兑了许多水。这个晚上，杰米盯着兑水的过程一点不松眼。“水，不要。”[②] 每次我母亲到水龙头旁，他就竖起一根手指不停地说道，“水，不要。”他大概喝下了两三杯——随即，还没有谁能够阻拦他，他已经抓起没人在喝的一杯杜松子酒一干而净。接下来就是一幅十足典型的醉酒场面，精短得让人称奇。杰米笑着，舞着，唱着，大喊着，大吵着，随后晕了过去，一刻钟内结束了整个过程。之后，过了大概半个小时，我们听到从他的房间传来一声干渴的呻吟。杰米已经在经历宿醉了。微弱的声音在

① 我一点都没觉得这令人难以置信。在我南威尔士的家里，五岁就可以在圣诞日抽上一支烟。——原文注

② 原文为西班牙语。

说，“水！……水！……”[1]

“水，要。”[2] 我把这件事告诉了金斯利后，他说道。

——没错。从“水，不要”到“水，要”这一路，全在一个小时内。

如此的急迫饥渴、唯我独大又缺乏管教，这就是我自己当时恋爱生涯的特点。时不时会感觉到时间被加速了——还成了赌注。和蒂娜·布朗[3]的恋爱是一场真正的恋爱（对“是现在吗？是你吗？”这两个问题的答案都是明晰肯定的），但结束得太快了，好像是一场本来要长得多的事被稀里糊涂地压缩成六七个月了……我父亲作毛姆奖的旅行时，他三十三岁，带领着一家五口子。我母亲在二十一岁就已经成了我的母亲了，在二十岁时就是菲利普的母亲了。这是他们那一代的模式。而我这一代的模式是结婚晚，生孩子也晚。[4] 我那时候不知道，其实还有很漫长的单身时期要度过。某种模式也开始在我身上显示出来了。激情渐渐消退了。三个月，六个月，十二个月，所爱恋的慢慢被忽略了。后来，蒂娜指出我的情感体验中的空白：从来没有谁伤过我的心。我现在认识到，我下意识地不信任爱情（这一点我后来还会提到）。不过，当时我只觉得像是一个过程，越来越熟悉，越来越难以动情。激情，接着是渐渐消退的激情，然后是不断地重新开始。一路从“过来”到“滚开”，一路从“水，要”到“水，不要”。[5]

---

① 原文为西班牙语。

② 原文为西班牙语。

③ 蒂娜还是个本科生时，就已经是个名人了（而那是一个无人能出名的年代）：实验戏剧的剧作人、新闻人、美人、奇才。要走进她在学院里的房间，我得跨过候着的电视台的人、来采访的人、写人物侧写的人。——原文注

④ 我还清清楚楚地记得约翰·厄普代克讨论这事时脸上浮现的微笑，那是自虐带来的满足感。当时是在麻省总医院的餐厅里采访他。厄普代克自己还是个孩子的时候（他自己这么说的），养了四个孩子。他喜欢听三十五岁四处带着婴儿是什么感觉：膝盖发软，背脊发疼——所有这些有关身体和时间令人感到挫折的事。——原文注

⑤ 引文处原文用的是西班牙语。

这些情事中最短暂的一段——也是在时间上最浓缩的一段——让我又去看了趟母亲，那是在 1977 年，她不甘心地回到英格兰之后不久。我说我有个故事想告诉她，还有一张照片想给她看。

"哦，亲爱的。"

差不多三年前，我说，我和一个叫拉莫娜的年轻女人好上了。她那时有个年长不少的丈夫，两人现在还是夫妻。她丈夫叫帕特里克，我算是认识他，且有段时间了（"他和葛莉约会过，妈，"我说。指的是我第一部小说的题献人①，母亲笑了，这下对这一些觉得熟悉自在了）。我继续说道："帕特里克和拉莫娜处得不好，他们的婚姻是无性的。"

"嗯，亲爱的。"

我说拉莫娜和我仍旧是朋友，最近和她一起吃了午餐……我没有接着再提拉莫娜总体气质和光彩让我眼前一亮——她的美貌，她的清醒。拉莫娜患有躁郁症——这种病症曾被一位心理学家称作"精神疾病中的施瓦辛格"。这种叫法虽然轻浮不妥，却容易让人记住。我曾见到也会再次见到她处于这种状态中：被药物镇静了的烦躁，混乱的想法，因小小的恐惧和小小的对敌造成的困扰。那天午餐，我是那个烦躁不安的(是当时的心情所致)。我记得拉莫娜建议我点一个混煮的菜，炖菜或是杂烩之类的，不要去对付一大块牛排、猪排。她了解烦躁。她对烦躁太了解了……饭店是女王大道上的老店伯托雷利，就在书店对面（两家店都已经不见了，《金钱》里的叙述者毫无悲伤地提过这事儿)。在黑色的木质桌椅和亮丽的桌布餐巾间，拉莫娜看起来漂亮精致。而我，一如往常，对她美丽健康的牙口着了迷。她一口咬入烤面包上的希腊红鱼子泥色拉，齿间顶部细小的接合处扇开了粉色的小羽毛，我以为她是从未有过的强壮和快乐。我以为她找到了平和。但我错了，大错特错了。

"她说着她的女儿。然后，拿出张照片，妈。她给了我一张照片。"

"哦，亲爱的。"

---

① 艾米斯把《雷切尔文件》题献给当时的女友葛莉·威尔斯。

照片就在我的口袋里。照片里是一个两岁的小女孩穿着深色的花裙子，胸前打了褶，泡泡短袖，粉色的饰边。她有细细的金发，她的微笑矜持腼腆：挺高兴的，不过是不出声的暗自欢喜。

母亲一把从我手里夺过了照片。

“拉莫娜说我是她父亲。你觉得呢，妈？”

她举着照片，远看近看，伸直了手臂，另一只手托着眼镜。她举到近处再看。她头也没抬，说道：

“一点都没错。”

离拉莫娜出现还有几个月。我坐在“王宫”（这幢楼有着衰败前动弹不得的气息）的桌旁，我的脑海中有另一桩血亲缺失的事困扰着我。是困扰吗？是牵绕吧。不时地牵绕在心。

……我母亲喜欢住在西班牙有许多原因，特别是可以在大多药房，直接买到冰毒。过了一阵子，她喜欢的那种被规定只能用处方购买，于是她只得穿上十层衣物去医院，假装得了肥胖症（在冬天轻而易举，但在七八月的酷暑，这不是件容易的事）。她把毒品主要视作是节省劳力的方法。母亲要是药物到手，总是能看得出来，因为屋子里一下子成了大规模清扫和整理的场面。你会看到她从一个房间到另一个房间，哼着歌，一手夹着一个沙发，另一手夹着一只餐具柜。不过整个夏天只有这次，我看到她做大规模的清理，同样的彻底却没有往日的兴致。我记得问过她，毒品是不是吃完了。她提醒我说，米姬姨妈要来住上几天。当然啰，母亲想要家里看起来是最好的样子。我们再没多说。

姨妈的来访让我开始“思考”（不确定这是不是我想用的词）前一年十二月发生的令人无法接受的惨事。如果你无法“接受”，何以思考？我认为你没法思考无法接受的事；或者说，我认为你不会去思考无法接受的事。

在那个年代，我通常在圣诞前夜购买所有的圣诞礼物，买完后开着一辆白色迷你轿车（至少有百分之五十的几率能够发动），接上妹妹、哥哥，可能还有哥哥的女朋友，然后一起去巴尼特区北边的大房子，车里满载着礼物、酒瓶、大包的薯片、啤酒罐和大麻烟头，感觉像是吸血鬼在装得满满的棺材里急着要赶在暮色降临前回到城堡去。那时英格兰的圣诞是黑暗的时节，从十二月二十四日到感觉像是一月底，所有的灯都熄灭了，整个世界同苏格兰最北端的阿伯丁一般的黑暗。

哈德利林地的大房子是喝酒狂闹的大本营——不仅仅是在圣诞，每个周末都是如此。储备丰足有深度，一个地窖，一大桶的麦芽威士忌，一个走入式的食物储藏室：即便暴风雪或是商店关门也无碍。我想就是在那个圣诞节的早上，四个艾米斯，腿上放着早餐盘，看《地心游记》，接着去了酒吧，接着是长得像一整天一整星期的午餐。金斯利像是喜剧永动机，兴致高昂，幽默打趣……在那幢屋子里，我觉得是如此的安全——显然，在别的地方觉得如此的不安全——以致我在星期天晚上（任何一个星期天的晚上）爬进车子的时候，都感受到一阵恐惧的触摸，然后驶向高速公路和星期一，驶向我的公寓或是小房间、街道、工作、一无所成最终成为流浪汉的担忧、外面的世界。这种恐惧在这个再也终结不了的圣诞之后被大大扩大了，一连串的星期天被切割再切割成小块。而且，还不仅如此，外面的世界有人消失了。1973 年 12 月 27 日的晚上，我的表妹露西·帕汀顿消失了。

按照西班牙的习惯，我们晚饭吃得很晚，我母亲、姨妈和我都在厨房里。她们在沥水盘旁做热饮，我还坐在桌旁，深深地陷入对牙齿的沉思中——这类沉思令人不快，毫无助益，而且还太司空见惯。上颌新近有处发炎，让右侧鼻甲碰起来有点痛——当然啰，因此我也就会不断地去摸一摸，感觉一下，再试一试……我醒了过来，意识到那两姐妹第一次当着我的面在谈论露西。我与姨妈非常的亲厚：她还有她的四个子女，特别是老大玛丽安和老二戴维。在我的童年和少年时代，他们是不可或缺的人物，而露西自己的音容总是恍若在眼前。因此，我的心全在她们的谈话上，但想象留在了别处。

毕竟，这不是我第一次离缺失这么近。我六岁的时候，两岁的妹妹从花园的桌上摔了下来，头先落地掉到了石质的地面上。一天一夜，她的生命垂危。[1] 我还没准备好，还没计划去面对这一类或是任何一种离我很近的死亡，我感觉像是被一种不祥的秘密包围着，一种不祥的隐私和安静。第二次感觉到这样一种靠近无色和沉默又被排斥在外是在我发育时期：长长的分离之后，我开始以为我再也见不到父亲了……但是这两次经历都不足以让我理解眼前这场灾难的重量和深度。理解——或者说是浅表的一点理解，还要等上很长一段距离，不是空间上的而是时间上的。那是在隆达城外的乡间，离我们那天晚上坐的地方隔了几英里。我三岁的儿子跑到花园里去"探险"，陪伴他的是我岳母的狗。十五分钟，狗独自回来了。可能再过了一个小时，孩子才被找到。没过多久，我突然意识到，本已是无可复加的恶心和恐慌继续再升级的感觉。不过，那是在 1987 年，而这事是在 1974 年。

我姨妈背靠着台面，两手捧着热饮放在身前。她用平稳的声音说道，没有哪一分钟她不想着露西，不想着她会在哪儿……我的内心躲了开去，躲在我不懂不解的深处。我低下了头。我快要到二十五岁了，但那时我多年轻啊，真的是太年轻了。而年轻——那段每时每刻都在装的年龄——能持续多久？什么都不懂，却得装成知晓一切。你一点儿都不懂时间。我低下头，心想：可怜的米姬！太糟了。她仍旧每分钟都想着露西，而这事已经过去……九个月了。

九个月了？

---

① 萨丽的颅骨骨折很快就完全康复了。一年之后，她得又一次面对死亡。她和祖父母一起在赫特福德郡西边的伯克翰斯德。有天早上，祖父上班去后，祖母中风，倒下去世了。十到十一个小时后，祖父回家，发现萨丽毫发无损，但是穿着奇特，乱涂乱抹了一脸——她用了祖母的化妆品。等故事传到我哥和我的时候，是说萨丽"给他开了门"。但这是不可能的。不过，我还是不明白祖父怎么能承受那次回家的打击。——原文注

来自学校的信

海事广场55号，
布赖顿，苏塞克斯
1967年11月4日

杜伦可以了。[1]

最亲爱的爸爸和简：

我已经差不多结束了考试，对我来说，真是失望透顶了。上个礼拜病了一场——得了不算严重的腺热：头疼，咽喉痛得要命，出汗，发烧到了四十度！连着三天，我躺在床上呻吟着，往枕头上滴着口水。考试的时候，我感觉不在状态。我觉得完全没在体能上准备好应付考试，而考卷本身是在我能力范围之内的。小怪兽阿尔达先生注意到了这一点，看过我的考卷后说，虽然不算一塌糊涂，但远远低于我的平常水准。吉布斯太太（小怪兽的妈）算是检视了我带病参加考试，我得到了一纸证明，小怪兽将证明和考卷一起寄发了。我有力不从心的可怕感觉，还有考试歇斯底里症，想把头几个答案都撕了，过个二十分钟，再呜呜咽咽地哭上一阵子。要是我把所有上牛津的机会都毁了，真是抱歉——还是希望不至于此吧。

同样让我不安的是罗汀迪恩的事。我今天去参加一个面试。那家伙说我不能教任何英语或历史的科目，只能教八九岁孩子的数学（而且还是新大纲的数学），当然还有每天下午的板球和橄榄球。他们只是想要些笨蛋，这很明显了，这对我有什么益处呢。不要说现在对我无益，以

① 这指的是杜伦大学，我要参加大学人学面试。——原文注

后也不会对我有益，你知道我在说什么。兼职意味着付半价（五个基尼）的全职，我得从九点到七点都在那儿。我或许有朝一日会喜欢这种方式，但还是无法明白这是读英国文学的必经之路。我们的行动步骤是什么？我没法儿令自己相信这是你们所计划的……我没有时间阅读了，因为会忙着度过可怕的时光。那么收益在哪儿呢？好几个月了，我都在担心惧怕这事儿，偶尔会高兴一下，觉得至少排演一出莎剧还是挺有趣的。我真的没法忍受把自己当成傻瓜，每一天都待在橄榄球场里。要是这个主意是为着清算最近犯的错和失败而精心计划的，我没法儿接受，因为我没犯什么错也没什么失败啊，那我们又在玩什么游戏呢？而且苍天明鉴，这和学术都没什么关系。我也要请求你们不要得出大结论，考虑种种因素后，从某种层面来讲，这最终会给我带来点好处。我需要比这更摸得着的说法。你们知道的，A 级考试的科目，我没有全部没通过——我还是捡起了一两个科目。我说这话不带一丝怨愤①，但你们安排所有这一切，一次都没问过我——你们问过我是不是准备好接受你们勾画好的大体计划，除非这也要算的话。回过头看，这让我大惑不解：我真的没有犯了什么大逆不道的罪行啊，或许我自己已经忘了，而这漫长可怕的惩罚，你们真的不是这个意思？我再说一遍，我一点都没因这事觉得怨愤——我只是不明白你们是什么意思。

你们可能满怀焦虑地等着我说，我想要一间公园街的豪华顶层公寓再加五百镑的生活费。不是的，我知道那是不合理的。可是，我为什么不能找个完全普普通通的工作，从此不能采摘“勇气带来的果实”，但留在布赖顿，跟着小怪兽上课？那可会省下你们很多钱（这可不会错啊），还会让我以更快的速度赶上阅读。上课这一块的结果不能更不学术，那么就试试有点儿学术的。请不要觉得我们都已经走到这儿了，就继续挨下去吧。

---

① 让我如此如此怨愤的是，所有的 A 级考试我没有一门不及格，这次一门都没有。英语（优），历史（良），逻辑（及格）。——原文注

好吧，小怪兽同意烂汀汀[1]这事儿算了，加上他四处在打听，但要是没什么我们觉得值得的进展，我是不是得到你们的许可，可以放弃这事儿？

这封信可能显得牢骚满腹/任性无理/骄纵放肆等等，原谅我。爱你们的

马特×××

又及：爸爸，我原来不知道你喜欢你的诗里包含激情……

……许多的激情

又又及：（请你们尽快回复）。

① 指罗汀迪恩上课一事。

汽车站：1994

最近翻检文件的时候，我找到了另一封信，是表弟戴维·帕汀顿写来的。这封信留下来简直是奇迹，因为我不留存信件，我爸的信一封都没留。

信上没有标明日期，不过表弟提到了成为父亲对我新书的影响，他说了书名。两个男孩分别出生于1984年和1986年，新书是《爱因斯坦的魔怪》(1987)。朱利安·巴恩斯说过，小说家不是“针对”主题和素材写作，而是“围绕”主题和素材写作，这也是我的感受。这本书中有五个短篇小说，“围绕”核武器，另有一篇介绍短文，非常明确地“针对”核武器。自然，二十世纪八十年代中晚期是冷战的比较热的一段时期：里根增强军备（或称增多军备投资），“邪恶的帝国”①，《星球大战》（“原力与我们同在”）。戈尔巴乔夫还没亮出他的一手牌，大概这个时候里根指责俄语里没有相应的词表达国际关系的缓和。

下面一段摘自辩论性的介绍短文，题目为《思考能力》：

> 我告诉（父亲）我在写有关核武器的文章，他带着轻快的声调说，“啊，我想你是……‘反对核武器’一派的，对吧?”出语惊人②是他的法则……核武器这事上，我不出意料地对父亲更加无礼一点，比其它的话题更甚，比十几岁以来的任何时期更甚。我通常

---

① 1983年，冷战鹰派总统里根以“邪恶的帝国”形容苏联。

② 原文为法语，指震惊自以为是的人。

是这么结束话题的，"行啊，我们就等着呗，等你们这些老杂种一个个死了再瞧。"他通常是这么结束话题的，"想一想。把艺术委员会关了能好好增强我们的军火库呢。给诗人的这些资助能给一艘核潜艇做一年的保养呢。单单一场《玫瑰骑士》[①] 演出的花销就能给我们再买上一个中子弹头了。要是把伦敦所有的医院都关了，我们就能……"这些讽刺一定程度上挺精准的，因为我只是没完没了地说核武器，却不知道该拿它们怎么办。

读了《书信集》后，我现在明白金斯利是真的——在我看来，这非常滑稽——为我的立场非常恼火。他给罗伯特·康奎斯特写信说我是"他妈的傻瓜"，到这把年纪了才到了"左边"（"他妈的傻瓜"在他的词汇里，指的是还有点脑子，知道怎么回事的人）。《爱因斯坦的魔怪》出版的那个周末，我一如往日，带着三岁的儿子上父亲的家去吃星期天午餐。我记得，路易斯被我们的开场对话吓呆了：

"我看了你那个核武器的东西，说我们该拿它们怎么办，完全是操他妈的蛋啊。"

"哦，也没什么好奇怪的啊，都过了四十年了，也没别的谁知道该拿它们怎么办啊。"

现在想想，那时他的确是恼火极了：我从没见过他这么生气。我哥菲利普把处于这一状态中的金斯利模仿得惟妙惟肖：整个脑袋颤动着，两眼危险地肿胀着，整张嘴肌肉紧张，挤出个恶狠狠的假笑，再加（最能表露内心）食指的指甲乱抓着拇指的指甲根，几乎血迹斑斑……你对核武器的感受取决于多样因素，其中之一是你的出生日期。我明确了解这事对我的影响。小时候，班主任经常告诉我要趴在地上，指望着课桌板能把我保护起来，免得遭受世界末日。我感觉到无法想象的暴力和荒

①《玫瑰骑士》为理查·斯特劳斯所著歌剧，分三幕。

唐，而我已经将其从我的意识中剔除了。接着是三十五岁时[①]成了父亲。被激发的保护雏儿的本能让我再一次体会到那本已束之高阁或拒之门外的焦虑：那种默不出声的焦虑。而这些感受就在那儿等待认领，这些故事就在那儿等待书写。

“你还记得吗，”表弟在那封信中写道，

> 我们十二岁时候[②]的讨论？如果所有人都消失了，只剩下我们，而世界别的都不变样，我们会做什么。你在剑桥，我在葛雷屯[③]，我们会联系，见面。我们甚至还会商定一个计划。

我记得吗？是的，戴维，我记得一清二楚——我记得每一件事。因为所有这一切在我的脑海中相关相连。我记得写下下面这一段的时候，我正想着你，你的妹妹，你的母亲：

> 我对它们厌恶极了——对核武器厌恶极了……它们在那儿，我在这儿——它们是无生命的，而我是活生生的——然而，它们却能令我想呕吐，令我反胃恶心。它们让我觉得像是我的一个孩子出门太久了，实在太久了，而天色已经暗了下来。

有些时候，有些阶段，戴维能说服自己相信露西还活着——在别处活着。很自然，帕汀顿一家子都这么试过。我母亲也这么试过。我也试

---

① 金斯利三十五岁的时候写道（给拉金的一封信）：“……天哪，我刚听到空袭警报声，怕得简直要晕过去……我希望只是测试一下警报，确保要用警报的时候，能用得上。我不想去想所有那些事儿。”他的两个儿子当时一个八岁一个九岁。他们对所有那些事儿怎么想，怎么感受的呢？——原文注

② 1962 年 10 月 22 日，肯尼迪封锁古巴。那时戴维十二岁，我刚过了十三岁。——原文注

③ 英格兰西南部格罗斯特郡的一个小村子，帕汀顿一家的居住地。

过。露西严肃坚定，有信仰，还有艺术和音乐的天分。即便在小时候，我从露西处得到的信息总是，没有什么能偏移她的方向，也没有什么能阻挠她的前进。若要想象她有消失的倾向，是件难事；但若要想象她有消失的决心，却只需分秒。那么，她是在某地的女修道院；她成了墨尔本的小提琴家，成了蒙特利尔用笔名写作的诗人。当然，这些畅快的假想会一再地遇上这一事实的阻挡：露西温柔，善良，清醒。对此只能以此回答：好吧，我一定是弄错了，不过我想这可能让你深深觉得震惊，你们这些原来是准备好来传布伤害的人。如此这般，争论继续了下去（因着我和这事的距离，过了一阵子，越来越微弱，接着几乎就听不到了），整整二十一年。

1973 年 12 月 27 日，是戴维开车送露西去切尔滕纳姆的。

现在是 1997 年。

“我可以接她回家的，多简单的事啊。我也跟她提了。”

但露西决定坐公车，和她争这样的事毫无用处。

“要是我坚持一下……”

“这一连串的要是，”我说道，“你可以一直说下去……”

戴维是我童年时代最爱的人之一，他也给予我同样的爱。如今，带着笨重的成人的伪装，我们极少见面了，但我们的相连相通依旧超越表兄弟的情谊。我哥哥①自然是难以取代的，同母异父的弟弟杰米也是难以取代的。不过，在我童年的很多时候，我非常想要戴维成为我的弟弟，他也这么想，这种亲密感至今还在。我在写《伦敦场地》的时候，碰到了一桩小任务，得为叙述者的弟弟取个名字：只花了一秒钟，我就想到了“戴维”（那个角色是犹太人——我现在注意到了，而且还早逝）……

① 前一天我偶然碰到菲利普。在超市里，他从我一旁走过。单凭他的形状和体积，我眼角的余光辨认出来是他，我对自己的确信佩服极了，像是我的脑海中有他的模板，只有他能套得上。——原文注

这次和戴维·帕汀顿见面是在1997年10月31日：万圣节。从1994年3月开始，露西的命运就成了公众的信息，不，还不仅仅是公众的。和其他的受害者一起，露西的命运成了全国民的信息：是所有公民觉得他们有义务共同拥有的那些事之一。从那时起，打开一份报纸，戴维都得鼓足勇气。因为又得重新开始了：半夜醒来，连着几个小时坐着流泪和咒骂。露西消失后那一天他的状态就是那样。“昨天晚上露西没有回家。”她的房间里没有人，铺好的床没人睡过。灾难已确定无疑。我可怜的表弟（我不愿意想到这种情景）站在院子里，大哭着，举着握紧的拳头说，“如果有人胆敢对她做了什么……”

流泪和咒骂，诅咒和哭泣：应该有专门的一个词。1918年11月，休战的新闻让西格夫里·萨松宣称：“我的心里充满了喜悦/一如囚禁的鸟雀找到了自由……”① 罗伯特·格雷夫斯另有感触：“休战的新闻令我走上了日瑟兰沼泽上的长堤（古代的战场，威尔士的弗洛登战役）②，诅咒，哭泣，想着死去的人。”诅咒，哭泣，想着死去的人：应该有专门的一个词。“伤悲”还不足以表达。这是更早的一步。我觉得，这不是挣扎着去接受，而是挣扎着去相信。

“你们开车进城的时候，你还记得谈论什么了吗?”

“我试图为当时的女友辩解，你知道，她挺性感的，但笨笨的。露西非常随和，一点都不挑剔。但我还是觉得需要辩解一下。”

“她消失的六年之后——还记得吗？我们说起这事的时候。你说你要替她报仇。用你自己的双手。你还这么想吗?”

“不那么想了。不过，不管是现在还是任何一个时候，如果露西可以活下去，我都愿意放弃自己生命。因为我的生命……而她的……”

“我理解的。不过别对自己太苛求了。我觉得你是个模范。”

---

① 出自萨松诗《每个人都在歌唱》。

② 1513年9月9日发生在英格兰北部诺森伯兰郡的一场战斗，参战双方为英格兰和苏格兰。英格兰获胜，苏格兰国王詹姆斯四世战死。

“我?”

后来有一阵子的沉默，我们想着一件事：同一件事。1973 年 12 月 27 日晚上，露西·帕汀顿被英国历史上杀人最多的杀人犯之一弗雷德里克·韦斯特绑架。我们都知道她死了之后发生了什么：她被砍了头分了尸，遗体被塞进漏水的下水道管道的空隙间，放在一起的还有一把刀、一根绳子、一段胶带纸和两只发夹。但令人无法细想的可怕之处是她还活着的时候发生了什么。记录表明，1974 年 1 月 3 日午夜过后不久，韦斯特出现在格罗斯特郡皇家医院的急救室，右手严重割破。“看来她被活着关了几天是很有可能的。”有评论者写道。然而证据全然是推测的。另一位评论者写道，“很有可能（韦斯特）的伤口是在分尸时产生的，但不是在那时产生的也同样有可能，这是我更希望家人会作出的推论。”我说，

“我看了所有的书，没有……”

戴维突然让开身去，就一两英寸的距离，像是吃惊极了：对他而言，如此更彻底地浸透了憎厌之事的东西，我居然能接触到还活了下来。那些书：两个月后，表弟过来过夜，我苦心把它们藏到了橱柜里。唉，书就是那样子，但它们给了我一些我想让戴维听到的信息。

“所有的书我都看了，没有证据表明一切在车站就结束了。”

我又加了一句，希望能有点安慰（但这话怎么会安慰人呢?），“露西只是运气太坏了，戴维。你妹妹只是运气坏得没法儿让人相信。”

那是 1994 年 7 月 10 日，星期天。是这一年或说是任何一个年头里最美丽的日子之一。完美无缺的早晨，湛蓝无垠的下午。没有想到一次极其重要的——改观人生的——经历就在前方。当时，从这一刻到那一刻，从这一钟头到下一钟头，我活着，或是坚持过去，或只是持续下去……和许多不到四十岁的人一样，我以前对中年危机不以为然，毫不尊重：那只是专属各类笨蛋和弱者的毛病。这些人因着这个或那个原因没能力把路走直了。当我的危机过去时（危机确实会结束的：危机不可能一直都是危机），我明白了危机有内在的本质和结构。这和原本就出

了错但没有被直面的事有关。中年危机强行让你重追陈年旧梦又将轻慢羞辱加诸你，但那只是折磨的一部分。更具体一点，中年危机将你置于由你自己陈烂套路造成的痛苦的滩头堡上。不过，后来你会见到重新整合，那是无可抗拒且举世皆然的，和你对死亡的观点的变化有关（你应当对此事有一次危机。为此事出现危机极其关键）。人们说，一个成长中的孩子能逐次“理解”宠物的死亡，祖父母的死亡，然后甚至是同龄人的死亡。只有到了青少年时代我们才会听到有关我们自己灭亡的传言，这些传言一直模模糊糊，直到确凿无疑地到了中年。那时，朝另一个方向看，就成了件全时全职的活了。青春最终蒸发无踪，连带着消失的是对自己坚不可破的信念。这一了解在你身上留下了印记：让你的头发灰白脱谢，让你的眼白发黄污浊……那个星期天——1994 年 7 月 10 日——我被胶黏在现时当下，就像康拉德的小说《台风》中的马克慧船长，看着他扔出去的鞋子“从船舱的这一头奔到另一头，蹦蹦跳跳你追我赶，像是两只小狗”。那一刻，浓云密布的暴风雨即将开始展露其威势[①]。我没指望有什么可以弥补的启示。但启示降临了。

那一天，我感觉迟钝另有两个原因。首先，我偏偏得了牙痛：简直像个笑话，就像你在小报看到的牙医候诊处的漫画（我可以在头上套个枕套），上颚的肿胀几乎要封住了右眼。其二，我正经历着写小说的过程中，独有一段会经常发生的低落时期：结束一部长篇小说时，出现的严重焦虑，有时会上升到化脓腐烂的地步……牙痛是从星期五开始的。我在牛津，在伊恩·麦克尤恩（另一位正在经历中年危机的艺术家，我所有最要好的朋友都是同样情况——虽说他的危机是强加给他的）家度过了无眠而疼痛的一宿，接着在卫生间里自检，吓得毛骨悚然。接下来

① 下文是这样的：“他用上击剑手的姿势，猛然前冲，去抓住他的防水油布外套。之后，在狭窄的空间里他四下跌跌撞撞，一边拉一下扯一下地穿了上去。”那个“猛然前冲”。当我们中大多数人会选择将眼睛闭上的时候，康拉德是那类保持眼睛睁开的作家。——原文注

的一天半，脓肿不再疼痛，而是集中在肿胀。即便用常见的标准来看，也堪称奇观（到了这个地步，这颗牙齿差不多就死到临头了，而接下来的一步，让人深深畏惧）。我对着镜子，把冰格压在脸颊上。我见到自己得了新特征，那是我随意给我笔下一个较为粗野的小角色的：两个鼻孔像前轮大后轮小的自行车。我的右脸在告诉左脸，要是非常肥肿，会是什么模样。那个周末，谁也没有就此说什么。亲密的家人不说什么，因为他们理解。别的人没说什么，因为客气礼貌和少许的近视。重聚就是那样儿的，对一张记得半清的脸，因中风、瘫痪或其它时间带来的泥流沟壑，大家持宽容的态度。

从具体安排的方面看，那个周末对我总体状况而言，是比较典型的。星期五带男孩们去牛津，星期六带男孩们去伦敦，星期天带男孩们去牛津（把他们送到已疏远了的妻子那儿。她长住伦敦，但那时待在牛津）——然后继续前行。我们往西北方向开，车里三个成年人，我母亲、哥哥和我。这下可以开始说话了（还有抽烟和咳嗽），准备好面对那个下午。我们和一百多个人一道聚在格罗斯特郡切尔滕纳姆的友朋宗教社团会议楼，参加为露西·凯瑟琳·帕汀顿（1952—1973）举办的纪念会。葬礼推迟了，因为露西的遗骸还由警察作为证据留存着。我们继续往前开。母亲把随身带的可关合的喉糖空罐当做烟灰缸。她警告儿子们，她不会和他们坐在一起，也不会靠近他们坐，也不会坐在他们看得见的地方。这一说法得到接受和理解（至于原因，最好还是在别处透露）。我们三人抽着烟，咳着嗽，思忖着，继续往前行驶着……戴维后来告诉我，他一听到在格洛斯特发掘出尸骨，就知道露西是死者之一。三月初之前，我在国外，什么都不知道直到我在从希斯罗机场出来的出租车里打开一份报纸，上面有一张二十年前我在寻人招贴里见到的照片。

在一篇名实相副的好文章[①]里，露西的长姐玛丽安摘抄了韦斯特屋宅被挖掘时她所写的日记：

---

①《抢救神圣》，发表于 1996 年 5 月 18 日的《卫报》。——原文注

3月5日，星期六10点15分，警察来电说，他们要过来和我们（指玛丽安和她母亲）碰面。他们有些“消息”要告诉我们。那等待他们到来的半个小时，充满着可怕的不安和惶恐……心悸和恶心。震惊带来的麻木和失声开始侵入……回来时，无数的电话留言。劫掠他人痛苦为生的秃鹫们听起来像是毫无疑问我们得回他们的电话（指电视和小报）。我们没回……几乎整夜无眠。我感觉到心中的重压、恐惧和疼痛，让我不得动弹。这种感觉巨大无边。震惊把你带到现时当下，就像是将你生出来一样。所有的能量都集中在存活下去。有些人因此死去。

有一阵子，我的脑子不断地进行着非自愿的想法实验，或者叫感觉实验：我会想象我的两个儿子发现自己在这样一种暴力的场域，我也会想象那样的一刻——仇恨不加分辨地对准了他们，他们感觉到了严重的程度。第一次这么想的时候，我摇摇晃晃地往后退去，有一股明显可感觉到的嗖嗖的吸力，像是靠近了风洞入口。而这个风洞还仅是通风口或是通风片，通向露西父母和兄弟姐妹居住的屋子。与他们隔了好几层，我经历了对击败的理解，那是一无所剩的击败。现在看来，对结果可能是别样的希望，是可怜的不堪一击的东西，与此同时，肉身又得摆好架势，努力去接受另一种结果。

我们到得非常早。过了一个小时，我们才在会面的地方加入了姨妈、表兄妹以及其他所有人。

露西·凯瑟琳·帕汀顿（1952—1973）

这是玛丽安的女儿玛丽戈德·帕尔默-琼斯说的：

“二十年前，我妈妈的妹妹露西去切尔滕纳姆看一个朋友。她离开后坐车回家，再也不见了。我清楚地记得我妈妈是怎么告诉我这件事的。我四岁光景，我们一起看妈妈和她家人的照片。有一张照片上，四个孩子一起坐在一匹小马上。我认不出其中一个，就问她那是谁。她说，这是她妹妹，但她二十一岁的时候消失了。我想我当时太小了，没法理解她妹妹就这么‘消失了’。不过我记得自己觉得迷惑极了，因为我看到她在哭，而我不明白是为什么……”

这是孩提时代的朋友苏珊·布利斯说的：

“……小时候，天竺鼠是我们生活中很重要的一部分。它们繁殖的习惯奇怪极了！我们会在不同的天竺鼠笼子里、圈栏里待上好几个小时，和它们交朋友……我们看护一只生病的天竺鼠有一段时间了。我想那其实是贝丽尔的天竺鼠，不过我们之间分享得那么多，到底是谁的无关紧要。最终，得病的天竺鼠死了，我们三个小姑娘在一个鸡圈里和可怜的小家伙告别。露西和贝丽尔都亲了它告别，然后把它传给我。因为它死了，我害怕，不敢亲它。露西生气极了。她狠狠地告诉我，什么东西死了，这并不意味着你就不再爱它，而且每个生命在上天堂之前，都值得被亲一亲。我惭愧地亲了亲天竺鼠。今天，我向我深爱的朋友献上同样的告别礼。”

这是佩特初中的老师玛丽·斯密斯说的：

“……不管她有多么喜欢读书，作业做得多么出色，她都不自鸣得意。她从来都不是虔信的小姑娘，乖乖地坐在角落里。她会和任何一个人争论，但这总是因为她想知道真相……你们中可能还会有人记得，佩特初中每年举行一次仪式——叫比赛周[1]。全校会集合起来，干干净净、齐齐整整又安安静静地在王太后经过时朝她挥手致意。嗯，我记得到了第五年，露西起来反抗。她可能听说王太后对镇议会会长说：‘那个来朝我挥手致意的聋哑女校叫什么名字?’是的，露西不赞成君主制。她就坐在班级教室里，讨论她的反君主制观点、国家的局势、世界的局势，她接下来准备学什么样的诗歌，时间就这么过去了……”

这是孩提时代的朋友伊丽莎白·克里斯蒂说的：

“……我最后一次碰见露西是在葛雷屯，1973 年的夏天。她兴致勃

① 可能与切尔滕纳姆每年三月的赛马周是同个星期。

勃地谈论着她的中世纪英语课，还默写了（‘稍稍出了点错’）一首特别的诗……我一直保留着，这些年过去了，这首诗对我来说，成了露西的墓志铭。这是中世纪一首关于圣母马利亚的诗：

我歌唱一位少女

我歌唱一位少女
　　无与伦比独一无二
王中之王
　　她选择成为她的儿。

他静悄悄地降临
　　他母亲的所在
就像四月的露珠
　　跌落在茵茵绿草。

他静悄悄地降临
　　他母亲的闺房
就像四月的露珠
　　跌落在春花芬芳。

他静悄悄地降临
　　他母亲正安躺
就像四月的露珠
　　跌落在水花轻浪。

母亲和少女
　　从未合二为一而她
却是这样的女子
　　成为神的母亲。

这是孩提时代的朋友玛丽安·斯密斯说的：

"……我们排练校剧《熔炉》[1]，我不知道还有没有谁记得——露西演艾比盖尔，我演玛丽·沃伦——我们得在戏中大声尖叫。因此我们就在空地里花上几个小时练习尖叫。露西叫得好极了，我们其余几个就站在那儿看得目瞪口呆。接下来的一学期，我们演《米德尔马契》，露西演满怀理想、崇尚学识的多萝西娅……为了朗读《米德尔马契》中的一段，我在翻看这本书。可怜的多萝西娅还比不上露西。多萝西娅最终活得挺长，她人很和善，人们都觉得她好极了，但对别人也没带来什么影响。可是，即使露西的生命短暂——正如今天到场的每个人提到的那样——她影响了许许多多的人。天知道，要是她还在，不知能做成什么呢——多萝西娅得靠边站，露西才是有理想有学识的那个。"

这是艺术中心的老师伊丽莎白·韦伯斯特说的：

"……她读大学的时候来看我，就在跨入最后一年之前。我对她说，'现在长大了，你打算做什么？'她说，'我不在意做什么，只要我做得彻彻底底。'然后我说，'嗯，这很好，但你准备上哪儿去呢？'她非常努力地想了想，说道，'奔向光明……奔向光明。'"

这是玛丽安·帕汀顿说的：

"……露西死后的四个月，我做了个梦。在梦中她回来了，我说，'你上哪儿去了？'她说，'我坐在格兰瑟姆附近的水边草地上。'她又说，'要是坐得一点儿都不动，你会听到太阳在移动。'梦中，我满心一片宁和……"

很快我就明白，非同寻常的事正在发生。我啜泣着，看了一眼我同样在啜泣的哥哥，心想：我们是多么急迫地需要这一切啊。我的躯体是多么需要这一切啊，就像需要食物、睡眠和空气。被囚禁了二十年的种

---

① 美国剧作家亚瑟·米勒 1953 年的剧作。该剧取材于 1692 年至 1693 年发生于马萨诸塞州塞勒姆审巫事件。

种想法和感受被释放了出来。它们都已迫不及待。我了解文学的宣泄和戏剧的宣泄，我哀悼过，也得到过抚慰，但我从不曾经历过痛苦和鼓舞这两者可以如此纯粹地结合起来。我的躯体里只有我的心——这就是我的感觉。或许是套话吧，但不带一点的神秘主义，我可以这么说：我感觉到沐浴在她的存在里（也因此觉得好多了，虽说辨不清为何如此）。这是我们死去的时候真正奔赴的地方：那些记得我们的人的心里。我们所有人的心里满满地都是她。

洋葱，记忆

“你现在回牛津吗？”我母亲问道。我让她在她家门前下车。

“不，妈妈，我不去牛津。这下午真不错。”

“是的。非常好。向伊莎贝尔问好。”

我告诉她和父亲我准备离家的那天，我母亲默默地流着泪，不吵不闹，不情不愿。这下三个孩子都一样了。（或者说四个里面三个是一样的：杰米那时二十岁，还是单身。）不过，随后，她用手背擦了擦脸颊，接受了我的新现实。

我没有回牛津。我回到了在西伦敦的公寓——现在被当成了家的工作室。通常情况下，这地方还是挺舒适的，但星期六晚上，两男孩在这儿过夜：起居室的大多空间被他们的行军床占领，整个公寓里到处扔着漫画书、空薯片袋、游戏卡带和酸奶空杯，还有各种鬼怪神兽、壮硕的超人、食肉动物、终结者、机械战警的玩具……

我脸颊上压着个冰袋，在一片狼藉中坐了下来，心里仍旧疼痛肿胀，和我被谋杀的表妹心神交流着。

那一天到场的有一百多个人。他们各自程度不同的疼痛从二十年前开始，还会持续下去，二十年，四十年，六十年。而那一百多个人中的每个人都知道有另外一百多个人同情痛惜过，担忧焦虑愁眉紧蹙过。我的表妹也不是唯一一位受害者，而是十一位受害者之一，或许是十三位受害者之一，或许有更多的受害者……从一定意义上来说，凶手掌控了这个小小的宇宙，所有的点和圈，当然，其中没有他的位子。他导致了这一切，但不属于这一切。

因此，我不怎么想就弗雷德里克·韦斯特说些什么。早先，我打了一个小章节的腹稿，描绘克伦威尔街二十五号平常的一天。列举种种令人难以置信的史前穴居人一般的肮脏之后——这包括偷窃、暴力、乱伦、强奸、性折磨、卖淫、拉皮条、偷窥（女儿："我的卧室像是个大筛子"）、色情场面、少儿卖淫、恋童癖，我要以韦斯特经常在睡前对他那一大帮各种来路的崽子说的话来结尾："你们睡觉的时候，我的生活开始了"……我们家的人无法理解这不同寻常的冲突，让他由此触碰到我们的生活，我无意再延续这种接触。但他现在就在这儿，在我的脑海里，我要驱除他，而弗雷德里克·韦斯特是无法控制的：他是无法控制的。眼下，他会从我这儿得到一句话的判决，我会从他那儿得到一个细节。以下是判决：韦斯特卑劣下贱有缺陷，打小就被训练，为从无能不举变成无所不能这一时刻着迷。

这是个细节。韦斯特有和奎尔普[①]一样的饮食习惯。他会把整条面包的一头切掉，把整块奶酪放在上面。他会在屋子里转悠着，吃苹果一样地吃一只洋葱。

一只*洋葱*？罗斯[②]第一次在汽车站（那是另一个汽车站）碰到他的时候，以为弗雷德的牙齿"发绿腐坏"。他与洗脸槽和浴缸势不两立，我们可以肯定，韦斯特也不会同冲牙器和牙线交好。不过，他仍旧可以毫不费力地咬完一只洋葱。他的牙齿足够有力。

但他的*眼睛*是怎么样的呢？

知道了这一细节后，我想到了二十世纪七十年代后期的一个晚上，我和菲利普懒洋洋地待在家里，我让他看我在读的一本新诗集：克雷格·雷恩的处女诗集，《洋葱，记忆》。克雷格是我的导师、门徒和朋友

---

① 狄更斯小说《老古玩店》中的恶棍，吃相粗鲁可怕。

② 韦斯特的妻子罗斯玛丽（简称罗斯），是韦斯特多次杀人案中的从犯。

（也是前课程老师）。我们讨论了书名：洋葱和记忆一样，层层包裹之中有共同的核心。然后我说，

“还有什么是相同的？”

“它们都让你流泪，”我哥说。

1994 年 5 月，玛丽安·帕汀顿和两位亲近的朋友一起去加迪夫。她是去为妹妹的骨殖举行宗教仪式：

> 我无比小心温柔地举起她的头骨。我惊讶于熟识它的弧度和尺寸。我用露西最喜欢抱在怀里的“柔软的棕色毯子”把它包了起来，就像我抱起我的婴儿。我把她紧紧抱在怀里。

1995 年晚些时候，弗雷德里克·韦斯特的审讯记录放了出来。事件由他所述的版本出现在媒体而无其他人质疑。玛丽安发起抗议，公开驳斥得到胜利。这个驳斥，我想，我必须得确认、充实且传播下去。因为，否则的话，这些事就消失不见了，消失在新闻报纸每日的油墨污渍中，我再也不想有谁来问我，露西·帕汀顿是怎么被“卷入”韦斯特家的轨道。

韦斯特说，他杀了我表妹是因为她想要他去见她的父母。他和露西当时有点私情（“纯粹是上床，没有别的什么啊”），而露西怀了孕，“过来吵闹了一下，情人间嘛”，“还说了我要来和你一起住这些狗屁话，我只是一把抓住了她的喉咙”。“她想要我见她的父母，她要我做所有那些破事。”

这就是媒体所登载的，而无其他人质疑。我驳斥这种说法。这本书驳斥这种说法。

那天晚上——1994 年 7 月 10 日，我去伊莎贝尔家。我们谈论了我的表妹和伊莎贝尔的弟弟布鲁诺。他也是家中最具魅力和天真的那个，一个半月前去世，三十六岁。我尝试着用我百分之八的牙齿吃着晚餐，

剩下能用的就这么一些了。晚餐中某个时候，伊莎贝尔说道："你得去牙医诊所了。至少是去看一下牙医"……我已经有五年没去看牙医了。五年来，我一直在写一部小说。我说："一旦上了牙医的诊椅，我再也下不来了。我会结束小说。再坐上那把诊椅。"

来自学校的信

海事广场55号，
布赖顿，
苏塞克斯

亲爱的简和爸爸：

谢谢非常令人开心+非常公平的来信。我已经和小怪兽谈过了，只要吉布斯太太同意，他就会同意的。不过，罗汀迪恩很可能只需要我兼职，因为他们以为要离开的那家伙可能决定留下来。吉布斯太太和那个小怪兽祖师爷爷强调罗汀迪恩无疑是英格兰南部最好的小学，我应该接受这份工作。这就意味着我得到的工资不足以支付生活费用（每星期只有六、七镑），但话说回来，我教的可能是得了奖学金的男孩。他们向我保证，这些孩子脑瓜灵光极了。你们怎么看呢？我挺高兴的，因为我不想花很多时间教七岁的孩子小数除法什么的。不过问题是，这会不会影响[1]我想要公寓的提议。这我就让你们全权来决定吧。如果你们觉得是可行的，请随意调整额度。

我才得知杜伦要我去面试。这本该是在星期一举行的（21日），但科林[2]没有及时把信转发给我，我没法去了。面试通知是今天收到的（星期六），我本该明天出发——但因为布鲁斯的忽略，估计是去不了了。可真没趣啊，因为我明明白白地告诉过他，要非常仔细，因为录取

---

① 原文指出此处有用词错误。

② 我当时的继舅舅，科林·霍华德，又叫“布鲁斯和猴子”。——原文注

通知必须在一个星期内回应，否则就撤回了。也没那么顶真吧，他们可能会接受我的道歉，推迟面试——不过，他们也很可能不能那么做。(我们不要忘记每一个英国文学专业的名额，都有三十七个人申请)。我得给他写封尖锐一点的信——否则的话，我敢肯定会看到布里斯托尔的无条件录取通知搁在一只躺了三星期的破烂信封里，因为科林觉得“不值得转发”。话说回来，不算是真正的事故。

好吧，让我知道你们最后的决定，

很多很多的爱。

马特×××××

迈克·萨巴图拉的手

现在是1994年秋天一个明媚的星期一早上。我坐在麦迪逊大道上的一家咖啡店。小说写完了（虽然还要做一些小改动），我在这儿准备坐上那把诊椅。我说过，上一次去牙医诊所是在五年之前。已不再如此。在更新的现实中，我是在五天前上牙医诊所的。而现在我又回来了。二十分钟之后，在我身上将要发生非常可怕的事。

第一次去牙医诊所需要勇气：理论上，我仍旧可以掉头走开。第二次，我所需要就是吃苦的精神。因为我已无选择。

我小的时候，所有这一切才刚刚露出苗头，我盼望着长大。只要长大了，我就会勇敢起来——不可避免地必然地勇敢起来。勇气自然会降临在我身上：我躲都躲不开。瞧瞧那些大人，我说。大人不会因为他们晚些时候要去看牙，早上就拒绝起床，他们不会在午餐时间躲在厕所里哭，他们不会回家告诉妈妈他们去看过牙医了，而事实上并没有——事实上，他们是在街上无助地游走着，被神秘的意志的挫败、勇气的挫败弄得神思恍惚。年岁会带来勇气；年岁会给我信心。然而，这并没有发生。我四十岁的时候，就停止看牙医了。现在我四十五岁。

第一次上迈克·萨巴图拉的诊所是在上个星期三早上八点。我的名字被叫到了，我就走了进去。迈克·萨巴图拉的握手：规整得像是医务上的共济会握手礼。牙医的手：手之温度，手之力度，手之神一般的洁净。两个漂亮的年轻女人，光泽的棕色皮肤穿着粉红的工作服，围着我们摆动。我不需要再次邀请，就躺在了诊椅上。语句很容易地成形了。很多年来，我一直在脑海中写这些句子。

“我在这儿可没什么好事，但对你也不是什么好事。你得看我口腔里面。我的下排牙齿只是非常坏，但我的上排牙齿……我有一只牙桥，从这只耳朵到另一只耳朵。牙桥还在那儿，我只能说是靠着习惯。整个麻烦都是遗传的，还加上早年护理不够。我母亲的牙还好，但牙龈很坏。我父亲的牙龈还好，但牙齿很坏。而我有很坏的牙齿和很坏的牙龈。”

“我们来看一下。”

“坚强一点。”我说，然后把嘴张得大大的。

半个小时后，米莉帮我脱下为了照一连排X光的铅背心。我在照X光的时候，在受到束缚的时候，总是会想到表妹露西；我发现自己在教堂的时候，也总是会想到她……我等在候诊室里。早上九点还不到，别的深受牙齿之苦的人正在聚集起来。为什么来呢？很可能是局部的震颤和波动，而不是构造性的变化。米莉朝我招手，我被带入另一间屋子，兆头不祥。那间屋子更暗更静，还是叫做“坏消息之屋”更合适吧。迈克·萨巴图拉正站立着俯身看着一张X光片。迈克是个大个子敦实的男人，脸上多肉，表情多变丰富得几乎像卡通里的人物。他说话的时候，晃着脑袋，把嘴唇噘起来，又把眼睛鼓出来。这是一张会戏剧化地表达好消息和坏消息的脸，训练了好多年——会说，一方面，*这样*，另一方面，*那样*。不过，我这一病例都不用测试他的保留节目。今天，没有另一方面的说法。

“上面的都坏透了。下面的也不好。看。”

我们盯着X光片上月面般的景观。下颌骨上有“病变”：下巴上方有黑色的隆起。我学到了这可能是下列三种情况之一：癌症肿瘤；有一个很长名字的肿瘤，割了还会再长；肿瘤，但可以控制也算常见。不管怎样，都得取出来。好几个月，好几个月以来，我感觉到那儿有什么新的奇怪的东西：压力、动作、占据……

“上面的都坏透了。任一顿饭你都有可能手里捧着牙齿。它们星期一都得拔掉。你没有选择。”

这之间的周末，我们在伊莎贝尔家人在长岛的大宅子度过，和她哥哥即画家卡约·丰塞卡一道。以前还有一个弟弟，另一个画家：布鲁诺。但布鲁诺死了，就在六月，在这儿。他母亲伊丽莎白对我说：“我想到他，仍旧不觉得他死了。我想：他回到巴塞罗那去了。我反正从来也见不到他，”她耸耸肩加了一句。“他在巴塞罗那！”布鲁诺是理想中的爱人，总是会邀请壁花共舞。现在他的骨灰随着大海流淌。最后一次我见到他时，他就像艾略特笔下的基督，一个有着无尽的温柔、无尽的磨难的生灵。在黑魆魆的底楼房间里，周围家用护理的机器闪着暗沉沉的亮光，我坐在那儿读书给他听。他喜欢我的嗓音，有时候会要求我读一次书，但离开我嘴唇的每一个段落都像是对他的状态诗意而不祥的评论。下面摘自博尔赫斯的《环形废墟》：

在那伸手不见五指的夜晚，谁也没有看到他上岸，谁也没有看到那条竹扎的小划子沉入神圣的沼泽。但是几天后，谁都知道这个沉默寡言的人来自南方，他的家乡是河上游无数村落中的一个……引导他到这里来的目的虽然异乎寻常，但并非不能实现。他要梦见一个人：要毫发不爽地梦见那人，使之成为现实……有一刻，他想跳进水里躲避，随即又想到死亡是来结束他的晚年，替他解脱辛劳的。他朝火焰走去。火焰没有吞噬他的皮肉，而是不烫不灼地抚慰他，淹没了他。他宽慰地、惭愧地、害怕地知道他自己也是一个幻影，另一个人梦中的幻影。

下面一段出自卡夫卡的《饥饿的艺术家》：

这是他最后的几句话，但在他那瞳孔已经扩散的眼睛里，流露着虽然不再是骄傲、却仍然是坚定的信念：他还要继续饿下去。

“好，归置归置吧。”管事说。于是人们把饥饿艺术家连同烂草一起给埋了。而笼子里换上了一只小豹，即使感觉最迟钝的人看到了弃置了如此长时间的笼子里，这只凶猛的野兽不停地蹦来跳去，他也会切切实实地感到如释重负。小豹什么也不缺。看守们无需多想就会替它送来爱吃的食料；它似乎都没有想念曾经的自由；它那高贵的身躯，应有尽有，好像连自由都跟随左右——好像就藏在牙齿中的某个地方。它生命的欢乐是随着它喉咙发出如此强烈的吼声而产生，以致观众感到对它的欢乐很受不了。

或许是布鲁诺的例子支撑了我对事情大小比例的看法，但整整那个周末，就像人们常说的那样“镇静自若”。这一陈词滥调其实非常形象生动（一如其它许许多多的陈词滥调：比如“喜不自禁”）。我感觉被造了型，塑了形——自我意识很强又像瘫痪了一般；然而我终究还是镇静的。我镇静自若地走在海滩上。我镇静自若地打了网球。我镇静自若地观望着大雁聚集起来准备南飞。我镇静自若抽了烟喝了酒吃了安定片。我镇静自若地刷了牙齿。当然，只刷了下面一排，因为上排的会在星期一早上十点之前出现在垃圾桶里。刷牙以前是我生命中的一大部分。十五年保持的卫生规则意味着我花了差不多八千个小时来清理我的牙齿：牙签、冲牙器、牙间刷、牙线、电动牙刷。我刷牙的时候打开电视，我看到了什么呢？牙齿移植的广告。瞧瞧它们：一口咬下胡萝卜和苹果，吃玉米棒的样子让你想到击打电动打字机，撕咬完鸡腿像亨利八世一样地往肩后扔去——还有亲吻。有力的亲吻。“这些以前能做到，现在也能做到。请致电 88—牙医”……这个广告让人觉得这些人突然又被重新允许参加一场宴会了——一场群欢极乐的大宴席，长生不老，喜悦无尽。从被拒之门外的痛苦转变为现在如此的快乐，我发现自己的眼里流出了泪水。随后我意识到，这些人不过是演员，原本就一直有着一口好牙。

这是我生命中身体经历的高潮。或者更恰当地说，是第三场的高潮。接下来会是第四场（按惯俗，这一场挺安静的）。接着是第五场。两个星期前，我从《情报》书稿的最后几页中直起身来，走进卫生间，看着一张包含着三四处牙痛的脸，它像老式电视似的鼓胀着。我大声说道："你还没准备好。这大计划不管用了。你还没准备好。"但我准备好了，至少心理上准备好了。大计划一直都是这样的：坚持到你不能再坚持了为止。坚持到你再不能熬下去为止。坚持到任何一事都可以更轻松地来承受为止。这个计划挺烂的。好的计划应该是继续去看牙医。这个计划挺烂的，但有阵子还是管用的。我对无意识的敬佩不断增长着。我的无意识对这个计划可能也挺不以为然的，但它根据这个计划调整工作，做好准备。真的，有意识的那部分可以让自己休整一下。大型的工作都是由无意识来完成的。无意识干了所有活。

我很镇静，我这么宣称的，但大雁不镇静。它们把屋后的整片田野变成了美国机场的出发楼——虽说任何一个美国人，任何一个人，看到大厅忙碌到这个地步，都会转身回去坐出租车，无可奈何又如释重负地重新调整行程。大雁们兴奋不已，情绪高涨，欣喜若狂地交流着。对它们来说，不需要办登机手续也不需要安排座位。它们或摆出群情激昂的三角阵或摆出激动颤抖的大方阵。它们的精力因迫切的期盼而愈加充沛，却不带一丝的急躁。它们会选择什么时候离开，不需要从机场控制塔发出的出发许可。它们的时间快到了。我的时间也快到了。我也要去另一个地方……随后，是的，这一刻：它们离开了，不是一整团儿的，而是削果皮似的形成一长条的队组，像成排的子弹、成排的炮火射发，形成一片刀刃可以形成的各种形状：剑尖，箭头，或齐整平滑或呈锯齿状。在每个雁阵的顶端，领头雁雄武有力又细腻敏锐，俯冲腾飞，穿过上升的热气流——飞向博卡拉顿①，飞向特塞拉岛②，飞向圣克鲁斯③，飞向巴塞罗那。

鸟儿们是不是吉利的好兆头（英语中的"吉兆"来自拉丁文，意即

---

① 美国佛罗里达州的一个城市。
② 葡萄牙的火山岛，位于大西洋海域。
③ 美国加利福尼亚州中北部太平洋沿岸的城市。

用鸟类的飞行来占卜)?明天将是我所认识的嘴的终结之日，按着这条思路想，还有些安慰。我的嘴干了坏事，得受点惩罚。我的嘴有几样坏习惯——它喝酒，抽烟，还骂人。就像亨伯特·亨伯特的双手，我的嘴给太多的人造成太多的伤害。它撒过谎，发过虚假的誓。不真诚地、不谨慎地、不节制地亲吻过别人……在那次聚会上，我第一次和拉莫娜·西尔交流了几句低语，相互间的吸引是如此迅速，我们就消失在无人的阴影处，当我又出现在亮光处时，我的女友[①]哭了起来。“你怎么了?”我故作清白地问道——用的就是我那张嘴，上面厚厚地盖着层口红。(这是我能与父亲较量的少数几件事之一。他在情事上的鲁莽乱来，我们后面会看到，经常接近病态了。)……我的嘴说得太多。就在一个星期前，我的嘴让一场《纽约客》在伦敦卡普里斯饭店举行的宴席变了味，因为它和萨曼·拉什迪作了下面的“交流”:

“你喜欢贝克特的作品，是吧?你喜欢贝克特的作品。”

萨曼早先已经明确了他确实喜欢贝克特的作品，他没有回答。

“好吧，背几句给我听听。哦，我知道了，你背不出来。”

没有回应:只有极厚的眼皮对着我。一个没有准备的萨曼得花理查·阿维顿[②]一整个摄影棚的灯光和反射装置来打出这个表情。可还是比不过这一刻若有个路过的侍者拿傻瓜相机照出的效果。谁也没吭声。连克里斯托弗·希钦斯也没吭声。而我是真的讨厌贝克特的作品:每个句子对我的耳朵都是一次伤害。于是，我说道，

“那好吧，让我来背给你听。你只需要最大的丑陋和许多的否定。‘不会无物永不。’‘也不无处无物是无。’‘无之无物永不。’”

这下我感觉到我身上的父亲(还有我们这一群人在宴席上喝下去的二百来杯的葡萄酒)，我决定集中刺激挑衅一下。这时，萨曼看起来就

---

① 我第二部小说的题献人，朱莉·卡瓦纳。对不起，朱莉，我仍旧欠你那封信。——原文注

② 理查·阿维顿(1923—2004)，美国时尚及肖像摄影师。

像透过百叶帘朝外看的猎鹰。

“不也不再不永不无否不”

“你想到外面去干一架吗？”

夜晚到此结束。[1] 我的嘴不知道什么该停。而明天，就可以替它解决这一问题了。它没什么选择。

上个周末，每一顿饭都是难受的历险。每一次上排牙碰到下排牙的时候，它们都会经历一种电荷斥力，让我的脑袋猛烈摇晃一下。有时候我咀嚼的时候，整排上牙会颤抖挪移起来，发出有弹力的嘣的一声。就像拐弯时打了方向灯，拐到某个点时，方向灯会自行调整停止闪动，但灯杆却不干，按着自己的意愿继续抖索着。

我想念儿子们。

隧道

麦迪逊大街的星期一早上。我面前咖啡桌上：我的笔记本，一杯忧

---

① 我们没有出去干一架。第二天下午（那天早上，萨曼和我很快就在电话上和解了），我在帕丁顿体育俱乐部，同两个朋友斯蒂夫和克里斯一起在竞猜游戏机上玩。屏幕上出现了这个问题：谁写了《老魔怪》？多重选项为：A：金斯利·艾米斯；B：威廉·戈尔丁；C：萨曼·拉什迪。按了 A 之后，我指着 C 说：“昨天晚上我和他吵了一架。他要我出去和他干一架。”斯蒂夫说：“真的？那我希望你带他出去，把他狠狠揍一顿。”得了得了，我说，接着说平日在辩论的话题，虽然用的词要比和乔治·斯坦纳（在这个问题上，他不可理喻，转不过弯来）辩论的时候口语得多。“这是什么？‘纳税人的钱’？”（E. M. 福斯特说过，“女人和孩子”是让［英格兰］男人不得理智的一组词，现在这是纳税人的钱）。“那钱花得很值。要不然，你会看到你的祖国为了一大帮包着头巾的家伙栽跟斗……”我注意到了克里斯：他的沉默无声，他的屹立不动。他肌肉紧张得前倾蹲伏着，震惊地盯了我一眼。这位自我奋斗成功的大腕，前全国柔道冠军，曾经被夜总会雇佣的壮汉：一整块巨大的肌肉。好多年来，我一直在努力寻求克里斯和拉什迪的邀请之间的最优解，告诉他放弃一成不变的回答，换个同他智商相称的答案。我认为我几近成功。不过，他当时说的是：“让你出去干一架？我希望他奶奶的让我出去干一架。”——原文注
乔治·斯坦纳（1929—　），文学评论家，作家。
E. M. 福斯特一说引自其小说《印度之行》。

心忡忡的卡布基诺。我正与我的上颚道别，但我的上颚可不会为了任何形式的临行款待而感谢我。可能来个意大利蒜味香肠潜艇三明治吧，或者牛排汉堡。吃上一个再上路吧。另外一件我不愿用牙的事是咬牙关。咬牙关的事我都已经干过了，实在太疼了。下个钟头不足挂齿：我要顺风顺水扬帆直航。怎么做到呢？因为我可以直视我的灵魂，看见了勇气、力量、简简单单的英雄气概——那是一个吃了一大堆安定的男人所拥有的。① 噢，让别人的笔来琢磨恐惧的症状吧。不过……不过，更深入的那一刻，躲也躲不开。真是那样儿，我在向我自己在告别呢。此后的我，就不一样了。不一样在哪儿，我说不清。但不一样了：主命题换了。

我看了看手表。再抿了一口咖啡，在马路上再抽一根烟，一边小心翼翼地吮着一颗薄荷糖。我把东西收拾起来。正朝店门走去的时候，一个瘦削的年轻人从我眼角的余光处冒了出来，声音发颤地问道，

“你是马丁·艾米斯吗？”

“是的，”我答道。随即想到，很快这在严格意义上就不算正确了。

“非常喜欢你的作品。保持下去！”

“谢谢你！”

要是他面前正打开着这本书的话，咖啡店里那位高贵的读者这下就知道我差一点就要瘫倒在他的臂膀里。不过他做了他该做的：他做了他该做的，帮我站直了没倒下去。在意义重大的电梯里——那是我的起航控制板（请按写着“巴塞罗那”的按键），我告诉自己说：“是的，还有那件事呢：写作。我不是歌剧演唱家、长号演奏家，也不是演员。我的写作不需要我的嘴。而我的那一部分，我最好的那一部分——那不会改变。吃喝会改变，微笑会改变，讲话会改变，接吻会改变，但写作不会

① 忠告。在起床时吃上一个几乎能致命的剂量，这不消说了。此外，在前一夜也吃上一个几乎能致命的剂量。这样，麻木覆盖在麻木上，你就和现实隔着两重的距离了。——原文注

改变……”我们到了：十五楼……抱着我走吧，泰迪，就像你抱着我走过玩具市场。①

“再见了。”我不出声地说道，一边很快爬上模制的躺椅。

米莉站在一旁，拿着辅助工具。迈克·萨巴图拉穿着工作服的肩膀弯着，专注地做着手中的事。先是皮下注射的扭动和刺戳带来的酸痛感，一次接着一次（十二次，还是十五次?），直到我的眼睛里似乎都溢满了注射物。下一步，迈克·萨巴图拉拿出马蹄形的深度牙托，开始用强力胶粘上。我们等着该固化的东西固化，该液化的东西液化的时候，出现了一阵子文明的暂停。

再见了。再见了。这就道过别了。你恨过我。我恨过你。我爱过你。远走了。留下吧！再见。我爱你，我恨你，我爱你，我恨你。再见了。

这下牙托顶着我的上颚，迈克·萨巴图拉的手伸了下来，拔拉了起来。在带着节律的咯吱咯吱声中，有些松开了，有些屏住了。我的右手食指抬了起来，指着右边的犬牙：它决不放弃其创造痛苦的才华，殊死一战。又连着注射了三次。米莉站得很近，举着牙科冲洗器、真空清洁器，一张戴着口罩的脸。继续地裂山崩式地拧拉、扯拔——让人浑然忘我地割裂碎断。

“等等。你的牙齿还在。”

我控制不住我的舌头，它跳起来接住了晃悠着的牙桥。有什么轻轻的东西落在了上面——是一块拔断的牙根——又滋溜一下往旁边滑了下去。迈克·萨巴图拉带着香味的双手这下使出决定性的力量。拔掉了——剩下的那段血淋淋的牙根很快从我的视线中取走了，就像是产房里发生的可怕的不幸事故。

我清晰地坚定地说道，

“我发现自己可以说话了。”

---

① 出自詹姆斯·乔伊斯《芬尼根守灵夜》中的最后一段。

这下（终于）本作者提议邀请读者进入卫生间。迈克·萨巴图拉的手刚拍了一下我的背，而我仍旧沉浸在米莉棕色的温柔注视中，那充满忧伤的关心，但一边我已经滑一下趔趄一下地走过诊疗室，经过前台，穿过走廊。那儿，有一面镜子等着我。我把身后的门锁上，在黑暗中站立着。会是怎么样的呢？像多萝西·华兹华斯[①]那样的，好比是夹坚果的钳子？还是艾尔伯特·斯特普托[②]软塌塌压瘪的下巴？还是一下子长了好几岁？我打开了灯。

这几年，卫生间的镜子已经让我习惯了凸面的种种奇观。没有任何迹象——没有疼痛，凸面也会出现。去赴晚宴的时候，我会进卫生间梳一下头发，迎面遇上一张奇形怪状的土豆脸。对凸面我已经再熟悉不过了。不过，这下是凹面。还不算太离谱：脸还没有完全塌陷。我看起来下巴瘦削而突出，一副蠢样，像是有反颌（反的上颌在哪儿?）。我背了一遍字母表：除了“f”（这个字母我太需要了[③]）都说得出来。我说话的时候，看起来也还好。上唇下垂而沉重——那是因为几十年都不张嘴微笑。不过，这一刻我把嘴张到最大程度。清醒的意识和认识瞬时就发生了。

我认为作家是三者合一：文学的附身，天真无邪者，凡夫俗子。好吧，这一想法完全是凡夫俗子的。并不是每个人都会见到我所见到的；但每个见到我所见到的人，都会这么想……四五年前，我无意中听到我母亲对一个老朋友说，“哦，我的都已经没了。”随后非常直白地加了一句：“我知道我死的时候是什么模样了。”

我还没到这个地步。我的下排牙尽管也没什么指望，受到过损坏，随时会出现问题，但到底还在。但在它们上方出现的新空间里，怎么也不会认错的是一片黑暗，一个空洞，一条一路通向我灭亡的隧道。

---

① 诗人华兹华斯的妹妹，不到四十就失去了所有的牙齿。

② 英国电视连续剧《斯特普托父子》中的角色。斯特普托是个肮脏的收垃圾的老头。

③ 指英语中以“f”开头的骂人话。

家中来信

迈达谷 108 号，

W. 9. [①]

迈达谷 7474

1968 年 2 月 12 日

最亲爱的爸爸和简：

谢谢来信，简：我得说阿卡普尔科[②]听起来糟糕透顶了——你们有没有雇了一个专家队伍，专门画出一个海外旅行线路图，尽可能地包括各处可怕的地方？我没法理解的是，你们为什么不学期一结束就回来呢？你们有没有闪过念头，墨西哥可能会挺不错的？我听到的有关纳什维尔各式各样的可怕事，已经让我对国外产生强烈的恐惧心，这甚至能让难以讨好的“猴子”都会觉得骄傲。

拉丁文这事还挺不错的吧[③]？那个厚脸皮的小怪兽还做对了另一件事——考试前三个星期，他告诉我其它都不用做了，专攻拉丁文。因此，整个课程大纲就在这段时间里完成的，我通过了。一件让人高兴的小事是，有个讨厌的小个子德国佬叫“斯特”[④]，我同他一道参加了拉丁文考试。过了三刻钟，他起身说“有趣啊……有趣”。他没及格。小怪

---

① 沃尔威克大街、迈达山（也包括迈达谷的部分区域）一带的邮编。

② 阿卡普尔科为墨西哥重要的港口城市，位于太平洋沿岸。

③ 奥斯力克令人吃惊地勉强通过了必要的 O 级考试。不过要是他想去牛津，还得考拉丁文，所以奥斯力克心想他还是最好保一下拉丁文。——原文注

④ 音近英语中的“屎”。

兽自己替我在布赖顿安排了一星期一次的课程。我去见贝塞尔先生，一个鼻子长得像鸬鹚的老头。那老头，我敢说，正在经历第二次，或是第三次青春期。这个老傻蛋能流利地说十七种语言，拉丁文、古希腊语、威尔士语、古盎格鲁-撒克逊语、罗姆语，还有走街串巷焊炉匠说的话。他会说诸如此类的话，“一共有 140 个第一种词形变化的异相动词。”我说“哦，我从来没”，他紧接着就说出一长串一长串的词来。他也是体味教的高级祭司，这一教派最秘密的艺术、最深奥的技术他都谙熟于心且得心应手。他仍旧喜欢经常使用四肢，虽然自第二个关节起，四肢越来越细，成了坏疽化脓的细细的几根。不过，每个礼拜我们确实能完成大量的作业。

替科林干活非常开心——要求高一点的职责之一是玩双陆棋赢他的钱。我们平均每天玩十场，输赢相当，所以没有大额的钱易手。不过，有一次下棋精彩极了，我得了个“全胜”，八个先令。科林难受极了，“把灯泡放进垃圾箱”[①] 后，他上床睡觉了（才下午六点）。不过，总体来说，108 号的生活目前看来，无意外无事故，只除了沙吉[②]为他一个心仪的姑娘伤神。

这下提提文学症候（打个哈欠）。读了艾兹拉·庞德的《流放者的书函》[③] 后，我得出结论，翻译可真的是个好主意啊。我承认，庞德不总是很能启发人的。诗歌本身非常的漂亮，李白说的是什么不要紧。不过，我也不是说我了解原诗。欣赏艺术，有无数种形式，这不消多说。

行，我们五个星期后见。行吗？好吧，晚安。（艾伦·弗里曼常说

---

① 我在开普出版社的编辑丹·法兰克林问过这一处。“‘把灯泡放进垃圾箱’是指喝烈性酒的俚语吗？”他这一问让我想到金斯利·艾米斯的《绿人》（1969）。书中有个角色是真的去见主教，却让另一个角色想着“去见主教”是不是“他们家指去大解的委婉语”。丹理解了灯泡这一说的意思，科林也是这么做的。“把灯泡放进垃圾箱”是他最可信赖的浇愁提神的方法。——原文注

② 沙吉·曼，画家，和艾米斯及霍华德一起住了很多年。——原文注

③ 庞德据李白长诗《忆旧游寄谯郡之参军》翻译改写。

的话）。[1]

很多很多的爱，早点给我写信，

马特

顺便说一句，我在看阿尔贝·加缪的《异乡人》。

① 弗里曼是《感谢你的幸运星》中双眼灼灼的流行音乐节目主持人。——原文注
《感谢你的幸运星》为1961年至1966年间英国流行音乐节目。

宽容之缺失

六岁的雅各布若有所思地说道，

“我从来没见过金斯利挪动过。”

“你说的是什么意思?”

“我想我从来没见金斯利挪动过。”

“挪动?”

“是的，挪动。”

“瞎说。每次我们在那儿吃中饭时，他要挪动的。至少要上一次厕所。”

“那没错。”雅各布承认。

“还有上次你封他为骑士的时候?他那时挪动了，是不是?”

“……那没错。”

金斯利就封爵一事一字不提，无疑是打算在晚餐时宣布的：我们等他七点到。但消息先从收音机里传来了，我们准备好了等他……那是在1990年。我那个时期的生活，现在看来简单得简直不像是真的。我结婚很晚。那时我四十岁，和妻子及两个儿子（一个六岁，一个四岁）住在拉德布罗克路[①]边上的一幢高而窄的房子里。长篇小说《伦敦场地》已经出版抛在了身后，中篇小说《时间箭》尚在前方等待动笔。我父亲每周一次来吃晚饭。

七点整，门铃响了——金斯利之准时，和奈保尔可以一比。我把门刷地打开，露出了两个男孩。他们穿着混乱搭在一起的各式塑料护甲，

① 伦敦西北肯辛顿和切尔西区上的一条街。

戴着臂铠和维京海盗的麋鹿角，慢慢地抬起了灰色的塑料剑。金斯利默不作声，在门垫上单膝跪下（这可不是件小事），两个男孩，也同样地默不作声，目光专注地轮流拿剑在他的肩上点了一下。

一分钟之后，金斯利由安东尼娅领着下楼喝第一杯酒：冷藏杜松子酒加腌泡洋葱。雅各布跟了进来，仍旧装着点样子（好像还提着长矛），但路易斯多留了一会儿，不耐烦地扔掉了护腿、护膝。这些东西都是从一只很旧的箱子里淘出来的。连这两孩子都得深挖一阵子才能找出来。

“他为什么是个爵士？”

“为什么？”

“因为他们不再需要……骑士了。没有什么需要骑士来做的事了。”

我很替父亲高兴（他会去王宫，会有那些和“可姬”一起的温柔的绮梦）[①]，但我必须得承认我同意儿子的问题。

当时，我没有多想，以为金斯利对封爵一事满足得不得了，不过眼下，我想不起有什么明显的迹象。当作家想要荣誉称号的时候，他们通常会彻头彻尾地去求索：据说有小说家，能把斯德哥尔摩每个官员家中的猫猫狗狗的名字都叫得出来。他从来没有讨论过成为爵士的事（而我们也从来不讨论文学奖、预支稿费、书卖了多少）。有一次，我提到费丁南德·芒特[②]的例子，他不用他的贵族称号，认为这是拖累，旧时代的事，金斯利只是耸耸肩，点了点头。封爵不是不足挂齿的小事，但太

① 金斯利做的有关女王的梦，都对她相当的尊敬，而且几乎完全纯洁无邪。金：昨晚上，我又做了个关于可姬的梦。马：你那些有关可姬的梦中发生了什么？（我们喜欢叫她可姬。我以为有段时间这一绰号用的很广泛，但我不论在布鲁尔的俚语词典还是在乔纳森·格林的俚语词典里都查不到。）金：噢，没怎么着。我吻了她一会儿，对她说，‘来，我们找个地方去。’她只是说道，‘金斯利，我不能’或是‘不行，金斯利，我们不能这么做’……和可姬就到这个程度了。和玛格丽特·撒切尔，金斯利通常要更深入一点。——原文注

② 小说家，准男爵，《泰晤士报文学增刊》的主编。——原文注

晚了。[1] 我希望在他生命的最后五年，他从中得到了一点喜悦。他的家庭背景（中下阶级，不再笃信的浸信会教徒，努力勤奋的信条）决定了他的一些追求。成为一名爵士，一定满足了这些追求中的一些残余部分。而且这一定让他的父亲的声音永久消停了。这声音一直都没歇过，“写作这游戏挺好挺高大的，但总有一天，你知道，你得控制一下自己，找一份正当的……”新被提升了身份的金斯利在他的俱乐部行走时，或许高了那么几寸。此外，他终于能在三角家庭里抬起头了——在他和我继父（基尔马诺克男爵）、母亲（基尔马诺克男爵夫人）同住的家里[2]。十几岁的杰米没有封号，那只是因为一个技术性的问题：他是婚外出生的，因此只好没有这荣誉性的“殿下”称号，费力地过下去。

爱德华·厄普沃德[3]说过，当他经历“种种宽容的小缺失”时，他

---

① 小说家得到这一荣誉又少又晚，这是个有趣的现象，而且通常他们得到这一荣誉不是因为他们的小说，而是为了其它什么事。比如，为笔会作出的贡献（V.S. 普里切特），为伦敦动物园作出的贡献（安格斯·威尔逊）。我猜想，金斯利得到这一荣誉部分是因为他大力谈论、书写右翼也叫做保守党/君主主义者的立场。同样有趣的是，剧作家得到这一荣誉又早又频繁。每次碰到我的同代人戴维·黑尔爵士，他都让我乐不可支，我总免不了想，他为什么没有为“戴维·黑尔（兔）爵士”这一称号而乐一乐呢。这称号太滑稽可笑了，和约翰尼·罗顿（“烂”）爵士或维雪斯（“恶毒”）爵士可一比。为什么这样一位严厉责难建制的人物突然会想要成为英帝国的爵士呢？不过或许，剧作家可能也是为其它什么事得到这一称号的：或许为旅游业作出的贡献，或许是为保护小型公交车司机和大型游览车司机的工会作出的贡献。我为我的语调再次道歉（我不想要封爵），不过，我也借此机会重复我的观点：同小说和诗歌相比，戏剧轻轻松松要低级得多。影响力超过一个世纪的剧作家除了莎士比亚——还有谁？很快有人会想到那个阴森森的挪威人。来，同英语诗歌及其长存不朽伟大的浪潮比较一下。莎士比亚是个剧作家，我同意这事滑稽极了。我总是就此尖声大笑。这是上帝最好的笑话之一。——原文注
“黑尔”在英语中同“野兔”。

② 我母亲从来都不像个贵妇人。她说过，每次在超市用支票本的时候，都会觉得自己是假冒的，像个偷东西的拾荒女人。但有一次，她让我大吃一惊，大笑不已。我挺自以为是地问她：“那对你的吸引不大，是吧，妈妈？艾利斯泰尔是个男爵这事儿。”她深深地皱了皱眉头，说道：“哦，大极了。”——原文注

③ 爱德华·厄普沃德（Edward Upward，1903—2009），英国小说家，以短篇小说知名。

感觉到这是年老的过程。嗯，金斯利从来都不是个会刻意培植宽容的人，而且他的欠缺是大欠缺。他上了六十时，简直和潜水艇一般重；等快接近七十时，我父亲经历了一系列起伏波动的内心创伤。他的表达有时候含糊不清；他会身体前倾，脸上挂着“我被打扰了的”怪相，像是带着疼痛的微笑，用那只听力好的耳朵对着你，他已经丧失了对自己肉身所有的信任和自在（为了一百米的路，他会叫上一辆出租车，因为他腿疼）。金斯利从来不提所有这些头脑的破裂和堵塞，这些衰老的小症状，你也是不该提及的（也不该注意到）。这些事发生时，会令他转身背对世界。对他来说，六十八岁的年纪，处在某些情绪中，令天地万物看起来一文不值：而且因此（因为他相信自己的直觉，认为自己从来不会出错）天地万物就是一文不值，可以被彻底地否定掉。金斯利以一种完全是不偏不倚的态度，总是拒绝容忍，对自己对别人都是一视同仁。

另外还有一种考虑。下面一段摘自《老魔怪》(1986)：

> 威廉启动了车。“安全带，爸爸。”
>
> “对不起。”
>
> “我看得出只要有可能，你就不想系上安全带。你知道自己肥胖巨大，对吧？从来没这么胖过？实实在在的胖？你当然知道了。你没法儿不知道的。我猜大多是酒吧，对吧？提一下，我不是说想要责怪你。”
>
> “喝酒，还有吃下去的……电视都结束了，我还坐着，开始胡吃海塞。大多是蛋糕。空心甜饼、白兰地脆饼。任何蘸着奶油、果酱、巧克力酱的东西。

父亲不曾想过我们没有注意到他体重的变化，过去的几年间，体重几乎翻了一番。我二十五岁的时候，克莱夫·詹姆斯对我说过一句话，一直萦绕在脑际：“发胖并不是你获得了脂肪添了重。有一天，你的整个肉身就会变成脂肪。”但金斯利并不是这样的。对他来说，获得脂肪发胖更像是一项工程。1980年的冬天，从简离开他的那天起可怕地启动了。这将是深夜碳水化合物大宴的时代。金斯利开始两个小时的超级点心时间，抚慰他，麻木他，直至他睡去。现在看来，他的这一味觉方式明显是怪异的，像是应当与世隔绝才做的；但我当时的反应，是不假思索的孝顺——你就接受这新现实。像是为了能够成功地冬眠起来，他会以两倍于能消化的速度，在脸颊里塞满各种甜点。"天哪，爸，"我有一次说道，"这是怎么回事啊？你的脸和一只篮球一般大了。"他要花上十分钟的时间咀嚼，才能回答我。"这样似乎能让我平静下来，"他说，又开始塞了起来。他吃是为了求安慰；淀粉和糖分带来的安定效果能减轻恐惧。但我现在明白，他夜间的胡吃海塞是一种复杂的症状，是退步的、自我隔离的。这让他在性方面不再有机会。就像是说都结束了：对爱的追寻，对爱之重要性的信仰。

1984年，《斯丹利和女人》出版后不久，他对我说，

"我终于弄明白为什么我不喜欢美国人了。"

我等着。

"因为那儿的每个人不是犹太人就是乡巴佬。"

"……轻微反犹是什么样的？"

"没怎么样。"

"不对。轻微反犹是什么样的感觉？描述一下。"

《斯丹利和女人》，该说是斯丹利这人，被指责有反犹倾向（而且还有厌女倾向，这一点的理由更多一些），根据是一些与主题无甚关系的第一人称的话，比如下面一句："我出门，招了一辆出租车。那车子刚送了客人去主教街那几家犹太佬中的某一家。"但反犹在《斯丹利和女人》中是结构上的：叙述者继承下来的未被检视的偏见与他儿子斯蒂夫暴力的胡说乱涂（"邪恶生活卑贱利维"①）形成对比。斯蒂夫堕落于精

---

① 原文：EVIL LIVE VILE LEVI，这四个词在英语中为L、E、V、I四个字母的排列组合。"利维"为常见犹太名。

神分裂症信奉的那一套陈腐得可悲的体系。而那确实是一套体系，一个不幸的小菱形：犹太人，间谍，局外人，电击……

“什么样的感觉？嗯，就像你说的，轻微的。如果我在看某个新的艺术节目的片尾字幕，或许会注意到犹太人的名字，心想，啊，又来了一个。或者是，哦，看，又有一个。”

“那就是全部感觉了?”

“差不多吧。你就是会注意到他们。你不想有谁去做点什么。那会把你吓坏的。”

“有意思。你有没有看《纽约客》上登的约翰·厄普代克给《杰依克的东西》写的书评。”

“没看。”

他说：“你对女人所有的反对可用《窈窕淑女》中希金斯教授说的话来总结：‘唉，为什么女人不能像我们一样?’”

“是啊，”金斯利放慢了语速强调道，“那说得很对。”

八年之后，1992年，星期天的午餐时间，我们等着金斯利到来：我得承认，那等候没有太多的热切……在平日的谈话中，我们不止一次地得到一个有关社会和家庭行为的小结论。表现得高高兴兴的，那是道德的职责。表现得高高兴兴的，那也是严肃的职责。可是，就在最近，金斯利没有在履行这一职责。他的低落情绪以咄咄逼人的好斗形式表现了出来：先是把我塑造成一个多元文化正确性的忠臣孝子，然后试图以他粗野的异端邪说来污蔑我。这一套在一天结束的时候，我觉得对付起来容易一点——在被酒精和疲倦麻木了之后。事实上，金斯利来吃午餐而不是晚餐，这本身就是守旧派的小胜利。我们就这事死争过几句：“我憎厌午餐，”我说。“瞎扯。”“我憎厌所有的午餐。我憎厌在中午喝酒。”“怎么会有人去憎厌午餐呢?”“你听起来像是不相信我说的。”“我爱死了午餐。”“我不相信你。”“你疯了。”“我爱死了晚餐。我憎厌午餐。”“好了，在我这个年龄，午餐就是晚餐。”好吧，但在我的年龄，午餐还是午餐，和你呆上三个小时，老兄，还不能喝上几杯够有劲的酒，又没有在9点45分出现的出租车这令人欣慰的前景……

门铃响了。我正在楼下的厨房里——男孩们会让他进门的。我把书放在一边，把金斯利要喝的鸡尾酒的配料给准备好了，确认他的大啤酒杯在冰箱里和他那一大罐淡啤酒——嘉士伯特酿——放在一起。然后我听到了楼梯顶部谨慎的嘎吱嘎吱声。

“嗨，爸。”我说，我们拥抱了一下。

“……你在看什么书？某个犹太人的？”

我转过身背对着他，一直没再转过身来。提到的书是普利莫·利维①的《如果这是一个人》……没几个月前，我那部有关反犹大屠杀的小说《时间箭》出版了，我被指责为反犹。② 就这个话题，随便瞎扯扯的，我一个字都不想要了。因此，我一边准备着父亲的酒，杜松子酒，白洋葱，一边一直低着头说道：

“其实我是要告诉你的。男女间确确凿凿地有一点差别。他被法西斯民兵捉住了后，带到一个巨大的拘留营，在意大利的北边，我记得。在那儿，犹太人被挑出来，告知第二天遣送他们去奥斯威辛。最后一个晚上，所有的男人都在喝酒、找女人上床、打架，所有的女人都在给孩子们洗澡、洗孩子们的衣服、准备食物。他这么写道——太阳升起来的

---

① 普利莫·利维（1919—1987），犹太裔意大利化学家、小说家。《如果这是一个人》记录他在集中营的生活。

② 起初是《旁观者》杂志中的一篇书评（说我为了“赚钱”而转向奥斯威辛。）杂志继而刊登了我的驳斥。写书评的是詹姆斯·布肯，也是写小说的，一个毫无幽默感的知名人士。说他毫无幽默感，我是想对他的正经严肃表示怀疑，直截了当地：这样的人必须得无中生有地给自己搭个德行的架子。（顺便提一句：我不知道布肯先生是不是个当爸的，不过我时常琢磨，没有一点幽默感的人怎么养孩子。养孩子这事，没有幽默感怎么做得成呢？）唉，这事儿在英国的出版界引发了小小的争论。出版界“中立”的传统让相左的观点都有公平的表达机会。小说在美国出版时，我预计会有更多的敌意：错了。一点都没有。后来在德国在以色列也都没有遭遇敌意。不过，在英国，反犹的诽谤显然不是那么严重，可以和其它东西一道顺手牵来就用。布肯在回我的私人邮件中，四处洒满了耄耋老人用的大感叹号，令人安慰，这让我放心确实如此。——原文注

时候，就像是敌人的同盟，拘留营带钩刺的铁丝网上挂满了孩子们的衣服，在风中吹干。”

终于我转过身，手里握着酒。我的第一个念头是去拿厨房用纸。他哪儿来的时间哭成这样？他静止不动的脸罩着一层恣意流淌的泪水。他语调平稳地说道：

“这是随着我年岁越来越老，感觉越来越深的事。我们不要再把女人和孩童捉起来。不要再翻过山，把邻镇的人都折腾死。那样的事，我们一桩也不要再做了。”

* * *

尽管有些不够宽容的事，金斯利喜欢来拉德布罗克路边上的屋子：他说，“那是极少几处我有把握不会出错的地方。”但是，1993 年的春天，在那儿度过了十年之后，我搬出了那幢屋子——新事态的发展（一次大动荡，一次可怕的失足）是不受踏入七十二岁的金斯利欢迎的。不过他没有过问便认定了新的现实，母亲也是如此，我们所有人的婚姻都一个接一个地破裂，这又是一个第二代的婚姻失败……我仍旧带男孩们去金斯利那儿吃星期日午餐——樱草花山的那个三角家庭。不过，星期中段的会面，我们会去饭店，大理石拱门那一带一家叫比阿吉的意大利店。这个店我们和不同的人进进出出，已经来了有三十年。

就是在这儿，1966 年，周围是长颈的玻璃瓶和渔网，六英尺长的胡椒研磨机和躺在柳条筐里的基安蒂红葡萄酒（这地方现在简单多了），我结束了年轻时代最奇特的夜晚之一。我发现自己是在一家饭店，而不是在监狱；在比阿吉，而不是在普列克斯顿[①]，惶恐不安，继而在奢华的晚餐中，放下心来。我从“学校”溜回家的时候，是晚上七点钟。事实上，那一整天我都在逃学，有罗伯的陪伴：先是去博彩店（通过累计下赌

---

① 伦敦的一所男监。

注和双赌法，我们事实上还赢了点钱）；下一步是去酒吧（我们试图想喝酒，但一如往日喝得很衰：连半杯掺了柠檬汁的啤酒都让我们背痛得动不了）；再接下来是一个前景非常美好的下午，和两个世故的姑娘一起听听唱片。这两人有自己的公寓，而且还有自己的毒品。我迈过那个前门时，我已经整个儿被哈希什彻底麻翻了。[①] 我的打算是下楼去厨房里吃点淀粉和糖分组成的超级点心。可是，就在那时一声低沉传唤把我拖进了客厅。在那儿，父亲、继母、继舅舅都无疑排好了队来阻挡我的自由……金斯利确实有让我害怕的威力，不过这张牌他只是在母亲的激发下才打（发怒很费力：和工作可以一比）。此时他正在做他该做的事：皱着眉头怒视着我，不过在这三个大人的联合战线上，我感觉到霍华德是其中的头脑。简而言之，我被逮住了。不是因为吸了毒逃学，单是因为吸毒。被逮住了，还被禁止外出。更让人吃惊的是，因为这天晚上大人们的动作，哥哥菲利普（只比我大了 375 天）[②] 已经离家了。在他一个衣物抽屉里，找到了毒品。找到菲利普的毒品，算不上什么侦查的壮举，因为就放在一个盒子里，上面用引人注目的各种颜色的大写字母写着“菲尔的毒品”。而我哥哥，一向都比我叛逆、一意孤行，才不肯被禁止外出。“我们知道你

① 哈希什从来没有给我带来过什么勇气（我要质疑一下“暗杀”这个词在英语中的词源：是食哈希什者的间接复数形式）。这个毒品新近让我对解括约肌失去控制：那个所有肌肉中的小王子。我正沿着格罗斯特路走着，吐词不清地唱着一支披头士的歌，人行道在我脚下突然变得湿漉漉黏答答的。铺地工人铺好的水泥刚被我毁了（我这下看到了，是有个标示说“水泥未干”）。他直起身冲到我面前。“你这个不男不女的小傻逼，”他说，边把丁字镐在头顶上方挥舞着。我举起僵硬的手臂，想求他息怒也是自我防卫。但出现这一对峙形势的缘由早已明白不过——我的黑色喇叭裤里有一注暖乎乎的水流。那条有着特地缝上去的褶子的黑色喇叭裤。终于，我被允许穿着这裤子跌跌撞撞地离开了。——原文注

② 小时候有很长一段时间，有关菲利普和我的关系，我经常拿下面的对话折磨金斯利。“爸爸。”“……嗯？”“我们是双胞胎吗？”“……不是的。”这企图扩大血亲关系的劲头，我在我同母异父的弟弟杰米身上也能看到。他总是拒绝称那些他一起长大的西班牙男孩（他们没有亲戚关系）为“表兄弟”。他们是他的兄弟，他坚持这么说。——原文注

在吸毒。”金斯利拖长了声调说道。“菲尔称你没有，”简说，“还想为你辩护。但这事他还不够擅长，败露了。”之后，我们讨论了一下法律上的规定，要不要“叫警察”……“猫王”去见尼克松总统的时候，自荐成为反毒战争名义上的领袖。但他不在最佳状态：自己早已是海洛因上瘾，和总统谈着反毒的时候，自己就在吸毒。而我，也头脑不清醒，我东拉西扯地说着，假装痛心疾首，又吓得目瞪口呆。可是，那个夜晚堕落成（或是升华成）魔幻现实主义，不合逻辑。金斯利带我到比阿吉饭店吃晚餐，还一直想说服我，贩卖大麻和哈希什的国际走私是“共产主义的阴谋”，目的是想“削弱战场上的士兵”——更具体一点说，是在越南战场上的美国士兵。所有这些观点，在白天完全清醒的状态下，他以后还会进一步辩解和阐发。当时，我只是低着头，吃着鲜虾色拉、牛排和薯条。那天晚上上床睡觉的时候，我揭开被子，看到哥哥留给我的条子，上面写着：我的，他们知道了，但他们不知道（你知道我的意思）。我被骗了：这是经历。但更大的现实是我隔壁一模一样的房间现在空了：这是实实在在的。

我想着菲利普，带着不安，带着感叹，带着妒忌。他可不会流落街头。他会在罗伯家里，躺在迷人的神经质的简（罗伯的姐姐）的臂弯里，安详地抽着一根长达一英尺分三叉的大麻卷，这是罗伯当时最擅长卷的。但我满是焦虑。菲力[①]做了我要等五年之后才会做的一件事。而且他再也没回来过。他回来时是以另一种形式，作为一个成人。但他再也没作为家中的孩子回来过。他永远离开了。

那时，金斯利四十四岁，1966 年。

我现在四十四岁，1993 年。我离开了家——一个不同的家。

而他七十一岁了。越战已经在二十年前结束了。要说走私哈希什是共产党的阴谋，那这个阴谋没有得逞，共产主义也没有成功。再说，已

① 菲力是菲利普的昵称。

经有很长时间了，菲利普和我经常在父亲面前抽大麻。他稍稍有点避嫌，带着点迷信的忌讳，但他表达的谴责也是常规的那些。由此我走进屋子，菲利普问候（这是我们之间常见的方式）我说："有烟吗，马特?"我告诉他我当然有了。"没错，"金斯利说，"你一进来，我就能感觉出你有哪儿不对劲。"我们都大笑起来。仅此而已。从地缘政治的角度看，他似乎真诚而古怪。他到底是怎么回事？提到美国在印度支那的"悲剧"时，他还是会热泪盈眶；我们能安全度过冷战，他把自己最卑微的感激献给了核武器；没错，1989 年的天鹅绒革命让他短缺了几个明显的恶棍和憎恨的对象，直到难以置信地他把曼德拉当成了这个对象。读了《书信集》后，我简直想得出结论：很多时候，他只是想故意惹恼我，因为他大多的通信中并没有什么能明显引起他情绪的愚蠢的事端。可是，我们仍旧继续为这些事争论，而且争得很厉害。不过，现在不争了：到了 1993 年已经不争了。好多年好多个月以来，每一个星期促使我们争起来的是更靠近家的事。

十年之前，他曾写过，①"停止婚姻关系，是发生在人们身上的一件极其暴力的事，非常不容易全盘接受，而且永远如此。"他知道，这一段日子，我正在吸纳这句话所揭示的真理性和威力。他也知道，整个过程不可能软和一点，速度也不可能加快一点。你能做的，只是挨过去活下来。而这挨过去活下来的可能，是他以己为例，告诉我的。但他做的，还不止这些。他促使自己做了更多。"你想说多少就说多少，你不想说就不说"：这句话，在我身心俱疲的混沌状态中，听起来像是文明的光。想说多少就说多少，不想说就不说……我说了很多。只有对着他，我才能坦白我感觉有多糟，身体上的疲累，内心的茫然、惶惑、麻木，

---

① 出自《斯丹利》(1984)。我查证日期的时候，有点诧异地看到这本小说是题献给我母亲的：献给希拉里。《金钱》（献给我的妻子）是同年出版的。"今天我买了你的书，"海兰·博科（路易斯的教父，非裔美国人）说。"我也买了你爸爸的书。"金斯利高兴极了，加了一句："全世界的历史上，这句话只会被说过一次。"——原文注

感觉不像是正常人，一旦想努力让我的脸看起来诚实、善良、清醒，身体都会不由自主地退缩发抖。只有对着他，我才能谈论我的所作所为对孩子们的影响。因为他对我这么做过。

他应答了，他画完了那个圆圈：完成了他最后的作为父亲的职责。

他那本题名为《回忆录》[①] 的“他传”（写别人的事）已经出版两年了。该书以一首诗结尾（以此替代尾声），这儿摘录这首诗的首尾两节：

献给 H. [②]

I

1932 年，我十岁那年
在坎伯维尔我祖母的花园
我看到一只坎伯维尔美女蝴蝶
停落在一丛紫菀花上。
我认得出来因为我见过画片
展示着它棕色的翅膀带着乳白的边缘
那是在那个星期的早些时候
在一个男孩的画纸上或是烟卡上。
我记得自己在思忖，
你还期望别的什么？每个人都知道
坎伯维尔美女蝴蝶来自坎伯维尔；
那也是它们名字的来源。没错，我那时十岁。

---

① 题献给希拉里，还有菲利普、马丁、萨丽、杰米和艾利。——原文注
艾利指艾利斯泰尔，基尔马诺克伯爵，希拉里的第三任丈夫。

② H 为希拉里的首写字母。

III
1946年，我二十四，
我遇上了一个没有害人之心、没有防范之心的姑娘，
直到那个时候，她内心完整未经世事；
笨拙、温柔、健康，挺直的背脊，
有人跟她说话，她开口应答，
开心之时，她爽朗大笑；
什么事出了错，她担忧是她的错，
她的双眸我再也无法挪离，
哦，是啊，她还是那么的美丽。
嗯，女人之极致该是那样了，
我心想，又开始继续寻寻觅觅。
没有什么来比较，我们怎么能明了？

“漂亮女人”

保罗·塞洛克斯[①]写过一部有关奈保尔[②]的回忆录——《维迪亚爵士的阴影》。有些读者可能会觉得这本书有偏见。书的最后一页描写了那位年长的作家在伦敦的街上，匆匆地从他身旁逃开。哦，我一看到就知道什么是“匆匆逃开”。1963年夏天，我父亲离开剑桥马丁利街的屋子时，肯定是沿着碎石子的车道“匆匆逃开”的。他提着个行李箱。一辆出租车正等着……我要比父亲矮三四英寸，但身材不成比例这点却相像，重心很低：“站着和坐着是差不多的高度，”金斯利在《那种不安感》

① 保罗·塞洛克斯（Paul Theroux，1941— ），美国作家。《维迪亚爵士的阴影》记述了与奈保尔的交往。

② 我自己和这位伟人的交往比较少，但有几次你来我往的令人愉快的交往。我后文会提及。——原文注

(1955）中这么描述，还加了一句这类身材在威尔士人中不算不常见①。那样的短腿就是为了“匆匆逃开”创造的。他正在从一种现实进入另一种现实的旅程中；那辆出租车是通往另一个不同世界的一段隧道。我在窗口望着他。那一刻，我还不知道我会遗传他的体型（到目前为止，尚未遗传他自己造成的肥胖）；当然，也不会知道我注定也会有自己的“匆匆逃开”。

不久以前（1998年12月初），我在一次很不错的聚会上遇到了另一位戏剧界的爵士，理查德·埃尔爵士②。聚会是另一位戏剧界的爵士汤姆·斯托帕德③为了向捷克的哲学之王哈维尔④致敬而召开的。理查德爵士和我各自带着妻子四人一起离开了聚会。我们记起了他曾是金斯利在剑桥期间的学生。马丁利街上的屋子和城里其他学监的屋子都不一样：这屋子里能见得到学生，经常如此。他们留宿过夜。他们开这家人的车。他们在园子里看书打盹。他们做的饭我吃过几顿。我喜欢他们的

① 尽管媒体顽固的错误，尽管我妹妹出生在威尔士的斯旺西还有个威尔士语的中间名（蜜繁维），尽管有我俩儿子的嘲笑（“彻头彻尾是个威尔士人，出生在威尔士的腹地，父母双方也都是威尔士人，能将威尔士的血统追溯到……”），尽管有两条短腿，我都不能称自己哪怕有一滴的威尔士血液。金斯利对短腿这事挺敏感的。在《爱上你这样的姑娘》（1960）中，这是詹妮和帕特里克在观看一场板球比赛：“啊，我太想见到你戴着护腿的样子了。”“……你说什么？你为什么要见我戴护腿？”“那两条小短腿戴着小护腿就会有新的模样哩。你有没有定制短护腿？还是从初中生那儿借一副？”帕特里克觉得受了冒犯（“你说什么，你这个调皮恶毒的小女人”），然后花上大半页的篇幅毫无幽默地替自己的短腿辩护。——原文注

② 理查德·埃尔爵士（Richard Eyre，1943— ），英国电影电视、戏剧歌剧导演。

③ 汤姆·斯托帕德（Tom Stoppard，1937— ），捷克出生的英籍剧作家。

④ 长久的监禁、衰败的健康和失去的权力令哈维尔（Vaclav Havel）看起来稍稍有点不平衡，但我觉得他还是个令人愉快而印象深刻的人物。而且我也喜欢他那位饱受争议的新妻子：黑尔佳。她年轻得多，金发，圆脸，蓬蓬的头发，看起来像是在早年某个电视有奖竞猜节目中转时钟的。她在举止中表现的对丈夫的关心，也带着索尔·贝娄所称的“电视的光亮”。你想要他们一切美满幸福，但随着哈维尔的势力退到了边缘，你可以想见这在捷克共和国看起来是怎样的。——原文注

存在。有三个是我真正的朋友，特别是其中一位，比尔·鲁凯泽①，是我非同寻常的朋友。这些朋友，都是男的；金斯利的学生都是男的。也有些年轻女人出没：我能记得有一些慷慨大方、香气迷人的女性，但我分不清楚，记不得单独的一位，显然是我未开化状态的佐证。当十五年后我们再一次在美国见到时，比尔·鲁凯泽让我明白了马丁利街九号在1961年到1963年期间，是不少性活动的场地，但我既没亲眼见到也没注意到有这回事。不消说，整个氛围是无规无矩欢乐得乱糟糟的，而且从某种角度看，也是天真无邪的。（比如说）见到我妈和我们家庭的朋友提奥·里奇蒙德②已经笑得没了力气，一起骑着我们的宠物驴子德比穿过其中一间客厅，那可算不上什么了不得的事。德比每天早上，会将头伸进厨房的窗子，随着卡洛琳音乐电台的音乐嘶鸣。

我们朝车子走去，我对理查德说，

“我们那时候一定遇上过。”

“嗯，是的。你郁郁寡欢。”

“……是吗？”

“你太郁郁寡欢了。”

真是这样吗？我正处于不幸的十三岁，肥而矮：我长到了少年时期那个堵滞难行的点上。孩提时代（我的孩提时代挺快乐的，甚至是田园诗般的美好）无疑是到了尽头，然而还没有另一种存在的模式，甚至都没有可能有另一种方式。这是逗留在卫生间和镜子前的年岁，是在学校的淋浴房里眼睛一时发怔又赶紧挪开的年岁，是讨厌的比较、可怕的预

---

① 现在是著名的播音员和金融分析家，有一段时间任《金钱》杂志的编辑。——原文注

时代出版公司旗下的一家杂志。《金钱》于1972年开始发行，内容包括个人投资理财、税务问题、家庭财政规划等。

②《科宁》（1995年）的作者。《科宁》是一部令人敬畏的纪念犹太人的丰碑式作品。——原文注

里奇蒙德在书中追索犹太人居住地波兰小城科宁的兴衰始末。

测的年岁。那个小小的声音仍旧被囚禁在身体里，却在叛逆地快速成长……“你穿那套制服太胖了，马特，”1963年夏天，一个学生对我说。话说得没错，却令人惊心。在那一年之前，我没有想要穿西装的欲望，没有想要穿西装的自我意识和具体想法，一直都对付过去了，甚至为了能穿我哥的旧衣服对付而觉得骄傲。不过，这下成为奥斯力克的过程已经启动上路了。在马丁利路屋子的门廊里，我刚脱下短号的雨衣，向家里人展示在波顿男装店定制的新西装。尺寸都是我自己给的，因此，整套西装真的是惨不忍睹，裤子紧得同紧身裤一般，上装毫不留情地不带一点人类的形状，两粒大金扣，没有驳头，也没有领子，只有脖颈后面有一圈黑色的丝绒（很快就成了一沟槽亮闪闪的头皮屑）。这件上装还有一点是，只及我的腰长：这个缺点重要极了。因为那时候，我对非常简单的事有一种难解的情结。哥哥（他又高又瘦，跨过了那个点，到了另一头）从寄宿学校回来过复活节假期，他在日记里这么写道：

> 妈妈告诉我，她看到马特晚上为了他屁股的大小在哭。我真是替他觉得难受，可是，第一，那确实是硕大无比；第二，也永远不会消失。

对第二点，我尤其记得清楚。①

所以，没错，就我的年龄来说，可能是平均水平的不快乐。但从根本上来说，是有安全感的。我父母的婚姻，我当时深信，就像是半透明的地平线包围着我们的世界——这一信念在前一年的夏天，在马略卡岛

---

① 但确实是消失了。我感受到它消失的那一刻：那是在六年之后。我母亲在隆达的房子里聚集里一大群十来岁的孩子。那天晚上我们进城去，架在峡谷上方的宽阔的街道上，一排女孩跟在一排男孩身后。我们到了镇上主广场的酒吧时，一个女性的声音（谁的呢？谁的呢?）在我耳边说道：“我们一路都在比较你们几个，并且我们投了票，你得了最佳屁股。”我释放出最后一声尖叫，难解的情结在西班牙的夜空中蒸发无踪了。

的德阿小镇上，我爸又确认了一遍，难以忘记。他（得承认那时已经夜深了）对哥哥和我说："永远不要怀疑我爱不爱你妈妈。永远不要不怀疑我们是不是会一直在一起……"我没有怀疑。

* * *

或许理查德·埃尔记得的我在马丁利街的最后几个星期：是在厨房餐桌边下述对话后的某个时候：

"你知道你父亲在伦敦有个漂亮女人[①]，对吧？"

"不，我不知道。"

告诉我这消息的是伊娃·加西亚。伊娃·加西亚是真正的威尔士人，正宗的凯尔特-伊比利亚人。她的丈夫乔也是。乔，善良，半文盲，立方形的体型，长期辛苦劳作。他是真的在坐下时要比站起来时还高。伊娃是恐怖的伊娃也是伟大的伊娃。她是我童年时代的神祇之一，所以，我想，由她用那句凶险的话一举结束我的童年，也挺合适的……伟大的伊娃：在斯旺西时的有些日子，我从学校回家，会看到她正替我准备晚饭，一边引吭高歌，在矫形鞋（因为早年的小儿麻痹症）的硬底上优雅地旋转着，甩一甩头发，她的西班牙眼睛里闪烁着由衷的快乐。恐怖的伊娃：有些日子，你会看到她脸色苍白地靠着厨房的墙站着，一手托着脸颊，眉骨处扎了一条红头巾。小鬼头们要准备好迎接一个晚上的沉默，甚至还有神思恍惚、动弹不得，这是伊娃成了头痛病的牺牲品。这样的时候，随着天色渐渐暗了起来，她会用越来越有力的声音讲述她的同龄人遭受过的各种各样的灾难。没有什么能比念及别人的痛苦能让伊娃清醒得更快的。

三十年之后，我提出"Schadenfreude"（从别人的遭遇或失败获得快乐；幸灾乐祸）这个词不是从德语而是从威尔士语来的，我想到的是

① 即"情妇"（这儿带着庸俗、肤浅等的言外之意）。——原文注

伊娃[1]。有一次，我们全家沿着海岸在开车，遇上了严重事故引起的交通堵塞。车子里出现一阵焦虑的低语，怕那时两三岁的萨丽看到什么可怕的现象。终于我们靠近了十字路口，路沿上有一个溅满鲜血扭动着的躯体，一件旧外套遮住了一半。我们快要安全通过这一地点时，伊娃把萨丽从后座上竖了起来，说，“看，萨尔。他在痛苦地扭动着呢。”[2]

“不，我不知道。”

伊娃是独自从斯旺西过来看我们的。在这难过的时候，她想做点什么。这一刻，隔着厨房餐桌我遇上了她的注视。即便在那个时候，我都很清楚不会有人授权给她，让她把这事告诉我的。我也知道对伊娃来说，传播坏消息不是什么迫不得已的坏事，而是需要争取的特权。她热心这事儿，那会不会夸大了事实？我说，

“他真有么？”

她眯起眼睛微笑着打量我，这神情我自儿时在威尔士时就记得。她苍凉地说，

“唉，是啊。”

第二天早上，或许是隔一天的早上，母亲和我照常去剑桥男子高等学校。当我们快接近最后一个十字路口时，她就事论事地告诉我，她和父亲打算分居（没有提到“漂亮女人”）。母亲眼睛直视着前面的路——毕竟是在开车，一边抽着一支“领事”牌薄荷烟。母亲一直都在抽这种烟，但在我看来，她不是真正的烟民：她吸一口，马上就吐了出来，像是要抽完了事。甚至在十三岁时，我就觉得自己要比妈更算是个烟民……不过，

---

① 见小说《夜行火车》。书中的威尔士人叫丽安纳，这是向《老魔怪》中的女主角致意。

② “伊娃，我想喝着牛奶吃中饭，行吗？”她正陷在灶头旁的椅子里，我看到她的腿抬起来想借力，随即又放了下去。她原是想说“好的”，但现在她说“不行”了。“不行啊，”她坚定地说。“哦，为什么不行呢？”“因为我知道有个人，他喝着牛奶吃中饭……，后来死了。”我很肯定这是胡说，而且还是瞎敷衍的胡说：她只是这一刻懒得站起来而已。尽管如此，我成人之前都不在午餐时间喝牛奶，万一我真死了呢？而等我成人，就不再有喝着牛奶吃中饭这个问题了。

这个早上，她需要她的“领事”。我看得清楚。她问我明白了吗，我想我说了我明白。我下了车。阳光下，我在校门前停了一会儿。

母亲后来告诉我，她的计划是，乘我没法多想的时候，把这一消息告诉我。这计划进展得挺好。学校就在面前，还有校园里粉笔的咏叹、职责、游戏、磨难、朋友和恐惧。抛下无重量零重力的童年，感受到世界真正的体积，只花了几秒钟的时间。我想着，“好吧，容易的部分过去了。容易的部分我做完了。”一边提着书包和校帽走进了校园。

我再见到父亲的时候，是十一月：冬天的午夜，在伦敦。门廊里，他穿着睡衣大为吃惊的身形往后退了一步。

“你知道我不是一人独住的……”

他的身后，穿着白色睡袍的是长发及腰的“漂亮女人”。

“你都不知道‘精致’是什么意思！”

母亲猛然转过来对着我。我得重复一遍：我出生的时候她二十一岁。我从来也没有比她小很多，而她也从来没有比我大很多。另一次去学校的路上：在斯旺西，二十世纪五十年代晚期。

“哦，我当然知道‘精致’是什么意思！”

“不，你不知道。不知道这词究竟是什么意思。”

“我知道的。”

“那你说，这词是什么意思？”

这一刻，我能看到母亲的侧脸，因全神贯注而稍稍皱着点眉头，她列举了和“精致”相关的一些更吸引人的特征——所有这些都是一个从伯克郡来的害羞的乡下姑娘所向往追求的。我说，

“这些都不是这个词真正的意思。”

“那好吧。这个词真正的意思是什么呢？”

“腐败。”

我母亲天真无邪。然后经历降临，她亲身体验了。之后，她又恢复了天真无邪。我至今还不明白她是怎么做到的。

家中来信

迈达谷108号

W. 9. [1]

最亲爱的爸爸和简：

我上一封信看来都让你们无语了，因此，我尝试（胆战心惊地）解决眼下有争议的事端。你们到目前一定已经习惯了我那些激动人心的演说、缜密严谨的论证，我希望我可以不再用了。那个小怪兽给很多学校打了电话，这些学校都忙着要求老师熟悉新的数学大纲。那个达人接下来建议我在书店找份工，他会乘着假期四处问一问的。他说，那样的工，我可能还学到更多，我愿意同意他说的——他还说他和我明年可以来一些盎格鲁-撒克逊文学。你们觉得这个建议如何？

我去了杜伦的面试，挺好的。英语系那个面试我的家伙原来是爸爸以前的一个学生（斯旺西），说是见过我几次。我没记得他的名字，不过他长得有点怪，个子矮小，有一头微卷的黑发。我也得到了埃克塞特[2]一月的面试。哪个大学更好一点？我觉得杜伦真是个漂亮的地方，

① 这一段时间我在布赖顿和伦敦之间来回（乘坐一辆快要被淘汰的火车，叫“布赖顿美人”）。我似乎已经养成了在信中不写日期的坏习惯。而且我也已经开始用打字机。这些年下来，我打字快得都让人不敢相信了（小说家，尤其是那些写长篇的，应当得奖。不是奖励作品，而是奖励打字），每一行很少超过三个错误。不过在1967年12月，我还很不熟练。这儿我保留了一些奇怪的错误。这个年轻人总体上来说已经不再让我嫌恶了。他也不再是那么奥斯力克了：那个喜欢调情的体弱多病的家伙。不过他和我都变得越来越多话了。——原文注

② 1973年，露西·帕汀顿在埃克塞特大学读最后一年，英语专业。——原文注

大学从各个角度看都非常的舒服。[①] 不过，还是希望能被牛津或布里斯托尔录取。

离牛津面试只有四天了。我还没收到电报，看来我已经通过第一道关了。这下大概每个名额有三个正经的选手。这面试让我担心极了：令人耳目一新的与众不同，平实不张扬的中产趣味，迷人的天真，直率的就事论事，藐视天下的高深，不容杂质的真诚，低沉着嗓音的学究气，好玩的难以捉摸，睁大着眼睛的懵懂，我该是怎样的呢？如此神圣的学术氛围，我是不是该低下头表示庄重的崇敬？我该扮演哪个角色呢——深沉的真理求索者，下流的反英雄，愤世嫉俗的社会观察者，还是细致入微的美人欣赏者？不行，我想我还是……就……做我……自己吧。[②]

您[③]（简）的信就在我写这封信的中途到了，所以我稍微说几句。您得理解，替我做的安排通常伴随着某种形式的强制。我以为整个安排的唯一目的就是为了我好。我接受了这一点——也有些缺憾——但当我明白最终有什么好处时，我开始怀疑整个安排的价值。我现在完全看清楚了，本来就不是那个意思。我确信小怪兽（他是个魔鬼）会想出更有趣的建议，我也希望我们横跨大西洋的智斗到此为止。

我现在的头发非常的短。虽然我的下巴更有棱角更有特点，我想我看起来像只特别令人讨厌爱发脾气的狒狒。

（打字机前坐了十一个小时后，换用钢笔加墨水）。

文艺一事。我想爸爸对多恩的看法非常傻。多恩肯定没有你的马维尔[④]那么“冷冰冰”。他太完美周全，没法提供你想要的激情。我觉得，马维尔在写之前就先解决了所有的感情，而多恩，我总是觉得边写边咬

---

① 这句话表现出来没什么抱负的失败心态更让我相信，当时我就打算去杜伦了。当时，布里斯托尔看起来全无可能，而牛津太高大上了。——原文注

② 此节的标点和排版，是基于原文，说明这是打字机打出的信。

③ 以“您”译对简的指称，以“你”译对金斯利的指称，以示亲疏。

④ 约翰·多恩（John Donne，1572—　），英国玄学派诗人。安德鲁·马维尔（Andrew Marvel，1621—　），17 世纪英国玄学派诗人。

紧牙关。读一下《圣露西节》+《幽灵》，然后是《爱之定义》或者甚至是《致他羞涩的情人》，我想你就会明白一点我的意思。

第一印象：

康拉德：伟大的浪漫之力，乏味枯燥。

詹姆斯：善言+相当有趣+优雅。

我看完了“战争+和平”，觉得真他妈的不错——福斯特的“美妙的和弦”[①] 疯了似的奏了起来。

顺便问一下，你们的礼物——我过些日子就寄走，你们等着收吧。

很多很多的爱。

马特×××××

① E. M. 福斯特在《小说面面观》（1927）中曾评论《战争与和平》：“稍稍读了点《战争与和平》，美妙的和弦就开始奏响，我们说不清到底是什么拨动了和弦。”

现在的他，曾经的他！

牙齿很坏的奥斯力克评论约翰·多恩，说他写《圣露西节》的时候，“咬紧牙关”。这是对多恩错误的认识，也是对诗歌写作错误的认识。十四年之后，我会傲慢地批判约翰·凯里在《约翰·多恩：生活、思想和艺术》一书中推崇这首诗。一样的名字“约翰”促使我又重读了《圣露西节》（又叫做《圣露西节之夜，最短的白昼》）。虽说凯里教授懂得抒情诗是“想象力的作品”，但与诗人生平相联系的帽子挺沉的：“毕竟，华兹华斯不需要真正的死亡来悼念他的露西。但如果多恩的诗是有关一位去世的女人，那他的妻子是唯一一位值得考虑的人选。”他描述押韵的《圣露西节》是“有自杀倾向的”。可自杀的人写的是遗言，而不是挽诗。诗中最后几行令人难以忘怀，所表述的情感在挽诗中实属常见：

既然她喜欢这长夜的庆典，
让我来替她准备，让我命名
这一时刻，为她守夜之时，节日之夕，
这是日日年年中最深最黑的午夜。①

① 我记得是1975年，可能是在全年最长的那个日子，在克莱尔·托马林举办的聚会上，临近午夜时，哈罗德·品特被邀请朗诵《圣露西节》，他答应了。在把握得恰到好处的高潮之后的寂静中，克莱尔的秘书萨丽打了个嗝，说，“好球，西里尔。”足球界的流行语，用在这里让人扫兴。（品特宽容的大笑让我印象深刻。）其实，萨丽自己是有自杀的倾向。次年，她自杀了。后来还有一个自杀的：克莱尔的女儿苏珊娜，1980年，二十二岁。——原文注

（转下页）

圣露西（又叫圣露西亚）是谁，《大不列颠百科全书》中的解释很少，而《牛津英语词典》对此只字不提。《布鲁尔人名词典》有下面的解释："这座加勒比海上的岛屿由哥伦布以他发现之日命名。1502年12月13日星期二，西西里的殉道圣女圣露西之庆典。"12月23日现在被认定是一年中最短的日子——一年中的午夜。露西·帕汀顿在12月27日消失。那年冬天能源短缺，那天晚上没有路灯。公元1973年，却有着十七世纪的黑暗。

1994年11月，咬紧牙关是我不能做的。一个神秘的概念：单只下巴的牙关咬紧时的声响。

我知道所有锡克教的人都有同样的姓氏，但想到在这样一个困难的时刻，辛格兄弟们正温柔地开着车带着我在纽约转，我感到挺安慰的。可我的白日梦没持续多久：英德杰德·辛格把我从机场接来，很快就出了一次事故。① 接下来是卡龙·辛格，他送我首次去见牙医及美国口腔颌面外科执业医师托德·贝尔曼。托德面临着我的下颌给他带来的职业挑战：拔掉一系列的牙齿、清除一只肿瘤、用测过艾滋病毒的牛骨来重建下巴再加骨移植重建骨床。

再恰巧落到恰杰德·辛格带我坐了一趟十一美金的车去上城做了个一千一百美金的CT扫描。克里斯，我那个想让拉什迪叫他出门干上一架的朋友，最近做了个CT扫描（或说是试图做上一个）。"我对自己有

（接上页）克莱尔·托马林（Claire Tomalin，1933—　）英国作家，出版过多部作家传记作品，如狄更斯、哈代和奥斯汀。

哈罗德·品特（Harold Pinter，1930—　）英国剧作家及剧场导演，于2005年获得诺贝尔文学奖。

① 就是一侧碰撞了一下，对英德杰德来说，没什么大不了的。在纽约接待我的理查德·科尼埃尔（现在成了我的岳父）曾经因为车祸在医院里待过极短的时间。他对承受着巨大压力的医生说，他觉得这敢情是个神话——纽约的计程车一天到晚都在撞车。医生说："神话？听着，计程车司机罢工的时候，这地方都没了人迹。"——原文注

了新认识，”他告诉我，“我有幽闭恐惧症的。我不知道他们把你整个儿的脑袋都放在里面。我完全疯掉了。”

他们真是把你整个儿脑袋都放在里面的。下颌间支着个指甲锉，头上戴着顶蓝浴帽，眉骨和下巴上绑着根带子，我被往后吸入了某种回旋加速器中。在里面待了十分钟。这种约束，或者称之为囚禁，让我无助地想起露西·帕汀顿。萧伯纳错了。痛苦是相对的。

……二十八九岁的时候，我开始在地铁上产生突如其来的恐惧感。有一阵子，我以为自己继承了父亲各种各样的恐惧症：飞行恐惧（他小时候在海边游乐场花了五先令“翻”了一次，从此就得了这个），高空恐惧（1959年，他带孩子们去帝国大厦的顶楼。他说，只是因为我们都在，他才不至于尖叫起来），黑夜恐惧症。[①] 黑夜恐惧症部分和孤身恐惧症重合。有很多事情他都没法一个人做。他几次去斯旺西，是妹妹陪他去再去把他接回来。有一次困在纽卡斯尔，他招了辆出租车到伦敦。[②] 不过最关键的是，他不能在天黑后一个人待在屋子里。他就是做不到……我那突如其来的恐惧症被酒吧里的一句话治愈了。那是吉姆·杜伦，精神疾病专家，金斯利的亲密朋友。他说，“记住，可能发生的最糟糕的事，是你让自己成了个傻瓜。”那时候，这句话起了作用；现在在回旋加速器中，也起了作用。我的情绪安定了下来，接受持续十分钟安静的监禁。

我出来时，扬声器里同情地播放着《风中之烛》。等着付费时，我和两个老太太坐在一起。其中一个专注地读着一本叫《当代成熟年华》的杂志，封面上照例是一对身材出众的老家伙。两老太喝着自动售卖机纸杯装的咖啡，气定神闲的，挺享受的样子。扬声器里的音乐从柴可夫

① 《同类词汇编》相关分类中，有些不可思议的词，不可思议的恐惧症。金斯利没有“恐数字十三症”。他也没有“恐己症”：对提及自己，他一丁点儿都不害怕。——原文注

② 从纽卡斯尔到伦敦约400公里。

斯基的第一钢琴协奏曲换到披头士的《让它去吧》……我付了钱走到外面。我刚经历了磨难，辛格兄弟们却都去了别处，让人伤心。于是，我找了荷塞·帕洛米诺把我带回城中心。

我刚和迈克·萨巴图拉的双手约了会，伊莎贝尔就狡诈地带我去下东区吃午餐。我停下来，往下水道吐血的时候，她说，

“记住，这是一个怪异的城市。四下看看。没人会来注意你。”

我四下看看。一点没错。自言自语，咕咕哝哝的、街头卖艺的、乞讨的、一个个都有着惊人的生物量分布，体脂饱和的肥人、人形的台球杆。还有骑在轮椅车上、靠在助步器上的、在垃圾箱里淘宝的、吸毒的、拉客的、精神失常的老兵。这个角落是毒品的角落，今日的卖家站在那儿，以某个角度站立着却看不见有什么倚靠，就像一条斜杠“/”。[①] 到处都是垃圾，深到了脚踝处，无处不在。在市中心区金碧辉煌的连拱柱廊，我是给整个场景丢脸的那个。但在这儿，第二大道，我可以昂首挺胸，没人理我，也没人评论我，甚至还有不少走下坡路的余地。

所以，这儿的街路上，我有很好的同伴。午餐桌的对面，也坐着一位很好的同伴。伊莎贝尔，像空港电影中的航班调度员，说着话，陪我喝完了鸡汤。而且在别的地方，我也有很好的同伴：他们在我的脑海里。

---

① 这个像比萨斜塔的效果是“瘾君子斜”，和“皮条客摇”一样的有明显特征。我得等上三年才有人把这些解释给我听。
兜售毒品的是个活动的广告牌——流经他们身体的毒品，他们成了能走会说的广告。一个兜售毒品的摇摇晃晃地走到他的位置上，单单站在那儿——双眼空洞，呈三十度“瘾君子斜”，告诉路人装可卡因的袋子是炸药包——就算是在干活挣他那份钱。
出自戴维·西蒙和爱德华·伯恩斯所著的《角落》（1997）。这是一本真正让人肃然起敬的书，和戴维·西蒙之前的著作《杀人》（1991）一样。后者描述让人无比震惊的徒劳无功和狂欢闹腾，是一篇文字完美无缺的史诗。——原文注

问：詹姆斯·乔伊斯，弗拉德米尔·纳博科夫，马丁·艾米斯，这三位注重风格的知名作家中，有几位在四十出头到中期这一阶段，遭受了痛失牙齿的灾难？答：所有三位。

“我的牙糟透了，”《尤利西斯》的第一章中，斯蒂芬思索着，接着问了个出色而无用的问题：“怎么回事呢？”

> 怎么回事呢？摸了摸。这一颗也快要脱落了。只剩了空壳。要不要用那笔钱去看牙医呢？那一颗，还有这一颗。没有牙齿的金赤是个超人。为什么这么说呢？或许有所指吧？①

怎么回事呢？遗传？凯尔特地区的自来水？毒性侵蚀？早在二十出头时，乔伊斯喝热汤时，也会痛得扭身子。1907年，他从马赛给弟弟斯坦尼斯劳斯写信：“我的嘴里全是衰败的牙齿，我的灵魂里全是衰败的雄心。”乔伊斯出生于1882年，他的牙齿坚持到了1923年。拔了牙之后，他在疗养院住了两个星期休养，但据理查·埃利曼（近乎非凡）的传记《詹姆斯·乔伊斯》（1959），失去牙齿“并没有给他带来太大的影响”。因为他这么简洁地对儿子乔治说，“它们反正也没什么用了。”

还有让乔伊斯更受困扰的事：弥尔顿式的（或许荷马式的）失明的阴影。到1922年，他已经完成了《尤利西斯》。牙齿对他写《芬尼根守灵夜》反正也帮不上什么忙。“我总觉得是到了晚上，”同一年，他对朋友菲利普·苏波②这么说。拔除牙齿是虹膜切除术三阶段中插进来的（为准备切除虹膜还包括了“用五条蚂蟥把眼睛里的血吸干”）。脸、头、脑都遭受了种种暴力折磨之后，乔伊斯写了五年多里的第一首诗：《祈

---

① 此处根据萧乾、文洁若译的《尤利西斯》稍作改动。

② 菲利普·苏波（Philippe Soupault，1897—1990），法国作家，诗人和文艺评论家，曾参与创建超现实主义。

祷》。埃尔曼解释道（传记一向是费劲的活），“说话者的态度把欲望和痛苦混淆在一起，（痛苦）是因为他的头脑把顺从爱人和屈服于其它——比如眼睛的毛病和死亡——联系在一起了。”还有屈服于失去牙齿。《祈祷者》（出自诗集《一分钱一枚的水果》）[①] 通常被认为是写给妻子诺拉·乔伊斯的。但在我的世界中，这是写给迈克·萨巴图拉的。三节诗中的第二节是这么写的（美丽的诗行，对我，也是不可承受的痛）：

> 我不敢忍受我害怕的冰冷接触。
> 汲取我早已
> 迟缓的生命！深深地俯向我，吓人的头颅，
> 为我的坠落而骄傲，回忆着，悲悯着
> 现在的他，曾经的他！

我在1992年或是1993年第一次读到这首诗。我发现自己在空白处写道——“无可逃避的投降”。当时我想的不是女人。

1943年11月23日，纳博科夫（出生于1899年）在给埃德蒙·威尔逊的信中直接写道：

> 亲爱的兔子[②]，
>
> 有些有小小的红樱桃——脓肿——当它们连着猩红的牙根整个儿出来，穿白衣的男人挺高兴的。我的舌头像是有人回到家却发现家具不见了。牙托要到下个星期才弄好——我成了个口腔残疾……
>
> 有什么凸面映出我的脸部时，我一向都能看到和那个天使（你知道的——搏斗的那个）有奇怪的相似之处，不过现在一面普通的

① 这首诗写于1924年，为诗集中最后一首。

② “兔子”是埃德蒙·威尔逊幼时母亲给他的绰号，他保留了一辈子。

镜子就能造成这一效果了。①

这段经历过了一阵子，被提炼成小说里的章节——经历通常都是这样的。在出版于1957年的《普宁》中，“英雄的”铁莫菲最终拖着沉重的步子去见穿白衣的人。之后：

> 嘴里经过那一阵可憎的折磨，至今还在发麻，但是正有解冻的迹象，一股暖流渐渐取代麻木现象，这使他觉得疼痛了。……以往舌头就像一条又肥又滑溜的海豹，常常在熟悉的礁石当中翻腾欢扑，查看一个破旧而还安全的王国内部，从洞穴跳到小海岬，攀上这个锯齿峰，挨紧那个凹口，又在那个旧裂缝里找到一丝甜海草；而现在所有界标全都荡然无存，只剩下一个又黑又大的伤疤，一个牙床的未知领域，恐惧和厌恶又叫人不敢去探察。

这种凄凉感很快渗入了另一种凄凉感。普宁热烈地期盼着同他的前妻（那个可怕的丽萨）重聚却落空——全然落空了。他那温柔的美国房主琼发现他呆在厨房里：

> 普宁那没什么必要强壮的肩膀还在抽动……

---

① 摘自《纳博科夫—威尔逊书信集（1940—1971）》（1979），由塞门·卡林斯基编辑。这本书是两位重量级文人动人的对话。兔子对沃罗佳早期的慷慨大方让人倍感亲切而敬佩，而沃罗佳有时候会对兔子无礼地讽刺一下。对威尔逊小说《赫卡特郡的回忆录》（1946年，因淫秽描写而被成功起诉）中被认作是淫荡的女性角色，纳博科夫写道，“我还是早点儿试着用我的鸡巴来开个沙丁鱼的罐头。”不过，无论是从能力还是财力来说，沃罗佳都远为出色。在几乎所有重要的事上，他都对了，而兔子错了：诗体学、政治（苏联），还有对被称为天才的安德烈·马尔罗（“我承认他没有什么幽默感。”威尔逊写道，像是不把吹毛求疵的指责当回事）。——原文注
安德烈·马尔罗（André Malraux，1901—1976），法国小说家、文艺理论家，曾任法国文化部部长。

“她不想回来吗？”琼温柔地问。

普宁，脑袋还伏在胳膊上，用他那捏得不太紧的拳头擂起桌子来了。

“我什佛也没欧，”普宁响亮地吸拉着鼻涕，恸哭道，“我什佛，什佛，什佛都没欧剩下啊！”

除了极坏的牙齿和极好的文章，纳博科夫和乔伊斯还有什么共同之处呢？流放，还有数十年的穷困潦倒，① 会强迫性地多给小费，唯妻子是从——这是他们的妻子鼓励出来的：无所不能又有艺术气质的薇拉·斯洛尼姆（她把《微暗的火》译成了俄语），诺拉·巴纳科尔毫无一点文学素养（“他又写上一本书了。”她有点恼火地说，指的是《芬尼根守灵夜》）。不仅仅如此，他们还一辈子都活得挺“美好”——不是詹姆斯意义上的“美好”（对他来说，经济无忧是一个前提），而是可笑的坚强刚毅、百折不挠。他们把文章写出来了，还各有风格。你可以说，乔伊斯对斯坦尼斯劳斯摆个大哥架势，那冷淡做得过分了。还可以说他喜欢易卜生的剧作胜过莎士比亚的②。你可以说纳博科夫有时候有某种巴那

---

① 1922 年，乔伊斯收到父亲约翰的一封信，问他要一镑钱过圣诞节。在罗马的詹姆斯从在的里雅斯特的斯坦尼斯劳斯处要了一镑钱寄给在都柏林的约翰。一直有人说，有两类爱尔兰男人：一类是吃苦耐劳的硬汉子，另一类是绝处求生的投机者。在生活中，乔伊斯是个绝处求生的投机者。但在写作中，他是个吃苦耐劳的硬汉子。亨利·詹姆斯说过，讲个梦，少个详梦的；讲个梦，少个读书的。我们都知道一语双关是最低档次的机智。乔伊斯花了十七年时间拿梦做文章。结果是《芬尼根守灵夜》，读起来像是六百页的填字游戏的提示。但写完这本书，得是个吃苦耐劳的硬汉子。——原文注
詹姆斯一语用了“reader”为“详梦”和“读者”的两层意思。

② 在《国王英语》（1997）一书中，我父亲写了有关莎士比亚的一篇短文，我同意他的观点：“明说或暗示有这个名字的人不是我们最伟大的作家，表明这人顶多是二等货。”我也同意纳博科夫：“莎士比亚语言中的诗性是世上最杰出的”（《固执己见》，1978）。——原文注

斯派[1]的自负：但他们度过了坚定不移的一生。劳伦斯或许是有史以来脾气最坏的作家（揍女人、揍动物、种族歧视、反犹等等等等）[2]，也是最为夸张草率地推崇语言的人，一寻思这一点，我就很想就人格正直和行文风格的相关性做个总结。但，中意的读者、理想的读者，只是把作家的人生作为有趣的番外。好日子里，感觉到自己不过是来这儿要干的活的工具，这就是作家的生活真正的感觉：一篇有趣的番外。而且，生活和工作之间没有价值上的相关性。听到这一点，有些作家会大大松一口气的。

“同乔伊斯的冠军球技相比，我的英语就是个棉花球，”纳博科夫说这个话，我猜，带了很大的诚意，但不是全然的真实。我要说同样的话，和纳博科夫比一比。不过，所有这些事中，只有一方面我可以同他相比。不是艺术成就也不是生活经历。只是牙齿。牙齿可以比一比。[3]

---

① 巴那斯派，19世纪下半叶法国诗歌流派，强调韵律，技艺完美和描写准确。

② 可是，看到布兰达·马多克斯的《已婚男人》的结尾处，我流了泪。她引用山姆·约翰逊的话：“让一个有病的男人不成为一个恶棍，实在是太难了。劳伦斯的牙齿曾经被比作黑色的南瓜子。但在他短暂的有生之年——四十四年间，一直与他同在。——原文注

③ 约翰·厄普代克在回忆录《自我意识》（1989）中，明显企图擅自闯入烂牙俱乐部。书中有一章叫《论不做鸽子》，有两点得质疑一下。在这篇文章中，厄普代克努力（但不成功）把他反越战的立场——更确切地说，是反对反越战和平运动中他受到的霸凌，和他在牙医诊所椅子上的“抗争”联系在一起。弗拉德米尔、詹姆斯和我都拒绝让他加入俱乐部。他的牙齿好得太多了。瞧瞧：到了六十九岁，还咧着嘴露着牙笑呢。要知道，并不是每个人都能同乔伊斯交上一点情，同纳博科夫拉拉关系的。顺便提一句，厄普代克论及纳博科夫时，有见地有共鸣，但没有真正的激动。但他对乔伊斯表达了巨大的赞誉。他多年来一直想像乔伊斯那样地写作——想要写出当代美国的《尤利西斯》。见《夫妇们》（1968）。这事没有成功，但其它不少事，厄普代克做成了。而且我也同意，在同牛皮癣的搏斗（在《自我意识》一书中有详细谈论）这事上，谁也比不过他。他的病友尼古拉斯·贝克在他那部出色的作品《U和我》（1990）中盛赞厄普代克的某个人物——他每天早上的第一件事是给床单吸尘。给出下面这个建议会不会显得太冷酷呢？厄普代克应当给自己组个俱乐部，尼克·贝克是第一名会员，我肯定他还能招募到不少声名显赫的前辈先驱。——原文注
《U和我》（1990）分析一位读者如何同作者的作品深入交流：既是对厄普代克作品的赏析，也是一种自我探索。U指英文中的“你”，也是厄普代克的第一个字母。

反羞辱之战

我会说的第一个词是“公共汽车”。除了婴儿版的“妈咪”“爹地”“菲利普”，“公共汽车”是我说的第一个词。在斯旺西的整个孩提时代，我对血红的双层公共汽车有着无法抗拒的激情。我会连着几个小时一天又一天地坐在公车上，没有目的地。七八岁时，有一次我听到检票员——那时检票员是光鲜得多的人物，金属的售票机挂在胸前像是银质的手风琴——同一个女乘客的对话。她报出了一个站名说，

“我这一阵子很不好。坏透了。”

“哦，是医院的事吧?”

“是啊。牙疼。”

“都拔了了事，要我就这么说。”

“省了好多麻烦呢。”

“可不是，常识呐。”

他抓着上方的拉手，把脸伸到她面前去，像是接吻前的犹疑，随后一下露出了一整套完美无缺的假牙。

“哇，漂亮。上档次。”

这两个说话的人二十岁光景。

曾经有过的文化真心喜欢假牙，认为假牙仿拟真货，更实用更好看，这是这种文化残留的一点边缘。当然，这种偏好只在下层和中下层间保留了下来。伊夫林·沃对此嘲笑过，在《故园风雨后》(1945）中提到一个巡回推销员，假牙闪闪而笑。[①] 今天，大多小资的读者会认为前面的对话是对容易轻信的无产阶级的描述。但这种偏好也是审美上的偏好，是对新生事物的接纳，就像人们曾经喜欢尼龙超过纯棉，喜欢塑料超过木材。

牙齿显然同阶层相关，这或许都不用说。这对下层来说，是坏消

① 我们从《书信集》中看到，沃的牙齿也没有成功坚持到底。对此，他挺勇敢的，觉得并未因此降低了社会地位。——原文注

息；对奥斯力克来说，也是坏消息。三十年前，我就感觉到麻烦降临了，而且也早知道这麻烦将伴随终生，由此对自己的高贵出生一说又加上了一个问号。再说了，牙齿健康的人口分布在变化。那些穷人们令人吃惊的嘴巴渐渐成了记忆。观察得到的证据很快能说明任谁都有比我好的牙齿：足球流氓、吸毒的、流浪汉。就是在那时候，我还不能拿高贵的纳博科夫做反面例子，他的血管里流淌着帝王的血……①

---

① 给纳博科夫迷做个脚注。最近（1999年4月23日），笔会举办百年庆典，四十三大街上的剧院聚集了一千二百人。我宣称，纳博科夫是本世纪我最爱的作家。在另一个场合——这是给贝娄迷看的——我也可以一点不含糊地说贝娄是本世纪我最爱的作家。我一向认为这两位是我的双峰。荒谬的是，纳博科夫曾经说贝娄不过是“阴郁的平庸作家”。这一评价基于（我有信心）他对贝娄的东西稍许一点点了解，或许也有可能他把贝娄和那类“宏大思想”的小说联系在一起，埃德蒙·威尔逊有时会要求他写这类小说。而且，纳博科夫显然从贬损别人中得到了一些感官上的乐趣：这是他身上的贵族血统在作怪。在笔会的那次活动中，他的传记作者布莱恩·博伊德告诉我，有一次，纳博科夫给一本由不同作家作品合编的短篇小说选集“打分”，给乔伊斯（《死者》）打了A+，但给劳伦斯和其他知名作家Z-。不过，索尔·贝娄对纳博科夫也有微词。我知道他非常推崇《洛丽塔》和《普宁》，但纳博科夫有什么让他觉得挺膈应的：疑心他带着贵族的自负，这在俄语写的《玛丽》（1926）、《荣耀》（1932）、《礼物》（1937）和那本用英语写的俄国小说《爱达》（1967）中都可以察觉到。我同意这一看法，或者说，我也有同样感觉。那些人物好像趾高气昂：路不是走的，是“昂首阔步”；食物不是细嚼慢咽的，而是大声咔嚓着吃的；他们感觉“受之无愧”。但我也要说，这和势利无关（纳博科夫一向都是以诙谐机智攻击势利）。再看一遍《说吧，记忆》，我注意到他习惯性地把他父亲描绘成血脉偾张的样子，其他没有人是这样的（“他闯进我的房间，一把抓起我的扑蝶网，冲下门廊的台阶”）。弗拉德米尔·德米特里耶维奇·纳博科夫（1870—1922）是个非常能干的律师、报人和政客（“贵族家庭出身的自由派，前沙皇部长的儿子，纳博科夫自我满足的正确性和干巴巴的自我主义，几乎成了象征”：这个冷冰冰的描述出自托洛茨基）。他在乡村的宅子有五十个仆人。他替1917年的临时政府服务过，可能之后（或者说他儿子一向这么认为）在某个中央政府的行政职位上“领导”过俄国。流亡到柏林后，他被一个和保皇派有关联的“阴狠的流氓”暗杀（在二战期间，这个人被希特勒任命为俄国流亡者事务总管）。因此，或许可以把纳博科夫的自负看作是一种怀旧，是对父辈强健的体魄、富有决断力的气势、内在的自信的追思。这些是贵族的（不合时代潮流的）德行，但仍是德行。我想谨慎地提出这一看法：他的作品中这一类少许的失衡现象，是由无处付诸的承继父辈的孝心引起的。——原文注

当然，另一个和牙齿相关的重要联系是性能力。弗洛伊德就此有不少说法——比如，梦见掉牙齿是表明对性的怀疑和恐惧。有意思的是，纳博科夫虽说对“维也纳的江湖郎中”（以及他那个“满是怨愤的小胎儿”的世界，“这些小胎儿从天然的角落，窥视着父母的爱情生活”）有些过度的轻蔑，却在《普宁》和其它作品中承认这一联系，还有生动的描写，而且在《洛丽塔》（1955）其中一个最出色的段落中，也出现了这一联系。这些句子——美丽、可怖，因痛苦和哀痛而躲闪着呻吟着——向我们展示了整件事道德上的化身。洛丽塔的亨伯特·亨伯特写道，在她走了之后，“她的确出没在我的梦中”。

> 但她奇怪而荒唐地以瓦莱丽或夏洛特[①]的模样出现，或是两者混在一起。那个混杂不明的鬼魂会朝我走来，一件又一件地脱落着裙子，气氛是那样令人伤感又令人厌恶。她会斜躺在一条窄木板或硬靠椅上，做出一副闷闷的挑逗样，肉身翕张着，像是足球气囊的橡皮气嘴。我还会发现自己在一间可怕的租来的房间里，假牙碎裂或是完全不知放到哪儿了。这儿举行着乏味的活体解剖的聚会，结局总是夏洛特或瓦莱丽靠在我血淋淋的怀抱里哭泣，受着我的嘴唇兄弟一般温柔的吻。无序的梦境中，散落着被拍卖的维也纳人的小古玩、怜悯、阳痿，还有刚被毒气杀死的悲惨的老妇人的棕色假发。[②]

---

① 亨伯特的两个前妻，瓦莱丽，他在巴黎时期的“无脑的宝贝”，还有夏洛特，曾是海兹太太，洛丽塔的母亲，“她乳头高贵华美，大腿粗大无比”。好了，请回头重读这一段。——原文注

② 有一次，大概1990年前后，我把这一段大声读给父亲听，想看他的反应。三十年前，1959年，就在《洛丽塔》在英国出版（书是在内阁会议上讨论过后，才被小心翼翼地出版的）前，他写过一篇长篇评论，毫不客气，而且在我看来，故意不合他的素养。他声称，这本书在两层意义上都坏得够呛：“艺术上，够坏；道德上，也够坏——虽说确实没有涉及猥亵或淫秽”。一旦满足了把亨伯特和纳博科夫完全等同的必要条件后，金斯利可以任意粗暴地打上几拳：“……诸多全然不（转下页）

我有时候相信性和牙齿相依共存。而爱情会终结。在一些更为胆怯的幻想中，我溜出了这个国家，去另一片土地——阿尔巴尼亚？乌兹别克斯坦？南威尔士？——在那儿谁都一样，也没有牙齿。或者，不要那么冒险，就找个合适的“伤心人解危中心”，大家一起团团坐下，四周氤氲着薄荷和固定剂的气息，各种各样满嘴的陶瓷像音响板似的咔哒咔哒地敲击着。然后，我或许会和多萝西·华兹华斯一起去吧台，她握着漱口水鸡尾酒，我握着漱口水威士忌——显得多赤诚坦荡又有阳刚之气啊……

那个成为金赤的过渡时期，口腔全裸的那一周，似乎容不得思考。不过，我觉得要是能待在地下储煤室就够舒适了，或是楼梯下的橱柜，和保险丝盒、天竺葵的球茎待在一起也行，有人能从门下滚进来装着热汤的形状怪异的保温瓶。等第一次去试牙托那天来临时，我会从胎儿般的姿势展开来，像“性手枪”[①] 那些歌手一样脸容苍白。

年纪更轻也更蠢的时候，我会有另一个策略来对付这事儿：自杀。这一向都是想想而已，是对付恐惧的办法。只要父母有一个还活着，自杀从来都不可能是选择。我想到过的另一条退路。是认定万物皆空而去滥用安定和酒精——不过，还要有点得体的举动，比如在门上贴张纸，

（接上页）必要的残酷事件让人不由得想想这位作者。当洛丽塔的母亲……被车子碾过去丧命，我真是不在乎到底是人物还是作者成熟老练、毁人一流（之后是一长段的引用，以此结尾：）‘一个死去的女人，她的头顶骨头、脑浆、金发和鲜血混在一起成了一摊烂粥。’这小子就是这样，亨伯特/纳博科夫：到最后还在押头韵。”金斯利用在这儿的斜杠，是暴徒挥刀。而那句“我真是不在乎”（评论者甩掉了作为书评的枷锁，把人拉回到讲求伦理道德）应当按字面意思看做是对文学真相的不在乎的夸示……我把这段话大声读给他听时，他说，“那不过是些呜哩呜哩让你转移注意力的东西，让你觉得他在乎。那不过是他的文风而已。”与他不同的是，我认为文风就是道德：是道德的浓缩，有细节有具象。让读者感觉到道德，不仅仅是在叙事层面上安排些善恶好坏之事。道德可以在字里行间。不过，对金斯利来说，对文字音韵持续的注重自动变成了夸饰的问题：一直都是这样的。他的《洛丽塔》评论收录在《简·奥斯汀怎么了？》（1970）。——原文注

① 性手枪，英国朋克摇滚乐队，于 1975 年在伦敦组建。

告诉旅馆的工作人员通知警局。所有这些念头都阻挡不了缓慢的、被动的、低层次的死亡意愿在我身上慢慢地扎了根。按我的标准来看，我在飞机上已经非常不害怕了，连最翻江倒海的颠簸，我也能保持超然外空的平静。

1984年11月，大儿子出生的日子，自杀连作为幻想也消失了。大儿子出生的那一天，我牙疼了。小儿子出生的那一天，我牙疼了。我和露西·帕汀顿作如此重要的灵魂交流的那一天，我牙疼了……如今，我有了这些孩子，我有过这些牙疼，而我不再想自杀了——这是指作为转移注意力的令人放松的自杀，孩子们的出生把自杀的念头给杀死了。我很高兴。我很高兴我撼动了这一习惯。很快，对于自杀我更懂了一点：比如说，你知道你其实不是真的考虑自杀而在想着这事，这挺作孽的（而且是对自杀者的侮辱）。

因此，除了与之和平共处，没有什么我能做的。我别无选择。

令人振奋的是（我以为），我只需要做三天的金赤，就可以去试临时的牙托。早上起来的时候，我深信将要受到很不错的款待。但第一个兆头就不好。在北向的第六大道上走了五分钟之后，我发现了自己同辛格兄弟们的关系。噢，他们的感觉如何，已经清楚不过了……我迈着富有弹性的脚步朝上城走去，想着纳尔逊·罗雅斯满是皱纹的脖子，伊莎贝尔走在我的身旁。她是为了给我支持，但她自己也同迈克·萨巴图拉有个约会：她那水晶般的雉堞显然也有可以继续完善的地方。我曾经和一位牙医说，女人的牙齿比男人的更好，他没有反对。更好的牙齿，一如她们有更好的头发。想象一个具有发丝平等的星球：那儿的女人有着男人潟湖般谢了的头顶（还有什么其它的形状吗?），也有的植过发，也有的把周围的头发往上梳来遮掩……起初是惊骇——“就像是一个朽坏的骷髅化石装上了全然是陌生人的露齿而笑的颌骨”——铁莫菲·普宁学会了喜欢他“半透明的塑料圆形露天剧场”：“这是一桩叫人心智顿开的事，一种旭日东升的景象，一嘴瓷瓷实实、雪白光滑、有效且人道的美国货。”那么说来，很快我就会像普宁，或是斯旺西那个还不到二十的售票员，会告诉每个人，把所有的牙齿去拔了，“明早第一件事。‘你就会像我一样改头换面了，’普宁大声嚷道。”

“口腔的适应性是非常强的，”我在椅子上躺下的时候，温柔的米莉这么告诉我。我的嘴将要遭受一次入侵。随着时间的推移，我的敌人渐渐变得像是我敌人的敌人：我的敌人会变得像是我的朋友。那玩意儿被带入了诊室，害羞地等待着被引介。它来临了，这张入场券将让我拥有漂亮的容颜、品尝精美的食物，可以让我仰头放声大笑，让我可以做出亲密的举动，说出如蜜的话语，让我去深吻轻舔。

但请等一下。这可不全然是陌生人的颌骨。没有什么能比这更熟悉得可怕了。这就是我，我自己：这是我以前的牙桥，我的叹息桥负载着金子的承重，从脸的这一侧到另一侧架在上颚粉红的鞍座上。它伸了进去。我有气无力地躺在那儿，单被这牙托的体积就完全给打倒了。我想要表达一下我的沮丧时，我听到一个全然是陌生人的声音，那人像是隔着相当一段距离站在我身后。米莉的脸满是同情。她说，

“这就像是把一双新鞋穿习惯了。”

要是我能说话，我就说了。没错，一只新鞋：你嘴里的一只新鞋。不对，是一只足球鞋：你嘴里的一只足球鞋。一只用元素表里新近才出现的元素造的足球鞋：一种叫“噁”的元素。米莉拿来一面手镜。我和那个古怪的教授照了个面熟悉了一下。我一边想念儿子们，感觉到他们也在想我。我知道最艰难的那部分或许就是拿这张脸去见他们。

走出医生的诊室时，人们的步子里不是有着悄然满足的弹性，就是拖着脚步像是顺从地负了重担。我走向麦迪逊大道的时候就是后面这种风格。伊莎贝尔让我喝了一口橙汁：隔了几秒钟橙汁的滋味才传到喉咙的底部，随即是一大堆的唾液。抽烟也不再是小菜儿一碟。抽烟也不再是赛过山珍海味。但想想小菜儿，想想山珍海味……咽一下，呕一下，边想抽烟边想骂人，我沉沉地靠在了伊莎贝尔的手臂上。

我们走了三个街区，进了布伦塔诺书店。我的想法是买些书，让书

把我送离这凡俗的日子、庸常的尘世、生硬的牙托。我走近一个红发高个子小伙子，说，

“我想找天文书。”

“请再说一遍？”

“天文书。”

“什么？”

“天文书。”

“请再说一遍？”

“天文书。”

“什么？”

他似乎终于明白了。他带路，我随后。我发现自己站在占星术的书架前……几百年来，理性的男男女女指望能用天文来吸纳进而完全取代占星术。但这事没有发生。[①] 占星术的书就在这儿，一排排一架架地列着。我不需要占星术。我不需要那些星盘图表、命理运势来告诉我今天并非吉日。

不是吉日，却有良宵。

可怜的普宁什么也没有。他什么、什么、什么都没有剩下。我的情况不是那样。

那天晚上，你从浴室舞着出来（a）穿着你的丝绸浴袍和（b）戴着我的牙齿。随即这两样都被卸下了。

这是一场反羞辱的战争。

第二天，我早早醒来，躺在那儿静静地捂着枕头又笑又哭。我觉得自己脆弱、毫无矫饰，被安抚得妥妥帖帖。那种幸福的感觉让我想到一首诗——早年的叶慈。三十年前，我把这首诗抄下来让妹妹去背。我若有……湛蓝的、暗淡的和深黑的织锦……我把梦想铺……轻轻地踏呀因

① 附文：占星术中一切都是百分之百的错误，只除了有关天蝎座的一切，那是百分之百正确的。——原文注

为你……①

“因为你坠入爱河时，不是那样子的，”母亲告诉我，“这事儿很糟糕。你现在经历的这事。非常的糟糕。但要是那人爱你，那就没关系。因为你爱上的不是那人的牙齿，是不是?”

不是。这场战争还没结束。不过现在，或许，可以再创造些生命。

① 出自叶慈的诗《他祈愿有天堂的织锦》：“我若有那天堂的织锦，/织进了金色银色的光线，/湛蓝的、暗淡的和深黑的织锦，/是那黑夜、白日和晨昏时候的光线，/我愿将这些织锦铺在你的脚下：/可是贫穷的我只有我的梦想；/我把梦想铺在你的脚下；/轻轻地踏呀因为你踩着我的梦想。”

家中来信

迈达谷 108 号

伦敦，W. 9.

最亲爱的爸爸和简：

单项奖学金这事儿还挺不错的吧?[①] 我浑身的血管里到现在还流淌着兴奋呢。顺便说一下，有 40 镑。(是 40 镑一年还是三年?) 这不是钱多少的事，而是无疑会提升名声，而且才智排名的新进阶自然会带来一些钦羡仰慕。阿尔达先生告诉我圣约翰的（约翰·）凯里教授对于我各门外语的状况觉得挺为难的，而埃克塞特[②]的（乔纳逊·）华兹华斯并不在意，而且我觉得他对自己的不在意感到自傲。他告诉我，我被选入公开的奖学金名单。

希望你们在墨西哥的旅行愉快。迈达谷一切如常。科林以前在床上待上很长时间“健身”，这下迅速切换到冒着危险照上很长时间的太阳灯，然后又决定做冥想。结果是，他一副恍恍惚惚、肤色黝黑、超然世外的模样。他的通信时断时续，我唯一能为此给出的解释是，他太忙了

① 我一直等着到这儿说上这一句，在奥斯力克时代的存档中，这是我最不喜欢的句子。我以为自己写的是“挺不赖的”（“rather fine”)，不是“挺不错”（“pretty fine”)，“挺不错”要比“挺不赖”好一点。单项奖学金（每年 40 镑）让你处在优胜奖学金（每年 60 镑）和普通学生（一分奖学金也没有）之间。管录取的学监把这类奖学金作为对付各个学院之间竞争机制，得到心仪学生的手段。在最后一年，我成了一名优胜奖学金获得者，穿上了传说中更长的袍子。我大概是为此觉得挺高兴的。这封信又回到了手写。——原文注

② 圣约翰和埃克塞特指牛津的学院。

以至于顾不上去买上足够的早餐麦片了。沙奇的这一份工又加了几个小时的上班时间。除了这一极其严重的忽略，他们对我照看得好极了。

萨卡猫没再把知更鸟刺了、扎了、吃了，而是让我们对它裸露出来的身躯了解得一清二楚。胡戈王子经常安详却又满是好奇地度过几个小时。麦尔菲一天到晚在屋子里上蹿下跳。猫儿们打架了，萨卡猫就会被推进尼日尔的书房——不过，它还没有用尿宠幸过哪件家居。①

圣诞节我是和妈妈一起过的。在迈达谷，圣诞季从来都没有被真正认可过。就是在圣诞夜之前夜，大家挂着个脸交换一下礼物，然后就纷纷离开了。但情绪一向都还挺好，你们回家时唯一值得盼望的事，算是给总体上的心满意足更锦上添花。我们想着要坐着辆林肯加长房车来南汉普顿。这车差不多都有三十多米长，那可真挺风光的。要能见到科林把厅里所有的音响玩意儿清理了，我倒是挺乐意的。这些玩意儿日渐增长，电线、箱子和管子现在都已经蔓延成了一大片了。等着你们回来，心里的盼望，言不尽意。

很多很多的爱

马特×××

又及：抱歉，要是这封信读起来有点儿“意识流”，因为我还没从兴奋中缓过劲来。

又又及：弗吉尼亚·伍尔夫说的“意识流”是什么意思？

---

① 这三只是家猫，都是异域的血统，漂亮极了（虽然萨卡猫年纪大了，开始脱毛）。尼日尔（和那条河同音）是金斯利不时喜欢模仿一下的虚构人物。他是个成功得不得了的黑帮老大，有一车队的“粉色凯迪拉克，排成两列”停在他家门口。——原文注

城市和乡村

在露西·帕汀顿的纪念会上，有一位叫萨拉·博厄斯的发言人，很有意思地这么介绍自己："我叫萨拉，我的母亲是露西的爸爸……我是说是露西的爸爸的姐姐。这开头不错，是吧？"① 也就是说，萨拉是露西父亲这边的亲戚，而我是露西母亲这边的亲戚。我和露西是姨表兄妹，有同一对外祖父母，伦纳德·巴德韦尔和马热丽·巴德韦尔——他们俩也是姨表兄妹。我十来岁时，要求露西的姐姐玛丽安做我的新娘，她接受了。这秘密的婚约要是修成正果，那么戴维就会（终于）成为了我的哥哥，而露西会是我的妹妹。不是表妹，而是妻妹。

有一次我不是想嘲弄而是想试探一下，这么对戴维说，

"你是乡下的土包子，我是光鲜的城里人。"

"不对，"他说，"你是城里的土包子，我是光鲜的乡下人。"

我觉得十岁的戴维，不仅道出真相还有急智。不过，这一直都没变：艾米斯家的人是属于城里的，帕汀顿家的人是属于乡村的。他们要比我们更天真。我去和他们待上一段时间的时候，就会耳濡目染帕汀顿的天真。他们住在葛雷屯（我以前总是在信封上弯弯扭扭地写上"靠近温什科姆"），和格罗斯特郡切尔滕纳姆温泉挺近的。据说，意大利的表亲比爱尔兰的孪生同胞还亲。很多年来，戴维和我绝对是意大利的表亲。当伊娃·加西亚（"你父亲在伦敦有个漂亮女人……唉，是啊。"）

---

① 开头很不错，结尾也很不错："……我听到有不少人说露西明智有头脑，我记得，大概十岁左右的时候和露西聊天，说到她多有头脑。她跟我说，'嗯，可事实上我喜欢同我周边的人在做的事反其道行之。'"——原文注

于1963年在剑桥一举把我拽出了童年，我和戴维的亲密关系就结束了，还有其它很多很多也随之结束了。我记得是那前一年的夏天，戴维最后一次来马丁利街的房子做客。

中间有一天，他受到委派来告诉我一条大家深爱的狗（南希是一条温柔的阿尔萨斯狗）被安乐死了。① 他敲门走进我的也是我们的房间，说道，“马特，很遗憾，我得告诉你……”他没有支支吾吾，而是又严肃又鼓励地朝我点了一下头，就让我独自面对悲痛。南希最近生了一大窝小崽，有八九个。接下来的几个小时，我待在黑漆漆的棚屋里，和失去了母亲的小狗们待在一起。任它们在我身上爬来爬去，全然不知道已经发生的变化，而我想安慰它们，也想从它们身上寻求安慰。所以说，在城里也有狗有猫有驴子。也有很多很多的天真。但我不如帕汀顿家的人天真。

《幸运的吉姆》中那著名的醉酒演讲一幕快结束时，主人公开始贬斥他被要求去唱赞歌的那种社会特性：所谓“快乐的英格兰”的民间文化。吉姆在讲台上昏倒之前说的最后几句是：“不过是用家制陶具的一帮人，搞搞有机养殖业的一帮人，吹吹竖笛的一帮人，学学世界语……”这多多少少是金斯利岳父母巴德韦尔二老的特性：玛丽安、戴维、露西和马克的祖父母，我的外祖父母。马热丽·巴德韦尔和小说中

① 几个星期前，南希被汽车撞了。她的右前腿断了，脚爪开始感染发炎……有一次在南非去参观一个自然保护区，儿子们和我仔细看了一条在丛林中经历了迈克·萨巴图拉手术的鳄鱼：它的整个上颚（差不多是它头部的三分之一）在某次鳄鱼群架中被撕断了。它躺在那儿，冒着热气，咕咕地吐着水，散发着臭味，最重要的是（对一个爬行动物来说），等待着，等待着，等待着（对它来说，等待着一桶食物倒在舌头上）。我觉得动物不能够感知到生活质量严重下降——失去了那法语中称作“无以名状的生活乐趣”……不幸的是，南希不一样。它很勇敢，竭力地想跳着走，可我一直想着，在它蹙着的眉头里、热烘烘的棕色眼睛里，我看到了悲伤、迷惑甚至还有羞耻。车祸之后，我和她更亲近了。她被放在电视间的一张垫子上，每天晚上我得劝说它，在那儿撒尿没关系。让它愿意这么做花了很长时间。还是那双眼睛，和眼睛里透着的忧虑。——原文注

的韦尔奇太太一样，有点钱：那是维多利亚时代商人遗留下来的财富（她把其中一半给了癌症研究。她的父母去中国传过教）。伦纳德·巴德韦尔以前是公务员，是个温和的怪人，极其喜欢流行艺术。他们是天真的，他们俩都是天真的。我的外祖父不会说世界语，这一点我挺肯定的。但他费劲地掌握了三门不怎么有用的语言：瑞典语、威尔士语和罗曼什语（只有在瑞士格劳宾登州能听到这种语言），我小时候一直以为他懂吉卜赛语还有巡回修补匠的语言。他还业余演奏音乐、跳莫里斯舞——舞者挂着彩带和铃铛，蹦蹦跳跳地变换着队形。① 我非常爱他，而他也尽力让我开心，为此花的精力总是让我惊叹不已。他行动迅捷灵活又兴奋不安，这对任何年龄段的男人来说都是少见的。我注意到他有时甚至比我还兴奋，比如他给我看在折起来的纸上画画的绝技。巴家老爹②常年穿着门房的那种蓝色哔叽制服，一头轻薄的白发，牙齿没剩几颗，声调高而多变。在给菲利普·拉金的一封信中，金斯利把他描绘成像个“喜欢音乐的厕所管理员”——妈妈，对不起，我的写作天性让我不会走眼弄错。事实上，巴家老爹在《书信集》里是个出色的喜剧人物，对加在他身上的敌意他都高高兴兴地以自立自足来对付。③ 金斯利

① 六十年代晚期，某个周六，我和罗伯两人在国王路上邋邋遢遢地闲逛着。在一块公园的空地上，我看到一队莫里斯舞者在表演。“我外公以前玩这个的，”我说道，一边有个穿着莫里斯舞服的人把传单塞进我的手里。我打开一看：上面是已经过世的巴家老爹的照片，全副装扮，正欢快地为艾宾顿队领着舞。——原文注

② 我父母把巴德韦尔家的两位老人称作“巴家老爹”和“巴家老妈”，把艾米斯家的两位老人称作“艾家老爹”和“艾家老妈”。——原文注

③ 举个例子吧，下面的故事中谁是胜者呢（这封信也是写给拉金的）？

要说最好的时光，是我躺在一个半满的浴缸里，他在楼下的房间里用钢琴伴奏着留声机里放着的民歌，一边用脚有节奏地打着拍子，两种声音来源之间差了约莫三分之一的音高。当一支单调不变、了无生气的曲子结束而另一支开始时，我发现热水龙头流出来的是冷水，我爬出浴缸，擦干了身体。

我挺理解他的，但我投票给那只打拍子的脚。金斯利的描绘也有更为温和亲善的时候。有一次，他宽宏地说老头子“一点没坏心眼”。而且我们也不要忘了和老头子对应的小说人物，《幸运的吉姆》里的韦尔奇教授对烫破了的床单的反应，既和蔼可亲又不失体面（拉金看完后写道，“可怜的巴家老爹。”）。还是给拉金的（转下页）

对他的岳父表现出一种夸张不实的怨恨，事实上是他恼怒巴家老爹的天真。我们会看到，我爸经常恼怒别人的天真。而巴德韦尔家的人是如此的天真，我才六岁都看得出来。

我对巴家老妈最后的记忆，现在想起来染上了惭愧的色彩——虽然在当时不过是件令人难堪的荒唐事罢了。那年（1970）我是个本科生，说话拖长了声音，穿着丝绒西服和蛇皮纹的靴子：奥斯力克还做得挺欢(但已经慢慢地变得不那么蠢了)。巴家老妈当时已经守了寡，非常不明智地答应请我在牛津的兰道夫饭店吃饭（战后那几年，金斯利经常在那儿和布鲁斯·蒙高马利①、肯尼斯·泰南这些慷慨大方的朋友一起喝酒吃饭)。巴家老妈进门的那一刻，就明显看出那地方的规模让她觉得不知所措——完全被这阵势压倒了。她之前至少来过一次。1948 年 1 月 21 日，为了庆祝我父母的婚礼，在这儿举行了一次家庭成员的下午茶。巴家老妈要让艾家老妈又哄又拉地才来参加庆祝，巴家老爹和艾家老爹之间也一样。呃，我妈当时十九岁，怀着菲利普。是罗莎·艾米斯让另外三个不要再像他们那个年代的机器人……不是兰道夫饭店在巴家老妈上一次来过以后扩建了，是巴家老妈收缩了。她看起来像是和餐桌差不多高，而她也感觉到了这一点。她伴随着从容漫步的外孙走进餐厅，脸上挂着痛苦的羞怯和自卑（还闪过几次未加掩饰的害怕)。头十几分钟，她一点也没听到我跟她说的话，只是咕哝着同一句话。这句话是："我们本该去德贝纳姆②的。"巴家老妈觉得自己太老了，坐在这个地方不妥

（接上页）信（我喜欢信里自甘失败的语调)："做爸的为什么在孩子十一岁时，给几个先令把他们扔出家门，我这下算是明白了。我家那几个会欣喜不已地欢叫着朝他（巴家老爹）跑去。"——原文注

《幸运的吉姆》中的主人公吉姆在聚会上醉酒，点着烟睡着了，把床单、毯子、地毯和桌子都烫坏了。

① 布鲁斯·蒙高马利是我的教父，非常大方——特别是同我哥哥那个同名的教父相比：简朴的拉金。布鲁斯是个不算出名的作曲家。他也以埃德蒙·克里斯平的笔名写和编犯罪小说集子。——原文注

② 德贝纳姆是英国大型连锁商场，内有小餐厅。

了——岁数太大，个子太小，耳朵也太聋了。我提高了嗓音，还得不断地高上去，而她的恐慌也渐渐让她精疲力竭。过了一阵子，我的嗓音差不多达到了最大音量的四分之三。整顿午餐，我不断地喊叫着有关我父母、兄妹和表兄妹的健康、现状的各种问答，餐厅里一片静寂，所有的头都朝着我们。我应该做得更得当一点，我应该带她去德贝纳姆的。巴家老妈第二年去世了。

巴德韦尔二老在孩子到了二十一岁生日前后把遗产分给他们。我妈妈拿到的足够她以 2400 英镑买下我家的第一座房子，靠近奎姆冬金公园（靠近奎姆冬金路，狄兰·托马斯自称为“奎姆冬金路的兰波”）。这或许是超乎寻常的早年记忆，或许是家中一遍遍回顾的故事，我能看到金斯利和希拉里在斯旺西厄普兰兹镇格罗夫街 24 号，大声叫着喊着，庆祝他们新拥有的空间和自由。

连我也在二十一岁生日前后从巴德韦尔二老处继承了一笔钱，我的兄妹和所有的表兄弟姐妹也都一样：1000 英镑。我的母亲还继承了天真，我相信姨妈可能还有几个舅舅（对他们我从来不是很熟悉）也同样继承了天真。

姓帕汀顿的孩子们也继承了一些。姓艾米斯的孩子们也继承了一些——但可能不太多。我们身上还有金斯利的因子。① 他们属于乡村，我们属于城市。

* * *

天真和裸身，就像亚当和夏娃，早先是息息相关的。“以裸身自有的光彩/披在庄重的裸体上，仿佛是万物之灵长，”弥尔顿在《失乐园》

① 此处我不想犯错。我父亲拥有成为小说家所需的天真，还有成为诗人所需的更伟大的天真。但他对所经历的人事反应强烈。经历搅浑了他的内心，也搅浑了我们的内心。——原文注

第四卷中写道。[①] 在第九卷中，蛇把夏娃引到“知识的禁果”树前。她吃了果子，又敦促亚当也吃（“亚当啊，放心吃吧”）：

他们对视着，
逐渐觉得自己的眼睛明亮了，
自己的心神却暗淡起来了，
像面纱盖住他们而不知罪恶的天真
离去了；原有的正义和羞耻心仍残留着；
感到赤身裸体的羞耻……

因而引起了亚当的悲叹：

松树、香柏树啊，
遮盖我吧，用你无数枝桠将我
隐藏吧……

拉丁文“Nuditas virtualis”指人类堕落之前高洁的裸身。让人吃惊的是，每年我们仍旧能在自己身上看到类似的情形。度假时，不管是在内尔斯[②]还是上得了广告画册的“天堂”，我们都经历了逐渐对自己的身体不那么羞愧的几个阶段。第一天早上，当死灰色的哆嗦着的脚插入沙子的时候，你只是会想到自己不见阳光的皮肤可怕极了——剥落了遮掩的生物，多么的苍白，多么的干枯。过了一阵子，身体成了自我陶醉的焦点，小心呵护。人们是怎样在身上抹着各种油膏，让它准备接受砂砾、盐水和烈日的粗暴……裸身当然只是局部的（上帝知道，高洁也一样是局部

① 顺便提一句，金斯利和我都认为《失乐园》最后的四十来行是英语非戏剧诗中最伟大的，无出其右。——原文注

② 内尔斯是英格兰萨默赛特郡的滨海小城，在布里斯托西南。

的），但在海边的小伊甸园里，我们仍然能看到高洁和裸身之间的联系。①

在友谊的早期，戴维在斯旺西的海滩上光着身子，让我大吃一惊。吃惊的并非是他光着身子，而是他对此不以为意。他只是跪在那儿，挖起沙子，塑成沙堡，再拿手拍实，双眼认真严肃。我意识到自己早在几个夏天前已经失去了那种自在。在我身上已经发生了某个事，在他还是空白。他属于乡村，我属于城市。仅此而已吗？……在格罗斯特郡葛雷屯的某个令人悸动的夏日，玛丽安表演了刺激的裸跑：跑出了屋子，在花园里绕了一圈。四个男孩——我，戴维，我的哥哥菲利普，还有一个不太熟悉的表亲或是表表亲——站在那儿，咯咯地笑着。她要水喉对准了她。我记得她边跳边叫的身影。我记得她背脊的曲线和水注的弧线。有一次，深夜，在格兰莫路59号（我们在斯旺西的第二幢房子）的顶层，玛丽安和我脱了睡衣，在床上躺下。这时是天真的，纯洁的。② 事后（这个词要带上一对双引号），我们在黑暗中躺着，轻声絮絮叨叨地聊了很长时间。我问她，

“嫁给我好吗？”

“……好的。”

挺好。我心想，嗯，有点儿早——不过把这些事先解决了也挺好的。

---

① 两年前，在威尼斯机场，我被一只灰白色的阿尔萨斯狗彻底嗅了一遍后（南希！你怎么可以这么对我呢？），又被要求脱衣搜查毒品。“这狗绝不会出错的，”穿着帅气利落的便衣警察说道。他一身诱捕套狼的装扮，戴着耳环挂着颈链。我被带入后间。第一眼就看到一个男人弯曲着手指戴上一只竖起来的橡皮手套，我心想——不，你不会真这么做吧，啊？我想说：你还真找对人了，但弄错了趟次。（再也没机会弄对趟次了，经历了这次之后再也不会了。）伊莎贝尔也在。我开始脱掉衣服。等脱到只剩内裤的时候，他告诉我拉下一点。我照着做了，随后就被不屑地放走了。感觉像是被要求着去犯了这猥亵暴露罪。不过，还有一点是，我的裸身证实了我的清白，没有堕落。这算是勉强有点儿联系。——原文注

② 从技术上来说，这也是我第一次大失败。内在身体结构上的失败：我们在要求对方年龄增大一倍。没有出声的指责。我也没必要躺在那儿，一只手无力地搭在前额上，唠叨着家庭作业和当代八岁孩子面临的压力。——原文注

我说过我的童年田园诗般的美好（而我和帕汀顿一家度过的时光更是世外桃源般美好。狮子在羊羔旁躺下，玫瑰盛开而没有尖刺）。但一想到露西·帕汀顿的命运，就会记起有绿草的地方就必然会有毒蛇。[①]

天真会吸引两个主要的对立面：经历和罪过。“高洁的裸身”吸引神学上的对应面，“罪孽的裸身”。比如，娈童癖想从孩子处得到的不仅仅是他们形体上的美好；只有孩子才能满足他们对暴力的极端兴趣。那时我还年轻，而世界也更年轻，几乎是难以想象的年轻，可是总是有这些恶人，看到天真纯洁就想要摧毁。

再打他，戴

我闲荡着，玩着八岁孩子觉得特别好玩的事。有块圆鼓鼓的卵石夹在下水道盖栏的两条钢筋间，我穿着凉鞋的脚想把卵石踢下去，听到它加入城市内脏般排水系统时“咕咚”一声令人满足的响声。

“嘿！你！你在对下水道盖栏做什么?”

“没什么！我只是……只是……”

他大概十五岁左右，黑黝黝的肤色，卷发，那双闪着欺诈的绿色眼睛破坏了他的漂亮容貌。天黑蒙蒙的，又在下雨——但斯旺西的冬天，人们呼吸的就是这样墨汁般的细雨丝。“四点，灯光亮起/又一年的年末，”拉金写道，远在我们北面的赫尔。不过他需要单音节的词，合乎音韵的协调。他没法儿说“两点半”。不过，记忆还是告诉我，那时已经太晚了。我不应该为这块卵石、下水还有这个绿眼男孩拖延时间。

我们站在格兰莫路忙碌而路灯明亮的坡底。这时我们开始一起朝越来越陡峭的黑暗走去。这男孩在卵石和下水道的事上放过了我后，用一种熟练而迂回的方法问我，能不能考虑帮他一个忙。“什么忙?”我问。他说，要是我照做的话，他会给我一颗巧克力太妃糖，焦糖夹心巧克力

① 弗雷德里克·韦斯特起初是属于乡村的，后来属于城市。他早年把村氓的残暴施加在动物身上，这不奇怪。——原文注

的——“也可能两颗”。“做什么呢?”我问。“噢，花不了一分钟时间。你就给我看看……你的小鸡鸡。”

我停下了脚步，胸口感到泪水的压力。很奇怪：我们知道孩子会因为恐惧而哭泣，但这一刻更像是失去了什么的悲痛。我穿过了马路。我爬上陡坡时，他一直都看着我。回到家，我对母亲什么都没说。

一两个星期后，我又碰到了绿眼男孩。我每天上学的路上都要经过一条偏街（那儿有条不错的泥路，到了另一头可以抄近路），离家一个街区。又是黑蒙蒙湿漉漉的天，时辰也晚了。

“嘿，你在我的路上做什么?”

他身旁有个伴，一个矮墩墩的男孩，比我小不少也矮不少，这让我放心了点。我很快就会知道，这个讨厌的乳臭未干的小子叫戴维，有威尔士叫法的小名。

“你在我的路上做什么?”

“你的路上?”

“他的，戴的。”

就像一个眼疾手快的投球手把球松开的刹那，戴嚯地把握紧的拳头挥向了我的前额，带着爆发性的敏捷。我不知道那样个子的男孩能打得那么狠。不过有两件事我知道。首先这是报复我上一次的拒绝；第二，那个小戴，至少开始时享受了成卷的焦糖夹心巧克力。但天知道他们俩成了什么，这一对。天知道他们的孩子成了什么。

“谁说的，你可以从我的屋子前走过?”

“我不知道这是不可以的。”

“……再打他，戴。”

如此这般过了差不多十分钟，同样的问题，同样的命令。我到家后，告诉母亲我的脸是怎么肿的。我只是把表面的事实告诉她，没告诉她潜在的故事。她立即牵上三条大狗：当然有南希，还有弗洛希？和贝希？我既担忧又崇拜地看着母亲朝山下走去，就像查尔登·海斯顿或斯蒂夫·里维斯[1]挥起战车的缰绳。狗和它们的女主人一样义愤填膺，拽着牵绳几乎直起了身子。

半小时之后她回来了，仍旧怒火中烧，仇恨未平。

我正从操场走回班级教室。古巴导弹危机期间的剑桥男子高等学校。1962 年 10 月 22 日到 28 日的这一周，我十三岁生日的两个月之后。

古巴导弹危机对我造成的影响远远要超过我接下去要描述的相对较小的侵犯，这点我很确定，而且这侵犯本身可能也是由危机造成的。在我的记忆中[2]，这是长长的一段阴冷潮湿的半明半暮时光，日光微弱地闪着：午时的黑暗，日食，一个犹如冰岛冬日的早晨。星球上的孩子们遭受了这次危机——人类历史上最严重的危机。他们无声地受着折磨，可怜巴巴地一声不吭。危机过了之后，我可以谈论这事（比如，和戴维谈），但当时我一个字都没和朋友说。我也不记得从我母亲或父亲处得到什么保证（或者说是任何有效的保证）。电视上介绍导弹射杀的目标、同心圆的范围，预测核弹辐射时，我猛地从房间里逃了出去。在学校，我们有核战逃身训练。我再说一遍，我们被要求去相信课桌盖能把我们从世界末日中拯救出来。对这样一种看法，我们该做什么呢？而这种看法又对我们造成了什么影响呢？[3] 这些原子时代的孩子，我觉得，在爱

---

① 查尔登·海斯顿（1923—2008），常在战争片中出演军人和英雄。斯蒂夫·里维斯（1926—2000），美国职业健美运动员和演员，出演过赫拉克拉斯、哥利亚等角色。

② 我们都记得。克里斯托弗·希钦斯置换了角色的话切中肯綮。照他的话来说：和其他每个人一样，我清清楚楚地记得肯尼迪总统几乎把我杀死的那一刻，我站在哪儿、和谁在一起……只是那不只是一刹那，不只是一个星期。这从 1949 年 8 月 29 日苏联的第一次测试就开始了，持续了四十年。——原文注

③ 唐·德里罗的小说《地下世界》（1997）对这个问题作了八百页的思考。学校里的孩子们被发到了狗牌：
这些牌子是为了便于救援人员在原子战爆发后辨认走失的、失踪的、受伤的、断了肢体的、伤残严重的、昏迷的或死亡的孩子……（孩子们）等着集训，做一次闪避并掩护的训练。收到牌子之前，他们已经练过一次。这下他们有了牌子，名字刻在了细薄的金属片上，这集训不再是和他们不甚相关的练习，而是全然事关（转下页）

的能力上被削弱了。当你得鼓起勇气振奋精神去承受核战的冲击力时，爱成了件难事。当你爱的人可能在任何瞬间，同其他人一道化成鲜血烈焰，爱成了件难事。

我正从操场走回时，一群比我大的男孩扑到了我的身上，把我拉进了一间教室。某种严重的疏忽（或许，这也是同危机有关）造成了学校的一幢附属建筑整整一个下午都没人照看——反正没人照看的时段够长，足以让十八到二十个年龄较小的孩子受到我正面临的待遇。我作出的最大程度的抵抗是出于原始的恐惧，我被粗暴地脱光了衣服，四肢展开搁在老师的办公桌上，不时的拳头和威胁也没让我顺服。黑板上有人用粉笔列着某种单子。我起初以为是学校作息表，但其实是计分表，把每个受害者的姓名、年龄、年级和性发育的状态（如果开始发育的话）写在上面。在此备个案，我的这一栏写着：极小。完全无毛……好吧，这个我能受得了。我一手攥着皮带一手拎着一只鞋跑开时想着，那不算是什么世界末日。如果恐惧是极度盼望某件事尽快结束，那么，那天我确实是真的被吓坏了。被他们歇斯底里、自我煽动的群氓的力量，还有唾沫四溅的说话和咧着嘴的笑容吓坏了。这其中是不是有些虚无主义？有谁在乎呢？我们反正都死了。但最重要的也是控诉的要点是，暴力施加的束缚以及给精神带来的后果。

某个明亮的夏日晚上，我躺在床上。我们不是在城里也不是在乡村。我们在纽泽西普林斯顿的近郊：埃杰斯托恩路，这是一排单栋的平房，背靠着树林和小山坡……我父母正举行着一次聚会，就像是带上了男中音的校园操场，隔了几堵墙，也听得到声响。有时候，我和哥哥在这些聚会充当有偿服务的侍者：某次有名的场合，每人得了三美元。虽

（接上页）他们，原子战也由此和他们密切相关。——原文注

唐·德里罗（1936—　），美国作家。小说探讨电视、核武器、冷战等话题，代表作有《白色噪音》、《地下世界》等。

说屋子里感觉满是白日的光亮，我也离梦乡隔了很远的距离，但显然这个时候还不睡觉对我来说太迟了。这是1959年，我快满十岁了——暂时完全成了个美国人：口音、平头、配着白轮胎和电铃的变速自行车……

房门开了，一个衣冠楚楚的中年男人自信地微笑着走了进来，后面跟着一个黑发的女人。她穿着灰色丝衬衣，套了件黑色外套，有着艺术气质的骨骼，漂亮得甚至可以说是出众。一看到我，她的脸就“亮了起来”：就像是说“瞧，是谁在这儿啊”，那种不知道怎么对付孩子（在较为正常的情形下，他们会蹑手蹑脚地走过来，用那种傻叽叽的唱歌调子跟你说话）的大人的表情。整个过程，她一直靠在打开的门旁，一手握着鸡尾酒杯，另一只手平搭在胸骨上。那男人走到床边，在床脚坐下。他先泛泛地问了一些问题，然后介绍自己是个医生，让他检查一下我的身体对我有好处。我挺高兴有点儿事可做，便倏地把睡衣脱了下来。

回头想想，我不知道有多少孩子在我之前、之后有过同样的经历，我不知道这事深入到什么地步。在我身上发生的，通常被称作“爱抚”，虽说这个词既不恰当也是对这个词的侮辱，好像这个男人是带着“爱”来触碰我的（他不是爱人，是禽兽）。更何况，这到底算是什么“使命”，到一个朋友或是同事的家里来，找到一个独自待着的男孩，不顾一切风险地来背叛孩子的信任？

在露西·帕汀顿尸体被发掘之后，这第三次侵犯在我的脑子里中有了新的意义，因为这也涉及了成人以及“二联性精神病”。[①] 我对那个男

① 弗雷德里克·韦斯特和罗斯玛丽·韦斯特一样，都有娈童癖。他强奸并性折磨自己的孩子，杀害了其中两个。“你的头生孩子应该是你爸的，”他总是这么对女儿们说——这句话像是穴居人的振振有词（你可以想象这句话用在乡下愚夫愚妇说教套话的开头上：头生的孩子得是你爸的……）。面对女儿们的抗议，他会这么说，“我造了你，我就能碰你。”在《走出阴影》这本凄凉痛苦的回忆录中，韦斯特的大女儿安·玛丽（和弗吉尼亚·希尔合著）揭露，她父亲在她十五岁时，成功地让她怀了孕。这异常的胚胎用手术除掉了。安·玛丽被告知手术是“同她的月经有关”。她接下来的两次妊娠也有多种问题，二十三岁时做了全子宫切除术。她看到 （转下页）

人的记忆很空洞——形状、声调、轮廓。但我对那女人的记忆却是细实且完整的。她是怎么倚靠在打开的门上，每隔几秒钟就回头看一下走廊，保持着猎兽警觉的、示意“没有情况”的微笑。当时我一定注意到了她在朝走廊看，还有看的频率、企图遮掩的鬼鬼祟祟。所有这些都得化了开来流经我的身体。

当时我没感觉到这是不愉快的经历，但无疑这确实是不愉快的经历。我为什么没在第二天早上或是任何一个早上和母亲提起，在早餐桌上或是去学校的路上天真地聊起来？就像其它发生的事一样，我保持着沉默，有责任自己去搞懂这件事。这些事是侮辱，是偷盗。他们夺走的东西你再也不能要回来。

“娈童癖”① 的意思是“偏爱孩子”。有娈童癖的人会说他们做的不过是：偏爱孩子。就像自杀一样，娈童癖是一个不好把握的话题，对其了解也极少。但有些数据能指出某种倾向。比如，侵犯女童，娈童癖会明显喜欢鸡奸。而那些经历了娈童癖侵犯的很可能会受到进一步的伤害(更不消说对孩子器官“难以言说的伤害”)。第二，对孩子来说，受到这些额外的痛击，年龄越小，危险越大。嗯，年龄越小……这告诉我些什么。还有这事也告诉我些什么。我在照看我的小婴儿的时候，有过离谱的念头，是由他们的美好和天真带来的念头。这念头感觉上和性有

(接上页) 了医疗记录后，质问她的父亲。“你不能对孩子做这样的事。我当时只是一个孩子。那时我爱你。你糟蹋了我，糟蹋了我对你的爱，”她对他说，还提到其它种种。韦斯特完全不知该如何应对，只是说：“你要把这些事都拿出来说说的话——好吧，你该死的就不是我女儿。”他接着又说他不想听“这些他妈的废话”，怒气冲冲地离开了屋子。1994 年，安·玛丽把鲜花放在克伦威尔街二十五号的门前，还有给她被杀害的妹妹的信：“给我的妹妹希瑟，我寻寻觅觅，我哭泣祈祷，希望我们在某个阳光灿烂的日子重逢。非常非常想你。永远爱你，永远怀念你。致以我所有最深切的爱，大姐，安·玛丽。”我快写完这本书时，玛丽安·帕汀顿告诉我，安·玛丽（换了名字）和她有联系，刚幸运地从一次自杀企图中活了下来。玛丽安对她非常同情，我也是。——原文注

① 原文“Paedophilia”由“paedo”（孩子）和“philia”（偏好，癖好）构成。

关，但本质上是暴力。如果以任何形式付诸行动，就像是把裸露着的小身躯扔在浴室的地板上。娈童癖憎恨孩子。他们憎恨孩子是因为他们憎恨天真，而孩子就是天真。看看他们。他们赤条条地来到世上——也不尽然是赤条条。在健康的双眼看来，他们来临时“以裸身自有的光彩”全身披挂。

近日点

这是个顿悟之地。圣戴维斯位于威尔士半岛的最西面、下端的爪尖[①]处。二十世纪五十年代，这座世界上最小的城市，静静地远播着声名。这是有主教堂的村庄。这既是城市也是村庄。

有年夏天，我跟着米姬姨妈和她的四个孩子——玛丽安、戴维、露西和马克——一起去露营。那段时间在我的记忆中是长长的一段没有被打断的快乐时光，就像是喉咙里海水的咸味不断地被冰淇淋的甘甜盖过了。我们在大帐篷里准备睡觉的时候，我感觉像是卸去了城里的淤泥和复杂，进入了一个平静的宇宙，比我（最终）得回归的那个宇宙更宁和安详。米姬姨妈是我的母亲又不是我真正的母亲。戴维是我的弟弟，又不是我真正的弟弟。他们都是我的家人，又不是我真正的家人。夜晚就在帐篷的圆锥顶之外，但我完完全全地受到了保护。在《说吧，记忆》中，纳博科夫提及他的舅舅，寥寥数词却优美地表达了孩子第二层次的安全感，或者说额外的安全感：“万事都是各自本该有的模样，什么都不会变，谁都不会死去。”

某种怪异的“近日点”让太阳在近晚时分挂得异常的低。一只网球能投下差不多两码的阴影。戴维和我想吃些夜点心，去找营地新认识的朋友，也是招待我们的主人。这两个男人背朝着我们围着火坐着，隔着四十英尺就大声招呼我们。我们长得多快啊。对着高大的影子，我们骄傲极了。

---

① 威尔士以红龙为象征，圣戴维斯位于威尔士的西端。

回去的时候到了，这两个新朋友答应开车把我送回斯旺西。“我们大概会在午餐时间到你的住处，马丁，”其中一个说道。“我们大概会在人们吃中饭的时候到你住的屋子，”另一个说道。伟大的伊娃·加西亚事先得到了通知。

整段路程，我坐在后座上俯身朝前，祈祷着伊娃处在最佳状态，而不要从红色的头巾下瞪着一双惨兮兮的眼睛。我们到了格罗夫街 24 号（这幢房子不知怎么由加西亚家接了手）。伊娃的欢迎热烈到了像调情的地步。她欢笑着慷慨地给我们端上她的拿手主菜：煎蛋、薯条、吐司面包和茶。伊娃做的煎蛋：蛋黄犹如惨淡的太阳，蛋白黏湿多汁。

1963 年在剑桥，伊娃告诉我一切都结束了，这当然不是她的错，而是她独一无二的威尔士特权。第一幕结束了。“你知道你父亲……？”只有当我写这本书的时候，我才意识到，在这简短的句子中，我失去了有多少，坠落得有多深。童年、外祖父母、帕汀顿家、乡村、动物、花园、天真、甚至还有伊娃她自己：统统都被抹去不见了。

而我的父亲也同样。他已经离开，或者说是快离开了。

直到临死，金斯利一直都是这个说法：“当时的想法”是他会和简一起度个假，之后就回到家人身旁（接下来尽量找机会去看她）。不过，他知道对母亲来说，他已经越线了。他确实回过马丁利街的房子。我能想象，发现房子空荡荡的，没有了动物、孩子、妻子，他一定是非常害怕。他本就不喜欢空荡荡的房子。房子里什么都没有，连一张字条也没有。

我们逃去了马略卡岛的索列尔港。家里早在那儿租了一幢别墅，想尝试着在海外过一年。我记不清了，没法描述这幢别墅——金色的墙，小橘林，很多的阳光，很重的阴暗。埃里克·雅各布斯的传记①里有不少有用的信息，但啰嗦得不可思议。他写道：

①《金斯利·艾米斯传记》(1995)。又见后文附录。译文注。

> 他们的婚姻可能不是因为有意计划而是误打误算而解散的，至少在艾米斯这一方肯定没有这种企图。他或许想，希拉里去了马略卡岛，是为了给他点颜色看看，私下以为他会满怀悔意地赶紧尾随她而来，断绝和简的联系。如果真是这样，她就大错特错了。

这么说不对。我母亲也越线了。金斯利会“赶紧尾随她”到西班牙这想法是天方夜谭。如果妈妈带着我们去米姬姨妈家（就像米姬曾经来到她家一样），我父亲还可能费一把劲赶到葛雷屯去。可是去索列尔港？到索列尔港，他需要：有人帮他订好所有的票，有人送他去南安普顿，有人肯在船上和他同住一个船舱，有人会带他从帕尔马到索列尔再一直送到我们的门口。完成这一任务唯一一位可能的人选是伊丽莎白·简·霍华德。反正这事没发生。婚姻还远远没到了无爱的地步，但我母亲已经作了一个决定。她现在告诉我，她想象过金斯利“赶紧尾随她”到西班牙，但从来没有指望过。我母亲理解“性格即命运”这句老话（也是个说了等于白说的同义反复）的力量。当然，和过往的既成事实争执是枉费精神的，想着要是父亲和母亲待在一起就好了，这也是枉费精神的。离婚就像革命一样：都是既成的事实。但事情发展的对称性也让我惊奇不已：同样的恐惧、同样的神经质的胆怯，在1963年让他们分开，在1981年却让他们又住在了一起。

在索列尔住了几个星期后，哥哥和我形成了某种心照不宣的常规。吃完早饭，就穿过橘子林到铁门边，坐在墙头等着。我们等着邮递员。等着来自父亲那儿的东西——是他偶尔的几封短信和明信片所未能带来的某种东西：这些短信和明信片看起来都微不足道、轻薄无力，完全同我们的等待不成比例。是什么让我们每天早上到那儿去呢？我们需要了解些什么呢？等待，变得越来越苍白。我们很少说话。橘子橙黄，树叶浓绿。邮递员的红摩托车。白色或是棕色的信封，五颜六色的明信片。但我看不见这些颜色。压抑的状态不像是源自我的内心：是世界在搞鬼，把万物清晰的色彩给滤去了。我们俩由母亲送上飞机时，几乎是昏昏沉沉不知所往的。

这一刻，我能看到金斯利，穿着条纹睡衣，惊愕地连连往后退去。伦敦，午夜，尖利的门铃声。飞机误点，通知的电报没有收到。看到我们，他不仅仅是惊讶，而是惊骇。他的罪行，被我们逮了正着……对于他的生活安排，母亲的说法很简洁（但她从来不曾有过批评）。而伊娃所说的有关这个“漂亮女人”的种种（身上各种披挂、胸沟和抓人眼球的红发）是她自己的想象，未曾证实，也早在我脑海里淡去了。我们当时的理解是，金斯利住在一个“单身公寓”里。分离的四个月中后几个星期，我想到父亲，就把他想象成一个不可能的角色，一个把家务打理得井井有条还为之骄傲的单身男人：金斯利热了一份晚餐，平静地在电视机前吃着；金斯利皱着眉头擦着锅子里一块顽固的污渍；金斯利在熨一件衬衣……这是他开口对菲利普和我说的第一句话：“你们知道，我不是一个人。”我觉得这话组织得挺好的（甚至在当时我也这么想的）。

兄弟俩灰头灰脸，又忿忿不平，装酷耸了耸肩，进了门。

他的后面出现了简的身影，白色的毛巾浴袍，金色的长发及腰，高挑严肃，老练世故——她已经在忙着煎蛋煎培根，忙着给客房的床铺备好床单和毯子。要我承认其他女人比我母亲更美，那是不可能的异端邪说。但我当即看得出来，简也很美丽，但肯定要有经历得多。① 经历能够解释年长的女性对年轻男人的久经证实的吸引力。这不仅仅是性经历。年长的女性带着度过的岁月的光彩和神秘——碰到过的人，领略过的地方，经历过的经历。简已经行走这些年了，而且还在挺高的层次上——比我父亲的层次高。无需挣扎我就不得不承认这一点的吸引力，而我也没因此觉得对我母亲不忠。

那个星期过去了，享受了各种上规格的待遇——要噱头的餐馆，莱

① 简其实要比我母亲大几岁——和我父亲的年龄接近（当时是四十一岁）。菲利普和我分别刚过了十五岁和十四岁的生日。——原文注

斯特广场的影院里才刚公映的《北京五十五天》[①]，哈罗德百货的鲜榨果汁柜，每人一张新黑胶唱片（我的是《见到寻觅者》，其中有《九号爱情魔药》一曲）——另一面是父子间漫长的支支吾吾的谈话，而且（对我们来说）免不了要流泪。金斯利表面看起来平静而且不同寻常地轻声细语，开始向我们解释婚姻是怎么解体的。我们说什么，他都接受了，菲利普甚至说了（我简直不相信自己的耳朵——但话说回来，他是哭着蹦出这句话的），“你这个死逼。”这些谈话有一个非常重要的目的，虽然目的并不在于解释清楚。从金斯利这一边来看，我能记得的就是他可笑地把中国茶的事提了又提——爸爸是怎么喜欢中国茶，而妈妈从来不记得买上一些。而现在，他心满意足地喝着一杯又一杯的伯爵红茶……我们探访他快结束的时候，记者乔治・盖尔[②]来吃晚饭。没过多久，他就穿上了外套往舰船街[③]走了。刚才电话铃响了。现实世界来的电话。“啊，不!”我父亲对着话筒嚷道。简哭了起来。我听到了李・哈维・奥斯瓦尔德枪杀肯尼迪总统的消息，我就在那儿，和这些人在一起。

我们一回到西班牙，就进入了学校的漩涡——学校是在帕尔马。这座学校由一个学究得夸张的约克郡人操持，轻松随意，有世界各地来的人，最重要的是还男女同校，多的是商贾和外交官的女儿：这些年轻的女子漂亮出挑，令人畏怯，还高冷得不可思议。虽说西班牙当时是佛朗哥法西斯专政，又是天主教为主，但对年轻人却宽松得很。菲利普和我开始喜欢上了各种新的自由。母亲为了安慰我们，给我们买了煤渣路上

① 过了一会儿，每当艾娃・加德纳出现在银幕上，金斯利就从座位上跳下来，在地上躺倒。在影片中，艾娃・加德纳和查尔登・海斯顿演对手戏。根据我的《哈利维尔电影指南》，《北京五十五天》时长 154 分钟。统共加起来，金斯利在我们的鞋子上度过了半个小时。——原文注

《北京五十五天》（1963）由尼古拉斯・雷导演，艾娃・加德纳和查尔登・海斯顿主演，故事背景为八国联军围攻北京。

② 乔治・盖尔（George Gale）又叫乔治・G. 爱尔（英语中“啤酒”的意思）。——原文注

③ 伦敦舰船街为当时英国主要报业的所在地。

骑的摩托车，我们每天都摔上七八次。我们还能在放学后，在城中心广场的咖啡店里点上一杯啤酒；还有一次，和一个朋友一道在上学前每人喝了一杯白兰地（那之后，我们在学校就以“白兰地三兄弟”[①] 知名了）。西班牙的影院没有分级制度，胡乱配音的希区柯克的《惊魂记》[②]我们去看了好几次。有个十六岁的女孩经常和我们坐在同一列索列尔到帕尔马的通勤火车上。有一次她嘴唇微张着吻在我的唇上，说这是一个试验。我心想：这真是太美妙了，但这不是应该发生在菲利普身上吗？[③]

我们乘坐的火车分等级，而且规定很严格。头等车厢像是可移动的客厅，铺了厚地毯的闺房，有沙发、挂画和晃悠着的枝形吊灯。二等车厢是个小资的理发店，有皮椅、镜子和布罩。我一个人坐火车时，我总是选择有着光秃秃木头的三等车厢，其中原因至今仍让我觉得有点狡猾不地道。在那些拥挤、安静、有序的车厢里，有更好的机会看到在新教为主的北部绝对看不到的景象：哺乳的母亲。虽说婴儿的后脑勺也够好看，我得坦承我更喜欢出现在后脑勺之前和之后的那一部分。没有其他人在看，没有其他人注意到。在这个穿比基尼的游客会被顶着枪逮捕的国家，仍旧有着这高洁的裸身，所有其他人都视而不见，只除了这个想法已不再纯净的偷偷摸摸的外国年轻人。

哥哥和我正经历着成为男人时所要经历的整体考验，但我们已经不

---

① 原文为西班牙语。

② 这是给我父亲带来明显影响的另一部电影。一年前在剑桥和母亲有过这次对话后，我对这部电影满怀期待：

“妈妈。为什么爸爸老跟着你，去卫生间也让你跟着他？”

“因为昨天晚上我们看了一场很可怕的电影。”

“电影讲的是什么？”

“……讲一个男人，他以为自己是他的母亲。”

她的答案让我满意。我心想：哦，那部电影可真会让他变成这样子的。——原文注

③ 不消说，这事的确是发生在菲利普身上了，还很彻底，是和另一个姑娘。也是个较他年长的女性。他告诉我这事时，我都没法相信他的运气。我只比他晚生了一年，这没错，可是那个时候，一年是很长很长的时间，而不是回忆中的那几个午后，昙花一现的几个瞬间。——原文注

再是深深的不快乐了。在后期的一次访谈中，金斯利提及这段时期，他说他能保全下来，一部分要归功于孩子的原谅。但原谅若是意味着完全重新接纳，这从来不是个问题。菲利普和我知道，我们的父亲，虽然不和我们在一起，也不再是母亲的丈夫，还是我们的父亲。

晚春时节，我们回到了英国。从那时起，就全是城市，全是伦敦，全是世事经历了。

每每回到童年的核心处，露西·帕汀顿总是在我记忆中视野所及处的边缘。我总是想，要是我能将头挪一寸，变换一下角度，我就能看到她的全部。一如比我大一年的玛丽安在我的脑海中放大了尺寸，比我小两年半的露西额外减小了尺寸（小马克不过是穿着短裤的两条腿，跑向他要去的地方）。只有戴维我能看得真真切切……唉，有些人的生死不留一丝踪迹。他们降生离世，全无踪迹。好歹这不是露西的命运。

她到一边去，她总是到一边去，带着一本书、一个想法、一个方案或是一个大项目。也可能是带着一只动物。那儿到处都是动物——就像是《红色大农场》[1]，再加上几个人。总是接连不断地有大大小小的马、赛马会、得奖的大红花。我记得玛丽安在花园外的草地上练习腾跃。我记得露西全身骑马装扮，丝绒头盔下戴着眼镜的脸满满的笑容。每天下午，孩子们乡里乡气地唱着“哞哞，牛牛来了”，奶牛真的来了，像是慢动作的西班牙奔牛节，几十头奶牛，脊背连绵滚动着推挤着，沿街走来，将小路沾上了它们热气腾腾的鼻息和热气腾腾的屎堆。对这一小群每天紧紧盯着它们看的孩子，奶牛瞟都不瞟一眼。和其他巴德韦尔家的人一样——比如说我母亲，露西·帕汀顿理解动物的天真和神秘。还是一个孩子的时候，她写动物就极具观察力。她在我脑海中最清晰的影像，是她穿过马厩和住所之间的小院子，头朝下看，偷偷地暗自笑着。我知道她的口袋里有只小老鼠，她像是和它在分享一个笑话。

---

①《红色大农场》是经典幼儿童书，讲述农场里动物的生活，后文亦有提及。

而我，大体上是个温和的小男孩，轻轻松松就是艾米斯家小一辈中“最容易相处的”。我爱我的妹妹萨丽，总觉得自己是她的指定守护人。[①]她一不开心，我就会同情地掉下眼泪。但艾米斯小一辈从组合上来看，是粗放的男孩—男孩—女孩（帕汀顿家完美的理想组合是女孩—男孩—女孩—男孩，正好相反）。因此，菲利普把他的意愿强加给马丁，而马丁接着把他的意愿强加给萨丽。我对萨丽做了一些很坏的事，[②] 经常是和菲利普一起干的。所以，作为一个十岁的男孩，我可能把露西（七岁半）看做是我可以嘲弄或操纵的人。但这样的冲动，戴维没有，也随即在我身上消失了。这是明白不过的事：你根本就不敢。你不敢和露西纠缠，不仅仅是你会害怕她的正直她的机智。她的存在仿佛是无比的自足，自立。她充满力量而自成一体。侵占她的世界的念头，至今仍让我发颤。想到露西被绑住受到束缚，我的神经枝枝梢梢都能感受到她的道德力量，以及要求被释放的呼吁。这一点，再加上攻击她的人不会有勇气来抵制她的力量，给了我最好的理由，让自己炽烈的希望成了和信仰无异的东西，但希望很快就破灭了。

还有一些照片。1974 年 3 月 4 日，在露西的二十二岁生日——她消失的三个来月之后，她写的诗和文章被集了起来。小册子《诗和文》的最后一页，我们看到作者（八岁）和她的外婆（巴家老妈）坐在帆布躺椅上，沐浴在二月的阳光中。露西穿着雨靴和花格裤。她的膝盖上放着

---

① 萨丽于 1954 年 1 月 17 日出生在格罗夫街 24 号。没过多久，我就被允许进入现场。对这个生下来一个小时的妹妹，我有着极其光辉灿烂的——也极其荒谬不堪的——记忆，她有着种种天使般的特征，金色的卷发垂挂在肩上。当然，她其实和其他的艾米斯家的新生儿一模一样：一只哇哇大哭的比萨饼。拉金为了庆贺她的降生，写了《昨日出生》。萨丽在她的一生中，经常重写这首诗第一行。“紧紧裹卷的花苞……”在某个时候成了间接直白的“胖胖的豆荚……”诸如此类的。——原文注

② 这是最坏的一桩。有一次，萨丽在睡觉，我从床上把一把小剪刀对着她或是朝着她那个方向扔了过去。剪刀头砸到了她的前额——但她还继续睡着。直等到我去擦流出的几滴血，她才动了起来。“你在干什么？”她问，“擦擦你的额头。”然后，她说了永远也忘不了的话，“手绢。”她叹了口气，又继续睡了过去。——原文注

练习簿。小老鼠雪花儿窝在她白色高领毛衣的弯折处，几乎完全和毛衣混为一色。死亡已经降临在照片中的三个生灵上。我的表妹和我的外婆都戴着眼镜，挂着同样的笑容。我熟悉那个笑容。

我的书房里也有一帧照片（也戴着眼镜，打着校服的领带："不受欢迎的外星人"），背后是另一帧照片：一个穿着凉鞋和花裙子的两岁女孩，我的女儿，迪莱拉·西尔。

还有一帧照片，是所有相关的书上都能看到的。那张微笑的脸，夹在众多被谋杀的姑娘微笑的脸中。那个巴家的微笑，我早从母亲二十一岁时的一张照片中熟悉了。在靠近牛津的马里纳宅子外面，她和金斯利坐在一起（还有叫曼迪的狗）——肚子里怀着我。

家中来信

迈达谷 108 号
伦敦，W. 9.
1968 年 1 月 9 日

最亲爱的爸爸和简：

谢谢你们的分别来信。知道你们对我有此期望，挺好的：我知道得不到牛津的录取，不会再雪上加霜光着身子被扔到街头，不过，确知你们俩会因此再也不和我说话了，这一平静的保证还让我挺高兴的。非常严肃地说，谢谢您，哦，简。毫不夸张地说，是您让我进了牛津。如果没有您的心意和睿智来指点我的教育，我现在还是一个只有三门 O 级成绩的可怜虫，没有什么值得表扬的。我欠了你太多，我要成为永远孝敬的继子来偿还。

顺便提一句，一周去布赖顿三次我没问题，不过那个灵活的小精怪、大名鼎鼎的小怪怪持更为谨慎的态度。我明白他的意思，或者说，明白我自己的意思，但我觉得在布赖顿实足待上六个月……［这封信没写完，因此绝对是时候是地方来说明白这些信件的结构功能，作者突然又成了花哨的奥斯力克（这一症状，现在不是出于迟钝，而是出于骄傲）。在布赖顿，之前有过一位辅助英语老师（通常是由小怪兽给我们上莎士比亚、柯勒律治、劳伦斯），我感觉他认定我是个反天才——一个浅薄得有力的反天才，但还是个反天才。他叫什么名字？他是个深感失望、激情万分又长期备受折磨的人，带着聪明的忧郁的气质。要是有人为这个人拍部电影，那只有德诺姆·埃利奥特[①]可以演他。在一篇有关威尔弗雷德·欧文的论文中，我这么写道："把自己从乔治时期脱离开来，欧文需要一场大战争。作为一名诗人，他被大苦难带来的种种震撼和奇观激发了诗情。"德诺姆·埃利奥特在"被大苦难带来的种种震撼和奇观"处加了下划线，建议："为什么不直接说'战争'?"奥斯力克在这儿呢，我们见到的是给文字投的第一个秋波，第一次投怀送抱。这总是令人不忍卒看的——但忽略了吧。从结构上来说，这些信件起了这个作用：让读者——深受现实世界压迫的读者——在面对即将来临的事情之前，来享受一下这些奢侈的空虚无聊的时刻。]……圣诞节的手帕。我非常感动，回赠的礼物是一面轻若羽毛的镶了金边的镜子，无疑会是那位好主妇家中的骄傲。

在108号和猴儿[②]、沙奇一起的生活都挺好的，但我还是忍不住觉得要是你们在这儿就会更好。你们怎么样呢？不过只有两个月了。

前几天，我去看了《亲爱的》[③]。罗伯说，他可以想象十年前的简一定像极了朱莉·克里斯蒂。他说这话，的确是赞美。

三月见，

致以我所有的爱。

马特××××××

又及：爸爸：我觉得你写的诗真他妈的好。特别是写A. E. 豪斯曼的那首，我已经熟记在心。令人感动极了。我觉得写尼莫[④]的那首好笑死了。

---

① 德诺姆·埃利奥特（Denholm Elliott，1922—1992），英国演员，出演过《印第安那·琼斯》和《看得见风景的房间》。

② 指简的弟弟科林，绰号"猴儿"。

③《亲爱的》（1965），由约翰·施莱辛格导演，主演为劳伦斯·哈维，德克·博加德和朱莉·克里斯蒂。朱莉·克里斯蒂饰演美丽奔放的戴安娜·斯科特，获第38届奥斯卡金像奖。

④ 指《邀你远航同行》一诗，出自《绕着宅子看一圈》（1967）。——原文注
"邀你远航同行"原文为法语，借用波德莱尔的同名诗。

重新进入的问题

1994年11月，我失去了我的颜面。这是我非常依恋喜欢的东西，我们之间的历史也挺长远了。在我看来，我变了，彻底地变了。

事实没有我以为的那么糟糕。我的脸同艾尔伯特·斯特普托没有什么相似之处，这老爷子——这个名声响亮的捡破烂的老爷子出自早期的无产阶级肥皂剧《斯特普托父子》。他典型的表情是某种没有牙之后的咀嚼，仿佛满是怨恨。我的嘴也没有打了褶皱，像是有无数竖条的缺口。我还可以冒充两个骗子。我戴上牙托的时候，就像来自莫洛博士岛①的小兽人：半人半兔，呆得胜似《呆瓜复仇记》② 中的男主角。我不戴牙托的时候就像……我的脸在我的看来，不是空空荡荡（远还没到那地步），而是奇怪地被搬空了。当我，或者说要是我，在镜子前张开嘴，就会有那个空洞，那条通向湮灭的通道。此外，我觉得，我的眼睛表现了对这条通道的认识和含义。

回到伦敦，我得对付重新进入的问题。重新来面对每个人，重新来面对他们半避开一旁的注视。要对付这个问题，我别无选择。我得见我的儿子，他们也得见我：我知道前方是什么。早先的经历已经告诉我了。

我在牛津的第二年夏季学期，我的母亲来看我——她那时候四处游

---

①《莫洛博士岛》（1896）是英国小说家 H. G. 威尔斯的科幻小说。莫洛博士通过外科手术改造各种动物，将它们变成兽人。

②《呆瓜复仇记》（1984），又译《鬼马校园》，美国电影，杰夫·卡尼导演。

走捉摸不定。她刚从美国回来不久。她跟着第二任丈夫①在美国待了两年，很快就要去西班牙。在那儿，她会碰到第三任丈夫②。之前，她在密歇根州的安娜堡开了一家叫“幸运的吉姆”的炸鱼薯条店，成功极了，按妈妈的话来说，“财源滚滚”。她带了萨丽一起来，还有一瓶庆祝用的阿斯蒂气泡葡萄酒……我母亲对酒有很奇特的口味，比如，她不加两块糖就没法喝完一杯干雪莉酒。她最喜欢的是绿荨麻酒和巴菲特力娇酒——一种甜得发齁的酒，带着红紫的色泽，本意是“完美爱情”……

这是个愉快的下午，母亲为她牛津的奥斯力克感到骄傲，喋喋不休地说着话。但我觉得自己像是一个演员，在一场让人难过的梦中。因为我的母亲变了。和那个她叫做“彼得·塞勒斯的牙医”（无疑是想自己取个乐）的男人最后分手的话题已经说了好一阵子。这事终于发生了。我母亲先是被“金赤”，继而被“普宁”了。让我悲伤的并不是改变的效果（她的漂亮或许不曾有一点逊色），而是改变这一事实本身。看到这个仿拟的母亲，我感觉一阵寒意，心也随之策略性地抽离开来。因为你最好不要为某个突然间变得变化不定的人付出太多的爱。母亲，父亲，不应该有变化；就像他们也不应该离开，或是离世。他们绝对不能

---

① D. R. 沙克尔顿·贝利教授，又叫沙克——前一种叫法能更好地描述他。沙克至今仍是世界一流的西塞罗权威学者。而且，我总是觉得他和我父亲截然相反：一个用词简略、不苟言笑、长得矮胖的吝啬鬼。我以前总对自己说：妈妈已经有足够的魅力。不过，沙克的头颅很有意思。他去密歇根大学任教授之前，是剑桥大学的藏学讲师，教了二十年。有一次我在他那儿，恰逢他尝试迷幻药。在我眼里，好几个小时，他都受药力影响极大，处在崩溃的边缘，不过他后来声称自己对此练习挺满意的。——原文注

D. R. 沙克尔顿·贝利于 2005 年去世。

② 艾利，艾利斯泰尔·博伊德，即基尔马诺克男爵：是我母亲一生的第二次真爱。我从埃里克·雅各布斯写的父亲的传记中了解到，艾利斯泰尔的头衔是我十五岁做情色梦时所幻想的那种贵族。没有钱也没有其它的财产——但家族能追溯到七世纪。早年有一个基尔马诺克伯爵，参与 1745 年詹姆士二世党人反叛，犯了叛国罪，在伦敦塔山被处决。“若不是家族纹章上的这个污点，”传记作者写道，“艾利斯泰尔·博伊德现在就会是第十四代基尔马诺克伯爵。”——原文注

这么做。

* * *

在纽约的时候，我挣扎着去遵从温柔的米莉的话，努力地让口腔适应这丑怪庞大的侵犯者。所遭受的种种痛苦，我不想细细道来，免得让忠诚耐心的读者心生烦厌。不过，要是我没有说明白齿科重塑的过程比任何人能够想象的要漫长得多，那可是在逃避我的任务了。

我进入了一个新世界，但还是想回到旧世界——那儿有着可怜兮兮没有什么用的牙线、冰包和冲牙器，还有各种牙痛各种否认。否认这一招，我深深觉得被大大诋毁了。在《情报》这本我还在修修改改的书中，有大段的描写赞美这种状态。对否认，我满怀敬意，也愿意付出时间；对牙痛我也有着同样的感觉。那一年的晚些时候我偶遇了老友约翰·格罗斯[①]，当我陪着两个儿子去女王大道上的大商场里淘唱片时。这家商场差不多占据了半条大道，和我二十几岁时住的肯辛顿公园广场很近，周围都是容易引起火灾的旅店。这是在约翰成功地做了冠状动脉搭桥手术以后我第一次碰到他。儿子们探勘着商店，买买东西或仅仅是

① 约翰·格罗斯是我早期两位极其重要的编辑之一，另一位是《观察者》报特伦斯·基尔马丁。约翰向我灌输了一条原则，一条我不管是写小说还是报刊文章、读书评论仍旧在遵循的原则。绝不要连续几段用同一个词开头——除非至少有连着三段这么开始的，那么读者就会知道你是有意为之（我自己添加的）。约翰说得没错。这会看起来丑陋不注意细节，读起来别扭，听起来也别扭。我也得提一句很多伟大的作家都忽略这条原则。康拉德对此不敏感，当然还有劳伦斯。福斯特似乎只是有时会意识到这一条原则。纳博科夫总体上遵循这条原则，而且越写越是如此：《说吧，记忆》和《普宁》一个段首的重复都没有。《微暗的火》的 107 页至 109 页，有连着三个段落以“他”开始，又连着有三个段落以定冠词开始，我们就知道其中有什么原委（要出现大规模的转调）。乔伊斯在《都柏林人》和《青年艺术家的肖像》中没有遵循这条原则，但在《尤利西斯》和《芬尼根守灵夜》那些令人着了魔似的段落中，他是不会让人认为自己是无意偶然为之了。不知疲倦地精工细作的亨利·詹姆斯有时候会违反这条原则一下，不过他的段落都够臃肿了，足以蒙了眼又蒙了耳（有时候左手上都有好几页了，还得翻回去查看）。早期的贝娄不遵循。后期的贝娄遵循。金斯利·艾米斯也是如此。——原文注

摸摸货架上的东西，约翰则在一边描述了心肌梗塞带来的险情。“不怎么痛，”他说，“可以忍受。我有过的牙痛比这更难受。”约翰把牙痛放在平民百姓非致命性疼痛的最高点，似乎是自然不过的事。

太同意了。对牙痛大师级的音乐造诣我熟悉极了，铜管的、木管的、打击的，而且最居主导地位的是弦乐，哦，弦乐（最近我听到巴赫的大提琴无伴奏组曲，这是对一种牙痛最完美的音译——这坚持不懈百折不挠，这令人俯首帖耳而无法抗拒）。牙痛能奏出断音、滑音、渐速音、最极板，而且最拿手的是最强音。牙痛能玩摇滚、蓝调、灵魂乐、杜沃普①和比波普爵士乐②；牙痛还能玩重金属、说唱乐、朋克乐和放克乐③。在所有这些混乱又尖锐刺耳的各种声响中，有种轻轻地持续不断的声音，回响在我那可悲的脑海里：阉伶凄惨的恸哭声。

没错，但经历牙痛的至少是我自己，而这钳套不是我，哪怕它就是想活在我脑袋正中心的位置。奇怪极了。我只是坐着，看看书写写字，一点没事。但要是得说话走路……所有公众场合的交流没一会儿就让我筋疲力尽。

今天，陪你和你母亲贝蒂去联合广场买东西（其中一项是要给俩儿子买足球衫），我感觉到了地心引力的全部力量——我感觉这东西想让我坠落到地心。口腔里多了这么一点点几盎司，怎么可能有着全副军备武装的重量（而且还是行军了十二个小时以后的重量）？压迫只能是精神性的，这一定是出自精神。④

每个人都对我好得不得了。你姐姐的笑容是温软的；你母亲烧的饭

---

① 杜沃普二十世纪四十年代发源于非裔美国人社区，其特征为多人和声、无意义的填充音节、简单的节拍和歌词，对灵魂乐、流行乐和摇滚乐均有影响。

② 比波普爵士乐二十世纪四十年代发源于美国，是当代爵士乐发展的根基，黑人歌手用拟声唱法以无意义的语词所吟唱的旋律。

③ 放克乐起源于二十世纪六十年代中晚期，非裔美国音乐家将灵魂乐、灵魂爵士乐和蓝调融合成一种有节奏的、适合舞蹈的音乐新形式。

④ 这也是生理性的。我后来看到恶心本身也是极费力气的。身体与之对抗而竭尽力气。——原文注

菜也是温软的。我一向都觉得吃饭挺麻烦的，这是件好事，很好的训练，因为现在每一餐都是惩罚，每一口都是非同寻常的摧残。我的唇齿从来不曾细腻敏感（经常手里握着一瓶用软木塞的高品质葡萄酒，还亲着撮在一起的指尖不放），这也是件好事，因为我现在根本就没了上颚：嘴巴需要十秒钟来辨别糖和盐。

但这还不是全部。

这钳套让我觉得像是有什么东西把我的口腔放在它的口腔里。但这还不是全部。更不消说那些哽噎干呕，就像打嗝一样控制不了，还有突然间口水就像尼亚加拉大瀑布似的倾盆而下。我好多年没去看牙医。这下子钳套让我觉得像是整个白天都待在牙医诊所里了。而且整个晚上也待在那儿了。接下来它会在玻璃杯里，对着我不是张着嘴咆哮就是咧着嘴嗤笑。

很快我得去伦敦了，让儿子们看到我的脸。

套套城堡

我第一次出现在报纸头页的新闻中，还不到十岁。南威尔士第一晚报的大标题（我记得是《晚间邮报》）写着：《艾米斯家男孩们的英雄事迹》。

作为父母，我要比母亲焦虑得多。有一次我花了半个下午——在西班牙时的一次野餐，当时我二十八岁，无孩——张着手臂站在一棵树下，又站在另一棵树下，以防四五岁的杰米掉下来。我母亲从三明治上抬起眼，手往后在空中挥了一下。

“他做什么，我都随他。你做什么，我也都随你。”

确实如此。我们做什么，她都随我们。整天整晚的开车旅行时，我们兄妹仨，无论什么天气，都会在莫里斯 1000 的车顶架上爬上爬下，而母亲则皱着眉头盯着挡风玻璃……父亲在车里时，我不记得这么干过。总体上他可能要比母亲更小心。至于让艾米斯家男孩们最终成就“英雄事迹”的决定，呃，这事发生在户外，不需要咨询他，他也不想被咨询。他在书房里。他总是在书房里。

艾米斯家的男孩们，主要是菲利普，告诉他们的母亲他们应当独自划艇，从斯旺西湾往西几英里划到彭布洛克湾（威尔士西海岸这一段是出了名的变幻莫测，而且越往西越难）。母亲同意了。我私下一直觉得这个计划太大胆了。出发时，看到海浪的高度，我可没觉得由此生出了勇气（斯旺西湾通常要比我们接下去要经过的海湾温顺得多），也看明白了让划艇穿过翻滚着扑向海岸的浪头有多么的艰难。一而再再而三浪头凶猛地把我们击退。淹了半死，我们才坐到了划艇的座位上，菲利普在前，朝斯旺西湾的西侧划去。顺畅地划了几分钟后，我们吸纳了某种海洋的影响，划艇桨没了声息，这在我的经历中是绝无仅有的。数千吨狂乱的海水沿着海湾横向地向我们压了过来……我见过飓风尾声时的大海，蓬头垢面，杂乱无章。飓风显摆过威风，肆虐地吞噬之后，泛着暴饮暴食后恶心的绿色，无聊地乱转着拍打着，退缩不前。我们现在要对付的横向潮流，粗野地从一侧冲过来，强健得骇人，却有着同样垂死挣扎的气势。我们可以回头（我明确偏向这个选择）；但我知道菲利普是不会回头的。总的说来，做弟弟的还是轻松一点，眼看着哥哥不回头——往前，往前，进入那没有光亮的地方，也不回头。菲利普总是站在我的前头。可这次，我在同一条船上。他盯视着前方，大声叫道，

“再见了，马特。”

我们划着桨冲进涌过来的滚滚白沫，时而以抗争的速度，时而以攻打的速度，时而以撞击的速度。“英雄事迹”一文想说明我们坚持不懈，百折不挠（而且还和北欧人一样的毫不抱怨）。其实仅仅是那么几秒钟，我们冲击着蹦跃着，冲了出去，这就是整段冒险最严峻的程度了。不管怎么说，对我而言，这已经是够受了。我要求在下个海滩把我放下，这一要求收获了很多兄长的不满不屑。在卡斯韦尔湾的小吃店里，我给家里打了电话，之后就站在通向崖石的台阶上，观望着菲利普推动着高高竖起的划艇越过更高的海浪，一次，一次，又一次，而每一次，划艇就像覆在了他身上，他又被打到了浅滩处。他的身体不知疲倦，我看不见

他的脸，但我知道他的脸上这会儿有了痛不欲生的表情。

在彭布洛克湾，母亲和我整个下午都一无所获地扫视在着如群峰起伏的海面。到了这时，救援队已经得到了通知……不过，我们来看看吧。《晚间邮报》的首页，勾画出一幅奋力拼搏海上困境的画面，让帕特里克·欧布莱恩[①]都会瞠目结舌，这几乎完全是瞎编。因为我哥哥并没有能让划艇跨过浪头。而且，当海岸救援队在搜寻、直升飞机咔嗒咔嗒沿海岸飞下来的时候，菲利普正在卡斯韦尔海湾的小吃店里喝着汽水，试着打电话。

这条标题，我不觉得是受到赞誉，而是令我尴尬极了。我在这篇文章中的地位尤其骗人，菲利普至少是努力前进着去丢性命的。

所以说，报纸把所有事都搞错了。这事是我第一次也是最后一次报纸把我（大错特错地）当做英雄来报道的。

二十世纪六十年代，我父母婚姻破裂的时候，报纸报道了这事。三十年之后，我的婚姻破裂的时候，报纸报道了这事（报道的方式大相径庭）。二十世纪六十年代，我父亲修补好牙齿的时候，报纸没有报道（他的牙齿没有上报纸，但他的新笑容上了：他从来没有这样笑过）。三十年之后，我修补好牙齿的时候，报纸报道了这事。我的牙齿上了头条。但容我告诉你这段经历。这赛过所有对此事的说法——所有外面的版本。街角的一个人癫痫全面发作时，是顾不上旁边的孩子在窃笑的。他深深沉浸在自己的应急状态中。

1993年，父亲在吃晚饭时说，

“想说多少就说多少。”

我告诉他最近去了科德角去看孩子们，还有他们的母亲——对她，我已经成了陌生人，而我也已经不得已同她疏远了。儿子们感觉到了和

---

① 帕特里克·欧布莱恩（Patrick O'Brian，1914—2000），英国作家、翻译家，以描写拿破仑时代海战和海军生活的《怒海争锋》系列小说知名。

好的可能性。第一天早上，雅各布把我的咖啡杯往右手推进了一英寸，说，“还挺乐意在这儿吧？”……五天之后，我准备离开时，屋外的池塘乖乖地映照着天空中堆聚起来的云霾。儿子们在一片草地上搭着个小型动物园。路易斯给我耍了个小戏法，往一处复杂的通道扔一枚硬币，就能拿到一张门票。可是我不会待下去，他们也知道。他们知道我就要走了。他们知道这事没成——整件事都失败了。我道过别，进了租来的车。

“我就是没法儿不想。我就是没法儿从脑海中除掉。”

“那样的事你没有什么可去做的，只能指望着与其共存。永远也不会消失，会一直伴着你。就在——那儿……”

是的，一直候在那儿等着你咂摸一番，而且威力丝毫不见减弱。回到伦敦的夜行航班中，我表演了在我看来是无与伦比的壮举，整整六个小时不停地流着泪。我不断地睡睡醒醒，连在短短的浅睡时也还在流着泪。我纳闷这哭泣的生理机能：储备和供应的问题。在我的谵妄状态中，被插进来的念头弄得烦扰不堪，好像有个指示灯，在驾驶舱上亮个不停，就像是汽车仪表盘上的水罐标志，告诉我终于已经用完了所有的喷水。

这次又是跨越大西洋的夜行航班，去看儿子们。而我是“金赤”，是“普宁”，是仿拟的父亲。使得我同他们甚至更疏远了。

短小的一段前序。

从斯旺西到加迪夫的火车减缓了速度，停了下来，发出一声满足的叹息。车厢里的乘客茫然地朝窗外看去，所有的谈话也同样地停了下来——即刻一起停了下来，就像无线电的电源突然被拔掉了。我们相互看了看，又往外看去。如果这是幻觉，也是大家共有的幻觉。我们看到的是一个简单的箭头指示牌，指引游客去一个叫“套套城堡”的地方……那时，我十一岁，兴高采烈地和两个学校的朋友去加迪夫纹章球场看 21 岁以下国际英式橄榄球比赛。按说我太小，不该知道那个“套套”在南威尔士可能还有其它地方指的是“避孕套”……我对面坐着个年轻人：穿着衬衣打着领带，精干的发型。我永远也忘不了他脸上的表情，慢慢地严肃而悲伤地蹙起了眉头，受了伤害不可置信地倒抽了口气，说道（像是认识到事物顺序中非常关键的错误），“套套之城堡……?”朋友和我都假装天真无知：我们努力不让自己放声大笑。但这位年轻人说出了大家的心声，还婉转优雅。套套之城堡?

1994年11月，我回到伦敦的那天，得对付两件和牙齿相关的事。从某种角度看，这挺稀松平常的，因为我最近这段时间在纽约，钳套让我觉得无时不刻不在牙医诊所里，我事实上也是整天待在牙医诊所里，裸露的上颚接受了迈克·萨巴图拉的装配调试，沉陷得可怕的下颚接受了托德·贝尔曼的探察刮拭。① 此时此刻，我从飞机上下来，眼睛发干，被所有这一切搞得眼花耳聋，茫然不知所从，鬼一样地消瘦得可怕。不过，在诸种坏消息中，也有一些好消息：来自牙医诊所。下巴处的肿瘤（下个月割除）几乎可以肯定没有癌细胞，也很可能是挺常见的瘤子。昂贵的分层造影扫描图显示，按我的颌面外科医生的话来说，我的“下颌好极了”，借助额骨移植，足以接受钛金属植体。

在我重新进入的第一天，我的两次牙科测试，都不需要我待在牙医诊所里，这值得记上一笔。第一次是喜剧，第二次是带色的悲剧，两次都是必经的仪式。就是那样，我没有选择。

简单地说，第一次测试是以钱易物：第一次去购买假牙清洁片。这一经历，我想，只有我最最年长的读者可能会有点儿熟悉。假牙清洁片的牌子叫“齿得丽”，装在管子里。清洁片接触到温水，会释放出一阵喜庆的气泡。钳套就在这溶剂里咧着嘴冷笑着泡过夜……我做好准备干

---

① 在迈克诊所做牙模时，我得静坐几分钟，嘴巴里糊着一层无味的泡泡糖。烂牙俱乐部的会员乔伊斯和纳博科夫告诉我，那时候他们可得花上半个小时，喉咙里像是塞满了打散的臭蛋，扭动着呕吐着。那个年代的牙科，臭蛋味是这类用料受人偏爱的风味。——原文注

这件事时——我的确在两家可能买到的商店里转了几圈——我意识到这事尖锐地提醒我另一件事：三十年前第一次买避孕套。有种联系不是先由头脑而是先由身体作出，这次便是如此：同样的感觉，同样的生理反应。我自甘认输，闷笑了一下。因为头一次被引进门是雄性强壮的抵达，预示着即将到来的无与伦比的享受。与之相反的第二次，唉，第二次都是拙劣的模仿，那根斑驳僵硬的拇指指向了另一个方向。除此之外，两者的相似处躲也躲不开。

（1）确认招呼你的店员是个男人，不是个女人，断断不可以是年轻女人。（2）你会转悠很长时间，看看发胶、止汗剂什么的，一直等到店里几乎空了。不过，买避孕套也好买齿得丽也好，当你站在柜台前准备付钱时，都会有整一客车静默的十八岁女孩推门进来。（3）不用说，用作（可笑的）转移注意力的策略，你当然还会买上些别的东西。一些同你想要偷偷购买的货品全然不相干的东西。不是凡士林也不是飞力生滋补品（金斯利以前老是说，让四十来岁的飞升到五十）[①]。像香波或是维生素C这类纯洁的东西（但不是维生素E）。（4）你会努力给人造成这种印象，这些东西不是你自用的：你只不过是给某个虚无的好色之徒或耄耋老人跑跑腿。你或许甚至还扬扬手中的单子，咕哝上几句（或是考虑咕哝上几句），你那个哥哥有多懒，或是你那可怜的老爷爷有多健忘（还出不了门）。（5）不管发生了什么，你离开商店时，脸都会在发烧。

还有，你自然会去一家你从未去过的药房。眼前这一例是一家阴湿的小店。我进门时，铃铛叮咚响了一声。没错，收银的是个女的，银白头发的老好太太，但除此之外，这地方对我来说堪称完美。外面的人行道上，就像是一首关于贫穷的诗，站着一位老年的公民，穿着变形了的运动鞋和喇叭裤[②]；到了里面就越来越好了，没有重新改建过，几乎就

① 飞力生滋补品曾经有过广告语，意味帮助四十岁以上人士强身健体，金斯利利用谐音，讽刺滋补品。

② 喇叭裤为二十世纪七十年代的时髦装束。

是战前的模样，尽是些润喉糖、鸡眼刀和肉色的纱布，空气中弥漫着一股腐坏的盘尼西林的味道。没有能吸引健康的年轻人的遮阳镜和海滩包。只有成了拖累的肉身自我维护的必需品——再加上一个处方柜台，是为那些跑医院的人准备的。一旁，齿得丽的神龛几乎占据了整块牙齿保健区，陈列着三种滋味。

我挑了些剃刀、护肘这些男人用的东西，走到收银台前，把购物单子放进口袋，这段时间店里都空空的。再几秒钟，这事就了结了。我站在了老太太前，注意到她的眼睛里出现了些奇怪的神采：瞳孔因为高兴放大了。

“你是马丁·艾米斯！哦。哦。我侄子。我侄子以为你太……吉姆！吉姆！”

吉姆是处方柜后的那个和蔼开朗的老头。我在一张订单表格背面给那个侄子写了封鼓励的短信，签上名（这位想成为作家的年轻人——再次祝你好运）。随后我出门上了街，脸烧得火烫。不过这对老夫妇可爱极了，而我对着命运不经意间的亮光也笑了起来。那事，在避孕套的时代可从来没有发生过。这个对避孕套越来越有意识的时代，我不知道像麦考利·卡尔金这样的童星是怎么对付的。或许他让他爹去给他买。就像金斯利曾经给我哥哥和我买过一次，还一点不遮不掩。

那天晚上，我把一颗齿得丽放入水杯中。这颗可能也太老了，没反应。但第二颗起了反应，这让经过漫长的一天之后还在我嘴巴里的钳套，虚弱地斜睨了它一眼。

我的父母对孩子们的爱情生活都一致保持了无可挑剔的距离。母亲是凭着直觉；对父亲来说，我觉得这是斟酌过的策略。在迈达谷的屋子，我的一个女朋友在找厕所时，走错了房间，大半夜把金斯利和简给弄醒了。第二天早上，我小心翼翼地捡起放在我房门外的字条。是父亲的笔迹，上面写道：“非常欢迎你的朋友一起吃早餐。只是对柳西太太要小心点。”① 事实上，我女朋友对留宿挺紧张的，而我也不确定，她并没有过夜。所以，我不仅仅得到了原谅，还收到了一份满怀理解的通知：我有了一种新的自由。这下就很明确了。

“什么这么好笑？”

“我刚看到有关手淫的一部分。”

这是1995年，我躺在伦敦某公园的一片草坪上，又在看金斯利的《回忆录》，儿子们踩着滑板，摇摇晃晃地滑了过去，停了下来。

“还有呢？”

“金斯利在你们这个年纪时，他爸爸告诉他，这会‘让血液变得稀薄，受害者最终会精神错乱无可救药’。”

“真的？”

“真这么说了。不过，这不会让人血液稀薄，精神错乱。”

“那就好。”

这是金斯利从威廉·罗伯特·艾米斯处得到的唯一一点有关性的建议。“读者们，你开始笑了，如果这是你此刻想做的，”金斯利接着又写道，“……有个朋友告诉我，他们学校每个班级快临近发育期时，都会去当地的精神病院，参观据说是由手淫引起的精神病的病房”，真正的精神分裂症和躁郁症患者被当做了普通的长期手淫者。我父亲在他的回忆录中称，他“够有脑子”没有相信这些警告。虚伪的欺骗和恐吓，那些当年盛行的阴谋，我认为金斯利的确没有太受影响。这种现象在现在看来，我们只能解读成是对年轻的憎恨。整件事或许是那些对生活失望的平庸人士玩的一场拙劣的游戏。我爷爷不知怎么深信，他年轻时若是“放过了自己”，或许有望不只是个金融城里的高级职员，当然他希望儿子要更好一点……这么说好像也不算牵强：自从父亲把和性相关的事说得神秘而吓人之后，父子间的关系似乎再也没有恢复过。并非是金斯利

① 家务好手，厨艺极臭。有时候连她好心端来的速溶咖啡都不单单是喝不了，还（全家人都同意）看不出来是咖啡。——原文注

需要有关小鸡和蜜蜂的事实信息。他说过，“家庭中的性指点……并非是指点，而是正式的许可”；“必须是授予的”。

金斯利后来把这个小鸟和蜜蜂的故事告诉给他的儿子们听，然后我尽职地传给我的儿子们……农夫的老婆跟他说：“你该把小鸟和蜜蜂的故事告诉给乔治听了。”农夫迈不开脚：“啊，老婆啊。你看，这对个大男人来讲，有点儿尴尬呐……”最后他还是同意了。炎热的下午，父子俩单独坐在屋后的树林子里，小鸟婉转地在歌唱，无数的蜜蜂在嗡嗡地响着。“乔治啊，爸爸要告诉你小鸟和蜜蜂的故事了。”“哦，好的，爸爸。”“你记得上星期五晚上，我们在沟渠里对那些姑娘做的事？”“嗯，记得，爸爸。”“呃，这事儿小鸟和蜜蜂也做的”……作为一个笑话，我发现自己对这个故事的评价时高时低。但我怎么也不会忘记我小儿子对这个笑话的反应：整整三秒钟傻呆呆的，明白过来后发出一声饱满的尖叫。

1943年，金斯利二十一岁，是牛津的本科生，军队里的中尉，威廉发现他和一个有夫之妇好上了。[①] 这事在中规中矩的艾米斯家近郊宅子里投下的炸弹，试着想象一下都令人抑郁。六年之后，威廉傲慢地抵制我父母的婚礼。那一次，艾家老妈罗莎（我的记忆中，她只是一个黑乎乎的存在，浑身装饰繁复华丽，香喷喷，胖墩墩）算是把他说转了心意。但她自己也没有什么自由的精神——比如说，有邻居在她的十四岁的孩子面前用了“蜜月”一词，她就一脸怒容地朝花园墙的另一面瞪眼睛。总的来说，金斯利写道，“如果男人卖淫或是未成年嗜酒这些事在家族中有长久的历史”，威廉和罗莎“也未见得会更坚定不移地来限制我对朋友的选择”，“限制我去见他们的机会”。结果是，父亲对他母亲的爱没有什么复杂之处，但我从来没见过他在我爷爷在场时，是完全放松自在的。

---

① 而且还不是随意地调调情。这是金斯利高贵而悲伤的初恋。见他的《诗集》的首篇，《给伊丽莎白的信》。——原文注

我记忆中的爷爷是个肤色土黄的英俊男人，衣着传统而整洁。不过这土黄的肤色可能是由我对他临终时的印象加上去的，他因黄疸闪着暗橙色。丧偶后的（1957—1963）好些年，他都住在我们家——我现在意识到，这给金斯利带来了巨大的不便。其中有挺大一部分时间，他都同哥哥和我玩，兴致勃勃又富有创意，却严肃不苟。我毫无保留地坦承他是我儿童时代最最热爱的人之一——以至于有一次他让我难受得大哭不已。他坚持认为“作为祖父”对长孙有“更多的感情”是“很自然”的。对我而言，这里的问题不是*自然不自然*，而是爱：没有得到足够回报的爱。他试图说些好话，但他不肯收回他说的。他不肯因我的痛苦之严重而屈服……在美国待了一年后，他变得烦躁不安，搬回了伦敦。他的来访再频繁，也仍旧让我盼望不已。让人摸不着头脑的是，他会带来一个花枝招展喋喋不休的女性朋友。

随后就结束了。我是说爱到了尽头：我的爱。我没有感觉到它离开了，不过我记得我意识到爱不在了。那是在剑桥，我母亲一整天都在嘀咕有个秘密的礼物等着我：那可是一等一的礼物。近晚时分，我们开车去某个神秘的地方（其实是彼得学院，父亲所在的学院）。就在那儿，突然间门旁站着不可救药地羸弱不堪的艾家老爹。我只停顿了半拍就冲出车子拥抱了他。但就在那一瞬间，我亲身经历了失望和惊讶的重击。艾家老爹*以前是*一等一的礼物。但再也不是了。我当时十三岁，不幸的十三岁。祖父母在你十三岁时，唉，可是你要舍弃的孩子气的东西之一……一年之后，金斯利离开①、剑桥的屋子成了死去或临死的动物的停尸房。在这之前的一两个月，艾家老爹死于癌症。菲利普和我被带去附近的养老院看他，这显然是最后一次了。现在，我挺高兴当时的我不再爱了。那努力想挤出一丝笑容的可怕模样，泡在黄疸里的眼珠显得亮闪闪的，像是万圣节晚上的南瓜灯。私下里，哥哥和我对于这次经

---

① 我不想把这两件事挂起钩来。不过，父亲的死亡（或许尤其是那位父亲的死亡）给人带来的诸多影响中，的确有一桩是让人更有胆量。——原文注

历——对于爷爷——觉得又紧张又无动于衷。或许这也是对于死亡的态度。也有可能是，从我的爱被轻视的那天起，我年少的心一直都觉得受伤。

而且，我还感觉这伤害来自这人绝顶的冷酷顽固。他试图说些好话，但却不肯收回他说的话。他不愿屈服。他不愿说个好心的谎来安抚一个抽抽搭搭哀哀不休的小孩。

“你像是金斯利，”我对儿子说（老大），一边开车送他去某个地方。我接着说，

“你就是那类永远不肯承认自己有错的人。”

“是的，你也是那类人。”①

没错，金斯利是那类人，威廉也是那类人。“等我感觉到父亲企图要按什么样子来塑造我的性格和未来时，”他的回忆录写道，“我开始抵制他，连着很多年我们都至少一两个星期一次地激烈争吵。”在外面的世界没有什么威力的爷爷，企图单单借助唠叨重复来施加他的意志，而比他聪明好几个量级的金斯利逐渐认识到他可以来主导这场舞蹈。这些场景，我能看到，我能听到，就像是一场不好的婚姻。最后，爷爷就以无聊乏味来折磨父亲（自狄更斯以来，还有哪位小说家能够为“所有无聊乏味含有的炽烈的真诚”如此入迷继而劲头十足?)。我觉得，对金斯利来说，有对父亲的爱，但被推到了地底下。爱最终在一首诗里浮现了出来，这首短小的挽诗直接就叫做《纪念 W. R. A》②，副标题写着“于 1963 年 4 月 18 日辞世”。我读了这首诗，又对它有了更全面的认识后，我感觉到爷爷和我之间有些错了位的、有些起了褶皱的地方也被抹平了。不过，这首诗最后几行（有关情感的懒惰，有关憎恨和顽固，还有艾米斯家人情感上的麻木不仁）中的自我批评，甚至到了微妙的自我厌

① 两天后，我说：“我让你赢了那场争论。在车上的。”他承认了：策略上认输而已，在车上的争论，兴许还是输了好。——原文注

② W. R. A 为威廉·罗伯特·艾米斯的首写字母。

恶的地步，这些我在当时读这首诗时没有抓住。长长的争论终于有了输赢结果——死亡才是胜者。诗人觉得这样一种结果太没劲了，他稍稍带点敷衍的口气便是对此的承认。《纪念 W. R. A》最后以诗中的“我”作以下的想象来结尾：

你说啊说啊说啊，
我越来越正式地作答
永远无法为自己辩护
也永远不会足以软化，
　　　引向沉默，
　　　和不同的方向。

原谅我，我只能
看到所发生的：
连你的骄傲和你的爱
也需要这段时间来变得
　　　明晰，来唤起我的爱。
很遗憾，你要死去
　　　　让我觉得遗憾
　　　　你已不在此时此地。

1965 年夏天，在比阿吉饭店吃着晚饭，金斯利确认了他的两个儿子都已经驶入性的领域。他高高兴兴地鼓励着我们，甚至还有点沾沾自喜。一两天后，他带我们去苏豪区吃中饭。这一次，他又放肆得很滑稽，同时保持着颠覆性。“老爸棒极了，”我们兄弟俩对彼此说，我们以前这么说，到现在也这么认为。但我记得自己说（或者只是想想而已），他只是因为我们不是同性恋而高兴坏了。① 现在想来，我错了。一个乱交的男人，一个生活在需要很多精力成为乱交男人的年代的乱交男人，金斯利为自己能接触到更多的乱交而兴奋不已。而且，他没有依照他父亲的做法；相反，对他的儿子们来说，成了无聊乏味的另一个极端，他感受到了行为得到合理辩护的温暖。

吃过中饭后，他带我们去皮卡迪利北侧的一条偏街，进了一家暧昧的小店。有人会觉得他在那儿给我们买再合适不过了。在护发膏、下体弹力护身和疝气带之间，他买了 12×12 只避孕套：总共一百四十四只。就像拉金那首有名的诗中庆祝婚礼的人们，我们从不曾有过如此巨大而纯然滑稽的成功。② 当然，这礼物很大程度也是象征性的：这代表了许可。不过，也省下了十四镑十二先令，替我们省下了往药房跑的四十八趟③。

金斯利以前喜欢讲这个兄弟之争的故事——我四五岁的时候，他是怎么发现我躺在楼梯上，伤心得死去活来，他是怎么焦虑地跪在我身旁，等了好几分钟，才得以平息了我大口大口的喘气，起伏的胸腔。然后他说，"好一点了吧……怎么回事呢？"当我终于能找到词说出话来，我说，"菲利普吃了块饼干"……在另一个版本里，我答道，"菲利普比我多吃了一块饼干。"1965 年的夏天，我老是想着这个故事的另一种演绎。我没法躺倒在楼梯上大哭：我快要到十六岁了。和爸爸一起的那天之后不久——在我看来快得简直不像是真的——我又到了药房门口，攥着三先令三便士，脸色苍白地等着我的机会。

我后来才想到写着"套套城堡"的路标不是指引你去城堡的，而是

① 那时我把这个反动的偏见加给父亲，还早了点。那时候，奥斯力克老是会模仿金斯利，服从他的原则，姿态不美（却极其忠诚），比如在越战这事上。但这阶段不长。等他开始建议英军——还没有被大麻麻倒的男人，如果还能找得到的话——加入越战时，我已经不再是主战派了。接下来我们就越战一事争了三十年。——原文注

② 《降临节婚礼》一诗。《降临节婚礼》诗集出版于前一年，1964 年。——原文注

③ 小盒装避孕套三只一盒。

指引你去药房的。对年轻的购买者来说，药房就是这个需要攀登的壁垒：套套城堡。为了支持这个理论，我们需要确立另一个姐妹城堡的存在，或者姐妹路标（箭头指向另一个方向），指引你去齿得丽城堡。

* * *

重新进入的第一天，第二次齿科测试，这听起来简单明确。我去看儿子们。

一段时间后，连轻的东西也变得重了起来，而重的东西就更重了。度过了沉沉的一天之后，钳套在我的口腔里沉沉的。

他们就在那儿，我继续大声说着，但我的脑袋放在哪儿都不舒服，没有可以忍受的角度，没有可以坚持的高度。

儿子们与其说是看着我，不如说是观察着我，他们的仿拟父亲。那个父亲已经走了，这个父亲来了。他们的脸忽闪忽闪的。“爸爸。你的脸上有了什么变化。”我说，是的，我知道。但这是暂时的。变化只是暂时的。

我想对他们说，就像你们收回对我的爱——这明显感觉得到，无法回避。但我没说。我只能努力模仿自己一会儿。我模仿着自己，再和他们道别，两手抓着头发，匆匆走下了台阶。

伤害之事实

这是金斯利·艾米斯写的 *A. E. H*①。我十八岁时记住了这首诗，至今仍了熟于心。这是对 A. E. 豪斯曼满怀敬意的模仿，复制了豪斯曼特有的一种诗意效果。一般情况下，扬抑格——轻-重——更加适合轻

① 阿尔弗雷德·爱德华·豪斯曼（Alfred Edward Houseman，1859—1936）首写字母。英国诗人，以《什罗普郡少年》长诗知名。一战后豪斯曼写的战争诗歌对后来的战争诗人有影响。译诗无法保留原诗的节奏，但保留了 abab 的尾韵。艾米斯是对豪斯曼诚心地模仿还是戏谑地仿拟，有不同解读。

松的小诗或打油诗，这和抑扬格——轻-重——更加庄严的节奏刚好相反。用扬抑格来写严肃的题材，按理是节律不当。[①] 诗歌的第一行也像是需要有人来提醒我太阳是从哪儿升起在哪儿落下。

A. E. H

西边的天空火焰熊熊
燃尽所有的树林和山丘；
晨时连成一片的战斗声由重
而渐渐退去，稍许的弥留，继而止休。

经过撕裂脏污的旗帜，
经过成堆成堆杂乱横陈的尸骨，
伫立着一个红衣人，不见一丝血渍，
他愤怒地哭泣，不是出自痛苦。

受了伤的年轻人，何时让他们复苏
死神和医生在阴影中穿梭着

---

① 包括金斯利·艾米斯在内的不少人提过，著名的战争诗人威尔弗雷德·欧文以一种特有的痛苦和温柔来书写战争中的男人，至少部分原因是他的同性恋倾向（不管有多不明显）。同样的话也可用于豪斯曼。这看来完全有可能。（作为一种思维试验，我试图用女演员来饰演《拯救大兵雷恩》中开头那几分钟，没多久就坚持不下去了。）欧文也坚决地把敌人看作是一群聚在一起的被施加了压力的个体，而不是一个国家或是一种意识形态。《精神病者》："从背后抓住重击了他们的我们，兄弟啊，/撕裂给了他们战争和疯狂的我们"。还有《奇怪的会面》，欧文用了他最漂亮的半韵："'我是你杀死的仇敌，我的友人……/我辨出了你在这黑暗时分：为此你蹙起眉头/昨日你捅穿杀死了我。/我闪开了，但我的双手又冷又难解其恨。/现在让我们睡去吧……" 金斯利对这一句总是战栗不已："我的双手又冷又难解其恨"。——原文注

止住了哭声，让黑暗将他们紧紧裹住；
终于都在睡梦中安躺了。

只除了一个，整夜地咒诅
想象着不是亲眼目睹的伤口，
以不变的语调重复
伤口的事实必有的意义深厚。

伤口的事实必有的意义深厚，当然是上帝缺席，要不就是道德沦丧，或是无力软弱。

露西·帕汀顿在死前三个月皈依了罗马天主教。在我看来，这对表彰上帝公正的神正论提出了诸多质疑。无疑我是天真无知的，但我总是发现自己在想，自1973年圣诞之后，梵蒂冈怎么还会有勇气矗立在那儿呢。格雷厄姆·格林的《布赖顿硬糖》结尾那几行错综迷离的说法（“你无法理解，我的孩子，我也无法理解，谁都无法理解，上帝的仁慈之可怕之奇特”）一向都是动听但无用的。因为这要求我们把杀害露西·帕汀顿的凶手当做某种意义上的神之器具①，这显然是个绝无可能的想法。而另一面，在切尔滕纳姆的纪念会上，不止有一个人表达过同样的想法，新近的皈依让她更有力量，所以（正如简·卡马尔感人的话），“她走的时候，带着全部信仰的能量”。我们必须全心全意地去相信这一点，就像我们全心全意地去相信她走得很快：极其的迅速。

另一位在纪念会上的发言人克里斯蒂娜·基尔南写的文章以更高远的角度来安慰生者（大致有佛教、印度教的倾向）。她探索自己的直觉，

① 弗雷德里克·韦斯特，杀害孩子的凶手，播种噩梦的魔鬼。此处的“凶手”我用的是单数，有争议，亦有所据。罗斯玛丽·韦斯特活该终身为囚，但看过布莱恩·马斯特斯《她一定是知道的》（1996）一书后，认为她以凶杀被判是公正的这一想法会瓦解。——原文注

认为露西是“多次生命轮回的顶点”：“有些人得以有机会……清理多次生命的残留，让他们毫无累赘地继续前行，或是进入另一层次的生命。”这一源自直觉的探索大胆而又富有诗意，对此我们都会有所呼应，而且还可以引证一条越来越受到重视的哲学理论（多重宇宙，多重心灵，又称量子力学相对态解释），根据这一理论，宇宙不断在分裂。因此，在别的宇宙里，或许 1973 年 12 月 27 日那天晚上，露西·帕汀顿安全地（不对：轻松地）回到在葛雷屯的母亲家中。“我认为我们应该将她的生命视作是完整结束的生命，”克里斯蒂娜·基尔南说道，“而不是过早被破坏被掐断的生命。”这是我没能听懂的。我们这些聚集在一起的人，很多是露西的同龄人。我们都已经成人了，在各自的历史和处世上前进了不少。那露西历经的岁月在哪儿呢？

再次引用伊丽莎白·韦伯斯特所说的：

“……我对她说，‘现在你长大了，你打算做什么？’她说，‘我不在意做什么，只要我做得彻彻底底。’——然后我说，‘嗯，这很好，但你准备上哪儿去呢？’她非常努力地想了想，说道，‘奔向光明……奔向光明。’”

她的一切，乃至她的名字，都指向光明。既是如此，我无法在如此深重如此持久的黑暗中找到秩序和意义。

露西·帕汀顿之死代表一次不可思议的冲撞（collision）（collide：源自“col”意为“一起”＋“laedere”意为“击打”）。这是黑暗遇上光亮，世故遇上天真，虚假遇上真实，彻底的无神遇上纯粹的精神，这样的——

嗨梅你爸给你写信。或者给我你的电话号码……或者尽快给我写信。我可能得搞清楚那欧格登做的，我的新律师很不错你在新闻

上说我的我都看了那算是很忠诚你有没有看司各特卡那凡说他做的——①

——**遇上那样的**：

事儿的大小在于你的创造——
我可以装满全身，
生命的一整天
对一张小纸片上
几个字的
担忧；
然而，同一个晚上，
抬头看，
捧起双手
以手指为框
圈起天空。

① 艾米斯引用韦斯特写给一个女儿的信。原文语法、拼写、用词等都错误百出。

大学来信

埃克塞特学院
牛津
1968 年 10 月 13 日，星期三

最亲爱的爸爸和简：

见到你们俩，真是让人高兴极了——打那以后，我一直觉得挺兴奋的。特别是那天下午我上了课，华兹华斯对我跟你们提过的那个怕羞的小个子讨厌鬼没说过几个字。那人突着眼睛嘟着嘴巴地过了四十分钟后，试着蜷成一团球，哼哼童谣，对着小教堂上空的落日大惊小怪一番。所有这些也都没有达到想要的效果——也就是说花上一个小时来讨论他读到《葬礼》时的情感。①

昨天校工清洗了楼梯，结果整条楼梯闻起来像是有谁刚吃了八九磅的芦笋跑上跑下在所有东西上面撒了尿。② 目前什么都挺没劲的，因为麻仁膏（我的室友［真名：马任斯］）对他的作业变得挺动感情的，我觉得自己得一直踮着脚尖小心翼翼才是。但是，他昨天

---

① 亨利·金的诗（在我的原稿中，两边用了不对称的引号）。不要和彼得·波特同样出色的同名诗给混淆了。上述极其不地道的描写，现在看来令我惊惶不已，说的是我后来非常喜欢的一个人——而且这个人还是我最喜欢的十来位在世的诗人之一：克里斯托弗·里德。真是太对不起你了，克里斯。不过那时候，你真是个挺古怪的家伙，而我（我打赌你们都明白不过了）是个小个子的讨厌家伙。——原文注

② 我觉得这是从奥斯力克的存档中唯一一个进入小说的诗节：《雷切尔文件》。——原文注

得了某种急病——肝脏刺痛——说是因为吃的一些巧克力。他没法儿碰热辣的东西和酒类。不用说，我在房间里四处放满了打开包装的姜汁饼干、无花果、榲桲、土耳其软糖还有别的好吃的东西。要是再发作的话，他就得离开一年了。把他脸上的那副傻笑样除掉。

再次感谢好吃得不得了的中饭。爱你们，也一样爱普卢什小姐①，

马特×××

① 这是简的宝石红骑士猎犬，常用名是“萝丝”。普卢什是它正式纯种的“姓氏”。这下你明白了吧：普卢什是一只出身高贵的狗。1968年，萝丝成年没多久。中年的时候，它变得非常的右翼。金斯利·艾米斯的《姑娘二十》（1971）中，对她有非常生动的描写（“长毛桶”）。书中的主人是罗伊·范德维恩，左翼作曲家，政见上特立独行。——原文注

永恒的灵魂

我第一次见到索尔·贝娄是在1983年10月第四个星期。为了给伦敦的《观察者》写篇有关他的稿子，我去芝加哥见他。进入正题之前，我提到：

> 报道作家这回事，要比最后的成果通常肯承认的来得更微妙。作为一名粉丝和读者，你希望你的偶像真的能激发梦想。作为一名记者，你希望看到失常、怨毒、可叹的不当之处，在采访中途来一段全面的精神崩溃。作为一个人，你又渴望开始一段讨人喜欢的友谊。这些都令我羞愧万分，我一边想着，一边越过暗乎乎的芝加哥河，双眼在矿物质的风中流着泪。

贝尔法斯特的一位年轻作家，问我怎么能忍受在一篇新闻稿中，浪费“矿物质的风”这样的描写。我不记得自己是坦承了真相：反正是从索尔·贝娄那儿抄来的。现在我知道了引用自己说过的话，看起来有多急于卖弄，不过我的确继续写了相关的话：

> 西方文学目前所处的阶段是无可逃避的“高级自传”阶段，极度的自审。这一阶段起始于自白主义（美国诗歌：洛厄尔等人）的余风，但已稳住了步子，存留了下来。不再编故事：作者越来越致力于私己。各种各样的笨拙、粗糙不平的边缘、非同寻常的拓展，又才识俱备、博古通今、幽默机智，与其他在世的作家相比，贝娄让他的经历激起的回声更令人难以忘怀。

他经历的重点不是在多次离婚也不是文学政见的争斗，而是作为一名移民的经历，更是在现代背景中永恒灵魂的经历。

高级自传：我仍旧相信，在二十世纪小说的发展过程中，发生了这样的一些起伏变化。而我所处的位置也利于观察……小说何时在经历进化中的变动，总是能辨别出来：非常高产——虽然不一定具有极高的文学性——小说评论者开始起了怨言。① 许多人都抱怨过高级自传。我也抱怨过。作为一个评论者，我一路追赶菲利普·罗斯，经过了他那些“祖克曼系列”小说的年头。罗斯自然是做到极致的，他也是位后现代作家。写作家，写写作：我感觉，他强迫性地自己绕圈子，这压抑了他的能量和喜剧性。有什么东西缺失了：其他人。② 这里我们提一笔，贝娄或许是个现代作家，但从来不是个后现代作家。他的讲故事方式，作为故事来说，过于急迫，少了游戏。他唯一的主义就是现实主义。冥想式的现实主义，或许可称作内心现实主义。

贝娄有次问准备写他传记的作家，“还有什么我没有写过的自己，你能剖露出来?”我觉得高级自传背后有种假定：在这个变得越来越这个越来越那个的世界里——最重要的是，越来越多各种介入的世界里，你唯一能信任的是直抵自己经历的路线。因此重点往内心转移，作家能够

---

① 目前的怨言我已经听过不少次了，是这么说来着：那些有关科学的小说，请让我们歇一歇吧！当然，“有关”科学的小说，是没得歇了。这是小说前行的方向，或许是为了填补这两桩留下的空白——其姊妹学科“哲学科学”的没落，及科学家对这一学科的漠视不屑。科学家不在乎小说到底说了什么。不过，随着急速发展、难以控制的科技之力兼并着越来越多的人类空间，小说家几乎完全可以肯定也得往这个方向进驻。

② 提醒一下，在《波特诺的怨诉》（1969）中，是人事机构助理专员，而不是作家，被发现在舞女的公寓里成了一具无头尸。贝娄的主人公有时候是作家，但这些作家靠语词铺陈而不是想象虚构来写作。他们是思想者、教师、读者。查理·西特林算是个剧作家，但这并不真正影响这一点。——原文注
查理·西特林为贝娄小说《洪堡的礼物》中的作家。

感受到从第三人称转成第一人称时聚焦慢慢推近的过程。[①] 1983 年，我正在写《金钱》的收尾部分，这是由一个叫约翰·赛尔夫的人物以第一人称叙述的。如果我把《金钱》称作是自传性的，那可是对马丁·艾米斯（碰巧他也是书中的一个小人物）严重的诽谤中伤。这本书肯定不是高级自传。但我现在明白了这个故事启发了我自己的当务之急：单身是件累人的事；害怕无孩会让你变得孩子气。[②]

当年眼看着父亲背离初衷，背离以前的做法，背离声称的原则，而走向高级自传这条路，我明白这一做法有可能是暂时的，但是真的不可避免。他本不想往那儿去，但他一路走下去了。在我眼中，就像是看着他光着身子四处在走。索尔·贝娄从灵魂——永恒的灵魂——这一视角写自我，进一步加深了他精神上的与世隔绝。这一视角可以在父亲的诗中找到，但不出现在他的小说中。他的小说是真真切切地有关社会生活、凡俗日常，句行段落都有停顿。他的世界，用一句一直转悠在我脑海里的约翰·厄普代克的话来说，“人性得令人窒息”。《杰依克的东西》的结尾是主人公滔滔不绝地否认女人，令人目瞪口呆。简之后的小说《斯丹利和女人》的开头则更加激进：作者取消了自己艺术上的双性同体。这本书接下来表现出来的恐女症是如此的有结构有组织，以至于有很长一段时间都找不到一家美国出版社。[③] 这可是前所未有的。因此有了这事：在写《斯丹利和女人》之前，金斯利半途放弃了一本在写的小

① 我那本出版于 1981 年的小说《他人：谜样的故事》用第三人称从一个女人的视角来写（《伦敦场地》很大一部分也是）。《夜行火车》（1997）则用第一人称从一个女人的视角来写。很快，从开头的第一个词（“我”），我就觉得头顶上有什么收拢起来。我知道自己在更深层的地方了。——原文注

② 书出版的那天，我结婚了，我这下觉得这日子凑得简直有点粗鄙了。我的大儿子路易斯于四个月后出世。——原文注

③ 当时对这事，有过一阵子对“审查制度”叫嚷、嘟哝，闹腾了一下，动静不大。我当然是支持金斯利的，但没有任何政治立场上的热忱。我不喜欢他对“女性”的新态度。在此，我应当加一句，我认为这两本小说，尤其是《杰依克的东西》，有一些非常出色的章节。——原文注

说。他耐心地解释给我听，他放弃是因为担心高级自传会导致名声败坏：小说的中心人物是个同性恋。①

我现在觉察到，1985年去芝加哥时，我内心作为儿子的焦虑发生了转移。我没有在探找一位新的父亲，但对现任的那位极其担心。他的生活就外在的表现来看，算是够稳定了。是他才华的状态困扰着我。父亲坐在打字机前时在做些什么，我大致总是知道的。他曾暗示过，写《和姑娘们的困难》而半途而废的那一年像是沿着下水道行进。写《斯丹利和女人》时朝哪个方向在走，他是给了我一幅清晰的图景的。在面向公众的事上，他一向都喜欢反着干，喜欢追求非大众化。这下他想把他的艺术拽入论坛中。如果他的灵魂不开心（当时确实是不开心），那么就不可能是他的错。是世界的错。是女人的错。这是新的神权政体。政教无需再分开。

我担心他可能已经完结了。诗歌像是快蒸发殆尽，而小说听起来像是准备进入长夜的争论。② 我觉得他的策略是，越接近死亡，越要释放情绪。因而，无法抛下的价值、浪漫的爱情都得被当做是幻象来揭露。

---

① 他特别担心的是——在我看来挺荒谬的——他俱乐部里的"那些人会怎么说"。我并不相信。这应该才是金斯利·艾米斯的观点：他不在意别人怎么看他。"让我搞搞明白，"我说，把论据理清了。"就因为加里克俱乐部那几个老家伙，有可能——错误地——以为你是搞基的，你就放弃整整一年的工作？他们很可能以为你是个北佬（《幸运的吉姆》）、肥猪（《那种不安感》）呢。他们没读过几本书，也全然不顾所有其它书的证据。""……是啊，说得对，"他答道。那本书只有书名留存了下来，即《和姑娘们的困难》，用在了后来的一本书上（《爱上你这样的姑娘》的续篇）。后来我读过原稿的一些片段。不是全然没有趣味和识见，但有一种停滞不前的感觉。或许贝特曼卡通式的幻想只是为了掩饰金斯利·艾米斯艺术上的不自在。反正他后来还是会回到同性恋的主题。

加里克俱乐部成立于1831年，位于伦敦西区及剧院区的中心地带。

亨利·贝特曼（Henry Bateman，1887—1970），英国幽默艺术家和卡通画家，擅长夸张描绘上层社会人士的举止。

② 《俄罗斯迷藏》之所以不成功，一部分是因为这部小说指出了令人焦虑的妖魔：既是想象虚构，也是"警示"。这一具体有所指的煽动由来已久。注意，为五十岁生日写的诗《献给我的颂诗》中的温情如何被俄罗斯妖怪破坏了（"在苏联的那块地方/事态变动有点儿大——/这意味着当那些混蛋到了这儿"，等等）。——原文注

“就在弗兰克D小调交响曲①的当中/‘那个黏答答的曲子’我说道，得到一阵笑声。”这是《半音经过音》的开头几行（写于二十世纪六十年代早期）。诗接下去又说那个曲子并非一向都是这么虚情假意的。在诗人的年轻时代，这首曲子听起来像是“典范”之作：

> 没错，我现在懂了，或说有了不同的认识。
> 没有什么意象：只不过是缓冲，糖浆，拐杖。
> “黏答答”是失望时一声愤怒的责骂。

而这便是我准备好，从现在开始要聆听的。一声长长的愤怒的责骂。

1983年，索尔·贝娄六十八岁。三次婚姻，三个儿子，现在进入第四次婚姻。这次婚姻后来也会结束。但人生就是这样子的。我们都有各种各样的人生。令我兴奋不已的是写作。米兰·昆德拉说过，所有有生以来的日子，我们不断地成为孩子，因为在我们的面前一次又一次地出现了一套新规则，需要解码。在不同的阶段，你以为你以前对现实了解了一半，突然间那辛辛苦苦得来的知识变得全然没有用处。对贝娄来说，孩子的视界是至高无上、决定一切的。但是同一个小孩，而不是一系列随机应变、权宜之计的自我。② 在小说的展开过程中，我们会见到

---

① 塞扎尔·弗兰克（CésarFranck，1822—1890），比利时裔法国作曲家、管风琴演奏家和音乐教育家。《D小调交响曲》是其著作之一。

② “领会这一神秘之处，领会这个世界，是难以把握的挑战。你从无人知道的地方，从不存在或原初的空无状态，进入一个充分发展且相互联接的真实存在。之前，你从未见识过生活。在你等待出生时的黑暗，与其后接纳你的死亡的黑暗之间，有一段光明的间隙。在这间隙中，你必须尽可能地去理解那个高度发展了的现实状态。为了见到这一刻，我已经等待了几千年。”出自即将出版的《拉维尔斯坦》。（今天——1999年6月10日，作者84岁生日。他很快会接到召唤。）同拉金相比，在《老傻瓜》里：“那不过是空无，没错：/之前我们已经有过，但总归会结束，/接着是与独一无二的努力混合/让此时此地的这朵花/绽放万万千千的花瓣。” （转下页）

一个人（我们见到一个意识）睁着眼睛昂着头颅走向死亡……我小的时候，有时候在夜间会听到父亲——他恐惧的喘气声——音调及响度逐渐平稳上升。母亲会领着他到我的房间来。灯亮了。我的父母走过来坐下。要求我谈谈这一天，学校的事，玩过的游戏。他虚弱地倾听着，但怀着爱意和赞赏。他的嘴张开着哆嗦着，像是要挤出个笑容。到了早上，我问母亲，她非常直截了当。“这样会让他镇静下来，因为他知道在你面前不能被吓着了。”被什么吓着了？“他梦见自己离开了躯体。”这让我觉得自己很重要——夜深不睡，滔滔不绝说上一番，来治疗一个成年男人：我的父亲。这让我们紧密相连。但我一直都知道他和死亡的关系，他如何把死亡当做是针对他的事，他又是如何本能地惧怕死亡、憎恨死亡。

超越单纯的牙科领域

有人——很可能是奥拉西奥·马丁内斯——给我寄了篇《牙科历史公报》上发表的文章，题目是《詹姆斯·乔伊斯的〈尤利西斯〉与牙科学》，作者是奥拉西奥·马丁内斯。文章的副标题按次序是，“乔伊斯关注牙科健康”，“乔伊斯痛恨牙科疾病”，“乔伊斯倡议牙科预防”，“乔伊斯重视牙科治疗”和“乔伊斯遵守牙科习惯”。不过我感觉自己在冤枉牙科博士奥拉西奥·马丁内斯。他确实说了诸如此类的话：“在牙科专业人士中推广乔伊斯是当务之急”，“书中有丰厚的内容，超越单纯的牙科领域”。我像是让他成了个拘泥于字面意思的读者，但他不是。他显然从《尤利西斯》中获取了相宜的阅读乐趣。尽管有其不偏离中心的特

(接上页）但诗歌接下来与贝娄的观点相反——或者说是超过了后者：“下一次你不能再装/会有其它的什么。”——原文注

出版于2000年的《拉维尔斯坦》是贝娄最后一部小说，当时贝娄八十五岁。小说以著名学者艾伦·布鲁姆为原型，讲述了学者拉维尔斯坦和作家齐克之间的友谊和对话，涉及了性、爱欲、死亡和精英政治等多个命题。

《老傻瓜》一诗写于1973年，当时拉金五十岁。

点——我想也是免不了得这样，他引用的句子，确实总能让人读了开心："他这一套上好的牙齿，让我看着就觉得饥饿起来"；"他从马夹口袋里掏出一卷牙线，扯断了一截，砰地一声轻响，熟练地插在了有共鸣声的没有刷过的牙齿间"；"他的呼吸像鸟鸣那样甜美，他引以为豪的一口好牙之间，以长笛般的声音唱出哀愁苦恼。"① 布卢姆在药房："气味就几乎把你治好了，就像是牙医的门铃。"这句话马丁内斯先生加了句评论："很多人的恐惧超过了疼痛和理性的认识，乔伊斯可能是其中一个。"我并不这么认为。但总的说来，我要为这位牙科大师的阅读反应鼓掌喝彩。而且我还要鼓动迈克·萨巴图拉和我的口腔颌面外科医师托德·贝尔曼就这部二十世纪的重要作品写出同样充满感情的文章来。

1994年（但没多久就换年份了），在飞机上我们到了那个阶段：旅行（或是换乘）该有的兴奋都已经蒸发了，连带着体内所有的液体。饮料、餐点还有电影（对所有这些都心怀感激）都已经享用过并撤走了，还有五分钟一次的短睡。现在我们正在闷闷不乐地填写着美国入境卡。哦，对不起，我得在机舱上部的行李架上掏一番找出文件，以便填写护照号码、航班信息和签证发放日期。在随身携带的行李里，我看到贾妮斯·贝娄从加勒比新近寄来的一封信，开心地告诉了我一些事。其中一桩是索尔原来有个特别"敏感的胃"，被邻居家烧菜的气味弄得要发疯。我们现在知道了这是嗅觉上的幻觉：是某个生理灾难的第一征象，这灾难的后果尚不清楚……行程进入了第七个小时：我们面临着补充水分的大任务。在机舱里，我们的呼吸相互渗透着，像是做急救呼吸似的吸着别人的哈欠，各自成了别人打嗝、叹息和喷嚏的排污口子。我到纽约来，

① 这条脚注是专为乔伊斯研究者和牙医准备的。马丁内斯写道，"有趣的是，当乔伊斯提到一些不那么可爱的人物时，他也会指出他们的牙齿，但像是动物的牙齿——这些动物分别具有杂食人类的三种咀嚼功能：啮齿类，食草类及食肉类……我们连着在三个地方读到：'他露出了老鼠般的牙齿，咕哝道……'，'……她笑着露出了食草类动物般的牙齿……'，还有'他愤愤地露出了黄鼠狼似的黄牙……'"分别见249页、433页和476页（新美国图书馆版）。——原文注

是与迈克和托德有着一系列的约会。特别是托德，他会给我的下颚做一次手术。我的上颚在我的旅行手提袋里。事实上，我带着钳套到了机场，直到了出发口候机室的厕所里才戴上，但那只是怕万一安检时手提行李被翻转了才戴上的。我的嘴也是个不错的安放的地方：连脱衣搜查也搜不出什么来。事实上是，没了钳套，我看起来顺眼得多，感觉也舒适得多（还吃起来更香）。只是因为米莉温柔的指令（口腔“培训”）还一直盘旋在脑际，敦促我戴着那钳套。“你的牙齿现在看起来又好了，爸爸，”路易斯说，完整无缺的爱又回来了。可是，我却在想哪个牙齿？看来我什么都没透露出来。我的上唇还是实打实地下垂着，完全是由于二十五年都不开口笑而萎缩了……英航航站楼外面有一阵碾压的泥泞声。每个人都鼓了起来，臃肿了，累累赘赘地挂上了各种负重，冬天的外套，夹了棉絮的，充了空气的，占据了不少空间，都有了金斯利的块头，不断地撞上别人。

奥拉西奥·马丁内斯是什么时候寄给我《詹姆斯·乔伊斯的〈尤利西斯〉与牙科学》那篇文章的？我记不得了。但天真的读者会在想，他为什么要寄给我这篇文章。眼下，奥拉西奥正从阿根廷的布宜诺斯艾利斯向我们招手。我打出这一段文字是在 1999 年，我已经和伊恩·麦克尤恩一道公开庆祝过博尔赫斯的百年诞辰（正如下周，我去纽约庆祝纳博科夫的百年诞辰）。“奥拉西奥·马丁内斯”……或许是我被卷入了一个博尔赫斯的迷宫，是单一的还是环形的？马丁内斯事实上是不是博尔赫斯某个合作者或是文学后代的笔名——比如说，他那位机智的合作者阿道夫·比奥伊·卡萨雷斯？答案是，都不是。奥拉西奥·马丁内斯确有其人。而我在西方每个牙医的通信录上。

我到了未来岳母在格林威治村[①]的宅子，给在家的你打了电话。然后，打了索尔·贝娄的波士顿电话，同他的岳母（比他年轻）索尼娅通了话。消息是体现了谨慎的乐观。他仍旧处于重症看护中，但用药已经降了下来。他还在挣扎着……很好。索尔的小儿子丹尼尔说过，自从他

① 位于纽约城曼哈顿下城的西侧。

上了七十的父亲在佛蒙特一条泥路上，从自行车车把上栽了下来：你就是一个强硬的老头子。而这正是他所擅长的，挣扎着，战斗着，工作着，工作着，工作着。

所有那些美好的时光和笑话

1975年前后，金斯利在某个夏日的夜晚说：

“我要去搞把枪。”

“……为什么，爸爸？”他的一个儿子问道。

他一字一顿地慢慢说道，重音放在结尾，像是一首诗：

“有谁敢进入这里

企图拿走我的东西

日了他。”

他在哈德利林地宅子的三英亩地的园子里。可能是近晚时分，他正绕着园子的边界在散步。唯有在天气不错的日子，散一会儿步这是他的常规体能训练。这很可能是二战以来他第一次定期的锻炼。

“你要去弄把枪来……”

“我要去弄把枪……有谁进入这里……企图拿走我的东西……要不弄死他，要不日了他……”

沿着三大片向下倾斜的草坪走，草坪的大小和坡度稍有不同（头一片也是最大的一片的草坪尽头有一棵自给自足无比巨大的黎巴嫩雪松）；然后往左走下一段长满黑刺莓的狭窄小路，到了一扇有五道铁栏的大门旁，门外是一片五英亩的草地。草地也是宅子的一部分，但我们从来没有用过——无偿地租借给两个稍稍有点淫荡却不会调情的当地姑娘和她们的两匹马。这两个乡下姑娘，带着乡村的口音。但这儿既不是乡村也不是城市。这是近郊，巴尼特区，地铁北线尽头的居住区域——越过马匹，越过草地，它躺在那儿，看起来善良、正派、通情达理（或者按金斯利在《姑娘二十》中的话来说，“越过远处的树顶看起来，非常的严肃，像是有某个人曾经在教堂外面被砍了头，或是那儿曾经制作过某种绝无仅有的玻璃制品”)。二十世纪七十年代的近郊像是挂上了一副力不从心的表情，对所有这些开始有了自觉的意识，花园里的小矮人雕像，有着诸如黑赞赫兹和邓若阿敏[①]这类名字的灰泥卵石涂层的半独立屋，全是雅利安人的高尔夫俱乐部……看过小城后，我们会走上宽阔的林荫道，经过由官方登记入册“保护建筑”的谷仓（“尽是些空硬纸盒，还有一些曾经为了做什么而割成某种形状的木条”：出自《姑娘二十》)，再经过温室进入铺了路的园子——外屋，碎石的车道，管家的小屋，以及莱蒙斯主屋——乔治王朝时代的主流建筑，两道楼梯，二十来个房间。整个大宅子里最彰显有钱有势的物件是割草机：有两盏头灯，还有一个按钮式的打火机。所以，在那个大肆抗议、擅自占用房屋和学生运动的年代，金斯利觉得他有很多需要保护——宅子、妻子，还有一种特有的形式。这种形式让他在1969年至1974年期间创作了多部作品，包括《我现在就要》、《绿人》、《姑娘二十》、《河边别墅谋杀案》和《结局》，再加数量可观的诗歌。

这种上层资产阶级的辉煌对他有多重要？在他们婚姻的晚期，简写了篇发表在杂志上的文章，说她的丈夫是她所有见过的人中对钱财或是周围环境最不在意的人——“也确实可以说，对任何形式的拥有都不在意”。对此我同意，不过事实要比这一说法更复杂。金斯利·艾米斯《回忆录》的读者以及书评者对他性格特征的这一说法提出质疑，是可以原谅的。那本书把各种各样的熟人从默默无闻的角落拽了出来，为着没有分摊的饭店账单甚至还有在酒吧没有买的酒水而谴责他们。[②]“不可能单单是因为钱吧?”伊恩·汉密尔顿在《伦敦书评》的文章中问道。

① 英格兰人喜欢给他们的房子取名。房子的名字能突显房主的特色，有时只是申请名字的主人一时兴起。此处的“黑赞赫兹”很难辨别意思，而“邓若阿敏”的意思是“云游过世界了”。

② 比如说（不记上这个我会遗憾的)：“酒水上来了，（小说家安德鲁）辛克莱（已经欠他一杯了）很有信心地把手插入外套的内袋。我像是在梦中，眼看着那自信在瞬间消失了，迅速换上了疑惑、不信、惊愕。很快，他像是效仿一个自由落体的跳伞者，手忙脚乱想找到没有打开的开伞索。终于，动作慢了下来，停住，羞愧笼罩了他。‘我一定是放在另一件外套的口袋里了，’他说。”——原文注

是，不是钱的缘故，或者是，肯定不单单是因为钱。但这是他越来越在意的事。后来，隔了很长时间的后来（是我们在比阿吉的最后几顿晚餐之一，很可能是在 1994 年），我失去了耐心，就此批判了他。他盼望着和一位年长的密友一起吃午餐有两三个星期了，金斯利说，这人从来不付账单，还从中获得乐趣。同一天晚上，他没精打采地走进饭店。我心想，他有股子烦躁阴郁的神色。这事在我心中已经酝酿了一段时间了，怎么辩论这事也已经想好了。我说，

"看看你——你真他妈的一副破落样。谁付了午餐?"

"我付的。"

"然后你就让这事毒害你一整天。一整个星期。而不是享受和老朋友在一起的时光。太不值得了，爸爸。你付了钱，再不高兴，那是双倍的失去。我和罗伯一起出去时，什么都是我付的。他说，'就当我是个小妞儿好了。'我付了所有的钱，还再给二十镑的出租车费。我都不介意。"

"没错，可是罗伯就是想付也没能力付啊。"

"那又怎么样? 就像是以前和希钦斯在一起，他老说，'该轮到谁替我付钱了?'有些朋友就是享受不付账单。你应该做的是要纵容他们。无论什么都要比你堕入折磨来得好。看看你自己，天哪。你对钱的态度从某个角度看，和你朋友的一样恶心。"

他的脑袋哆嗦着，声音哆嗦着，食指指甲找寻着大拇指的角质，他带着真真切切的蔑视说道，

"……早料到了你会说这番话。"

在他的眼中，这是因为我年轻、现代、无知、腐败，因为我不尊重甚至都没认识到他自小被塑造的种种价值（到了老年，这些价值又重新捡了起来）。金斯利是新教的工作伦理熏陶出来的孩子。① 躲避该付出的那部分会让你成了懒人、吝啬鬼。不过，还不仅仅如此，这也是世俗生

---

①"我不好声称自己比大多数人更诚实、更有责任感、更节俭、更勤奋，但（转下页）

活中的悖理行为。会让你显得不像个男人。

那天晚上我们象征性地通过付账单而重归于好。(我们总是能重归于好的。)金斯利要付钱，虽然这次不是轮到他。我的信用卡坚定而温柔地赢了。

现在看来，父亲能熬过这顿中饭，算是运气。在《老魔怪》的高潮场景中，主人公艾伦·韦弗在一个叫加思·庞弗里的朋友家中参加聚会。第一轮的酒水已经分送给大家了，然后主人拿出个便携式计算器来。艾伦嘲讽地说道：

> "记得别忘了加上第一轮的费用。"
>
> 听到这句话，加思把计算器推到一旁，虽说也不算太远。"我认为这一说毫无必要，艾伦，要还不算是完全的没道理，"他用一种沉痛的声调说道，"头一轮的酒水根本不是'轮'，是我款待你们免费赠送的。天呐，朋友，你把我当做是个吝啬鬼了?"
>
> 很快艾伦喝了一大口威士忌加水呛着了。他剧烈地咳嗽着，抖索着把酒杯放在了酒柜上，走了一两步，随即手脚张开地瘫倒了，上半身大部分搭在了一个沙发上，两条腿张开在薄地毯上。即使在他看来，对一个因气愤或厌恶瘫倒的人彻头彻尾地模仿到这个地步，也够不同寻常了。
>
> 艾伦通过嘴大声地深深呼吸着，喉咙里冒出的声音相当于在打鼾了。他的双眼大睁着，但无论是查理、彼得，连加思俯身看他时，视线也没落在他们脸上。他低声简洁地说了一两个毫无意义的词，嘴巴动了起来。随后，他的眼皮耷拉了下来，什么动作也没有了。

(接上页)设若我是在教堂的阴影之外的地方长大成人，我挺肯定自己在这些方面不会做得那么出色"(《回忆录》)。我刚刚记起了下面这件小事，我大概十六岁的时候，在一家烟杂店里买了包烟，少付了不少钱。听到我夸耀这事，父亲把我带回那家店，盯着我补上该付的钱。我认为这种虔诚荒唐得很，便迁就了他。现在，我赞叹的不是虔诚，而是背后的能量。——原文注

很多年来，我都觉得金斯利让简丢了脸——也让自己丢了脸。他修正了自己对她的感情的分量。他想重写过去，化解这个人，化解这份爱情，但你不能那样做，至少我是这么认为的。我看过他早期给简的信，谈到最初被吸引时的威力，至少在两层意义上，优美得让人嫉妒。① 那是让世界瞬间涂满五颜六色的雷电。在《反死亡同盟》（1966）和《我现在就要》（1969）中所唤起的爱之生理机能至少让一位读者自愧不如、满怀崇敬地嘟哝道，“天呐，老爸确实对她一片痴情啊。”② 有很长一段时间，整个家庭围绕着一个富有活力的婚姻，满是信心和幽默的开明。在迈达谷，我们总是聚在主卧一起吃早饭（此外，还能在那儿抽烟）。有时候我哥哥或是我往里瞧得太早了，我们的父亲正好在做爱，吓了一跳。那样子菲利普以前能模仿得惟妙惟肖：牙齿自然是因为用力而紧咬着下唇，但嗓音却是完全的镇定——“就再等一会儿，行吗，小伙子？”

我曾经写过爱有两个对立面，到现在也仍旧相信如此。一个是恨；一个是死亡。这一念头很可能是由《反死亡同盟》种下的。这本书大幅度地直面了这一事实：爱情会让你重新认识死亡、所有的磨难和人世间的不公。这不是一本匀称的书（太多的情节，太多的对话，太多的繁文缛节）；但让一首诗带动整部小说的发展，我觉得是一出妙计。写诗的人匿名，把这首颠覆性的诗寄给了一位部队里的牧师，艾斯丘上校。牧师当时驻扎在一个专门部署生物武器的秘密基地。诗的题目是《致一个出生时没有四肢的婴儿》，叙述者是上帝：

---

① 信中有一个段落，金斯利描绘了他如何 1963 年在剑桥的某次聚会中，让整个屋子里的人鸦雀无声。每个在场的人被要求列举在他们的生命中，最没有让他们觉得失望的事。别人提到了孩子、工作、旅行。轮到金斯利时，他说，“爱情。”——原文注

② 凯瑟琳下了车，站到街上：“穿着白色裙子戴着白色发带的她看起来漂亮极了，那一瞬间，丘吉尔真心纳闷周遭的人事怎么竟然能无动于衷。路人继续往前赶着；对面的农夫还是爬上了马车，没有换个方向爬下来，一路跑过来趴在她的脚下；理发店屋顶上铺石板的工人仍旧高高地待着上面。丘吉尔张开手臂抱住了凯瑟琳，吻了她”（《反死亡同盟》）。——原文注

这就是为了让你看看这儿谁说了算。
可以说是，让你脚不沾地，
可以说是，让你脚踏实地，
可以说是，让你来展示你的心灵手巧。
你可以像个勇者一样来面对，
也可以哼哼唧唧哀哀戚戚像个小娃儿。
由你来决定。和我无关。
如果你以正确的精神来对待这事儿，
你的这一辈子可会是精彩纷呈，
收获勇气带来的丰富的馈赠，
还有接受命运安排的美好。
再想想这对你的妈妈和爸爸有多好，
还有爷爷奶奶外公外婆，以及其他许许多多的人，
停止了自以为是，不再志得意满。
不过，必须让他们给你洗了个礼，
万一哪个杀人的混蛋，
决定要让你迅速离开世间，
直接一脚跨入地狱的边境，哈哈哈。
不过，就在你的耳边说句话，如果你还有一只的话。
记得一定要用正确的精神来对待这事儿，
对我，在你的脑瓜中也要记得用礼貌的词。
因为要是你做不到，
我的手中多的是别的各种花招，
白血病还有小儿麻痹症，
（任何时候你要取用，都极受欢迎，
你要用什么样的精神也都一任随你。）
我已经给了你一记爱的轻拍，对吧？
你可不想再要来一记。

所以，注意点吧，杰克。

这里一些故意的文字错误[①]在小说中是烟雾弹，可以解释的（部分是作者想掩饰自己的身份）。但我也认为这是戏剧独白固有的风格特征，让这首诗成了金斯利最好的诗作之一。这儿我们听到全能的魔鬼的声音，同时也是残暴的声音，说着残忍的玩笑和笨拙的双关语。这儿我们看到有个“杀人的混蛋”，连字都拼不对，句子都理不顺，根本不会写[②]……或许，父亲说过最能说明问题的话是回答叶夫根尼·叶夫图申科[③]的问题（剑桥国王学院小教堂，1962 年），“你不信有神?”他答道：“嗯，没错，不过我更恨他。”[④] 金斯利永远无法分享索尔·贝娄的理想，“与死亡”建立“清醒、体面的关系”（死亡是“我们若想看清任何东西，镜子所需的黑色涂层”）。他不仅仅是惧怕死亡；他憎恨死亡，因为死亡是爱的对立面和敌人。

我们搬进哈德利林地后不久，死亡就降临在我们家。简的母亲基特和我们一起住了些年头了，那时候，她基本就出不了一楼的卧室了。在这间卧室里基特心脏病发作过世了。那天晚上，为了比比谁更大胆（我

---

① 原诗中有一些拼写、语法和标点的错误，以表现作者是个半文盲。译文以一些错别字来替代。

②《反死亡同盟》中的牧师艾斯丘上校不是寻常的上帝的仆人。他暴露了自己是某类深受折磨的摩尼教徒。例如，他宣称“对基督教的上帝或是任何一个仁善的神深信不疑，都是对人类体面和智慧的羞辱”。但这都不妨碍他精神上的饥渴。快结尾的时候，艾斯丘替一位病重的朋友（凯瑟琳）祈祷，或是说请求宽恕。“之前他祈祷的时候，就像是对着一间空屋子说话，或是对着另一头没有人的电话说话。”不过，这一次，他觉得电话的另一头有人在接听了，“什么都不说，一点说的意思都没有，但那人在接听。这挺让他害怕的。”在最后一页，艾斯丘深爱的阿尔萨斯母狗在教堂外面，脱开了狗绳，“对街对面的什么东西太感兴趣”而没有注意到迎面过来的卡车。这条狗叫做南希。它就是南希，写它的这一段又清楚又有见地。——原文注

③ 叶夫根尼·叶夫图申科（Yevgeny Yevtushenko，1933— ），俄罗斯诗人，也是小说家、散文家、剧作家、编剧等。

④ 见《回忆录》中“叶夫根尼·叶夫图申科”一节。——原文注

们想要这个对我们来说全新的经历），我和女朋友塔玛辛悄悄溜进去看遗体。我从来没有特别喜欢过基特，金斯利肯定也一样。他以前总是要扭来扭去、嘟嘟囔囔、骂骂咧咧好一阵子才能让自己准备好例行去她的床边（这叫做“给基特请安”），但他确实天天去看她。我认为她势利，脾气又坏，觉得她是个严酷的母亲，特别是对我那个性格温和的继舅舅科林。基特让我想起了《说吧，记忆》中的家庭教师（一个更极端的例子）。纳博科夫写了这一段告别词：

> 她一生都在感受苦难；这种苦难是她天生的特性；只有它的起伏、它多变的深度给了她在运动着和生活着的印象。使我不安的是，只有苦难感而没有别的，是不足以造就一个永久的灵魂的。我的孤僻的大块头女士在人世间是没有问题的，但是要永恒就不可能了。

我想基特在人世间还算过得去。而她永恒的灵魂，如果有的话，现在肯定是不在了。她看起来完全被掏空了……死亡是一个复杂的符号，而我们对其的反应也很复杂。塔玛辛和我哈哈大笑，又咕咕地傻笑，我们颤抖的双手伸向了对方。即使在那一刻，我也感觉到有一种审判悬在我们上方。然后它落了下来：随后没多久塔玛辛的父亲，塞西尔·戴·刘易斯，当时的桂冠诗人，死在了这间屋里，这张床上。

这间卧室对死亡了解得非常通透，而且装备齐全（我记得卧室带的卫生间里有繁复而吓人的扶手）。外面是院子和花园，可是这间卧室对死亡了解得非常通透。戴·刘易斯和他的妻子吉尔·鲍尔肯去那间屋子像是去临终医院：不会有两样的结局。1972 年 4 月，金斯利写信给拉金①：

---

① 拉金在他最后一首出色的诗歌《晨诗》（“邮递员和医生一样，挨家挨户地走过去”）中写道：“勇气毫无用处：/这是为了不吓着别人。/鼓足的勇气/不会将人带离坟墓。/无论啼啼哭哭还是坚忍不作声，面对死亡并无二致。”——原文注

“可怜的塞西尔·戴·刘易斯，他病得很重，事实上是奄奄一息了，他会在这儿和我们一起住，直到死去。他非常的虚弱，但完全镇定，挺乐呵的（天啊）……当然，没有谁能说还有多长时间，但看来挺可能是在一周和一个月之间。”结果是一个月。艾丽丝·默多克的小说《修女和士兵》中有个人物说：“我真的希望好好地死去。但怎么能做得到呢?”与狄兰·托马斯所说的正相反，要温顺地走进那安息的长夜①。塞西尔是温顺地走的。我仰慕过他早期更为浪漫的诗歌（有段时间还模仿过）（“短瞬，短瞬的时光”），仰慕过他用古怪有趣的口语诗体翻译的《埃涅阿斯纪》——也是他女儿众所周知的情人。我绕着临死的戴·刘易斯走着。但他的平和、静止将我拉得更近了。那是一场非同寻常的展示。他告诉你，怎么样能够保持镇定自若，直到最后一刻；你仍旧拥有你那永恒的灵魂。塔玛辛进来。丹尼尔也进来了。死的过程完结了。这是他最后的一首诗《在莱蒙斯》的最后几行：

　　　　盛放的
玉兰吟唱着她的安魂曲，
欢迎的气氛。很好。
我接受我的虚弱，有我朋友的
善意每日给我的病房增添甜蜜。

诗的前面部分，戴·刘易斯提到“充满爱的屋子所滋养的平静”。他是好好地死去的，这对他、对吉尔、塔玛辛和丹尼尔都是一种致意。②

---

① 指狄兰·托马斯描写死亡的名诗《不要温顺地走进那安息的长夜》。

② 丹尼尔当然就是那位伟大的演员，而且还是一位伟大的有诗意的演员（尤其是《最后的莫西干人》）。我经常想——当然肯定不及丹尼尔想的那么多——塞西尔在上天的过程中享受到的乐趣。十五岁的丹尼尔（我二十二岁），他让我想到我的表弟戴维。不过，这个阶段的丹尼尔，他那咄咄英气被青春痘抹杀了。他喜欢吃糖果和浇糖汁的面包。我记得塔玛辛宠他，会给他运这些吃食。——原文注

而我们可以如此毫无摩擦地接受吸纳这件事，没有什么能比这一件事更清晰地告诉我这整幢屋子的爱有多浓厚。

所以说，我父亲在那些年有许多需要他捍卫的东西。他对周围的环境漠不关心，对获取的东西毫不在意，但这一大片的宅邸，我说可能是同他的父亲这场永远不会结束的争论里，给出的明确回答。对金斯利而言，也是对其他所有我认识的作家而言，富裕不说明什么，但证明了才智的健康，读者的支持。富裕不是刻意求得，没有也照样可以生活。[①]就我记忆所及（金斯利会觉得那个说法挺僵硬的，但这是我写作这本书的原则之一，我们间的争论也会以这些形式持续下去），只有一次他试图表现得高傲、自负，结果被淋了一头。要描写现实生活中的闹剧非常不容易（要不让你哈哈大笑，要不让你找不到笑点），但我努力来留住那一刻中自我调整的水准……厨房里大家闹哄哄地在吃中饭，大概有十来个人，金斯利正在经受着一次非同寻常的困难：让别人听到他。我看着他，一次又一次，他伸着脑袋，过了几秒钟，又夸张地垂了下去。这样坚持了差不多一分半钟。然后，一听没开罐的啤酒砸在了桌子上，这让一桌子的人迅速地静了下来，刀叉跳了起来。他骄傲地，狠狠地，冷冷地，扫视了一圈收敛了的听众。开口说话之前，他伸手拉开喜力的拉环。一注啤酒喷薄而出，喷了他一脸。整间屋子又闹开了，满是笑声。我心想，两种走向都有可能。但他看到了好笑的一面。对他并没有另一面。他做了件违背本性的事。他这一辈子就一次做得毫无幽默感，而幽

---

① 而我早已经也同样这么认为了。我正在成长，渐渐变得不那么愚蠢。奥斯力克，就像基特、塞西尔那样，已经成了过去，消失了。1974 年，我辞了在《泰晤士文学增刊》的工作，开始替《新政治家周刊》的后一半文学部分工作。这是左派的喉舌，最知名的编辑碰巧叫做金斯利·马丁。克里斯托弗·希钦斯和詹姆斯·芬顿这两个我的同龄人是积极鼓吹的托洛茨基分子。他们周六早上在伦敦西北基尔伯恩的主街上卖《社会主义工人报》。我转向了中偏左的自由派。所以我父亲和我进入了我们的“金斯利·马丁”阶段，或者称“金斯利-马丁”阶段。每一件事，都会根据党派的政治立场有不同的观点。这永远也不会改变了。1999 年的这一刻，我仍旧还在和他争论。——原文注

默即刻纠正了他……瓦奥莱特·鲍威尔夫人①说，还记得那些年头是件令人愉快的事，“所有那些美好的时光和笑话”。是啊，正是如此，瓦奥莱特：所有那些美好的时光和笑话。而金斯利就在所有这些的中心，就像是一架发动机。

“你刚说什么来着，爸爸？你要去……？”

“……我要去搞把大枪。”

“哦，这下是大枪了。”

“我要去搞把大枪……有谁进入这里……企图拿走我的东西……要不弄死他，搞残他，也要日了他……”

当然，他没有真的去搞把枪。而大房子消失了，爱情也消失了。

① 小说家安东尼·鲍威尔的妻子。信是给扎卡里·利德的，金斯利·艾米斯《书信集》的编辑。——原文注

大学来信

埃克塞特学院
牛津
（复活节？1970年）

最亲爱的爸爸和简：

太感谢那顿中饭了，爸爸（罗莎也向你道谢）。①

我在《新政治家周刊》的竞赛中赢了两镑钱，你看到了吗？② 我这辈子最好的经历了。

预考③快要让我精神错乱了。我们要到考前一周才能结束课程（也就说下个礼拜）。到那时，我得熟读维吉尔的那两本书，许许多多的古英语文本，许许多多的古英语语法，还有所有的弥尔顿。弥尔顿我们只学了六个月，而牛津的其他学生都学了两个学期。这就像是布赖顿补习学校的经历重新来一遍，却没有小魔怪来告诉我该怎么做。

我唯一朋友（罗伯）上个周末来了。他到达罗莎的公寓之前，每半个小时就打个电话来预告一下，每个电话，还更恐慌一点，但他安安全

---

① 我的女朋友罗莎琳德·休尔。——原文注

② 有个新颖独特的想法值得一提，但执行得不彻底。那一次我用的名字是 M. L. 艾米斯。是谁开创了用两个首写字母的做法？D. H. 劳伦斯？还是 L. H. 迈尔斯（和劳伦斯完全同一个时代，可算是得到 F. R. 利维斯首肯的两位二十世纪小说家之一）？这样用更加严肃：此为目的所在。没有透露更多的信息。M. L. 艾米斯是我的第一篇书评署的名，但第二篇就没再用这个署名了。——原文注

③ 指在第二学期结束时举行的预考。——原文注

全地到了这儿。他想要了很久的增加工资结果只是五先令一周，所以他离开了“传记”转去了别处，从最底层开始。让人失望沮丧得很。①

你的小说进展得怎么样了，简？我知道你说的转移注意力的事是怎么回事。我在想早上到底有没有时间泡杯咖啡。我他妈的真等不到这学期结束啊（你们要还不知道的话，那是 15 号）。

转达给科尔和沙奇的爱，但不给萝丝，她居然不认得我，等着我好好折磨她六个星期——我还要千方百计让她被一条杂种狗强暴。三个星期后见。

很多很多的爱

马特

又及：这是一些开销：咖啡等—150。干洗—1150。文具—80。中饭（直到学期结束的几个周末）—200。给校工的小费—110②：总计 580。这学期早些时候你拒绝寄给我的—＋318。我那天来时欠爸爸的钱——100.860 ③

---

① “传记”是苏豪区希腊街上的一家小电影公司，可能现在也还在。我为什么说因为罗伯的挣扎而觉得失望沮丧，我也不太明白。戈尔·维达尔说过成功是不够的，他这话没错：别的人必须得失败（尤其是我们的朋友们）。这听起来像是一种高级的恶行，但我觉得其中有些很原始的原因。这和害怕被抛弃有关。一两年之后，罗伯作为导演助理的职业有一段时间在我看来，流星般闪亮得令人害怕。我以为他会飞出我的轨道。随后，他坠落了——太远太迅速（从《亮丁丁》一剧开始，事情就变得无法掌控了。这是一部早期的性爱购物电影，由琼·柯林斯主演）。昨天晚上（1999 年 5 月 12 日）我和他一起吃晚饭。他告诉我他尝试的专业照片配框进展得还不错，那一刻我感受到了返祖的不安和刺痛……我付了账单。我给了车资。我还没有脱离他的轨道。也有可能我已经离开了。——原文注

② 这些是镑、先令和便士。可悲地不出所料，奥斯力克给了擦楼梯的校工二十一先令的小费——即一基尼。——原文注

③ 该数字从何得出，不明。

存在依旧是工作

1995年一点也不拘礼节。1月1日，它宣告了自己的到来，带着弗雷德里克·韦斯特在监狱自杀的消息。（随着死亡他像是从脚注上升到了本文。）……这一举动是蓄谋已久的。他自愿加入伯明翰温森绿地监狱的衬衫修补小组。这给了他机会拿到棉布卷，他再用自己床单的褶边增加了强度。他等到警戒松懈的公众假日。早上，他打了台球，使用了运动场，还领了浓汤和肉排的午餐。他的囚室里有一把椅子，但他身下踢翻的是洗衣篮。凳子倒地的响动可能会招来狱警。而洗衣篮倒地只是不太响的啪嗒一声。

对韦斯特自杀的动机，有不少揣测。是他没法面对即将到来的审判吗？是罗斯玛丽在他被捕以后摒弃了他而心生绝望吗？有位作家指出韦斯特的自杀可能是出于他最后的“淫乐杀人”，是他对死亡上瘾之登峰造极。可是，当时的情形和细节都指向这是一次胆怯的逃离。韦斯特的两个孩子，斯蒂芬和梅，提供更为简单也更为可信的解释。梅：“我一向都知道他会在监狱里自杀。他很害怕，一直都往身后看怕万一有人要杀他。”斯蒂芬：“爸爸告诉过我，要是他自己不这么做，在那里面也会有谁这么做的……他满脸是泪，痛哭不已……（他的自杀）非常自私。”[①] 相信这些话，对我是一种必须，但我也觉得这些说法支持了这一观点：韦斯特非

---

① 这些引文出自斯蒂芬·韦斯特和梅·韦斯特的书《克伦威尔街二十五号内》。斯蒂芬具体写道：“他决意要不惹任何麻烦，对每个人都称呼‘先生’。连碰到其他囚犯也不例外。一天我和他在一起，有个人从一旁经过。这人杀了他全家，所以进了监狱。爸爸说：‘先生，您好。’”梅说到她父亲的自杀：“我深信上帝把我们都分开了，想要把我们全杀光了。如果这是一场噩梦，那么上帝啊，请让我现在就醒过来吧。”这让我想起了金斯利·艾米斯在《反死亡同盟》中的那首诗。——原文注

常容易害怕。他蠕动着爬向了死亡。他畏缩着离开了存在。

我听到韦斯特自杀的消息时，感觉到震惊和一些反射性的怜悯（因为自杀发出的信息来自人类终极的崩溃），但我一点也不奇怪：一点都不。自杀完全合乎弗雷德里克·韦斯特的本性。他为什么要自杀？要想到一个他继续活下去的“动机”会难得多。而且我也有这个念头：让他下地狱吧，让这张狰狞的哀求的脸下地狱吧。将它从地球上摘除。

而另一方面，真相受到打击。这一点很快就明确了，而我能感觉到其中的缺失。他这一辈子就是一整个巨大的谎言，是真相的敌人和对立面。[①] 他还会——从坟墓中——来污蔑我的表妹。自杀构成了他最后的逃避。弗雷德里克·韦斯特的弟弟约翰在 1996 年 11 月自杀，带走了他那部分的真相。[②] 他用了和弗雷德里克一样的办法，连在绳索上打的结也一样——可能是他们在赫特福德郡一个村子长大的日子里学会的。他们的父母沃尔特和黛西教给他们打结，也教给他们身体暴力和性兽行，而他们也是由他们的父母教给他们的。

---

① 他说谎和他偷盗一样，无法停止。斯蒂芬说：“他的手能碰到什么，就会偷什么。他是一架令人难以置信的偷盗机器。”梅说：“家中至少有百分之九十九的东西是偷来的，连地毯也是。”在这两人的声音中，在年龄最大、痛苦最深、孤立最久的安·玛丽的声音中，能听到如此生命的力量，让人印象深刻，甚至惊心动魄。唉，他们相互作伴：在克伦威尔街的这幢房子里，我们猜想他们营造了某种替代的世界。其他的孩子还有（还在的和成了过去时的）：夏尔曼（和韦斯特的第一个妻子蕾妮一起被谋杀），希瑟（被谋杀），还有几个“小小孩”，女孩 A、女孩 B、男孩 C、女孩 D 和女孩 E，其中四个的父亲是罗斯的“客人”。1992 年 8 月，女孩 A、女孩 B、男孩 C、女孩 D 和女孩 E 被转入国家收养。这是韦斯特夫妇因虐待和忽略被指控之后，尸体挖掘的十八个月之前……弗雷德里克·韦斯特的谎言一片混乱，随意瞎编。比如，他会说，他拥有一系列的旅店，和明星露露一起周游世界。——原文注

② 约翰·韦斯特的自杀是在陪审团商议最后的裁决期间。他被指控在克伦威尔街犯下无数的性犯罪。安·玛丽·韦斯特称，连续几年，她被迫同他发生关系多达三百次以上。罗斯玛丽也同约翰睡觉——还有和她自己的父亲，比尔·莱茨。莱茨一直都对家人有精神变态行为。当然，弗雷德里克经常强奸安·玛丽。从她八岁时就开始了（罗斯玛丽参与了最初的折磨），一直持续到她十五岁时发生宫外孕。——原文注

我面前有一份新近的剪报是这么开头的："（一个二十二岁失踪姑娘的）母亲昨晚说道：'我不敢闭上眼睛，害怕可能会看到的情形。'"她说的话直中要旨。碰到报刊文章中提到的这一事实：被杀害者的家人的确是想了解受害者是怎么死的，乍一看，这像是违反直觉。但原因却是明了不过的。他们希望能延迟或是缩减呈现在脑海中蜂拥而至的恐怖景象。了解了之后，至少在你闭上眼睛时，你知道你会看到什么。这一段出自《普宁》（还有纳博科夫。我们应当记得德国的大屠杀让他失去了弟弟谢尔盖：他的罪行是同性恋）：

> 由于没有正式记录说明米拉到底是怎么死的，她在那人的脑海里便一次一次地死去，又一次一次地复活，只不过为了再一次一次地死去：她被一个受过训练的女护士拉走，用那带有肮脏的破伤风杆菌的破玻璃针管注射了一针啊；她被哄骗去淋浴时让渗进去的氢氰酸毒死啦；她在一个堆满了饱浸汽油的白桦树枝的土坑里被活活烧死了。

1995 年 1 月 1 日，我就已经能感觉到我的质问、审视和枪火，都转向了罗斯玛丽。她的拘禁、长达一周的审判从 2 月 6 日开始。

要说成了报纸头条的自杀事件"把一切又招了回来"，这不准确也不适当，因为这样的事永远不会离开：就像金斯利说的，遭遇这样的事，你只能希望与之共存；它们就在那儿……但这事的确招致了新一轮痛苦而毫无方向的深思——是较戴维毒骂和嚎哭更为安静的版本：诅咒，低泣，思念死者。那个年初，我看起来本就状态不佳。几乎可以非常肯定地说，我状态不佳。笔记本上写着："如果爱流泪是状态不佳，那我就是那样。"我很容易被感动得流泪，（比方说）上一回影院很少有不流点儿泪的。连那种刻意营造深刻的努力，最敷衍马虎、庸俗低档甚至是实为无情的煽情，也令我痛苦万分（有关人脸的表面，连带着眼睛和嘴唇，如此的巨大，伸手可触：对我来说，这其实都太明显，太直接了）。但那个哀痛得哭成个小婴儿的圣诞是一次对性格塑造有着深远影响的震动，是从未有过的经历。然后 1995 年就到来了。

我作为个体在结构上被削弱了，以严重程度上升的顺序排列：各种各样的隔离（有些既属于职业生涯也属于私人生活，而所有都见诸公众），牙医诊所的椅子上令人痛不欲生的拔离（就这把年纪，要做的功课时间更长，商讨的次数更多），还有在夏天和秋天与妻子的分离、和两个孩子的道别。主题清晰：分离，拔离，隔离，再由表妹露西带来的不见底的深度，还有她那美丽而如今变成了悲伤的姓氏。此外，与此同时，我的朋友、导师和英雄索尔·贝娄正在加护病房的一架呼吸机上，双肺都已经成了白色。对他神经系统大规模攻击的原由还是不清楚。在加勒比海，嗅觉上的幻觉已经变成了登革热的症状。他的妻子贾妮斯几乎是将他从圣马丁劫持飞到波多黎各，再转去波士顿。在医院，他的心脏衰竭，还出现了双重肺炎。有天晚上，他从床上爬下来，摔了一跤。医生说，他的背部发炎得厉害，就像是从空中看到一场森林大火。而且索尔快八十岁了。

最后还有布鲁诺：布鲁诺·丰塞卡（1958—1994）。最后还有在纽约的那一刻，从各路而至的悲痛汇聚在一起……晚饭结束的时候——会不会是在圣诞前夜呢？——你母亲让在座的人传看她装订的一系列画作：在你弟弟布鲁诺临死时画的画。画中的布鲁诺昏睡着，盯视着，等待着，看起来像是戈雅的鬼魂画的自画像。然后，在最后一页，让人大为震惊的是，一张布鲁诺十二岁时的照片——他光滑裸露的胸膛和手臂，他一脸天真，带着点疑惑，懒洋洋地嘟着嘴。这本薄薄的册子传到了你的父亲也是布鲁诺的父亲的手上。那整整一年，贡扎罗在众人眼中，一直都非常镇静。一次又一次的忧伤，我从来没见过他畏惧也没见过他哭泣。他承受了下来；作为一位雕塑家，他就像山边一块古老的岩石，往更深处沉去。这一刻，我看着他一页一页地翻阅着。贡扎罗淡淡地微笑着，我认为那是对他前妻技术的认可（那是极度情绪之下保持的技术）。

然后，他边呼出一口气，边翻到了照片页。突然间，他不由自主地急速从下牙处倒吸了一口气。那是冰寒的海水拍打你的胸脯时会发出的声音，或是海浪滚上沙滩、卵石翻卷起来时发出的响声。他马上恢复了神色。仅此而已……后来，我发现想到这一刻总是让我觉得非常沉重。由此引起了不祥的联系。因为这包括了我自己的儿子们（他们的肢体外貌同那照片里的男孩很相像），还有父母无法继续的爱，以及所有在1994年发生的中断和消失。

无所疗愈之痛

1985年，在伦敦，命运以迈克尔·伊格纳季耶夫[①]的模样把贝娄和我又带到了一起。我们三人做了一场以讨论为形式的深夜电视节目。索尔和我一起坐了一两次出租车。还有一次晚饭，我的第一个妻子安东尼娅·菲利普斯也来参加。索尔像是在独自旅行。我现在知道了当时他和第四位妻子——《祸从口出的他》（1984）一书的题献人——的婚姻结束了，或者近了尾声。但那时我对他的私人生活没有什么好奇心。我想说的是，我对他的感情总是基于文学上的敬慕，而这种敬慕也不断地塑造和刷新我对他的感情。在他的书页中，他会“阅读”一张人脸，一个人的气场，那样的时候，我对他的敬慕简直无以复加。这些“阅读”不仅仅是印象式的描述，它们见微知著，具有圣经的风格。所以，那个时

① 温和的迈克尔同乔治·麦克唐纳·弗雷泽的“弗拉士曼”系列小说中反复出现的恶棍伊格纳季耶夫伯爵有同样的姓氏，让人有种满足感。他是流行小说中最不知疲倦的狠毒角色。（不曾料想，我们后面还会提到弗拉士曼，而且是在令人痛心的情形中。）——原文注

迈克尔·伊格纳季耶夫（Michael Ignatieff，1947—　）加拿大作家、学者和前政治家。曾任加拿大自由党前党魁，曾担任加拿大国会下议院官方反对党领袖。

乔治·麦克唐纳·弗雷泽（George MacDonald Fraser，1925—2008），苏格兰作家，著有多部小说、非小说和剧作，以“弗拉士曼”系列小说知名。弗拉士曼是《汤姆·布朗求学时代》的次要人物，拉格比公学小霸王。在弗雷泽的小说中，他参加了英国军队，依旧是个反派角色。

候我发现他的目光灼灼，像是在检测。我感觉得到他的注视在检测我。他能看着我的脸，非常明确地告诉我等在我面前的有多少麻烦。①

1987年初，我被邀请为在海法举行的索尔·贝娄会议写篇文章。会议是由著名的以色列小说家A. B.（“勃列”）约书亚②组织的。我接到的任务是评论将要出版的《更多的人死于心碎》一书。我和妻子一道飞到以色列，很晚才到了海法的宾馆，宾馆的厨房已经歇业很长时间了。我记得我们要到了一只苹果和一只番茄。第二天一大早，电话里传来一声粗暴的叫嚷声：我被告知“会议转车”③ 正在前庭等着出发，发动机轰轰的转声现在都听得见。我饿着肚子，衣冠不整地坐车到了一幢像是多层防空洞的大学建筑里，听了一系列美国学者的演讲，比如“装入笼子的现金收钞机：《悬挂的人》中的存在主义与物质主义的各种张力。”索尔也在。有人听到他说，这类东西他要是得再多听一会儿，准得死，不是因为心碎，而是因为沉沉的死气。④ 之后，“索尔·贝娄会议中心”的

---

① 哦，对了，我应当提一下我给他寄了一本《金钱》，也给拉金寄了一本。他的回应让我非常兴奋。但我还是觉得在那棕色的注视中软弱无力。那个我们一起做的电视节目叫《索尔·贝娄和愚者的地狱》。我明白过来，索尔就是索尔，而我是那个愚者。换个更好的说法是，他的对现代社会的迷惑一目了然，而我是其中迷惑的一分子，朝外张看。——原文注

② “勃列”（意即“霸凌”）的绰号众人皆知，虽说我从来也没搞明白其中的原委。某次晚宴后的正式讲话中，希蒙·佩富斯提到他时，就以“勃列”一名，而不觉得需要有什么解释说明。佩富斯当时是反对党的党魁。贝娄自己在《往返耶路撒冷》（1976）一节中说道，佩富斯外表年轻得不可思议，像是完全靠吃内脏为生。——原文注

Abraham B. Yehoshua（A. B. 约书亚，1936—　），以色列小说家、散文家和剧作家。

③ 意思为“会议专车”，文中表示发音不标准。

④ 当时我以为他只是觉得尴尬（当然，还觉得无聊透顶）。但他的难受还不仅仅是个人层面的。在1975年的一篇文章（《事关灵魂》，收录在散文集《集腋成裘》）中，他评论道：“各所高校失败得令人痛心。”他们熄灭了所有文学蕴含的躁动和兴奋，制造出一批毕业生，“能告诉你——或者他以为自己可以——亚哈船长的鱼叉的象征意义或者《八月之光》中的基督教象征”。梅尔维尔和福克纳要知道有这些评论，会觉得深受折磨，一如贝娄在海法的那天早上所受的折磨。——原文注

现场不怎么见得到索尔·贝娄。（也不怎么见得到我。）不过，最后一天，我和小说家艾伦·列利丘克、阿摩司·奥兹[1]做报告时，他没有退缩，坚定地出席了。

赞美了天气的灿烂，赞美了小说的出色后，我接着说道：

> 我极度的自得还有如下的理由：贝娄一直在读菲利普·拉金的诗歌。《更多的人死于心碎》里的这位叙述者在巴黎长大，在鲍里斯·苏瓦林[2]、亚历山大·科耶夫[3]等极有分量的思想家的影响下长大。他们谈论地缘政治、黑格尔、在历史终结处的人类，写出来的书叫做 *Existenz* 什么的（注意结尾有力的"z"，而不是更为温和的"ce"）。我在威尔士的斯旺西长大，菲利普·拉金经常在家中出入。他不会谈论后历史的人类。他会讨论过早谢顶而引发的一场场的心理剧。贝娄引用拉金："每个人身上都安眠着由爱而得出的生命的感觉。"[4] 拉金"也说过人们梦想'如果得到过爱，他们会做什么。无所疗愈之痛'"。没错，"无"——即，死亡——确实能疗愈那种伤痛。对拉金来说，爱不是一种可能。因为对他来说，死亡横跨在爱之上，令爱变得渺小而可笑。他于1985年去世。到了贝娄这个年纪，他已经去世好多年了。对他来说，死亡把爱挤了出去。对贝

---

① 艾伦·列利丘克（Alan Lelchuk，1938— ），美国小说家，著有《三十四岁的米里亚姆》、《布鲁克林男孩》等作品。
阿摩司·奥兹（Amos Oz，1939— ），被认为是当今以色列文坛最杰出的作家，也是最有国际影响力的希伯来语作家，著作包括《爱与黑暗的故事》和《一样的海》。

② 鲍里斯·苏瓦林（Boris Souvarine，1895—1984），法国政治思想家，马克思主义者，出生于乌克兰基辅。是法国共产党的奠基人之一。

③ 亚历山大·科耶夫（Alexandre Kojève，1902—1968），法国哲学家、外交家，生于俄国。存在主义的新黑格尔主义的代表，对二十世纪的法国哲学产生巨大的影响。

④ 出自拉金的诗 *Faith Healing*（《信仰治愈》），收在《降临节婚礼》一书中。贝娄的引用与原诗稍有出入，原诗为"每个人身上都安眠着/由爱而得出的活过的生命的感觉"。

娄来说，像是反了过来。按书名的说法，更多的人是死于心碎。嗯，拉金从来没有心碎过，不是那种意思上的心碎。这部新小说想告诉大家很多很多，但其中一桩是，你需要心碎，让你继续是个凡人……叮嘱一句，得是合适的那种心碎。好吧，不管你是否需要，你必定会得到的。

生命竟然会如此依循同一主题，我觉得惊讶极了。今天（1999 年 7 月 13 日），我读到艾伦·布鲁姆《美国思想的封闭》（1987）一书中的这一段落："很少有人能够接受自己灭亡……面对我们在意的事，却没有足够的宇宙的支持。因此，苏格拉底把哲学的任务定义为'学会如何去死'。"这让我想到了贝娄的说法："我们若想看清任何东西，死亡就是镜子所需的黑色涂层。"这一说法又把我带回了拉金和他的诗行，"双眼想躲开死亡的对视，那昂贵的代价。"① 昂贵！没错，它确实是昂贵的：令人咋舌，望而生畏，倾家荡产，花了大价钱买来。可是，就在 1985 年 11 月 21 日，他整理好自己的睡衣和梳洗用品，离家去医院，还集聚了轻松、幽默和慷慨又再写了一封信：给我的父亲。拉金对握着他的手的护士，说了最后的话"我要去躲不过的地方了"。他在最后的屋子，对着最后的女人，说了最后的话。

会议结束了，我们都往南边去——去耶路撒冷。在那儿，索尔和我交了朋友（我自认为如此）。

"索尔·贝娄在一定意义上是不是您的文学父亲？"

当我们的交往众所周知，在采访时，经常（不是不受欢迎的）会碰到这个问题，我一般是这么回答的，

"但我已经有了位文学父亲了。"

那时，在 1987 年，这一说一点不错。

---

① 出自拉金的诗《欲望》(*Wants*)。

"Lurid"

1994年结束的时候，我的生活开始变得"lurid"。根据《牛津简明词典》中福勒写的浓缩型长篇叙事诗，这个词的意思是：

> 1.（色彩，色彩的组合，光线的组合）可怕的，苍白憔悴的，炫目的，不自然的，暴风雨的，可怕的（指肤色、景色、天空、闪电、雷电云、冒烟的火焰、扫视等）；cast a～light on，以悲剧或可怕的方式来解释或揭露（事实、性格）2. 耸人听闻的，令人毛骨悚然的，（lurid details：耸人听闻的细节）；显眼的，艳丽的，（paperbacks with lurid covers：有艳丽封面的平装本）3.（植物学等）颜色发暗的黄棕色。

在《国王英语：现代用法指南》一书中，父亲在"single-handedly"（单独一人）这一标题下写到：

> 有些无知充作了学问，或者至少是拿规矩和常识来说事……有些人喜欢把词搞得很长、音节很多，他们没有注意到也不在意"single-handed"本身就是一个副词……最近流行的"overly"（过度地），是本世纪这一时期最丑陋的入侵词之一，同样也是在本就用途广泛、毋庸置疑的副词上作了没必要的延伸。
>
> 还有很多其它的副词，不是以"ly"结尾，同样容易受到有创意的无知的侵犯。"Regardless"（不管）放在句首，早已经有了三个音节，又来了一种不同形式的不识字，把它吹大成了"irregardless"，可能需要恢复原身。但除了早已经用"ly"结尾的词，这类词都难以独善其身。什么时候我们等着看到"quietly"？"Altogetherly"？"Nextly"？

接下来（“nextly”）是这样的。昨天（1999年4月30日），我听到北大西洋公约组织的发言人杰米·谢伊用了这组词“know fully well”（完全知道得很好）。我的第一个念头就是给父亲打电话，当然父亲已经不在了。金斯利在《国王英语》一书中接着说道（在此，对我这段时间令人毛骨悚然的［lurid］一些事迹，他已经给出超现实的描述）：

> 最近，有位得奖女星被大家听到……感谢所有帮助她成功的人，说“lastly but not leastly”① 提到几个很容易被忽略的小角色一位纽约牙医镇定的时候说“open widely”，匆忙的时候说“open big”。②

这儿的牙医说的是托德·贝尔曼，女星是杰西卡·兰格。在纽约被托德搞成近似“金赤”的状态后，我飞到了洛杉矶，同一众“耀眼艳丽”（“lurid”）的明星厮混：同杰西卡一起，同莎朗·斯通和索菲亚·罗兰一起，同汤姆·汉克斯一起，同昆丁·塔伦蒂诺一起，同约翰·特拉沃尔塔一起。约翰和我一起在他日落大道北面比弗利山庄租住的屋子里两度共进晚餐，后来在《矮子当道》的片场他的拖车里吃了一顿告别午餐。

笔记本：12月15日。吃了一堆几乎致命的安定，苏巴辛德拉·辛格（哦，这下他们对我心存怜悯肯送我了）平缓地开车把我送到了东49街307号。迪克③从他的牙医处得到的药剂要好一点：“让你觉得，他们无论做什么，怎么着你都不在意了。”而我觉得安定片，效果还没有那么好。“Open widely.”

---

① 应当是“last but not least”，意为“最后但同样重要的是”。

② 两个原意都是“张开嘴”。“wide”即可以作副词，不必加“ly”。而“big”作副词时，不能指“面积、体积、程度等方面的”大。

③ 社会批评家理查德·科尼埃尔，伊丽莎白·丰塞卡的第二任丈夫。——原文注

“1）解释。2）十来次（?）注射。3）拔除（右侧）拔除左侧，伴随着令人万念俱消的刮拭和碾磨——还有，用似乎是沾血的牙线缝补。4）后面打光的屏幕上的扫描图片：连接下犬齿和唯一一颗存活的门牙的牙桥。这颗门牙是一汪牙病大海里的一只可怜巴巴的小浮标。之后切除了‘一只大囊肿’。‘你想看看吗?’我发出一声意为同意的响声。这让我想起了在斯旺西时的生物课：一段虫子，当中剖开，露出内里。5）没完没了手势灵活的缝补。X光两次。”

“在‘恢复’的小间里，坐了一个小时，等血止住。处方中有盘尼西林和安定。还有‘托拉多尔’和‘佩可冬’①（唐·德里罗②说，药物的名称听起来就像是科幻小说里的上帝）。‘得有一段时间，你要做个坏脾气的人，’托德说。不能拉开嘴巴。不能微笑。我又有了一堆价值数百美金的止痛药。”

“那个星期：睡觉（一整天）。使用冰袋。没有预期的变色。整个下巴僵硬肿痛。休息时，不算是疼痛，更像是一种存在，硬邦邦的一块：骨头移植——经过艾滋病病毒筛选测试的牛骨。病毒。布鲁诺③。”

“那我的骨头呢，我那燃烧着的骨头的气息和泡沫，冲洗器，真空清洁器，还有嘴巴里两双手，都是同时在一起，还有牙钻，当然还有牙钻这事，能让你的视力抖索。”

“我建议牙科病人在治疗过程中睁开眼睛。这能让你稍微解脱一点，避免把这场经历全然内化。牙科病人一定要找一样东西盯着看——百叶窗片，装在镜框里的证书（美国口腔颌面外科执业医师。有一次我听到托德带着不屑和夸耀说，‘我已经好几年都没做牙科的事了。’呃，这次

① “托拉多尔”（Toradol）为酮咯酸，镇定止痛药，又叫“痛力克”。“佩可冬”（Percadan，疑为 Percodan 之误）为羟可酮片剂，也是止痛类药物。

② 唐·德里罗（Don DeLillo（1936— ），美国散文家、小说家和剧作家，作品包括《白色噪音》（1985）、《地下世界》（1997）等。

③ 布鲁诺·丰塞卡是在巴塞罗那的妓院传染的病毒，他在那儿是为了招待一个从乌拉圭过来探访的舅舅。——原文注

对我来说肯定是牙科的事），助手的绿色罩衣；舌头上卷盖过上唇的做手术的医生；他用力专注的眼睛；那双避孕套似的手套，到了第三个钟头，沾满了新鲜的血和干结的血；他那根勾起来的食指。”

“12 月 21 日。SB① 还在医院，但出了重症看护。”

“12 月 22 日。散步到托德诊所，打算做一次轻松的检查。可不轻松。缝线散了。‘Open big.’”

“又一次血流成河，至今为止最痛的一次，虽然打了八九次麻醉。下颚，牛骨所在处，大量的刮擦凿刻。器械是如何吱吱嘎嘎高高低低地发出各种刺耳的响声。”

“又一次跌跌撞撞地走在第二大街上，嘴唇肿着，一坨渗透了血的纸巾，就像是一个好打架的，怎么也不会学乖。”

* * *

马丁，这个旅行代理人长期处于痛苦之中，唯一能安排（“有最新消息吗?”他不断疲惫地问着，因为我们的计划改了又改）的全包式度假是去波多黎各的圣胡安度过五个晚上。两个星期前，贾妮斯·贝娄推着她临死的丈夫过了停机坪上了飞机……我准备了一套在黑暗中会发光的麻质西装，是在一个类似叫做盖伊爵士的连锁店里买的；在康达多广场酒店/赌场安顿好后，我又添了一双黑色缎面拖鞋，每踢到一个足球，就会愤怒地噼啪噼啪响几下。有时候，全心接受有伤尊严的事是一种解脱。我再也不想戴钳套了。我感觉我的下颚已经受了太大的伤害，无法再来忍受咧嘴冷笑的那一大坨东西了。

初期：贝娄起初的症状，我再重复一遍，是对食物的恐惧，或说是憎恨，不仅仅是味道，连气味也无法忍受，看也不能看一眼。最初的阶段，“从北边带到这儿的疾病是一种不自在，一种不知所处的错位感，像是形而上的痛苦，而失去胃口像是和这种疾病混在了一起”。早先，

① 为索尔·贝娄首写字母缩写。

他晚饭能吃一碗玉米片，也还能告诉他自己这样的量对他大有好处，因为“和其他的美国人一样，我吃得太多了”。有天晚上，他只能吃下去一勺子鸡汤，那是贾妮斯用好不容易搞到的鸡做好的汤。他把自己没法吃饭这事当笑话来看。提起在他小时候移民来美国的母亲会大声嚷嚷，“我的乔伊都不吃冰淇淋了——他扭过头去不想要——他一定快死了……”可索尔确实快死了……在伦敦，孩子因为腹痛去医院，医生会用下面这个问题来测试是不是得了阑尾炎：“你想不想吃一个大汉堡?”如果答案是否定的，他们就知道是什么问题了。我儿子雅各布躺在急诊室里，因为胃肠炎痛得扭来扭去时，医生就问了这个问题。疼痛犹如浪潮，每分钟，一波一波地来。医生走近时，他大声叫道，“帮帮我，爸爸！帮帮我，爸爸!”而我爱莫能助……而索尔却并不是很清楚他得了病。病魔现在开始攻击神经“鞘”。

康达多广场酒店出租的商铺中有一家是多利萝玛，他家的宣传广告语是“牛排之地”。显然，多利萝玛不是我的地。要是“金赤”在这儿，他会在房间里举起刀叉吃个三明治。或者穿上件引人注目的泳装，在棕榈树下坐着吮一根薯条，旁边摆着个绑在树干上的音箱。在这儿，我周围没有被纽约下东区的流浪汉、乞丐和吸毒者所环绕。我被卷入在游行队伍似的美国人中，这远远没有那么让人感到安慰。他们展示着美国人的健康、富有，脸部的每个细节都被护理到了极致。索尔没法好好吃饭，我也没法好好吃饭。这苦恼似乎令人孤独，特别是在康达多这个以吃为主要集体活动的地方。他们吃东西的时候在吃，散步、逛商店、打排球、游泳、潜水的时候也一样在吃。这时，我的体重已经到了成人以来的最低点，在所有这些圆鼓鼓的古铜色胖子中，我或许找到过一点力气为自己的苗条欢喜雀跃一番。“营养过剩”？这个宾馆的客人是不会被认为是代表了资本主义社会的奇怪发明。那些肥胖的穷人，他们的肥胖就像是低等人的肤色一样，一目了然——那些人，人数够的话（比如说，去了康涅狄格州印第安人开的赌场一天后），在长岛海湾能把游轮大小的渡轮压得吃水很低……这是另一类赌场的人群，中等的收入，中等的体重，是在热带的外国享乐。如果加勒比海按贝娄的说法，已经发展成了“大型美国娱乐性贫民窟”，也有不少生物一动不动，处于满足的昏晕状态中，一任别人毫无热情的目光盯视。我发现自己越来越被一个雷龙似的家庭所吸引（母亲，父亲，女儿和儿子）。下午时分，他们相互为伴、理所当然地躺下睡觉，四只肚子不约而同地随着呼吸起伏，像是刚一同做过努力，费了点力，却算是成功。我猜想，这番集体努力以午餐作为象征。之后，他们喜欢去站在海水中，海水刚到脖子处，或许想感受一下身体变轻——他们体重自然因排出的水而减轻。我又瘦又干枯，不能吃，但我不时去取用小餐厅里的小袋盐（泳池旁的小餐厅，同番茄酱和其它调料一起摆放在外面），正好用于我一小时一次的漱口。

我在看什么书？我想要传递一种情绪，而在读的书正是感觉的组成部分。在传记中，他们应当在书边空白处常规性地加注，告诉我们在读什么书。在圣胡安，我读的是什么书？一如往常，我忘了给这很有价值的备忘录记上一笔——但我当然记得那时在看什么书。我在读你，我在读我自己。在我俩的房间里，我稍稍为《站立着埋葬我：吉卜赛人和他们的旅程》[1] 和印在华丽的压纹纸上的《情报》的美国校对稿做了点润饰修改。整整十年的工作在我们各自的书桌上完结了。很多时候，我都觉得无比的快乐和骄傲[2]……下颚处的肿瘤在纽约的某只培养皿中萎缩了。它已经从我这儿离开了，我很快就会知道是不是还想要它回来，是不是带着同样程度的恶意。贝娄所说的“终生任职”不再有原先的含义。我小心翼翼地穿过骤然衰老带来的余震中。一只因关节炎而虬结的

① 为伊莎贝尔·丰塞卡的非虚构作品，有关罗姆人（又称吉卜赛人）的生活。

② 我记起来我当时也在重读德尼斯·奥弗比的《宇宙中的孤独心灵》(1992)。尽管这书名不怎么样，在我看来是解读现代宇宙学的流行读本中最好的：讨论了涉及到的人类智慧，提到了宇宙向人类智慧提出的问题。奥弗比先生的这本书给在康达多广场酒店的日常生活提供了另一个视角：会说话的电梯（“电梯上行”），威猛的制冷，负面熵的大面积的蔓延。——原文注

德尼斯·奥弗比（Dennis Overbye，1944—　），美国科学作家，专业涉及物理学和宇宙学。

大拇指压下“快进”的按键。身体对此有过抱怨，但身体突然不那么愚蠢了，从此经历中吸收能吸收的。但我一直还是因此而“lurid”（“憔悴”），可怖，脸色是木木的黄棕色，就像那张我自己脸的倒影，栖息在一汪水滩似的麻质西装里——我走过冰冷的赌场，脸的倒影滑过铁灰色的老虎机。

索尔·贝娄去圣马丁小岛上租借的公寓时，他所抵达的地方，我要在很多年之后才能理解。他走了条偏路。这是一段精彩的旅行，抵达了生死的极端和地球的尽头。不再进食，相当的正确，绝对的正确。后来发现，是进食让他进了重症看护病房。他在读什么呢？这也非常的重要。他在读布加勒斯特战争期间的铁卫团①的暴行——屠宰场和挂肉钩、棍鞭痛打、斧刀砍劈。他正在看新几内亚的原始部落烧烤人肉。漫山遍野如瀑布急流般的繁花异草令人眼花缭乱，食人生番在篝火上烧烤着俘获的敌人，散发出“让人胃口大开”的奇异的肉香。

* * *

笔记本：“在迈克·萨巴图拉手上装上了上颌面的钳套，像是裁缝定制。鼻尖上点了个蓝点，帮助确定对称。这像纳粹医生的测量。纳粹医生大多时间就是在做这事：测量，测量，测量。”

“没法相信美国版的《情报》校对稿。像是进了一巢白蚁似的逗号，每一个都是纸边割在我灵魂上的伤口。”②

“1995 年 1 月 3 日。大日子。托德。拆了缝线。没有感染。清理时

---

① 1927 年至 1941 年间罗马尼亚的法西斯组织。

② “编辑的作用？有过哪个编辑能提些和文学相关的建议？”
“说到‘编辑’，我想你说的是校对。在这些人当中，我认识一些平和的家伙，他们有着无穷的策略和温柔，和我讨论一个分号，好像这事关荣誉，——说来也没错，这经常是事关艺术。不过我也碰到过几个把自己当成了前辈的自以为是的货色，想要‘给点建议’，对此我雷霆贯耳地大吼一声：‘不删！’”出自弗拉德米尔·纳博科夫《固执己见：纳博科夫访谈录》（1974）。“把自己当成了前辈的自以为是的货色”说得一针见血：这总结抓住了具有讽刺意味的真相，把一整代的英语界出版社都串了起来（这一代到现在都消失了——虽然偶然的倒退现象还存在）。——原文注

无痛。下颚感觉自由多了，放松多了。更多的青霉素——这个月第三次注射。治疗和病人一样，也长了年岁。”

“但有好消息，好消息。病理报告：肿瘤是常见的。我不是快死了。我会活下去。这是好消息。”

“第七大道上，我买到一份《太阳报》。温森绿地监狱的自杀。可怕的哀求的脸。他看起来像是又一次被带到行刑台上的坏蛋，希望这一次被砸到的是烂果子烂菜。不是砖石、扳钳和石板。”

“我被牙医表扬了：因为能够保持不动。他们告诉我很多病人是‘移动的目标’。我大无畏地保持一动不动带来了最好的治疗效果……这是他们有时候会说的话：‘这么折磨您真是对不住您啊。’我亲爱的迈克，我亲爱的托德：如果你们像《霹雳钻》① 中的纳粹牙医塞尔，意欲施加痛苦，而不是意欲减少痛苦……更何况，我想虐待者是永远不会道歉的。但他们会解释吗?”

“大日子。从贝娄录音电话上贾妮斯的留言中的呼吸声，我可以即刻判断出索尔好得多了。他准备回家了。”

* * *

我也回家了，开始了“lurid”（“耸人听闻”）② 又悲凉的新年。我的笔记本留有这段日子的记录，我在书房被大儿子逮了正着。“你在哭?”路易斯问。“是的，”我说，“但不要担心。现在都已经好多了。”是这样吗？我的表妹死了，你的弟弟也死了。但我不是快死了，索尔也不是。我告诉儿子们：“护林员已经出了院。”他们严肃地点了点头……数年之前，和他们的母亲一起去佛蒙特：诺贝尔奖得主计划在他家旁边的一个小镇子上的集市和我们会面。他开着吉普车，下车时穿着某种市

---

① 《霹雳钻》(1976)，由约翰·施莱辛格导演，达斯汀·霍夫曼主演。

② 说是“耸人听闻”，是因为媒体继续广泛地讨论着我治牙一事。控诉的重点也是问题的症结是，《情报》一书我要了一大笔预付稿费，为了可以浪费其中一大部分来做美牙手术。还控诉了常见的其它那些事。——原文注

政的冲锋衣，（我记得）肩章上绣着“救火队”。我告诉儿子们他是个护林员。他们信了我，这可真不能怪他们。一夏天写作、徒步、骑车、砍柴，到了夏末，他看起来就是那样子的。现在，类似的对话变得稀松平常：

“你要去见谁？”

“护林员。”

或是

“谁说的？”

“护林员。”

或是

“你在读什么书？”

“护林员的。”

1月9日，我和索尔说了话（笔记本：“完全是他正常的样子。贾妮斯的声音是如此的受到感动。”一个星期后，去洛杉矶以及见约翰·特拉沃尔塔的路上，我还会在波士顿见到他。

在《拉维尔斯坦》①（2000）一书中，叙述者住了院，死到临头，像是拿幻象、错觉在自娱自乐——“不需要创造的虚构小说”——这听起来是不是挺诡异的？贝娄写道：

一个医院的男护工站在活动梯子上，正在往墙上的挂钩上挂圣诞节的闪光彩纸、槲寄生和常青树的剪枝。这个护工对我不怎么关心。他就是

① 我见过三个版本的《拉维尔斯坦》。这一部分里有些引用在最后定稿时被删除了。《勿忘我的念物》（1991）一书由三篇极短小说组成。在前言中，贝娄写道：“契科夫告诉我们，‘奇怪，我现在对短小有种癖好。不管看的是什么——是我自己的还是别人的作品——都像是不够短。’我发现自己对此再同意不过了。”这之后在1997年出版的是，力度极大但极简派的短篇小说集《真情》。因此在《拉维尔斯坦》中，贝娄回归到早先更自在更由人物声音驱使的丰沛感情让我吃了一惊。我不得不时时提醒自己，作者不是出生在1950年，而是1915年。——原文注

叫我惹是生非的家伙的那个人。不过这并不能阻止我用笔记把他记下来。记笔记是我的工作职责的一部分。存在就是——或者曾经是——工作。

我同意这一点。存在依旧是工作。

大学来信

埃克塞特学院
牛津
（春？1970 年）

最亲爱的爸爸和简：

随信附上我的膳宿费细目——我没有细看，但我希望餐券（6 镑）和晚餐充值相互抵消了（6 镑－6 镑）。反正我得在周五之前收到一张支票，否则我就要被罚款了。我这辈子还没觉得病得这么难受过，太无聊了。每天早上醒来，感觉之糟又和前一天早上完全不同。上周四：我的脖子和上背部纤维性结节发作，就是肌肉间出现的那种结节（我不明白为什么我会得了那种东西，最近一点没喝掺柠檬汁的啤酒①）；周三晚上发烧打寒颤，周五——头涨痛，周六，感觉像是得了心脏病。打哈欠，但我总是会在考试前得这个。早上出门去买报纸免不了也包括去一趟药房。

我现在非常努力地在学习，下周一之前功课必定会有明晰重点的。盎格鲁-撒克逊语法证明是最主要的麻烦，不过为了记住语音变化，我编造了一些糟糕的小调试图让它有趣一点——不过大多时候，就是惨兮兮地盯着没完没了的动词表，隔几分钟轻声骂骂娘。

昨天我碰到一个反动得让人不敢相信的人。他支持阿拉伯与以色列

① 对一个喜欢调情的体弱多病的人来说，连一杯啤酒兑柠檬汽水都受不了。对这种极端的不耐酒，还有更多证据。——原文注

之争、苏联与捷克之争、尼日利亚与比夫拉之争[①]。同彼得·辛姆普尔[②]——自从那篇题目是《遗失的花束》文章（说 1830 年那会儿有多好）后，我再不看《电逊报》[③] 了。我就此打住了，因为今晚要早点睡——再过两个星期见到你们时，我就如释重负了。

附上罗莎的爱。

爱你们的马特×××

又及：谢谢你们的来信。爱你们大家，连普卢什小姐也不除外。

---

① 指 1967 年至 1970 年间尼日利亚政府和自行宣布独立的比夫拉共和国之间的一场内战。

②《每日电讯报》的一个右翼幽默作家的笔名。——原文注

③ 原文用“Bellygraph”指《电讯报》（*Telegraph*）。

女人和爱情之二

1970年：从1970年开始，什么都开始不对劲了。摘自1991年写给罗伯特·康奎斯特的一封信：

> 我继续高高兴兴地过着日子，从来没有看过那个包一眼。离上次看过到去年十一月已经有八年了，简直难以相信……她离开后，我心碎了好几个月，现在想来，觉得不可思议。我想要她回来，还就此想了一首诗——你要他妈的不在意我提一下的话。现在我希望这事发生在——好吧，我想要是发生在1970年就没事了。好吧，都是经历，虽说经历太多了，也是个遗憾。

这是处于修正状态中的金斯利（而且还是个相对比较温和的例子：在别处，他会更气壮如牛地无礼）。我想我现在理解了对那种修正的需要，虽然我纳闷父亲是不是真作过修正。而且，看到这些，至今都让我难受。1970年？肯定不对。但我怎么会知道呢？从好几层意义来讲，婚姻是个秘密，只有婚姻双方分享的秘密。反正等到了1976年春，这都写到了墙上。大宅子有一面墙，两位作家把文字用斜体大写字母写到了墙上。看来就在一个星期内，事情发生了变化。连最没好奇心的访客，将脑袋伸进前门十秒钟，就能告诉你金斯利·艾米斯和伊丽莎白·简·霍华德的婚姻已经无可救药了。

就感情的事——没有成功地走到一起，走到了一起再分手，结了婚再离——分配谁对几分错几分，我已经失去了所有的兴趣，其中原因乍看之下可能明显不过，但事实不仅仅是那样。共生依存的关系，两人一体的组合，衰败而不能再持续下去，就是那样子……让一个爱母亲的人爱上令他父亲抛弃母亲的女人，这是非常困难的事，或许根本就不可能。因为那个女人让你对爱有了戒心：正是她在你心里培植了对爱的戒心。尽管可能是这样，但我已经非常接近爱简了。“我是你邪恶的继母，”婚礼之后，简对我说。她确实曾经是我“邪恶”——但这就像是我的儿子路易斯告诉我（举个例子）他的“拉丁文邪乎得很”[①]。简曾经是我“邪乎”的继母：她慷慨大方，和蔼可亲，足智多谋；她挽救了我的学业，对此，我欠她的无法计数。有一个缺陷：在早期，她有时候会故意告诉我让我会看轻母亲的事，而我挥挥手让她走开，说，简，这只会事与愿违，让我看轻了你。于是，她努力改正这个小缺点，不会再提。我现在看到她时，会怨恨我们之间失去的那层联系——被法律取消而不是因感情消淡而失去的联系。作为艺术家的她，我也敬慕，一如过去。[②] 敏锐且犀利的清醒意识：他俩的作品都具有。眼看着这一家开始分崩离析，我一直在想，要是他们可以抽离一点，如果他们可以把这些

---

① 原文“wicked”在口语中有“精彩的”，“出色的”的意思。

② 在我看来，她和艾丽丝·默多克是那一代女作家中最有趣的。她既有直觉的感知，又有典雅的风格（就像穆里尔·斯帕克），眼光奇特又有诗意，敏锐且犀利的清醒意识……这一刻，我记起了后来在哈德利林地宅子里发生的事：金斯利后悔不迭又闷闷不乐地修改着简的一个短篇（这原本是为了收录在1975年出版的短篇集《错先生》中，这是她最好的作品之一）。他修改的是打字稿上一些语法错误，每一页上都有几个错误。后来我静心读这篇故事时，我觉得父亲可能是在吹毛求疵，或是自以为是，或是受了某些平行发展的势头的影响（他们俩早已对对方心怀不满）。但并非如此。所有的修订看起来都是认真谨慎的，也不过于拘泥规则。只有一处让我不快。有个描写近郊街道的句子，大致是这么说的：“所有的窗户都拉上了窗帘，像是（like）屋子在睡觉。”金斯利把“像是”划掉，插入了“正是”（“as of”）。我心想；你说的不错，但你把诗意给抹杀了，也坏了节奏。简是个自学成才的人（她为我的教育担心，或许是因为她所受的教育几乎都在家中，且少得可怜），听话地接受了这些指正——而且我记得都做了相应的修改。金斯利的表情说：我该怎么做才好？我不是不赞同他指出的，但我同情她，也同情他。他并没有让另一次婚姻决定这次婚姻。他有过两次婚姻。——原文注
穆里尔·斯帕克（Muriel Spark，1918—2006），苏格兰小说家、诗人和散文家。

当做故事来写，那么他们肯定可以看清楚……不过，作家的笔端，较他们过的日子相比，要敏锐犀利得多。他们的小说展示了他们最出色的一面，作出了极大的努力：尽力地延展着，直至绷断。

发生了什么呢？金斯利·艾米斯的授权传记作者埃里克·雅各布斯就这个问题如此思考："在这样的变动中，寻常的力量和神秘的力量同时在运作。艾米斯和简的婚姻走下坡路有点像这样：他俩关系的解体既寻常又神秘，在关系还在存续的过程中散了开来，就像一种艺术形式慢慢地毫无知觉地滑向了衰竭。"① 嗯，说的不错。原因总是既直接又不那么直接，既寻常又不可复制。但我可以透露，真正让事态水落石出的是《傅满洲的面具》……金斯利跟我提过这件事。他说，整一天都因期盼这部卡洛夫②的经典之作（深夜电影）而不同往日，变得更有意义了。夜幕降临了；午夜的钟声敲过；等到电影放映时，乏味得不得了。③ 他一个人又坐了一个小时。他描写自己是处于"忧郁的恍惚中"。他的生活中一定缺失了什么，他归因于此。他断定缺失的是伦敦。他想离开那大宅子……所以说，如果《面具》还不错的话，这婚姻可能会被延长至

① 早先我把雅各布斯的书称作"重复得难以理解"。上述的引用摘自 313 页。在 314 页，我们看到："变化的一个原因可能就是简单的衰竭，就像一种流尽了能量的艺术形式。"到了 315 页，我们又读到："衰竭扮演了它的角色，就像是一种文学形式流尽了能量。"而校稿人肯定也是同样重复得难以理解。见附录。——原文注

② 鲍里斯·卡洛夫（Boris Karloff，1887—1969），英国演员，以饰演弗兰肯斯坦的怪物一角色知名。

③ 金斯利写到《杰依克的东西》（1978）第 31 页时，可能想着这一次的失望。在小说场景中，杰依克熬夜等着看"和恐怖会面：《黄铜魔像》"。"虽说背景音乐中的低音单簧管能有各种效果，而且在数量上的确实现了不少，但期待中的恐怖完全没有出现在事先安排的地点。"希区柯克的《惊魂记》可能让他受惊不小，但金斯利确实喜欢恐怖片，特别是老式的恐怖片（《面具》一片于 1932 年开始公映）。我喜欢他的文章《吸血鬼、弗兰肯斯坦及父子公司》，文中兴奋的语调，充满朝气而不故作勇猛："那个缩小得令人难以相信的人经历了种种冒险，此外，我主要能想到的是《苍蝇》（1958）及其它续作。在这电影里，最急躁的嗡嗡大头苍蝇经过明显的设计，成了带人头的苍蝇和带苍蝇头的人，有着令人不快的举动和长相——尤其是那个人。"）（《简·奥斯汀的遭遇》）。——原文注

少二十四个小时。结果是，婚姻又持续了五年。但事实上，当片尾字幕出现时，婚姻就已经结束了。

我注意到，男人确实会对周围的环境毫不留意（可能不包括地理位置）。女人却不是那样。一两年之后，我母亲会跟我说（当时她四处流浪不定）：“如果你是个女的，那么你就是你的家，你的家就是你。”当根本不想搬离的简像是毫无异议地接受了金斯利的提议，这让我感到双重的吃惊。“不管你付出多少，”她告诉我，“如果这地方让你们俩其中一个不快乐，就不能继续住下去了。”我当时二十六岁。我心想：这就是成熟。这就是文明。但接下来发生的事，几乎是暴发性的二联性精神疾病……为了省点钱，简决定不用专业搬家公司的服务，全是她自己来搬。这不仅仅延长了搬家的痛苦，而且在体力消耗上大大加剧痛苦。家中的气氛很快就令人苦恼。搬家是从一部电影开始的；这儿上演了另一场电影：一部漫长的电影，有着冗长的题目，诸如：《搬家，非常显而易见地在搬家，虽然非常显而易见地一点都不想搬家，而丈夫在一边袖手旁观》。过了一阵子，我说，

“爸，现在这儿的情形太不正常了。你得坚持让搬家公司的人来。”

“她说我们付不起。”

“你从一个大宅子搬到另一处大宅子。搬个家的费用不过是其中的小零头而已。”

“她说我们付不起。”

“那就欠点债。”

“显然我们早已经债台高筑了。”

“那就筑得再高一点。”

我们陷入无语中，一边简迈着卡洛夫式（《弗兰肯斯坦》，1931）的步子，慢慢地走过楼厅，在满满的箱子的重压下叹着气。金斯利看起来像是成了残废：程度较轻的残废。他遭受着艾米斯家族的瘫痪。当然，让父亲“帮个手”，这从来没有任何问题。不管怎么说，这会让简潜意识中的目的实现不了，我只能得出结论这其中有着施虐受虐的倾向。

1976年5月，金斯利·艾米斯不自在地向罗伯特·康奎斯特夸耀道：“到目前为止，我的主要工作是喝光快空了的酒瓶”（“诸如樱桃伏特加、黑月桂酒、茴香酒等这些可怕的货色”）。那一天晚些时候，父亲和我出门打算开车去“两个酿造师”酒吧。在院子里，简正努力地把一把扶手椅塞进备受摧残的小货车，再来回一趟伦敦……某个时候她一定是雇了些能使力气的帮工：我从来没见她搬过冰箱、双人床。反正好歹都搬完了。最后，艾米斯夫妇在汉普斯特德的一处宅子安顿了下来（保护建筑，独立屋，十八世纪，前后花园都有围墙），根基里堆聚了巨大的怨恨。而且情况会愈来愈糟。

前阵子我在看《姑娘二十》时，看到金斯利为哈德利林地的宅子营造的气氛，一直像是在坏死腐败，让我心生寒意。这部小说滑稽、悲伤而且不是一部自传性的小说。接下来我要引用的几句话在小说中没有什么特别的目的，但我还是免不了把它们视作暗藏的不满的迹象[①]：“铺石的园子点缀着不是病恹恹就是枯死的小树”，挂在旧衣架上的旧外套，空了的酒瓶，“谷仓的昏暗”，“四处横着倒下的树杈的林荫道”，“长满杂草的小径原来堆积着二三寸厚的枯叶”，“温室的废址”，“装着枯萎的花束的瓶子”。再说，我该怎么来看“长毛桶”的命运呢？滑稽而撩人的萝丝·普卢什是她的原型。和《反死亡同盟》中的南希不一样，萝丝算是在《姑娘二十》中活了下来。小说以离婚和荒废结尾，叙述者（是个局外人，最后一次去了那幢屋子）见到那条狗也被卷入最后的动乱中，被这破碎家中的孩子给弄瘸了腿，“一条后腿贴了一道橡皮胶带，按着某个角度支棱着，她的后臀上绑着几条带子”。这一段，我又该如何来看？

---

① 因为小说就是这样子的（还有别的特征）：不是你清醒人生的编年史，而是从你潜意识历史中流出的信息。这些信息在你意识的深处，而不是前端。最终我会非常清晰地明确这一点。——原文注

我弯下了腰，摩挲着狗丝绒般的脑袋，觉得在我自己的人生和各种忧虑的正中央，像是发生了什么不幸的事，某种意味重大的事，某种无法挽救的事，像是我在数年前做了一个致命性的错误决定，只是到了现在才看到由此失去了多少。

《姑娘二十》出版于1971年（我的那本书上写着："送给即将毕业的好家伙马丁。爱你的爸爸"）。《绿人》出版于1969年。所以《姑娘二十》的故事属于1970年。

这是《浪费》，发表于1973年：

那个寒冷的冬天的晚上
炉火点不起来，
一家子围在
阴沉的壁炉前
雨水浸透的木条
吐着水泡，冒着烟，嘶嘶地响
后来，别人都上楼
去了他们冰凉的床，
我也准备去了，
木条开始燃起了火焰
明丽的玫红蓝紫，
温暖了小小的壁炉。

现在孩子们都已经长大，
而屋子——不同的屋子——
在任何的时节都温暖没有寒意
那段记忆为什么还留着不走？

那是什么被"浪费"了？是什么一直被"浪费"了？显然不仅仅是火燃起来时的一阵暖意。"不同的屋子"：围绕这几个字的破折号，像是有点儿不屑，有点儿排斥。诗写的是反反复复出现的悲痛，在离婚的男方中普遍出现——对失去了的家庭觉得悲痛。不过，不仅仅如此，这儿的悲伤是失败主义的。这是在说，不值得这么悲痛呀。家庭割裂、家人痛苦的所有种种：那才是被浪费了的。

这阵子，我听到来自另一阵营一个颠覆性的声音，声称（并非毫无根据）1973年是金斯利被浪费了。而且我在这些书页间也找到了一定的小主题——"两个酿造师"酒吧，樱桃伏特加、黑月桂酒、茴香酒——勉力想要挤进来。我们必定要回到那个话题上……这一节，我想要用父亲脸部的两幅图像来结束。中间隔了二十年，两帧图像看起来却一模一样。我知道两幅图片之间有什么关联，但不能确认。

第一帧图像。这是在哈德利林地宅子的图书室争执之后。我大概记得这场争执涉及三人：我也有点卷入其中，可能是因为站了队（不一定是站到了父亲这边）。争执算是了结了，过后是茫茫然不知所措的安静。金斯利拿眼角余光扫视简的一举一动，当她本能地向金斯利示好时，他反射性地举起手臂护着自己，退开身去。然后就轮到简又气又惊，不甘再示弱，像是在说，"瞧？瞧你和我是什么样子了吧？"我父亲的脸：孩子气的，微微有点皱着眉，恳求宽大处理、从轻发落，想要别人往好处来看事情。

第二张图像。这是在斯旺西，我被打发上楼，长长的走廊的尽头是父亲逼仄的书房。我等着被父亲狠揍，至少是打几下。长长的走廊，黄褐色逼仄的书房面对着有个陡坡的后花园：那意味着我们还在格罗夫街24号，还没有往山上搬到格兰莫路。我犯下这些罪行的年龄小得令人难以置信，无地自容——至多拿了六先令九便士。我从母亲的手袋和外套口袋里偷钱和香烟，胆子越来越大。我知道算账的时候到了。那天早些时候，又害怕又嫌恶自己，我晕乎乎地把一把偷来的零钱藏在公交车站的长凳下——然后回了家。到了家，母亲告诉我去父亲的书房见他，去领一顿打……我记得走廊里的黑暗越来越浓。我敲了敲门（我们一向都敲门的）。他背对着我站在窗前。他转过身来——带着那张意味重大的脸。接下来发生的事留在深重的阴影中了，在记忆里荡然无存。我的脑袋里什么都不知道。过后，他说："现在你想要做什么？"我说："我想去睡觉。"那是夏日的晚上。街路上无数急匆匆的脚步声，人们相互呼唤着，带着在晚间的时刻里难以想象的轻快和希望……而挨的那一顿揍被抹去了的记忆：空白是如此的完美彻底，我有时候都怀疑是不是真的发生过。但要是没有发生，我会记得的。而且母亲告诉我，那天晚上他流了泪，而他每次打过我们都会流泪。①

他从书房的窗前转过身来。他的脸是四分之一侧面（这难道不应当是我的脸？）：孩子气的，微微有点皱着眉，恳求宽大处理、从轻发落，想要别人往好处来看事情。

虽说在小说中，要时时来些闪电战来攻击沉闷乏味的人事、抓不住重点的人、装模作样的人，这需要来一点暴力，锤子、火钳、刺刀、指节铜套、燃烧的木棍、密密匝匝的蚁冢、饿极了的鳄鱼（爸爸。嗯？如果有三个蚁冢两条鳄鱼……）、火器、迫击炮、喷火器（这一列表根本还不全），再加上常见的攻击（"罗尼站了差不多半分钟……思量着要不要跑上去，把曼斯菲尔德打上一顿，能不能借此来表达一下他对他的感受"），从某种意义上来看，金斯利是一个非常不愿施加暴力的人。他没有离开我母亲，他没有离开简。她们离开了他。离婚"是发生在你身上的一件极其暴力的事"。他最惧怕的是暴力升级。

---

① 这样的情形极少发生。应当再加一句，金斯利在惩罚孩子们这事上，有时挺可怜挺差劲的。有一次聚会，就是这段时间前后，菲利普和我不断地下楼躲在家具后面，变得没法控制。最终金斯利拿了把梳子打我们，但手势很轻，等他下楼后，我们俩叽叽咕咕地为了这事笑了差不多一个小时。本来就已经闹疯了，我们故意把傻笑叫成了痛苦的嚎哭，而这也变得越来越好笑。与此同时，在楼下，我们的父亲的眼泪却是一点不假，后来，为我们对他的欺骗，我感到挺歉意的。——原文注

疼痛时刻表

"我们还会有个舞会呢，"贝娄不断提着这事，当时还处在单调的海法会议的麻木中，都暂时被安顿在平安居所宾馆。这是官方指定的宾馆，被大大抬高了房价，大家都只好四下再找一家宾馆。我们最后确实参加了场舞会。还有一次晚宴。那次晚宴让我感受到一种活力，远远超越了所处的地理位置能够保证的刺激：耶路撒冷，一座没有客气套话的城市。现在看来，那天晚上的剧中人，像是特意带着不祥的心思安排的：我妻子和我，索尔和贾妮斯，艾伦·布鲁姆（政治哲学家），泰迪·科勒克（市长），还有罗斯柴尔德夫妇阿姆谢尔和安妮塔①。布鲁姆和我就核武器问题提着嗓门长长地争了一回，但各不怀恶意。② 那天晚上，我小心翼翼地下了台阶。我很明白，无论争论的升级，还是军火清理的升级都深深地吸引着我。有一阵子，就像是白宫战情室的倒计数器，我站在边缘，望着深渊。但我爬了下来。有些时候礼貌要比世界末日更要紧。事实上，在以色列这些比我德高望重的长辈之间，我觉得身心舒畅，能住在城中的宾馆，我私下觉得很荣幸——在我看来，布鲁姆和贝娄夫妇住那儿才算是适得其所。布鲁姆的举止（不停地指望有点好玩的

---

① 阿姆谢尔·罗斯柴尔德（Amschel Rothschild，1955—1996），犹太裔罗斯柴尔德家族后裔，曾任罗斯柴尔德资产管理执行主席。

② 布鲁姆认为核武器是一种辣手但有效的制止传统战争的手段。我说，某种安排以某种方法（到目前为止，不会更久）成功地控制了现状，以此来赌未来，是站不住脚的。我还说了其它等等。我现在知道了布鲁姆有着非常博大的才识，但当时我不时觉得自己是和父亲在争论。在这个问题上，父亲总是按吉普林的话来说"以血思考"（而不是思考一下流洒的鲜血，这是清醒人士应当做的）。随着苏联的垮台和威吓制衡的削弱，地球（用唐·德里罗的话来说）"成了可以安全发生战争的地方"。巴尔干岛上的那点血流成河、种族清洗——其实是种族脏污——绝不会被允许来动摇继续奉行"共同毁灭原则"的时代。但反对这一原则的道德伦理还是无懈可击的。因此：撤下去。可 1987 年的那个时期（美国的"战略防御倡议"，"星球大战"），很多声音都还在说"搞上去"。——原文注
"共同毁灭原则"的首写字母组合为"MAD"（"发疯"）。

事），还有抽万宝路的那股贪婪劲儿，让我深受吸引。而索尔对布鲁姆的欣赏，我也深受感染。两人的友谊看起来令人愉快：这两个从《尤利西斯》里逃出来的逃亡者（布卢姆[①]，摩西·赫索格），开开心心地一道谋划着……泰迪·科勒克经常在上下一道菜时消失，等他再孔武有力地现身时，他已经在某处露了个脸或是打了某个电话，而他的城市不是平静了许多，就是多了点钱。罗斯柴尔德夫妇这一对年轻的夫妇——虽说年轻，都是我的老朋友了——也参与那方（在我看来）神秘的领域：权力和公共关系、馈赠捐款、无偿参加公益组织揭幕式这一些领域。“我是以色列的戴安娜王妃，”安妮塔半认真半开玩笑（婚前姓是吉尼斯）地说道：“我真的算得上。”她的丈夫阿姆谢尔在一旁看着，惯常的谦逊善良，惯常的体态优雅（还柔韧得很有趣），热辣的棕色眼睛。我们刚谈了什么？以色列。我要这夜晚一直继续下去。

第二天在平安居所宾馆，我给贝娄写了封短信。不好意思得无以复加。我想我和别人一样都明白作家总是在培育并保护一种“全神贯注”。正如他所说，“我们通常都是在等待，等着谁走开，让我们的生活继续下去（来打理一个小小的令人欲罢不能的花园）。”没有哪位作家对令人分心的事会抨击得如此动人（“发生在周围的一切并不能让我们置之度外”）；我再一次觉得自己在那儿就是一个来自傻瓜地狱的代表，这本身就令人分神。所以，再说一遍，我写给索尔的短信算是欲说还休。《更多的人死于心碎》一书中，贝恩·克拉德说道，“在你的生命快近尾声的时候，”

> 你有一份类似疼痛时刻表的东西要填写——这份表格长得像是一份联邦文件，只不过这是你的疼痛时刻表。没完没了的分类。第一个类别源自身体本身——诸如风湿、胆结石、痛经。第二个类别，受到挫伤的虚荣、背叛、欺骗、不公。但最令人疼痛的莫过于爱。那么问题就是：既然如此，为什么每个人还在坚持？如果爱令他们千

---

① 布鲁姆和布卢姆的拼写一样，译名有所不一是依循两者常见的译名。

刀万剐，谁都能见到横尸遍野，为什么不想想明白，早早退场？

因此，在我的短信里，我询问了贝娄疼痛时间表的状态，[①] 也提到我不想再由我往上添个名目，但他若碰巧——当然除非他……

他回了信。荒芜的热带景观，垃圾遍地——在耶路撒冷不知何从的风景中，我们在宾馆的阳台也可能是屋顶一起喝了下午茶（我加了牛奶，他加了柠檬片）。这是我们第一次完全不以职业身份见面。我有点儿希望当时随身带着我的职业工具：笔、笔记本、可以不信任地盯着看的录音机，颤抖的双手。[②] 因为我一点不记得我们谈了些什么。不过我猜得出来。人们总说索尔·贝娄言如其文。在我看来，这不可能是对任何一位小说家精确的描写（想想要是这么说一位诗人，该有多么奇特可怕啊）。不过，和其他任何一位我认识的小说家相比，这么说他还不算太离谱。他说起话来，有着同行文一样的节奏习惯，一样的小心谨慎，还同样地愿意升华和发扬。[③] 那天同他谈话，感觉和蜷着身子看《赛姆

---

① 我自然明白从我们 1983 年首次见面以来，贝娄的处境有所改变。他不再是同他的第四任妻子亚历山德拉住在一起……但我不好说我明白这对心灵意味着什么，因为那时同样的事还没降临在我身上。我亲眼目睹了父亲的经历，且读过他写的相关文字；我也读过贝娄写的相关文字，还读过其他许多人的。这仍旧是文学作品中重要的短缺之处：对自然的模仿并不能让你准备好应对重大的事件。对重大的事件，只有经历才能给出答案。“如果爱令他们千刀万剐……为什么不想想明白，早早退场？”父亲接受了这一建议。1987 年，他六十五岁；贝娄七十二岁，但还远远没有结束。——原文注

② 约翰·厄普代克写过来见他的年轻人，带着他们的问题还有抖索着的双手。同一年的夏天，我的双手也会因厄普代克而抖索。在麻省总医院的咖啡厅，我装好了茶盘（我要了牛奶，他要了……甘菊茶？），他注意到我抖索的手，平静地说道，“我来端吧。”我得益于这次经历。当年轻人来见我时，带着他们的问题还有抖索着的双手（只有真正的粉丝才会颤抖），我会把饮品放在他们面前的桌上。他们喝上第一口或是饮品溅出来时，我掉转自己的视线。——原文注

③ 我自己向来都是一文三稿的，得知《洪堡的礼物》有几段是贝娄口述的，我震惊极了。（当然，我也知道贝娄改稿强迫性地没完没了。）大多数作家在这一点上同纳博科夫有相似之处：“我思考起来像个天才，写起文章来像个杰出的作家，说起话来像个孩童”（《固执己见》）。——原文注

勒先生的行星》差不了多少（那种与天才连接的感觉），而说这话并不意味着我完全是被动的接受。说到这，我们同文艺小说的某个定义非常的接近。那类流行小说，连最好的都是直扑你而来；你和流行小说之间没有对话。相反，同《赫索格》中的赫索格、《雨王汉德森》中的汉德森、《洪堡的礼物》中的洪堡，你会有一段对话（你们展开了激烈的争论），皱眉、点头、隐忍、阐发、反对、退让——然后是微笑，起先是强而为之的微笑，继而是心悦诚服的微笑。这就是在耶路撒冷屋顶上的情形。这也是昨晚上的情形（1999 年 7 月 18 日）：隔着长远的时空，我坐在伦敦的某个厨房里，再读《只争朝夕》。

因此，在以色列，我有快乐相伴。而我不断地发现快乐总是掺和着浓烈的恐惧。这下你觉得快乐了吧（你心想），一架飞机会直冲你而来，砸在你的头顶。那年晚些时候，贝娄出版了《更多的人死于心碎》，我出版了《爱因斯坦的魔怪》，艾伦・布鲁姆出版了《美国思想的封闭》(1987)①。在所有这些丰沛的创作力中，我现在只能看到最终的灾难的冷笑。让我们往前七年。我是脱身最容易的，受了点因中年危机而产生的抽搐惊厥。然而艾伦・布鲁姆正因艾滋走向死亡。而圣马丁的那条红鲷鱼正啄食着一块珊瑚礁，将自己变成了一袋子的氰化物，准备好让贝娄夫妇进食。耶路撒冷那张饭桌上的其他人，泰迪・科勒克到那时已经败给利库德党；而他这一辈子的功课——这座在上世纪八十年代中叶热腾腾地集聚了普世教会主义的城市，将会变得更为单一保守且依附传

① 这本奇特的畅销书之广受欢迎虽说是实至名归，但这几乎动摇了作品的主旨，因为美国心灵不受关注的病态却成了千千万万美国人想要阅读的东西。布鲁姆的书扣人心弦，幽默滑稽，还博学得令人惭愧。但就核武器这一问题，始终（此处我得屏住了不要改变字体来强调）免不了一贯的愚痴不明。这些武器让布鲁姆不快，但只是因为一些大学本科生提供借口，引发他们的自悯自怜。虽然这么说有点奇怪，但就这一问题以及这一问题如何影响他认为理所当然的一些主张，他思考得不够彻底——并没有从哲学层面来思考。布鲁姆写道（他是在总结霍布斯和洛克）“对家人安全的考虑是忠于国家的强大理由，因为国家保护家人”。一个核武器化的世界，国家把家人置于前线，完全否定了上述貌似显而易见的说法的真实性。——原文注

统。我最后一次见到的阿姆谢尔·罗斯柴尔德是1996年在伦敦的一次聚会上。我们说了一会儿话，我向他讨教枪械知识，用于我那本有关自杀的小说《夜行火车》。三个月之后，他在巴黎一家旅店的房间里上吊自杀了。[1]

阿姆谢尔再不会回来，虽然在他的三个孩子身上依旧保留着他的存在。而别的人回来了。在死亡等候厅里度过了二十五天之后，索尔·贝娄回来了。之后他又会有一次回归。艾伦·布鲁姆"是"拉维尔斯坦。我用的是双引号，但我感觉很快就得去掉它们——还有其它一些关键的细节。当然啰，半文盲才会说哈罗德·斯基坡尔就是利·亨特[2]，鲁伯特·伯金就是D. H. 劳伦斯[3]。当然啰，即使是按葫芦画瓢精确再现的人物也是"重新创作"，是变形再现；当然啰，自传体小说究竟还是虚构小说——是自主的创建，基于真人真事换个名字的小说是才华的最低级形式。我对贝娄小说的了解远远、远远胜过对他朋友的了解。不过，《拉维尔斯坦》一书几乎要让我认为了解他的朋友胜过了解他的小说。

---

① 自杀是最暗淡的人类结局。这真是最悲哀的故事。我的小说是关于一次貌似无法解释的自杀，而阿姆谢尔的自杀则让人目瞪口呆得多，因为这是真实的，又离得这么近。的确有些可能的触发原因（母亲的去世、工作上的压力）。但宾馆服务员的陈述中有一点，乍看不过是一处细节，但可能是最令人震惊的披露。那天下午，该服务员送了些毛巾去他的房间。她描述他对她的态度不耐烦且生硬。而阿姆谢尔这一傲慢的态度看起来一点也不像他，不可能是他的举止……人们通常认为自杀发生的时刻是在疼痛时刻表中突然间不再有空气也看不到再有空气进来的可能性的时刻。但文献资料告诉我们自杀也可能是由无法自控的冲动出发的，类似一种精神的抽搐状态。我情愿相信——任谁都得相信——阿姆谢尔的自杀并非是自愿的。他是我生命中最重要的三起自杀之一，另两个是苏珊娜·托马林（克莱尔和尼古拉斯的女儿）和拉莫娜·西尔——我的女儿迪莱拉的母亲。不论自杀还造成过什么样的影响，这些书页间提到过的另一次自杀——弗雷德里克·韦斯特——是再清楚不过的，在道德宇宙中不会激起一星点的火花。——原文注

② 哈罗德·斯基坡尔（Harold Skimpole）为狄更斯小说《荒凉山庄》中的人物。他自私、不负责任，利用朋友，但聪明有魅力。据称该人物的原型是利·亨特（Leigh Hunt，1784—1859）。亨特为英国批评家、散文家、诗人。

③ 鲁伯特·伯金（Rupert Birkin）是劳伦斯小说《恋爱中的女人》的人物。他是学校的督察，自省内敛，发表的一些观点、看法据称和劳伦斯本人接近。

这部小说令人敬畏。这是起死回生的举动，书页间，布鲁姆继续活在世间。

转折点

“我想把罗伯写入一部小说。”金斯利说。

时间是1982年（简之后的年代）；地点是伦敦肯蒂什镇上某处街角逼仄、不规整的小房子的客厅。哥哥菲利普也在……我们新近有位同菲利普同名的访客：菲利普·拉金。约定的那个晚上我从车里出来，看到拉金家的菲利普和他的女朋友——有着男子气概的莫妮卡——正摸索着走在雷顿路上。他们刚去过罗德板球场看板球赛[1]，这下子稍稍有点迷路。他们看起来陪着小心，像是从乡下来的。拉金的样子让我想起他自贬的一句话（一条臆想的标题，来配一张让人遗憾的相片：是信仰治疗的大师，还是无信的超级骗子?）。我不想惊吓他们，从一侧慢慢地走近，顺利地将他们迎进了门。哥哥从客厅的另一侧走过来，拥抱了他的教父，这让我吃了一惊。拉金的回应也让我吃了一惊（因为我对他诗歌的了解胜过这些诗歌的作者）；这一举动恰好印证了金斯利曾经说过的一句话，那是1985年12月在赫尔举行的拉金葬礼：

> 任谁遇见他，都会在最初的几秒钟内意识到他全力待人的完美的礼貌：严肃凝重而又阳光般明亮温煦，随时准备对一点幽默一丝暖意作出回应。

当然，他和希拉里总是很高兴见到对方……这是我最后一次见到拉金。一段困难的时期将要落在这些在我们家出入的诗人身上。在你的过

---

① 莫妮卡斥责我低估了巴基斯坦右旋球手阿卜杜勒·卡迪尔的技巧。我翻了一下小儿子的《板球年鉴》（是在他的床头桌上找到的，令人感动），才确认了这次见面的日期。——原文注

去，曾经出现这些诗人，这是多大一项奢华。约翰·贝杰曼[1]于1984年离世。上世纪七十年代，我们见过贝杰曼很多次：他是简和金斯利两人都喜欢的极少数几位朋友之一（对婚姻却有不祥之意）。金斯利·艾米斯后来写的一封信中提到了有关“贝奇”身后的一则传言，他令一位秘书哭了起来，又加了类似这样的一句话：人们会记得他是个和蔼可亲的好人，而真正的泰迪熊（金斯利·艾米斯）则会被记作不过是又一头老肥猪。我见过的贝杰曼，仅仅是喜欢聚会的贝杰曼（有一次夏日的午餐一直持续到夜黑），还有和蔼可亲的贝杰曼（无论什么时候来哈德利林地，甚至在后来，要是你正好不适，无论有多少台阶，他都坚持爬上来探望你）。

我说：“罗伯？”

“是啊。我想着把他放进一本书里。嗯，就是个小角色。”

“什么样的角色？”

“一个想做制片人的酒鬼。”

“罗伯从来没有想过做制片。他是助理导演。”

“就照后说的那样好了。他会介意吗？”

“我觉得他不会。我不会跟他说的。”

“我该管他叫什么呢？”

一阵静默。然后我哥哥开了口，

“叫他‘罗伯’。”

过了好一阵子后，1990年，金斯利出版了《住在山上的那些人》。次要人物中有一个想要成为电影制作人的酒鬼，叫做“罗伯”。但此罗

① 塞西尔·戴·刘易斯是1968年至1972年的桂冠诗人（他从古董老人约翰·梅斯菲尔德那儿接过了这个称号。梅斯菲尔德在这个位子上占了三十七年）。贝杰曼是1972年至1984年的桂冠诗人。拉金，这位当之无愧的继任，让众人都知道他会拒绝这一职位。我给拉金写过一篇悼词，差不多十年之后，我还会更详尽地写他的事——这是为了保护他免受传记作者安德鲁·莫逊的皮里阳秋。后者刚不久前（1999年5月）被封为桂冠诗人。——原文注

伯并非彼罗伯。事实是，你不能把真人放入小说，因为设若小说是活生生的，必然会扭曲了他们，将他们拉扯得脱了形，来符合自身的设计。因此，《住在山上的那些人》大体上是关于善意的故事，而"罗伯"这一人物的主要一点是他对善意无动于衷，或是把别人对他的善意视作理所当然——这全然不像罗伯的德行。在这一方面，罗伯让我想起《印度之行》中的阿齐兹医生悲哀而令人困惑的话（这些话是被"沉重地"道出）："菲尔丁先生，从来没有人能够意识到我们这些印度人所需要的善意，我们连自己都没有意识到。但有人给予善意时，我们是明白的。"对罗伯不经意间稍微给予一点慷慨的帮助，这本身就是一种回报，否则的话，我大概也不会这么做的……在 1973 年写的一篇题为《真实和虚构的人》[①] 一文中，金斯利·艾米斯写道："不管是叫做似是而非的说法还是陈词滥调，小说中的人物越接近真实的原型，在小说中越会显得乏味。"在 1978 年之前，我父亲和我对此观点一致。不过，把一个次要人物叫做"罗伯"，那只是金斯利和他儿子们继续那有趣的一刻。

在同一篇文章中，他写出了我之前已经摘引过的一个句子："唯有一次，出于懒惰或是衰退的想象力，我把真人搬到了纸上，写出了众人一致同意的我最糟糕的小说，《我喜欢在这儿》。"在我看来，金斯利·

① 收录于《艾米斯散文集》(1990)。他接下来说，自传性的作家是这一世纪的独特现象："……D. H. 劳伦斯开始写他自己、他认识的人，还有发生在他自己身上的事。劳伦斯自觉不自觉的后人今天就在我们四周。他们让那些死了已久的腓力斯人起死回生。这些人认为诗人谎言连篇，历史才是唯一的真实。凯瑟琳·曼斯菲尔德被称作是'最具自传性的作者'，而此为纯粹的赞美……"劳伦斯经常要面对诉讼的压力，除了淫秽的描写，还有诽谤。假如他今天还在写作的话，还得调整一下下述引文中的情绪。这一段出自《查泰莱夫人的情人》，康妮质疑她对克利福德忠诚的价值："毕竟，她有什么于人有用的地方？那种冷酷的虚荣心，没有温热的人与人的接触，正如任何最下流的犹太人般的缺德，巴望着卖身给那个叫'成功'的下贱女神。"我把这一段摘抄给索尔·贝娄看。他平静地同意这属于账簿上的出账一栏。我一向没那么宽容。《尤利西斯》中，滑稽而又令人厌憎的"市民"所体现的反犹倾向比这要微妙一点。劳伦斯的出言不逊是双重的平庸：既是头脑的迂腐也是心灵的陈旧。——原文注

艾米斯最坏的小说，或者说最不好的小说是另类世界的奇幻小说《俄罗斯迷藏》（1980）①，差得不相上下的是大有问题的《杰依克的东西》（1978），然后在写作生涯最长的一次中断后，是超级有问题的《斯丹利和女人》（1984）。这段时期是个“climacteric”（转折点）——瞧瞧《牛津简明英语词典》是如何不留情面地定义这个词的：“a. 构成危机的，关键的；（医）发生于四十五岁至六十岁间，生命力开始衰退。”金斯利的小说写作会恢复，而且成绩斐然。但从我这有利的角度看，他像是在艺术和生活间浮浮沉沉。《俄罗斯迷藏》是一本消沉忧伤的书。他没有力气远离自己的忧虑。而《杰依克的东西》和《斯丹利和女人》太接近疼痛时刻表了，几乎窒息。在金斯利身上，我感觉到失去的平静。他的生活刚经历一场暴风雨，怒海狂涛，剩了（半）条命，这很明显且有据可循。但他的作品发生了什么呢？如果我说这个问题也是同样的紧要，恐怕只有其他的作家才会相信我。

我看完《杰依克的东西》的那天，我去了汉普斯特德的屋子。简离开房间的时候，我说，

“那些有关性治疗的事，你真做了？”

对父亲的性生活，我有所了解。信息的来源之一是简。早在1975年，她就告诉我父亲在那方面越来越懈怠，虽说我并不是那么想知道。另一来源是《杰依克的东西》。

“没错！”

“天啊！那些专注生殖器的事、鸡巴上套着个圈上床的事？”

“没错！这是其中的一部分。”

“天啊！”

① 我问他，“题目是什么意思啊？”他说，“是指俄罗斯轮盘赌。”我说，“人家领会不了的。连我也没看出来。”他说，“哦，可千万别忘了你笨得难以置信。”小说发生在二十一世纪，描写了由于俄罗斯五十年的统治退回到中世纪的英格兰。出版日的晚宴上，金斯利向玛格丽特·撒切尔赠送了一本。“讲的是什么呢？”她问。他告诉了她。“再来一个水晶球看看，”铁娘子回道。——原文注

“唉，这种事上，你得表示一下意愿……”

“说是这样，但小说并没有表现出意愿，是不是?”

他又让我看到了那个表情。他像是成了残废：程度较轻的残废。简又回来了。我们换了话题。

在那些更为快乐的时光，两位作家是喝喝酒，向对方朗读自己劳作的成果来结束一天的工作的。这本《杰依克的东西》，我感觉他们不曾这么做过。而那本《斯丹利和女人》，他们肯定没有这么做过。

他是天黑就不能独自呆在屋子里的男人。我不知道该采取什么样的行动，但这次电话是在预料之中。哥哥一说这话，我即刻明白了他的意思，

“马特。发生了。”

大学来信

埃克塞特学院

牛津

（1971 年 7 月?）

最亲爱的爸爸和简：

抱歉我没有早点写信——这是这学期的第一封信——可是，这儿的夏天是如此的美妙，没法儿不把所有的时间都花在醉醺醺地躺在摇船上，要不就躺在学院的花园里假装在看书。我一边也花很多时间在找来年要住的地方。我可以借用你的建议：我们要找一处有点距离、三个房间的地方，价格大约在 12 镑左右，一边想着住在学院里要花八九镑，吃饭该花多少呢，租房该花多少呢。① 我和其他两个男生分租（和葛莉的关系的走向，我还不能看得太远）②，那就是 4 镑左右的房租。问题是，除非运气好得不得了，假期就得租下来。到了十月，几乎③是不可

① 原信没有问号。现在看来，这些信是单单写给简的——因此着重讲些家事安排、恋爱生活。——原文注

② 这儿有一两处划去又插入的地方。看见奥斯力克不是因为每天起床，而是因为感情的事软弱无能的样子，这至少算是个变化。葛莉，也叫做亚历山德拉·威尔斯，是《雷切尔文件》的题献人，尽管她不是小说的女主角，我们以后会提到这位女主角的。别人把我介绍给葛莉要早得多，差不多是在 1965 年（“但你说过你憎恶他！你说过他有个点唱机!”：这是葛莉的闺蜜，安娜·海克拉夫——又叫做小说家艾莉丝·托马斯·埃利斯。）1969 年，她来圣希尔达学院念历史时，我们开始一起玩，断断续续持续了和一般婚姻差不多的长度。十年吧？——原文注

③ 几乎：游手好闲江湖骗子典型的调子。——原文注

能找到住处了。行，告诉我你们的想法。

和葛莉的关系，大致还过得去，但我一直希望我没有给绑死了，觉得自己是在浪费最好的年华之类的，因为在我看来，这段关系并没有变得更好：好像就是我努力在维持假象：我对她还是中意得不得了（其实不是）。我知道，这是责任的问题，但我一直也想着这也是我的生活。就是处在那个尴尬难过的阶段：觉得要是没有她，我也同样地会很不高兴，所以想到结束这段关系，我既害怕又难过。

前几天，我和华兹华斯①聊了场难以置信的天。他说，莎士比亚很可能是同性恋，反正是厌恶异性恋。我们开始泛泛地说说同性恋的事。他说，他对此挺习惯的，因为他爸爸和哥哥都是同性恋：过了一分钟后，他随意地又提到他妈妈曾经也是同性恋的。整个战争时期都是和一个女的一起生活。② 他说，他不知道自己的异性恋基因是从哪儿来的，我理解他的想法。这个学期，我都在学莎士比亚，挺有趣的，华兹华斯聊了所有我应该参加的评奖。对此，我不是很确定。但他同意我这一想法，这学期结束时，我应当有差不多一个月的时间彻夜不眠，因为这是在结业考试前我能完成大量阅读的最后一次机会——这主意还不错吧，你们说呢？而且这个学期，我还参加了诺斯罗普·弗莱教授组织的系列研讨会——牛人很多，每个学院来一位。

萨丽的事我都已经安排好了，我会带她去划船什么的。给我写信呀，就葛莉和房子的事，谈谈你们的看法。很快会见到你们的（我会告知你们我会不会回来度周末）。

---

① 我的辅导员与诗人的血缘联系确有其事，但属于远亲。这事对其时越来越有文学兴趣的奥斯力克来说，还是很有意思的事。三年之后，他当时的妻子安对我的第一部小说作了如下评论。“读了你非常（×××）的书。”这一难解的词有三个字母，花了我一个星期的时间才破译出来。那就是：het（重量级）。——原文注
Het 有多重意思，既是“异性恋”的缩写，也可指“加热”、“激动”、“发怒”。

② 我的辅导员现在告诉我说，“双性恋”是更为精确的说法。——原文注

很多很多的爱。

马丁

有可能的话，请你们在周末前往财务寄 50 镑。再给我下列的费用。干洗 1—5 镑，咖啡等 1 镑。晚饭充值 2 镑，笔记整理簿 1 镑 ＝ 5 镑－5－0。

爱你们每个人，也爱普卢什小姐。

朋友的盛宴

我的卧室房门上有一阵小心翼翼却誓不甘休的敲门声。我醒了过来。

“我能进来吗?”

我的小儿子站在床脚。这是在1994年那个悲凉的圣诞节期间，我们仨那时候仍习惯于在公寓里搭行军床过周末：那儿有个巧克力酸奶的空盒，里面有个泡过的茶包。两个男孩（那时分别是八岁和十岁）通常会在星期天早上在我脑袋边上蹿下跳，把我吵醒。雅克布这时轻声说道，

“爸爸，对不起把你吵醒了。”

“当真道歉？为什么?”

“对不起把你吵醒了。但这是豺狗的电话。”

豺狗指的是我的经纪人，安德鲁·怀利。儿子们已经在报纸上看到一些事了，问了我有关的问题。他们想知道，谁是这个他们叫做“豺狗”的人？豺狗之所以被叫做“豺狗”，我解释道，是因为他的利爪、尖嘴，还有条纹西装背后装尾巴的分叉。他们并没有真信。不过站在这儿的雅各布是宁肯稳妥一点，也不愿犯错。

我记不得这个电话具体说了些什么。但肯定是一个重要的电话，我当时一定是全神贯注又惴惴不安地接听这个电话的。《情报》一书的议价会持续到新年。这一刻，我的面前放着朱利安·巴恩斯的绝交信。这封信是在绝交后的第二天抵达的，写于1995年1月12日。这是一封非同寻常的信函。值得回复……

我也记不得那几个月里媒体送我上十字架的种种细节。“为什么总

会是你?”有人问我。我已经烦厌说我不明白。对于“我已经烦厌说我不明白”我也已烦厌说。那事发生时，我不断对自己说，上帝啊，我无知，对我的人类同胞，我是个陌生人。你以为你懂得英格兰这个地方，结果却大吃一惊，这是一种磨炼，甚至让人受到激励。这不是一个有关我的故事，因为并无故事可讲。“这儿的故事到底在哪儿?”国外的记者会问我，试图理解这一风波：你能看得到他们绷紧了前额想弄明白。但这不是一个有关我的故事。这是一个有关英格兰的故事。

1995 年 1 月 16 日，“金赤”飞离了伦敦的希斯罗机场，飞往波士顿的洛根机场。我从计程车下来的时候，想象着索尔·贝娄和我很快会交换的神色。他比我年长三十七年，经历过的磨难也远远比我的严重得多。不过，搬用一下菲利普·拉金在《书信集》中的话：他走过的是更难行的路，但我的路还是得我自己来走。只有在一件微不足道的小事上，我所遭受的超过了索尔：到目前为止，他还没有因为生病受到攻击。没有谁会说他被送入重症看护是为了“美颜”。他一向都是为了其它的事受到攻击。但不是为了这事。

我们小心拥抱的时候，我说，

“感觉你轻了一点。”

“你也轻了一点呢……”

是一条鱼，一条红鲷鱼（口感“黏糊糊的”，配的是像“氧化锌软膏”一样的美乃滋）——一条在珊瑚礁上觅食的“鱼素主义者”的鱼几乎要了他的命。在活珊瑚上找吃食，这条鱼用一种毒素把自己武装起来，而这毒素对人类的生命是极其有害的……

就在我写这段文字的当下，我越来越理解了贝娄在《拉维尔斯坦》一书中所经历的考验。在这次考验中，各种事件被赋予了宗旨、秩序和意义——而且，就这件事来说，还暗示了宇宙之恢弘权势。我应当提醒自己这事是寻常不过的痛苦，飞来的横祸。而我也一起站在门厅里，被我那事可怕的实质包裹着：现代性，地方性，戏剧性。在《只争朝夕》

(1959) 中，贝娄写道“一个人所受的牙齿的痛苦”占所有痛苦的百分之二。我想要根据克莱夫·詹姆斯的某个金句修改一下这个百分比：“十件坏事中有九件是发生在牙医诊所里。”大约二十七岁的时候，这句话对我既如重鼓锤耳又得共情之喜。索尔的坏事发生在一处天堂般的地方。不错，不如新几内亚的雨林及其瀑布般的兰花那么美丽，旅行者的鼻孔里扑进一股倒下的战士在篝火上烧烤的异香。不过，学得有关人的一生之不堪一击的一课，加勒比海（海景、猝然落下的太阳）还是一个不错的地方：人的一生缺少宇宙的支持。他回到波士顿后，医学科技强施于他。机器代他存活着，而他昏迷了三个半星期。因此，意识一被放弃，剩下就是潜（subliminal）意识，“Sub：位置上处于下方 + 拉丁语 *limen-inis* 阈限。”整整二十五天，他就是去了那儿：阈限之下的地方。

那天晚上我们都说个不停：有的是好故事来分享——让人浑身发冷的，让人心痒难忍的。那段日子，贝娄夫妇住在波士顿大学提供的类似外交大使用的住所里。他们的客房是在隔壁的房子里。大概是凌晨五点的时候，我踱了进去，取出了笔……窗边的桌子上，和记载的一点不差，放着一本《太多太快》，“由畅销小说《全部且更多》的作者出手的新小说，令人心醉神迷欲罢不能”。① 房间里还有一对地球仪。两个世界。全部且更多？某些人是不那么容易满足的。我很满足。笔记本：“有时候眼中落进的是同样的亮光，有时候是不一样的亮光。”在我看来，他的头脑完整无缺。② 不过，贾妮斯说得很明白，对他身体上的弱点，他一时觉得孤立无援一时觉得怒不可遏。（《拉维尔斯坦》，早期书

① 《太多太快》和《全部且更多》均为美国小说家戴维·福斯特·华莱士（David Foster Wallace，1962—2008）的作品，该作家因忧郁症自杀。

② 唯有一处奇异的缺口。他描绘自己在深度无意识状态时所经历的“幻觉”（“我站在巴黎某家银行的穹顶下……”），就像是真实的经历，没有人们把梦境重新拼装起来时迟疑不定的口气。他非常地确定。早期的《拉维尔斯坦》的稿子全面详细地描述了幻觉，但在最后一稿中，大部分都被删除了。贝娄一定感觉到与整体结构不符，也可能是这些描述可能会削弱小说的普遍性。——原文注

稿的倒数第二页："［神经科医生］让我做了些简单的测试，我一项也没通过……可能恢复的程度没法预测，我很快就八十岁了。"）笔记本："我发誓他真的是从比我高大变得比我瘦小。很有信心（?）他会重新焕发生命。"他确实做到了。

我很满意。戴安娜王妃曾经说过她最喜欢的诗是亚当·林赛·戈登[①]的《疲惫的旅人》，这首维多利亚时期的垃圾诗中有如下四行：

生命多的是浮沫和气泡，
唯有两事挺立如硬石。
别人的困苦给予善意，
自己的困苦不舍勇气。

出于好玩，金斯利最近改写了《疲惫的旅人》，给诗渗透了点时代的精神；

生命多的是痛苦和辛劳。
唯有两事让你活了下来。
厄运击中邻居时的欢笑，
轮到自己时的哀哀神伤。

在我看来，存在在这两个诗节之间的是友谊。这是一种神秘的力量：当你给朋友看你的弱点，你们俩不知怎么都会因此而强大……

第二天早上，我要求他们带我去一个叫"我们是煎饼"的小吃店吃早饭。很大程度是因为我喜欢贾妮斯·贝娄听到我这么要求时责备的眼神。我经常拿当代典型的美式食品来逗她——真没法儿解释，因为她其

① 亚当·林赛·戈登（Adam Lindsay Gordon，1833—1870），澳大利亚作家。

实是加拿大人。[1] 我们的确去了某家小吃店，不过不叫"我们是煎饼"，也不叫"煎饼就是我们"，而是"煎饼之家"或是"迈克的煎饼世界"之类的地方。而索尔的身体，我心想，有了极大的改善：一夜之间。我向他道别时，我确认他又变回比我高大了，这让我吃惊不小。（这不是我的功劳，虽然可能是我变小了。）"他就是决定变好了，"几个月后，贝娄康复了——令人惊叹的康复，贾妮斯这么告诉我。我相信她说的。他是用头脑来获取身体的康复。

我飞往好莱坞——探访一位刚从坟墓回来的演员：约翰·特拉沃尔塔先生。

他将此紧紧拥抱

金斯利《书信集》的读者会跟着书中描写的情感的弧线走。在一段有意思的结巴唠叨之后[2]，我们从一大片连绵不绝的写给菲利普·拉金的文字开始——删节之后，也还有好几万字。这是父亲这一方的爱，毋庸置疑的爱。他想每时每刻地和拉金在一起；而这一点却做不到一直令他恼怒和困惑。我觉得，拉金也怀有同样的感情，或者说，他怀有拉金式的对等感情。但他少了一点爱的才能……接下来，生活开始降临在金斯利身上，先是战争，然后是婚姻、孩子、上课、旅行、离婚、再婚、再离婚。成功也降临在他身上（成功有奇特的让他镇静的效果：成功让

① 你可以从她发"ow"这个音稍稍能够感觉到这一点。这个音有时候像是"oh"的音。语音学家把这一现象称作是"加拿大式抬升"（发元音时，舌头有所抬升）。又一次，我看一场在蒙特利尔直播的网球比赛，金斯利也在同个房间里。边线裁判一直叫，"Oat!（出线）"，金斯利说，"加拿大人是不是说'Moanties'?"我下一次见到我加拿大人的连襟（那时候我们有这层联系）哈依姆·特纳鲍姆时，我问，"加拿大是说'Moanties'吧?"他与平素的作风不同，自卫了一下。"加拿大人可不说'Moanties'，"哈依姆说。——原文注
"Moanties"指的是"The Mounties"，皇家加拿大骑警口语称法。

② 此处金斯利·艾米斯毫无幽默感地烦扰一个拒绝服从的共产党员。1940年至1941年在牛津，金斯利是艾米斯同志。（默多克同志是艾丽丝。）——原文注

他冷静)。与此同时,生活也降临在拉金身上,对此,他却全无一点才能。终其一生,单身,无孩,不愿挪地方。在我现在看来,他是默默地、英勇地这么做了。在诗行间,他将忧郁紧紧拥抱——甚至可能是为了写出这些诗行。并非是特意培植的痛苦。更是一种情绪:不快乐是寻常不过的,且取之不竭;既然没法儿减轻不快乐,看看我能不能从中造就点什么。

我对拉金的感觉来自童年时代。作为成人或是半成人,我也有过好几次同他一道的愉快时光。他驻牛津编撰《牛津二十世纪英国诗歌》①一书时,曾经邀请奥斯力克去万灵学院晚餐。餐前,在他的房间里,他给我——也可能只是给我看了一下(是不是给他侄女的礼物?我反正已经有了)——滚石乐队现场录音的黑胶密纹唱片《尽情搞怪》。我们同意这张唱片有着明显的优点——特别是《流浪猫蓝调》一曲。之后,我们去和舍监约翰·斯帕罗等人一起晚餐。穿着件临时炮制的燕尾服(黑丝绒西装,脖子周围圈了些黑色的破布)。在这清一色男性的圣殿里,我感觉,斯帕罗及其他灰白头发的遗老们对我既不屑一顾又欢喜不已。还有谁在那儿呢?鲍勒?② 莎士比亚的"传记作者"罗斯?③ 谈话是什么样儿的呢?

---

① "我今天读了艾伦·博尔德所有的诗,"他告诉我说。"你选了几首呢?""一首都没选,"他说。书出版于两年之后,1973 年。我那时是在《泰晤士报文学增刊》。我记得彼得·波特,因激动和不安红着脸(因为他不喜欢被批评)大步走进办公室,手里拿着他那篇刊在首页的评论。这本选集引发了广泛的讨论,甚至是争议。每个人都像在说着这本书。1973 年就是那样子。——原文注
艾伦·博尔德(Alan Bold,1943—1998),苏格兰诗人、传记作者。
彼得·波特(Peter Porter,1929—2010),诗人,出生于澳大利亚,常驻英国。——原文注

② 鲍勒(Cecil Maurice Bowra,1898—1971),英国古典学学者和文学批评家。1951—1954 年,任牛津大学校长。

③ 罗斯(Alfred Leslie Rowse,1903—1997),英国作家和历史学家,莎士比亚学者。

今天的晚餐没有院长
（夜间的雾气就请不要有了）；
波特酒传递得更快了，
话题一个个轻松地被提起——
哪个推荐权看起来最为公正，
斯内普林子里的哪种树木，
会给女人的阴部找个名字，
为什么犹大像是杰克·凯奇？①

在任何的场合，在所有银器、仆佣、值得鉴赏的细节中，拉金和我都满足于划出一块中低阶层的飞地。面对所有这些，我们感觉到同仇敌忾。② 我们吃着喝着，效果非常可观。两三个月后，当期终考试的成绩公布时，拉金给我写了封信，说他有多如释重负：他担心他的热情招待可能毁了我的脑子。“每个时代都有轻松又容易赚钱的职业，”那天晚上在万灵学院，他这么说道。“以前是教堂，现在是学堂。”我们坐在高教

---

① 摘自伟大的诗篇《生活故事》中的第三部分（标注的日期为 1971 年 12 月 21 日）。第二部分可能是最出奇的，结尾处用的是现代主义跳跃性的节奏（叙述者是灯塔守护人）：“照亮搁浅的班船/像是疯狂的世界般摸索着西行。”——原文注
杰克·凯奇，查理二世期间的知名刽子手。有时被指代为死神、撒旦和刽子手。

② 奥斯力克的宗主权快要结束了。二十一岁，大学最后一年，我住在伊菲利路上学院的一处附属建筑，租了个卧室兼起居室的房间。每天的晚餐成了差不多二十年之后，我在《伦敦场地》中描述的基思·泰伦特每天饮食的基础：真空包装的咖喱鸡，再加一个苹果派。最后学年的期终考试，我用功极了——至少每天有十五个小时在学习——要没得到一等的成绩，那可真是难为情极了。此外，夜深的时候，受了（a）一杯威士忌和（b）我父亲的影响，我开始试图写最初几段的小说（场景、描写），感觉到面临长途跋涉时既令人不安又振奋精神的预示。虽说有这些事，我时不时就像拉金诗的收尾那么忧郁，被古英语折磨得提前衰老了，特别（又一次）连女朋友都没有。我一脸苍白，没吃过早饭的样子，握着一先令九便士的钱——反正是刊物要的价，淋着雨转过街角，去买一期《伴游女郎》或《游行》。——原文注
《伴游女郎》和《游行》为男性成人杂志。

会派教堂的高桌上，一旁放着圣盘、圣餐杯、圣体匣和圣油瓶：这是学堂享受美食、假装贵族的至高形式。《生活故事》一诗的三个部分都是以夜景作结。这是前面摘引过的第二部分的结尾：

钟声谈论着时光的刻度，
蒙上了灰的书架收着祷告书和神证：
迦勒底人的星座
在拥挤的房顶上空熠熠闪亮。①

万灵学院浮夸的魅力能让拉金小小兴奋一下，我也是。② 我的教育快要结束了。我的生活快要来临了。我觉得，学堂之较为平常的形式才是自己能归属的。不过，那天晚上，真正让我兴奋的是，诗人的陪伴——他的气场、榜样和对文字使用的全身心投入。③

“菲利普，你要多花点，”差不多十年之后我武断地傻乎乎地这么跟

① 迦勒底人于公元前 625 年至公元前 538 年之间统治了巴比伦。他们是著名的天文学家。当然，巴比伦闻名于世的不仅仅是其空中花园，而且还有坚不可摧的防御工事和奢靡繁华。——原文注

② 贝利奥尔学院热辣的激进分子克里斯托弗·希钦斯也一样。他是舍监晚宴的常客。——原文注

③ 在这一阶段前后，我正从虚浮矫情走向过于热忱顶真。六七年之后，有一次常规的聚会，这样的聚会通常会有克莱夫·詹姆斯、拉塞尔·戴维斯、朱利安·巴恩斯、特伦斯·基尔马丁、马克·伯克瑟、詹姆斯·芬顿、希区，（有一阵子）还有我父亲。我在餐桌上问了这个问题：如果只能在利维斯和布鲁姆斯伯里之间选其一，你会选择站哪个队？其他人都选了布鲁姆斯伯里。我选了利维斯。马克·伯克瑟这个令人又爱又哀的家伙（“漫画家和花花公子”——他自己最喜欢的描述）觉得难以相信轻轻地发出一声嘶嘶声。我从来都不是利维斯一队的，我还写过几篇文章攻击他的教条和他的追随者。但哪怕是到了今天，我还是会作同样的选择。伍尔夫因为乔伊斯的阶级而对《尤利西斯》轻视不屑，还有什么能比这一点更让人反感的？不行，还是给我 F. R. 和 Q. D.，给我弗兰克和奎尼，哪怕他们有所有这些——毫无幽默，歇斯底里，对苏联的悲观。——原文注
F. R. 指利维斯的名字首写字母的缩写。Q. D. 指他同为文学评论家的妻子，奎尼·多萝西·利维斯。

他说——最要紧的还很孩子气。因为我对他的认识开始于儿童时代……每次他到斯旺西来小住的时候，总会有这样的仪式：给两个男孩零花钱。1985 年，我写的一篇悼词是如此描绘这个过程的：

> 开始时，菲利普六便士，马丁三便士；几年之后，是十便士对六便士。再后来，是一先令对九便士：总是和物价上涨指数相关且细心地分出差别。

这一说法有挺荒谬的夸张：是给菲利普四便士，给马丁三便士。拉金在厨房的餐桌上，一枚枚地数出沉甸甸的发黑的硬币，叠成两堆。哥哥和我心照不宣地对看了几眼（这是我们最接近宗教体验的经历）。被母亲催促了之后，我们冲上去抓起硬币——在拉金哀伤的神父似的注视之下。此刻我也看见父亲站在后面，脸上挂着个压住了一半的笑容。笑的是什么呢？是因为爱他而让他受点苦，强迫朋友掏出这七便士的钱？可能部分是这样。不过，我搜寻这段记忆的边边角角时，我碰到更早时候的一个场景：母亲告诉我们，我们会得到些零花钱，但要记得对我们这个吝啬鬼访客来说，这可是件严肃的大事。“他和布鲁斯可不一样，”她带着装出来的漫不经心说道。① 这么说来，这些都是安排布置好的！哥哥和我出于贪婪和敬畏，成了这一场景中一部分演员。拉金也一起认真出演了吗——拉金是严肃的那个？嗯，无论从哪个角度来看他的生活，他肯定是个套中人，小心，小气，刻板，保守。“Niggardly”（小

① 布鲁斯·蒙高马利，我的教父，慷慨大方出了名。他是位小作曲家，早年因一些影视配乐有点名声（《住院医生》，《一两件手提行李》）。布鲁斯给孩子们的是银币，不是铜币。有一次，他让我们俩不敢相信自己的眼睛。难以忘怀的那个烟火之夜的下午，他给了我们十镑去买烟火。据说，布鲁斯在公众场合走动时，手里总是握着一张翘起角的一镑纸币。他想要什么东西时，总是想要得不得了，即刻得到才好。他的命运是“雨中的蛋糕”那类，专为早慧、张扬的才子准备。我对他最后的间接的记忆是，金斯利接听到电话是那声斯人已逝的哀叹：布鲁斯当时正又一次喝着威士忌握着本通讯录。——原文注

气）有不少挺好的同义词（包括受到欢迎的美国用法“cheap”［低廉］，简单地归咎于收入不够），但“near”（抓得紧）是形容菲利普·拉金的词。Near（抓得紧）：把什么都抓在胸前。

“你应当多花点，菲利普。”

他不吭声。

“你才买了辆车子，挺好的。现在你——”

“我真希望他们不要没完没了地给我寄这些账单。”

“用在车上的。”

“他们没完没了地给我寄这些账单。”

“你负担得起。这下你应当——”

“我真希望他们不要没完没了地给我寄这些账单。”

对这一压抑他当然完全理解。明白了困难所在而无所作为，这也完全是他的特征（是他个人的、时代的、地位的特征）。又一次，他只是将它怀揣着。这是十六行诗《金钱》（1973）的第一节和最后一节：

每一季度，金钱批评我：
“为什么你让我呆在这儿浪费？
我是你从来没有得到过的东西和性。
写几张支票，你还来得及得到”……

我听着金钱歌唱。就像是从长长的落地窗
往下看着外省的小镇，
贫民窟、运河，装饰华丽而疯狂的教堂
在黄昏的阳光中。悲伤得紧。[1]

① 《金钱》是我喜欢的一首诗。1984 年，我发表同名小说时，给拉金寄了一本。和我父亲不同，他成功地读完了整本书。不过，在给我的回复中，他并没有伤害我，但却明确表示他不喜欢我对读者自作主张，后现代的游戏过于放肆失礼。 （转下页）

“你觉得自己这辈子原本能过得更快乐一点吗?”有位采访者有一次这么问他。他答道，“除非成了另外一个人。”你要多花点钱，菲利普。他自然没有。总得有别的人得到财物和性。不过，拉金的确得到了诗歌。

有天早上，我透过楼梯扶手看着拉金准备好出门，走入斯旺西的雨中。身材过高，戴着眼镜，早早秃了顶还秃得挺理想，行动中开始显出一点持重的迹象，他叹了口气理了理雨衣、围巾和帽子。他身上的一切都散发出一种坚忍的斯多葛气质（他并无选择），和自在自得截然相反……公众都知道拉金憎厌或是说声称是憎厌孩子①，当然也从来没有做过父亲。② 之前我开始读他诗歌的时候，总是会想，是不是哥哥和我让他反感了。我小的时候，拉金在我家被说成了一则神话，一个模拟史诗中的吝啬鬼和厌恶人类的人。不过我相信自己当时对他的感觉。当我们的眼神相遇并停驻一会儿时，他会温柔地看着我，我感觉到还带着愉

（接上页）他还觉得文字过于紧密雕琢。书中有些部分让他挺乐的。抱歉我没有保存拉金的信函（也没有保存任何一封父亲的来信，令扎卡里·利德虽不出怨言，却恼恨得很），不过我记得这一句：“275 页第 3 行，我发出了一声尖叫。”我发现那有点意思。因为拉金注意到的是这样一个时刻：奢华（且昂贵）的性诱惑得到的预测是奢华（且泄气）的失望。拉金这一声尖叫，我不能以此为傲。这笑梗是伊恩·麦克尤恩的：他说的话打断了我正在讲述的一件远东某家妓院的带色故事。英国目前出版的简装本，这句笑梗出现在 292 页第 33 行；美国简装本在 271 页第 3 行。——原文注

① “小孩非常可怕，是吧？都是自私、吵闹、残酷的小畜生。”他说过，还是个孩子的时候，以为自己憎厌每个人：“等我长大后，我意识到不喜欢的只是小孩。”我认为这只是摆出一种姿态。无论从理智上还是感情上都没什么价值，反孩子的姿态只可说上一两个笑话。我们后面会知道，金斯利曾经也有过一点这种姿态，不过他从来没想过要喷出真正的艺术的毒液，拉金笔下的“小孩，和他们肤浅的暴力的眼睛”。——原文注

② 《这就是诗》的结尾一节——“人类把痛苦传递给人类。/一如海岸的岩层层层加深。/你赶紧逃离吧，/自己可别要了孩子”——应当和《树林》的结尾一节对照着来看，我认为两诗是姊妹篇（从技术上说，两诗几乎是一模一样的）：“然而不安宁的城堡照样/在每个五月完全长成的浓厚中拍击着。/去岁已经死去，它们像是在说，/重新开始，重新，重新。”——原文注

悦和安慰。这是孩子才有的失望。因为他该是一只红松鼠、不然就是奇异的老外才对，而眼前的他却是善良温和、头发灰白。

1942年，生活开始降临在自视为小说家菲利普、诗人金斯利的身上。密集的通信一直持续到下一个十年的中叶。《幸运的吉姆》之后，通信开始少了下来，冷了下来。我不觉得拉金想要他朋友的妻子和三个孩子[①]，但在他相隔遥远自觉受苦的想象中，金斯利已经消失在一大堆的东西和性——“我从来没有得到过的”——之中了，永远无法召回了。就金斯利的这一方来看，我感觉，对这种想象有一种不耐烦的认识，而享受这些落到他头上的庸俗的成功时，也有一定程度的挑衅。还有一点不那么明显的目的，这和拉金感情付出上的吝啬相关，他先行退出了完整的兄弟情谊。随着越来越稀少越来越冷静的信件来往，你能感觉到生活在此赢得了一场阴郁乏味的胜利，粗鲁地错开了一场精心构成的结盟。

之后，生活本身也逐渐越来越稀薄越来越冷静。孩子们长大了，妻子们离开了（或说是重新组合了）；世界不再是那么就在我们近旁……而拉金还在那儿，在北边的赫尔；被忽略了的亲密友谊也还在那儿，等着重新联接。当你在金斯利的《书信集》中，读到“亲爱的菲利普”（在拉金的信中，读到“亲爱的金斯利”），那就等着另一种形式的真相展示吧：某种更加贴心的东西。随着两人又重新亲近起来，重见一些已经长久不用的熟悉的亲密称呼（拉金：“好吧，亲耐的[②]，最后我哭了起来，因为我对你的感觉正是那样啊”），当然是令人欣喜不已的。同样令

---

① 《塞尔夫该人》一诗对年轻人的选择作了一针见血的精彩解释：“为了不让她走掉，他娶了她为妻/这下她整天都在那儿，/他浪费生命工作得来的钱几笔/她作了额外的收入/买了孩子们的小东西/还有用电的炉和干衣的机……”我喜欢由最后的押韵压住的乏味无聊，完美至极。而且我也喜欢这显见的不公平：好像这诗中的塞尔夫自己也一点不能从干衣机和电壁炉中受益。诗人预见到，婚姻必定会让他疯狂；他会朝另一方向行去，不受牵制的自我，在那儿疯狂看起来不过是具有极大的可能性。——原文注

② 此处为 dalling，为 dailing（亲爱的）的变形。

人高兴的是见到他们在烂熟的笑话、猥亵的拼写和大呼小叫的大写字母中重新焕发的年轻心情。但你还是能一直感觉到，随着年龄增长，他们终于能相互坦白到透明。他们终于是平等的，在上帝面前平等也在没有上帝的死亡面前平等，而且还在身体上以及——第一次——在性方面上平等。[①] 在这个终于稳定下来的状态中，眼见着拉金落下来加速冲向灭亡，是非常可怕的。1985年，他去世的时候，金斯利《书信集》中的叙述带上了一种被震懵震聋的感觉。他在给罗伯特·康奎斯特的信中写道，像是失去的不止是一位朋友一位诗人。什么？“仅是一种存在？”我父亲余下的十年生命，在此书中可以看到，简直可以被认为是可有可无的，像是一个补篇。而拉金的《书信集》以一封口述的信作结，等完成笔录时，他已不在人世（他要进去来个“大的”）。信是这么结尾的：

① 这个问题得有更多的篇幅来解释，我接下来要做的这段长长的脚注是不够的。纳博科夫认为人类极致的分类是在这两者之间：睡得好的（他把他们看作是自鸣得意的傻子）和伟大的辗转反侧的失眠者（就像他自己）。《爱上你这样的姑娘》（1960）中的一个普通角色格雷厄姆·麦克林托克认为人类分类是在“有魅力和无魅力”之间。无魅力的格雷厄姆告诉有魅力的詹妮·邦恩，“长得像你这样的人和长得像我这样的人，我们之间生活的差异，你是没法儿设想的……你知道，无魅力的男人并不想要无魅力的姑娘。他们想要有魅力的姑娘。他们只能得到无魅力的姑娘。”美丽的邦恩小姐结果没和格雷厄姆在一起。和她在一起的是帕特里克·斯丹迪什（显然有魅力，而且由另一个男性角色公正地描述为“俊美”）。现在来看看拉金未出版的诗《给朋友的一封有关姑娘的信》（1959）：“这些年和你比较了生活之后/我明白了我一直在失去的是什么：所有这些时候/我遇到的姑娘和你的都不是同个档次。/既是这样，所有别的也就可以理解”。题目中的“朋友”属于这样的世界——“想要得到/立刻成为想要被得到”，“美色成了答应的俚语”。和诗人所在的世界中的姑娘不同：“她们有她们的世界，不能和你的同日而语，/在那个世界，她们工作、增长了年岁，因为没有魅力或是太过害羞/或是太高的道德准则，吓跑了男人/反正，谁也不愿屈服……”这首诗昭示了这一失败之处，居然没有得出这显见的结论：“我”也是无魅力的。研究魅力的科学家告诉我们，我们在对方身上找的是婴儿时期的一些特征：眼睛、眉毛和嘴巴的曲线。这些加起来至少说明我们曾经都是美丽过的。而最终都会变丑。1980年1月14日，给拉金的信中，金斯利简洁地提到了自己最终和普通人无异。“我现在变丑了，”他写道，“因为我变老了。”

我必须得提一下，萨丽[1]的信和照片今天早上收到。当然，它们值得我单独回信致谢，或许会有那么一天。看到她和希拉里的相似之处，我太高兴了。希拉里是我见到过的最美丽又不至于是最不漂亮的女人（我确信你懂我的意思，我也希望她也懂）。[2]

好吧，磁带快到了尽头。想象我为了今日的考验，整好睡衣和刮脸的东西，希望都顺顺利利。这一年，我真的觉得自己不该承受这么多。我想，都一齐来了吧，而不是像大多数人那样，分散了开来。

常用的告别辞就免了吧，知你会原谅的。

你永远的，

菲利普

滚蛋之一

据说我转身离去。据说我视那份友谊轻如鸿毛——我视友谊轻如鸿毛。

我面前放着朱利安·巴恩斯写于 1995 年 1 月 12 日的信。按理说，这张纸是属于我的物品，但版权归朱利安所有。我不会从信中摘抄，只想说信中最后一个短语是人所周知的某个口语词。那个短语由两个词组成。总共七个字母。其中三个是“f”。

---

① 指我的妹妹。

② 我母亲有她自己评定吸引力的规则，或称等级。两性分为下述三等：煞风景，可塑景，靓瞎美景。有一次我问她拉金在这个等级里是哪个级别。她说的话让我吃了一惊，“哦，绝对是可塑景”——但她对他的喜欢却是有案可据的，出现在早先艾米斯-拉金的通信中。她了解他的优秀品质。——原文注
靓瞎美景：见艾黎译《怀孕的寡妇》，

就《情报》一书从媒体（“马丁·艾米斯卷入贪婪风暴”）[①] 中得到的“再打他，戴”的待遇，在我看来，这是谈判的走向已经出了错的事实证据。所以，最后我就全部交给了美国的经纪人怀利，而这意味着离开我二十三年的英国经纪人，帕特·卡瓦纳。这一过程的第二部分我觉得全然是悲伤不快的（虽说不久前才五味杂陈地经历了更为亲密的关系的断绝），让我觉得这一类的悲伤是直接累积作用于人的，会达到一个极限，而我突然间就到了我的极限。不过，几年前我的父亲也中断了帕特的代理，但没有因此而失去友谊。职业关系上的分裂没有引起什么说辞，但我这次远远要公开化得多，让人痛苦不安，每件事都被夸大，每件事都被扭曲……

当然，朱利安和帕特·卡瓦纳，那时是夫妻，现在也仍是夫妻。我也知道他是个疼爱妻子的男人。但 13 号早上吃早饭时，我认出了他的笔迹，以为他会说自己知道教堂和政体之间的差别，在他的认识中两者会继续分离。之后我读了他的信。

我的第一反应是罪恶感，我让他自降身份，写出这等粗笨丑恶的东西来。而且还弄巧成拙。天哪，我心想：他从来没喜欢过我！这封信让我质疑这份被取消的友谊的内涵，更不消说其价值所在。我意识到，如果那么想，听起来倒是简单干脆得难以置信。那种感觉没有持续下去。读者们都清楚得很，我还有其它更为迫切的忧虑——朱利安列了几项他知晓的，但毫无同情之意。1 月 13 日，其实是个好日子，是个具有划时代意义的日子。二十个月来，我第一次和前妻坐下来平心静气地谈话，那封信就在我的口袋里。那天晚上，我花了一个小时的时间写了回信。

---

① 把一桩小事刮成风暴，媒体必须得到被批评对象的同行的谴责。有两个更好，不济一个也行。你不断地打外线直到找到一个碰巧心情不愉快的作家。这次，他们找到了 A. S. 拜厄特。拜厄特以其长短篇小说和打起电话来放不下知名，确实实至名归。她同意我可能需要钱（离婚要花钱，还有“把牙齿弄弄好”的费用），可又说，她不明白为什么她得“补贴”我的贪婪。后来，在给我的道歉信中，她说，记者打电话来时，她正好牙疼。——原文注

上一次我失去一位朋友是在童年时代。自打那时起，我有过几次短暂的不和，却从未断交过。在这事上，正如这类事常见的那样，我失去的不是一位朋友，而是两位。我的回信说好话想求和解。差不多一年之后，有些冰雪消融的迹象后，我也企图想恢复友谊。他的拒绝还算客气礼貌。遣词造句很大程度上能证实我的直觉：所有这些龃龉还有更长远的历史，早在1995年之前。

我这是在做什么呢？算是澄清问题吗？[①] 克里斯托弗·希钦斯当时签下宣誓词时，已经学到了这一教训（他反驳了克林顿的总统助理、他的朋友西德尼·布鲁门索作出的宣誓证词），牺牲友谊对媒体里的“索尔们”和“乔纳森们”来说，是极大的冒犯（他们之间有一个帕特洛克罗斯就有一个阿克琉斯[②]）。他们的描述总是有倾向性，像是这种牺牲了友谊的行为不但用尽了心机还带来百般的开心。而且从来不会觉得遗憾。而在真实的世界中，亲身经历的世界，一场消失的友谊给你留下许多的困惑和疑问；那种模糊不定的空缺不断地萦绕着你的现今、未来，而且尤其不受欢迎的是，还萦绕着你的过往。我觉得，朱利安也是一样的感受。

我写给朱利安的那封信是属于他的物品，但版权归我所有。

利明顿路别墅区54A
伦敦W11 1HT

亲爱的朱尔斯：[③]

我原本打算给你写封信，说上这么一段话的：

十二年之前，你给我打了个电话，说，“马特，你可以让我滚

---

① 我想，顶多会发生的是，有一两个记者会把写给我的这脑子进水的物证中有关友谊的部分拿出来放到写给朱利安的这脑子进水的物证中去。——原文注

② 特洛伊战争中，帕特洛克罗斯被赫克托耳杀害，友人阿克琉斯为其报仇，杀死了赫克托耳。

③ 对朱利安的昵称。

蛋，爱说什么就说什么——不过我还是要问，你离开了安东尼娅吗?”事实是，我回到了安东尼娅身边。那个时候。十二年之前。但我喜欢你组织这个问题的方式。非常地像你。

之后，我又打算说上这么一段话：

朱尔斯，你可以让我滚蛋，爱说什么就说什么——但还是请你继续做我的朋友，并且帮我继续做帕特的朋友。

还没来得及提出这个请求，我已经有了你的答案。我过阵子给你打电话——过很长一阵子。我会想念你的。

马丁

写着这几页，我第一次体会到心中冒出怨恨的感觉。写着这段话时，我的双手也感觉到做着不愿做的事，冰冰冷的。但我得把它说出来告诉读者，也告诉我的朋友们。有人称，我转身离去——我是不会做那样的事的。我不会是转身离去的那个人。

大学来信

埃克塞特学院，牛津

星期一

（1971 年夏）[①]

最亲爱简：[②]

这是我的膳宿费用。我已经安排好可以住差不多六周（直到 8 月 1 日）。如果我们到九月有地方住，我很可能在月初回来住两个礼拜。我正在申请一份假期补助。因为我得外出吃饭什么的，这份补助会挺有用的。周末我是想回来几次的，但真正能读个透彻，这是我最后的机会了，因此这个学期就像是长达十四周了。我指望着我的老师仍旧会费个劲吓唬我一下。

我还是没有勇气告诉葛莉，我觉得我们俩是没法儿在一起生活的。这开始令人担忧了，因为我们该着手寻找合适的住处了。我想她知道我（对此）并不很开心，但我猜她只是希望能峰回路转吧。这责任实在是糟透了。我这儿有个朋友周五要结婚了（我是伴郎）——我没有跟他说，但整件事让我越来越深信，我要到七十岁才会结婚。结婚太折磨人了。

---

① 此处原文注“原文如此”。可能因时间上没有注明日期和月份。

② 这样爸爸就退出了。回头看，挺伤人的，特别是我现在知道那时他给别人写了多少信。我们通信频繁的另一段时期是 1979 年至 1980 年的财政年，当时我在国外。那是他的转折期，很遗憾我当时不在他身旁，但菲利普在。菲利普也到巴黎来看我，我在那儿呆了七个月，写了我那本让金斯利最着恼的小说《别人》。——原文注

我希望家里一切都好——罗伯和奥莉薇亚说他们上来探望你们的那天，你们都挺开心的。我考虑下下个周末来，来之前会告知的。请向每个人（包括金斯利）转达我的爱。（前两天我看到了两只漂亮得不得了的布伦海姆狗————萝丝一定要找一个来做她的第二任丈夫）。

很多很多的爱。

马特××

又及：我能要一张 8 镑的支票吗——3 镑 10 先令是给校工的小费（多了一点是因为我睡得晚。干洗 30/-，［拍纸?］簿 10/-，咖啡 10/-，晚饭充值 2 镑-）

过几天见！

以血思考

“这么说来，最终你胜了，”我母亲说。这是在1995年1月中旬。

“你真的是一直在关注这件事吗，妈妈？”

“起初没有。他们开始攻击你的时候，我心想：嗷……反正最后你胜了，亲爱的。”

“我真的胜了？我想是吧。”

我先飞到波士顿，然后飞到洛杉矶，住进了比弗利威尔希尔饭店。这是在《风月俏佳人》中亮相的饭店。你要还记得这部电影的话，《风月俏佳人》讲的是某个洛杉矶的“鸡”（茱莉亚·罗伯茨）被一位帅气十足的商人（理查·基尔）挽救的故事。影片中有个场景，设在比弗利威尔希尔饭店一个最高档的房间里，摆放着草莓、香槟，还有（如果我没记错的话）口交。在强劲的后现代公关行动的推动下，每位新到的客人在自己的房间里发现一盘草莓和一（半）瓶香槟。这一来，可能会让某个脑子不拐弯的住客给客房部打电话要茱莉亚·罗伯茨的下落，或者至少也得是个洛杉矶的“鸡”……苍白憔悴的“金赤”准备好去和特拉沃尔塔共进两人晚餐。第一天晚上约翰的妻子凯丽·普莱斯顿和他们的两岁的儿子也来了：小杰特（“杰特的睫毛”，我后来写道，“有一英寸长”）。杰特·特拉沃尔塔，杰特·特拉沃尔塔的一生：这拿来写部小说真不错……《纽约客》的卡洛琳·格雷厄姆到威尔希尔饭店的泳池边来见我。我觉得，对我的脸颊的状态，她稍稍有点惊愕。“但你胜了，”她说。是吗？我战胜了什么呢？几天之后，卡洛琳在金球奖颁奖仪式场地下面的停车场里，临时替我准备了黑领结。我是去支持好友约翰得奖的（《低俗小说》，最佳演员）。我们走进了场地。走在前面的是莎朗·斯通，金发美人影星中的佼佼者，隔离带外的群众声嘶力竭地向她欢呼着。一进门就同索菲娅·罗兰（一位“骄傲”的美人，她常带的表情像是说，一不小心就会犯了她的龙颜）照了面，令我自惭形秽。再过去一点，靠近门的是昆丁·塔伦蒂诺，正没精打采地悄悄往前走。他赢了（最佳原创剧本）。特拉沃尔塔输了。谁赢了他？汤姆·汉克斯？杰西卡·兰格赢了（《蓝色天空》[1]，最佳女演员）。在她的得奖演说中，她感谢了每个人，一个不漏。“Lastly but not leastly”。Open Widely. 接下来呢（nextly）？[2]……约翰·特拉沃尔塔是我遇到过的最清醒明理的人之一。他不浪费一点时间，去假装自己不是个影星。连科学真理教的那事儿（在报刊小文中，这被描绘成了混合瑜伽和魔鬼崇拜的东西）他也几乎执行得一丝不苟，让人吃惊：生活就是一张值勤表。和特拉沃尔塔吃饭时，我这辈子都还没觉得自己这么难看（还穷酸：我开了一辆大众高尔夫，他有三架飞机）。没有一点迹象表露他是不是注意到了我的困难：在我的脸庞正中，有什么不在了，少了什么东西。最后一天，在《矮子当道》的片场，在他的拖挂房车（就像是一个豪华活动房）里吃过比萨，我离开时，他拥抱了我——这个被特吕弗[3]赞美兼具阳刚阴柔之美的男人……我去了纽约，在旅店的房间里写了那一篇文。“你赢了，”很快会有美国记者这么对我说，“但不算是个完胜，是吧？”我说，“赢了什么了？”……

十个月之后的一天，我在父亲住的圣潘克拉斯医院外面招了一辆出租车，司机说，

“诺丁山？我以为你住在卡姆登镇呢。”

“还没去呢。”

“我在哪儿看到说你住在卡姆登镇。”

---

① 又译《芳心的放纵》。

② 见“Lurid”一节。这些都是副词表述错误。

③ 可能指法国导演弗朗索瓦·特吕弗（1932—1984）。

“我下个月搬。”

住到父亲的那条街上去。离他的屋子半英里远——但与父亲同条街。

“啊！这么说来，他们还比你早了一步。他们在指挥你了呢。”

等我从纽约回来时（经历了更多的牙科诊治——还真不少），出版社告诉我他们打算赶着出版我的小说，为了利用“所有的舆论”。可是，我心想，等等啊：所有的舆论都是坏的舆论。难道我们不是该等等，等这波热闹消退了再说？①

那时，他们是在指挥我。我败了，因为我怜惜我的小说。虽说都是不偏不倚的公正话，但看起来却非如此。小说面世时，闹哄哄的，还得意洋洋，旗开得胜的样子，造成了小说自身认知上的错位。因为小说是关于失去，不是赢得，是关于失败，我的失败。

当然，这些只是发生在此处的字里行间。我被指挥着；我是一部关于英格兰的电影里的一名演员。

那个希区：新英格兰，1989 年

说到这里，拉维尔斯坦把头朝后仰着，闭上眼睛，他的身体猛地向后爆发出一阵大笑。我和他一样发笑，只是以我自己的不同风格而已。就像我以前说过的，这种对于滑稽可笑的领悟力，使我们结合在一起，不过那也许是空洞无力的表达方法。欢乐的喧哗——无限的喜悦——心有灵犀一点通的感觉，将我们结合在一起，企图用固定的公式表现它是根本行不通的。

在租来的雪佛兰“名人”车里，我说道，
“不可以上险毒的球，答应？”

① 并非所有的舆论都是好的宣传。纽约的一位公关人士指出：“什么呀：这家伙是个混蛋，所以我要去买他的小说？”——原文注

“……不上险毒的球。”

“保证?”

“保证。”

我的乘客是克里斯托弗·希钦斯。我带他去佛蒙特见索尔·贝娄。我们会在那儿吃晚饭并过夜，第二天早上开车回科德角。科德角是我和第一位妻子还有两个儿子一起度过八九个夏天的地方。我们住在韦尔弗利特镇南边的马蛭池塘……“险毒的球”这一比喻要追溯到我们一起在《新政治家周刊》的日子。1978 年，时任主编的安东尼·霍华德向历史的力量低了头，体面地辞去了职务。我和希区都属于那个复杂的两层式六人委员会，将决定他的继任。在一次面试时，尼尔·阿舍森是最后入围的三位候选人之一，[①] 他提出了这一说法：“谁想要去对抗已经关闭的商铺，就会得到举世无双的滴血大鼻。”面试结束后，我说这是“险毒的球”。克里斯托弗不管是不是同意我的说法（当然，他远要比我更支持工会），显然是挺喜欢这个说法的。所以，“不上险毒的球”意思是不对左翼倾向持激烈的支持态度。1989 年，在“政治正确”这一说法的影响下，索尔·贝娄有一段时间被各方打造成了个右翼人士。他时不时受到指责，所以我觉得他在自己的家中，应该有个平静的夜晚。我现在深信，贝娄和希钦斯在政治直觉上颇有相似之处——尤其是在他们对美国的运作、职能划分上的直觉。我看克里斯托弗写克林顿的书《再无人可骗》（1999）时，我的肉体都想到了 1988 年和索尔一起度过的一个小时。我是在去新奥尔良报导共和党大会（会上，布什放出了丹·奎尔[②]）

① 另两位是詹姆斯·芬顿和《星期日泰晤士报》的布鲁斯·佩奇。希区和我想试试运气，帮我们的朋友拿下这个职位（其实不可行，因为詹姆斯还不到三十岁）。卓越的 V.S. 普列切特也在委员会之列，选了阿舍森。那本该是合理且能够达到的结果。但因为委员会选票分散，布鲁斯·佩奇得到了职位。此后，《新政治家周刊》的衰退飞快加速。当时，所有这些都是全国新闻，这本身也可算是新闻了。——原文注

② 丹·奎尔，1989 年至 1993 年任乔治·布什的副总统。

的路上。为了准备此行，我约了一次政治辅导课。贝娄对联邦政府相关人员那些营私舞弊、收受贿赂的行径完全真实的洞察力让我后颈上的汗毛直竖……雪佛兰“名人”勇敢地一路朝六号公路开去，我很有信心，今晚会是美好的夜晚。不会上什么“险毒的球”。

车程有五六个小时，但开着收音机、和好友驾车同行，本身就是赏心乐事。一路停了几次，大堆没动过的饭食，大量希区渴求的强劲酒精。那个时候，我的朋友希区的中年危机急迫地起始于 1987 年年末。埃里克·希钦斯中校正面临着死亡，克里斯托弗的弟弟彼得揭开了家里的新闻：

> 我弟弟说的事挺简单，却非常让人吃惊。我们的母亲年纪轻轻就于 1973 年不幸去世①，但她的母亲还在世，依旧神清体健享受她的人瑞岁月。弟弟结婚时，带着新婚妻子去见她。老太太后来表扬他的选择，又出其不意地加了一句，“她是犹太人吧？”彼得之前没提过这事，心里提防着嘴上承认了确实是这样。“哦，”这位我们一直都叫“渡渡”的老太太说道，“我告诉你件事。你也是犹太人。”②

这一信息引起了某种复杂的快感，而且肯定是一种刺激。但所有这些都接踵而至，难以承受：对母亲身份的重新认识，父亲的去世（两者的意象现在已经改观），第一次婚姻的结束，和孩子们的分离，还加上克里斯托弗他自己：作为另一个种族的一员跨进了四十岁的门槛。对此

① 在我看来，这件事标志着我们友谊的开始。我读到有关他母亲去世的事时（是在一份星期天小报上），我只是和他稍稍有点认识。我给他写了封信，他给我回了信，我们的友谊就此开始了。（提一下，他母亲是自杀：又是一例自杀。）

② 见收录在《有备无患》（1988）中的一文《不知一半的真相：向报务员雅各布斯致敬》。克里斯托弗的母亲一直守着自己是犹太人这一秘密，不让丈夫、孩子知道，也不让她成长的那个年代（二十世纪头几十年）的牛津知道。“渡渡”决定把真相告诉她的外孙们，是一个令人敬佩的——且也是必须的——决定。

我一直怀有歉意：在他的这一转折期，我还不够朋友，比不上他在我遇上转折期时对我的帮助。不错，他早已经了解了这一时期的人生场地：他已经经历了包括离婚在内的主要事件，而我还晚了几年……填写疼痛时刻表时，“最令人疼痛的莫过于爱”。克里斯托弗和我离开了家，做了我们“为爱”所做的事。但当做完时，爱的账簿上是怎么样的收支呢？因为你同时也成了爱的敌人；对你的孩子来说，成了爱的破坏者。“我憎恨爱，”路易斯在五六岁的时候说（他在抱怨我们一起在读的一本书中的爱）。他并不是真的憎恨爱，但他现在可以说，“我不再相信爱。”德莱登重新演绎安东尼和克莉奥佩特拉的故事时，他把这部悲剧叫做《一切为了爱》（或者是《江山尽失》）。那些了不起的恋人牺牲了王国，但他们可以肯定的是，即使他们失败、自杀，爱这一首要的价值还是得到了赞美歌颂。我羡慕他们的华美高调。我们这些从每日陪伴孩子中抽身出来的人必须要以不同的方式来考量。这样情况下的爱既有得又有失。失去爱的时候，死亡之力就有所增长。离婚：暴力得难以想象的事。涉及其中的父母，有哪位不曾希望曾经爱过的那位死掉？举世皆然。这也就是为什么你胸腔中的心像是得了坏疽。这也就是为什么（我是这么描述自己的）你希望白衣人来把你带走，清洗你的血液。

奶白色的“名人”车静静地往前驶去，穿过新罕布什尔意气风发的农田和草地后，进入了佛蒙特未被雕琢过的景致。路变得更暗更弯曲了，我们在金橙的树叶搭起来的高高的隧道间，又停了一回，买了希区提议的几瓶酒（我也赞同：贝娄夫妇是慷慨的主人，索尔认识约翰·贝利曼和德尔莫尔·施瓦兹①，但他们怎么也不会想到要面对的是什么），再加上带回科德角的许多蜂蜜和枫糖。打了左转的方向灯，“名人”驶离了主道，往山谷开去。贝娄夫妇在花园里等我们。

① 约翰·贝利曼（John Berryman，1914—1972），美国诗人和学者。他被认为是自白体诗歌流派中的重要人物。德尔莫尔·施瓦兹（Delmore Schwartz，1913—1966），美国诗人和短篇小说家。

在这儿我想说，1987 年从耶路撒冷回来时，对父亲的艺术健康——这意味着我所见到的一切都是对他的精神状态至关重要——我又一次变得信心十足。一年之前，他出版了声名会借此而被传颂的小说：《老魔怪》。[①] 这是他最长的一部小说，也是最自始至终都保持一致的水平。在我看来，这部小说可以和二十世纪任何一部英语小说媲美（当然除了《尤利西斯》，那是莎士比亚级别的）。它不怕人——是，连女人也不怕。当时对我最重要的是，这本小说宣告了"不妥协的妥协"。这是我之前一直希望的，就像你巴不得婴儿的哭闹、孩子马拉松式的闷气、恋人的不满能够消停一下。《老魔怪》标志着他自愿自认的孤独的结束。他退开了几步；他爬下了台阶。我们谁都有得这么做的一天：我们都得从自己走进去的房间里走出来。父亲出来时，拿着一本有关原谅的小说。他没有原谅简，永远没有原谅她，但他原谅了女人，他原谅了爱情；他回到了这一首要的价值（而且还会在接下来的五本小说中，继续回归这个价值）。"我憎恨爱，"我的儿子说道。"我憎恨爱"：这不是一个你应当继续提出来考虑的信条。当时我如释重负的感觉完全处于本能，有个声音说，你爸爸又像个人了。在我现在看来，金斯利因失望而冒出来的吼吼嚷嚷终于声消气尽了。而我知道原因何在……再说了，当然没有父亲的空缺需要填充，就像和索尔·贝娄一样。贝娄有三个亲生的儿子，没有

---

① 自然是同《幸运的吉姆》一起，我还特别希望有这几部作品：《绿人》、《变化》、《姑娘二十》、《结局》、短篇小说《亲爱的幻象》、《我身上所有的血》、《线上的抽动》，还有《诗集》、《国王英语》，或许再加上《书信集》。《老魔怪》得了布克奖。或许我该说是"著名的"（"prestigious"）布克奖，因为这个形容词已经紧紧地和布克奖连在一起了，特别是在美国。我敢打赌不少美国人以为这玩意就是叫"著名的布克奖"，这么说自然一点也不错。《牛津简明词典》中福勒的词条：prestigious (-j*u*s)形容词拥有或展示名声（prestige）；因此［-］LY 副词，［-］NESS 名词［词源＝deception（有欺骗性的），拉丁文 *praestigiosus*（*praestigiae* 玩杂耍者的戏法；见词缀-OUS)］。但这个奖是由临时邀请而非成员固定的委员会负责评选的。这儿明显缺乏的便是"名声"（prestige）这词在各个层面上的含义，却不乏词源的本意："法语，＝幻象，魅力。"——原文注

空缺要再来一个。[①]

11：15左右，一阵静默慢慢地在饭桌上延伸了开来。克里斯托弗完全清醒了，一边眼睛朝下看，一边揉捏着手中一个金边臣空烟盒。贝娄夫妇的目光也朝下。我双手捧着脑袋坐着，盯着这顿晚饭劫后的现场——那天晚上的车祸，车头灯变形了，铰链处开裂了，毂盖处还在摇摆。我的右脚踢了希区的小腿太多次了，都受了伤。[②]

要说克里斯托弗在过去的九十分钟里连珠炮似的发了一串“险毒的球”，这是简单化的说法。但我们也不要因为害怕简单化而逃跑。简单化有时候恰恰就是你想要的……不出意料，冲突的主题就是以色列。克里斯托弗早已经写了一篇文章叫《圣地的异教徒》（《拉里坦期刊》[③]，

---

① 我们后面会看到，1995年之后，情况有了变化（1999年之后，又有变化）。1997年，在波士顿一家小饭店的餐桌上，我终于会对索尔说出一些话。——原文注

② 要对付希区体能和智能上的反抗也同样会一无所获的。1974年，他离开了《新政治家周刊》（我们几个都很快相继离开了），投奔资产阶级的大报《每日快讯报》。当时我和他开诚布公地谈了谈，地点是在皮卡迪利圆环边上地下室里的一家地狱般的爱尔兰酒吧，四下是烟雾、地板上的木屑和半露着的屁股缝儿。我以不常见的立场从左侧攻击克里斯托弗，指责他的逃跑、背叛，拿富人的钱。詹姆斯·芬顿忧伤地观望着我们（这场争吵中，有些惨兮兮、泪眼迷蒙的时刻）。我们的意志，我的意志，希区的意志都集中在我们右手中的那只玻璃杯。这是一只酒杯，杯中是一份威士忌。我们一边毫不退让地死盯着对方的眼睛，一边紧捏着玻璃杯，直到杯子开始发出嘎吱嘎吱的响声……我停住，退了下来。因为我突然意识到他是不会先停的，再千年万载也不会。我们一起去了急诊室（詹姆斯搞定了出租车司机，郁郁地陪着我们），希区不会后悔，无论是手掌中深长的伤口还是丢失在木屑中的手指，他都不会后悔：绝无一丝悔意。同一年的后来，詹姆斯和我，还有克里斯托弗，一起坐火车去在布莱克普尔举办的保守党年会。我们之间的感情有点变化，但没有减少。《每日快讯报》把希区安顿在当地的大饭店，对着爱尔兰海的海景。詹姆斯和我住在离海边不少距离的后街小弄里五镑钱一晚的小旅店。那才是左翼的做派：躺在狭窄的小床上无法入眠，听着房间里唯一一件家具——笨重的衣柜——发出来的响动，那是虫子在咬啮衣柜。——原文注

③ 由美国罗格斯大学主办的以文学作品为主的期刊，发表诗歌、小说和杂文。

1987年春季刊)。在文中,他举出"由索尔·贝娄、埃利·维瑟尔[①]及其他一些人对以色列概括式的理想化描述"。克里斯托弗在佛蒙特餐桌上说的大多论调,能在这篇他作为非犹太人写作的八千字文章里找到。其余的可以在他作为犹太人写作的《不知一半的真相:向报务员雅各布斯致敬》(《大街》[②],1988年夏季刊)一文中找到。克里斯托弗更换了的族裔身份不应在政治科学和政治道德问题上有任何影响,这不消说是基本的原则,也是最起码的智力上的自尊守信。"渡渡"外婆爆出的秘密没有让以色列显得不那么热衷宗教、热衷扩张主义、热衷半吊子的民主。不管是在书桌旁还是餐桌旁,克里斯托弗都不是以血思考的。血缘情感、祖祖宗宗,都会被弃之一旁,只有理智——各种官能的主管——四下活动起作用。

索尔也有文字记录,有书《往返耶路撒冷》,还有各种报导文章、散文。在他的小说中,犹太性就在小说运转的中轴线附近,也就是说,犹太性占据着他的无意识(而克里斯托弗的灵魂,我认为,本质上还是非犹太人的。他没有犹太人的无意识——虽然他那篇1988年的文章里令人心动地描绘了一个美丽的预示性的梦,表明在他身上还是有一些犹太人的痕迹。)在以色列的问题上,贝娄在一定程度上是以血思考,要否定这一点毫无意义:无意识永远是以血思考的。假如一位作家是由三个不同存在体构成:文人、赤子和凡人,那么索尔·贝娄身上的"赤子"是非常强势的存在,哪怕他有的是才识、经历和理性。作为一个作家,他是这么做的:所有的一切,都经由他的"赤子"存在体、无意识、第一灵魂。所有的一切,都经由他的灵魂。血会思考,因此,以色列经由血缘与他紧密相连——"犹太血缘是古旧的说法。犹太人之前一直是在去除犹太血缘的过程中,直到本世纪阻止了他们继续这么做"。犹太人

① 埃利·维瑟尔(Elie Wiesel,1928—2016),美国犹太裔作家、政治活动家,犹太人大屠杀的幸存者,1986年诺贝尔和平奖获得者。

② 美国文学期刊,在1981年至2004年秋之间发行。

出埃及和大流散、俄国和东欧对犹太人的大屠杀、专划的犹太人居住区、纳粹对犹太人的大屠杀——以色列与此种种血脉相连。我有一次听他说，没有以色列，犹太人“在承受所有抽打之后”，就会“断气”了。下一步就是“同化”，那会是犹太族裔的终结。那也会是和所有重要死者的关联的终结。

自然，贝娄是能够理性地——以边沁主义者的方式——讨论以色列的种种优劣。但，那天晚上不是那样子的。是的，不是那样子的一个晚上。很快，贾妮斯和我顶多能偶尔发出个抗议的音节。而索尔，身子俯在餐桌上，双肩往前耸着，双腿在椅子下绷得紧紧的，说得越来越简洁，逐步屈服于克里斯托弗的头脑放出的千军万马：纯粹的思辨、事实的章节诗篇，夹带着历史掌故、高分贝迸出的数据、极强音标志的细微差别，如瀑布急流，直泻而下。

之后停歇了下来，我们面对着沉默。我的右脚因在桌下对着希区的小腿做的热身运动抽痛着，但毫无作用……我等下会解释，我也是以血思考以色列的。但那时我的血没有在思考以色列，还没有。默默地，房间里形成了一种共识：那个晚上已经没救了。换个话题，再来杯咖啡清一清情绪？没用。现在，什么都没用了，只有结束了夜晚去睡觉。但那一刻我们还坐在那儿，僵硬无言，唯有沉默在肆虐奔腾。

克里斯托弗还在静静地折叠着他那个金色的小烟盒。他像是把所有的注意力都给了手中的事。在他面前，平息下来的战场静默地躺着：以色列国，彻底败北，完全被推翻了……克莱夫·詹姆斯在他那本极具特色的描写伦敦文学界的小说《美妙的生物》（1983）中，提到以希钦斯为原型的人物时，说“无动于衷”（no whit abashed）这个词可能是为他发明的。不过，克里斯托弗确实有着自责的念头。爱德华·赛义德教授的观点是争论的一大重点，而这是克里斯托弗在争论结束时想要强调的一点。静默在我的耳中，仍旧像一只小蠓虫在叮咬。

“嗯，”他说，“抱歉，我多说了几句。但爱德华是我的朋友。如果我不替他辩护……我会于心不安的。”

“那你现在感觉如何?”索尔说。

* * *

雷切尔

设若我要去和他谈论，记忆中情感的根——那些汇集并承负着记忆的话题；设若我要去告诉他守住过去到底意味着什么。诸如此类的话：“如果睡眠即是遗忘，遗忘也即是睡眠，睡眠之于意识就像死亡之于生命。所以犹太人甚至要求上帝不要忘记，‘愿上帝记住’。”

上帝不会忘记，但你们的祷告特别要求他来记得你们的死者。可是要将那样的印象加之于孩童，我该怎么做呢?[①]

1987年那次并不是我第一次去以色列。之前作为以色列教育基金友好人士也去过。同行的还有其他四位作家：马丽娜·华纳、赫尔迈厄尼·李、梅尔文·布拉格和朱利安·巴恩斯。[②] 我们对着拉比们和学者们作了发言；我们和国会一两个政治家在咖啡厅用了餐；我们去了希律王宫殿的废墟、马萨达、死海、伯利恒、耶利哥；我们住了戈兰高地上

---

① 出自贝娄的中篇小说《贝拉罗莎的暗道》(1989)——出版于佛蒙特之行的两个月之前。克里斯托弗看过这本书。他不像书中的孩子：一个“刻薄的低级的”虚无主义者。克里斯托弗的复杂在于更具有人性的一面。我的危机降临时，我退化到一种不闻不问的状态。而希区走了另一种极端。他呆在科德角的那几天，每天为我另一位伟大的(将来的)朋友写一篇辩护文，洋洋洒洒，引经据典，高谈雄辩。那一年，那位朋友即萨曼·拉什迪的生活也突然间完全改观了。——原文注

② 马丽娜·华纳(Marina Warner，1946—)，英国小说家、历史学家，以其女性主义、神话为主题的非虚构小说知名。赫尔迈厄尼·李(Hermione Lee，1948—)，牛津文学教授，以伍尔夫研究及传记作品知名。梅尔文·布拉格(Melvyn Bragg，1939—)，英国著名广播节目主持人、作家。

的以色列集体社区。[1] 我们和一位上得了明信片的游牧贝多因人在他的帐篷里喝了茶，骑了他的骆驼。我们过得非常愉快。但我们没有被介绍认识任何一位巴勒斯坦人及任何一位圣地的异教徒——比如以色列·沙哈克、维托尔德·杰德里基和以马内利·法拉德均[2]。克里斯托弗·希钦斯现在和这三位相互激发思想，交往较多。V. S. 奈保尔在他的游记里，把几个国家放在精神病医生的诊疗躺椅上，查看了一番各自的精神健康。所有的作家、所有的旅行者都多多少少会这么做。过了两三天后，就你所处的地方，你的身体会给你一份定论。我觉得精神焕发，重返青春。没错，虽然巴勒斯坦人还是看不见的存在，但在我交谈过的人中，没有哪位不是真诚地关注他们的境况，以及由公平和民主带来的公然侮辱。

一年之后，这一社团在我看来已经转了方向。对其作出的精神健康检查让我觉得无法放松。[3] 我的妻子在我身旁，而我不断地注意到有男人毫无顾忌地再三讨论着某些话题——比如说对女性卫生的担忧。看到戴着小帽的家伙在哭墙前做的那些，让我想到纳博科夫的说法：猩猩穿戴好演马戏，而这反而糟践了动物本色。是什么在这儿被糟践了？有些类似人类自治的东西。那些不断地从你身旁视而不见地旋风般走过的犹太学者和祈祷文领诵者是谁呢？忙着去缘木求鱼，海底捞月？（他们不时地被爱劝人皈依信基督的美国人搭讪："朋友！另有大道呢！"）有一次，在阿拉伯区，我和一位清真寺的守门人小小地争执了一下。我从他

① 在一次有关以色列集体社区运动（基布兹）历史的非正式讲座上，大概讲了半小时后，我举起手，问："有关基布兹运动，有一点我想知道。我知道这也是我的同事朱利安·巴恩斯深切关注的问题。你们这儿有没有一张乒乓台？" 1986 年，我（正确地）觉得这是可言之事。到了 1999 年，这是否还是可言之事呢？——原文注
基布兹是混合共产主义和犹太复国主义思想建立的乌托邦社区。

② 这三位学者都是反对犹太复国主义的犹太裔以色列公民。

③ 金斯利对以色列怀有同情，但他也不会喜欢那儿的。某次晚宴上，我被迫想起来《幸运的吉姆》中的一句话：我手中握着一杯酒，从来没有谁当真给我过这么小的一杯。——原文注

的眼睛里看到他坚定的声明：他会对我、我的妻子、我的孩子、我的母亲做出任何事来。唯有这样，才能来证明他的品行。人类，或者说我自己，没法承受太多的宗教。在政治上也是如此，似乎要直抒己见更困难了。奈保尔或许会注意到某些长期（大体上也是有根有据的）的被迫害妄想症的症状。这是个卫戍国家；这是时时被围攻带来的精神消耗。

对以色列我抱有希望，对她，我永远也做不到完全理性。我是以血思考以色列的。

1967 年，索尔·贝娄在西奈半岛闻着尸体的气息（那“酸甜的、腐烂的硬纸板的气息变成了嘴里的味道”）①，而我躺在伦敦巴尼特区西班牙系犹太姑娘的怀抱里。6 月 5 日，侵占开始，她激动地跑去为以色列献血。那一刻，我知道这就是爱：我的初恋……我唯一的朋友罗伯顺从地说，她是他此生见过的最漂亮的姑娘：她的嘴宽宽的；鼻子像是准备冲锋陷阵，让人无法忽视；‘她的头发乌黑得像是鞋油。她和母亲、外祖母一起住。母亲替玛莎百货的老板塞弗爵士干事，外祖母年纪很大了，体格娇小又幽默，是个正统的犹太教徒：在她的储藏室里，连速溶咖啡都是按教规制成的。我的女朋友比我大一年，她是个处女。当那事终于发生时，我们四处找血迹，却一点也没找到。有半年时间，我们如胶似漆分不开。然后，我们就分道扬镳了。

这次情事有个后续。六年之后，她读到《雷切尔文件》，给我打电话。我们安排在贝克街边上的“我们”的小饭店共进晚餐。我去了。我得坦白当时我想着会有连续三个小时的臭骂、一记耳光，还加上诽谤罪诉讼。在那本书中，谈了不少真真虚虚的人物。你二十一岁时（在我看来是这个年龄）开始写一部小说，你有的只是你自己的意识。自传性被

① 他是作为记者在那儿的。我注意到，六日战争（阿拉伯人称之为六月战争）结束在索尔的五十二岁生日。——原文注
1967 年 6 月 5 日，以色列先发制人，对埃及、约旦和叙利亚发动战争。以色列占领了埃及控制的加沙地带和西奈半岛，约旦控制的约旦河西岸和耶路撒冷旧城，叙利亚的戈兰高地，数十万阿拉伯平民逃离家园沦为难民。

按在了你的写作上，因为没有其它任何东西可写。书中的雷切尔，富有同情心，但同时又悲痛、迷惑。她最终被唾弃这一点，我大大夸张渲染了一番。我到了小饭店，四下找着我的初恋。但她不在。在她的位子上，坐着一个二十五岁的女人，体格丰满①……有时用餐会有侍应生不断地问你上的菜有没有什么问题，那顿饭就是那样子的。因为体格已经是完满紧绷、蓄得足足的，没有什么还能添加上去的；体格已经是太富足了。当她最后说道，“你想上我房间去吗？喝杯咖啡。”我狠狠地高兴了一下，美美地松了一口气，大大地感动了一番——也还是吃了一惊。随后，她又加了一句，不像她平素的性格（我当时心想。但我又知道什么呢?），“当然还有明摆着的”……那几个晚上的头一个晚上我住在她培训学院的住宿区。她在学医，很快就会离开这个国家：永别。她最后去了哪儿呢？澳大利亚？加拿大？以色列——她曾经为那儿的军队输入了鲜血？第二天一早，我坐上火车直接到了黑衣修士桥，去《泰晤士报文学增刊》报社。上火车的时候，我对自己说，这“明摆着的”可真是难以言说。我还会记得对自己血脉偾张勃起时的惊奇（甚至还有惊慌）。

所以，我永远也不会对以色列完全地理性。对她，我一直会以血思考。不是我的血。是我的初恋情人的血。

一种感情之死

早上，守林员一般都挺开心的。边吃着烤面包和麦片，边唱上一两个小调——比如，“凯—凯—凯—凯蒂”。要是要逗逗孩子的话，还有个《欧哈根的山羊》的儿歌。克里斯托弗停下来去壁炉旁灭了烟，又在原来的座位上坐下。这过程中，没有小调也没有儿歌，或许并不奇怪。

① 我意识到在小说中，我削弱了她异族的一面。雷切尔像是犹太人，但结果又不是。我不知道当时有什么莫名其妙的白痴念头攫住了我。我确实换了她的名字。在我想象的烈火熔炉、格斗战场中，她的名字我确实是换了。——原文注

早餐进行得宾客尽礼。他和我都没有逗留，很快我们就驶入了薄雾和山林中——“山毛榉、金桦树、枫树、椴木、蚱蜢、岩石、排水的沟渠、鸟雀、野生的动物，一直到路上的红蝾螈……眯起眼睛，杨树的叶子就会像天上下起了铜币银币的雨。”那就是问题所在，至少是一部分的问题：佛蒙特应当是绿色的世界，比胜地更为胜地。佛蒙特是好地方。①

回科德角的路上，我小小报复了一下，用詹姆斯·芬顿的话来说，即“小趣复仇”。我没有把耍的花招当作是惩罚性的行为，当时没这么看（因为我们的回程照样还是兄弟间的轻松愉快）；我以为自己只是忍不住少年促狭了一回。现在，我清楚地明白，事实上我确实想要满足报复的欲望……我们在马萨诸塞州乡村作了必要的休息——为了获取大量强劲的酒精和大堆没动过的饭食，没有这些希区是持续不了太久的。我们过了桥上了六号公路，靠近科德角时，克里斯托弗开始提出强烈诉求，不是想要重新划分耶路撒冷，而是想要即刻停车解手。乳白色的“名人”车快速平稳地继续前行。又过了差不多二十分钟之后，克里斯托弗的呜咽变成了呼吁大慈大悲的哀嚎（他让我想起了两个儿子和他们的哭嚷：“爸爸，快！我熬不住了！”），我拐入一条岔路，六十英里的时速，疼痛的右脚踩下了刹车。希区弯着腰，膀胱和保险带已亲密地纠缠在一起，猛地朝前冲去，更可怕的是又嘭地往回弹落在座椅上。惊慌迅速变成了悬而未决时的疑虑，他发出的那两音节的呻吟声不好描述，差不多是“啊——哒！”。他坚决不肯为此觉得好笑。等他从浇透的灌木丛回来时，我也去了一趟（灌木，矮树，烟蒂，空气里总是弥漫着人类排泄物刺鼻的气息）。希区想要个花招，抛下我开着“名人”车走，我猜

① 《佛蒙特：好地方》（1990），收录在《集腋成裘》里。早年给拉金的信件中，父亲打出家里地址时，通常是“不可在此待”而不是“伯克翰斯德”。对他来说，出于各种不同原因，家是个坏地方。——原文注

是要让我走上个几英里。结果是他发动不了汽车。[1]

那天晚上，在马蛭池塘的屋子里，克里斯托弗和我狂笑不已，时间之长响声之大，绝无仅有，之后又打了一架，时间之长响声之大也是绝无仅有。狂笑那一段我回头再说。打架是预料到的，不可能不打的："那你是在为你的朋友辩护！你那个朋友爱德华！但爱德华不在那儿啊！在那儿的朋友是我啊！有没有想想那个朋友！我的朋友！你凭着那两片嘴皮子做出这么可怕的事来！"随后，我扩大了战火，指控克里斯托弗他自己就是最近生活中的种种风波的根本原因。[2] 但是，有时候，姿态比以色列国更要紧——就像在以色列，态度曾经比世界末日更要紧……此时此地，生命就像是一个短篇小说，每件事都相互关联。每件事都相互关联：都是为了爱、那个失去的世界、感情的死亡。克里斯托弗正走向一个世界的尽头，历经重要的挪移变化，大规模的重新安排。所有的意象，所有的图片——人像卡片——重新洗牌了，无论是"K"牌、"Q"牌还是"J"牌都换了。

第二天打电话时，我还在震惊、愤慨、内疚中。我说道，

---

① 他不会开车颇能证明我这位朋友类似诗人（和类似帕夏）的特性。诗人不能、不会也不应该开车。（英国的诗人不能也不会开车。美国的诗人会开车，但不应该开车。）二十世纪九十年代的时候，我就此写过一篇文章。没过多久，在北卡罗来纳州罗利、达勒姆这一带举办一次活动时，我在一个广场上签名售书，一位当地的诗人走了上来，以一种滑稽有趣的方式驳斥了我。他把一本薄薄的册子和一份驾照扔在了桌子上。这位诗人干瘦英俊，有着饱经风霜的沙色皮肤。他的右臂上着石膏。"你这是怎么来着？"我说，"开车撞的？"自那以后，克里斯托弗·希钦斯已经学会了开车。他开车时的样子非常的奇怪，让人心生爱怜——他像是穿着件舞会的礼服，要不就是件大力金刚的外套。他眼睛里的快乐就足以证明他不应该坐在那儿。拉金在历经种种困难之后，学会了开车，也得到了教训，为此后悔不迭（见之后出版的《书信集》）。芬顿是最原初纯粹的诗人，想学开车，几乎到了西西弗的境界。——原文注
帕夏为旧时奥斯曼帝国和北非高级文武官员的称号。

② 这是个无知的错误。克里斯托弗不仅原谅了我（我指望他的谅解），但他的胸怀更宽广，还设法去遗忘，这事他没有再提，再也没被触动过。这事没有困扰他：但一直困扰着我。——原文注

“请转告贾妮斯我很抱歉。”

“请不要担心这事儿。”

“我想你本来该过一个轻松的夜晚的。”

索尔强调说：

“马丁，这事你千万别过于苛责自己了。”

“谢谢。但你带——”

“听着，我已经习惯了。那样的事儿，我屡见不鲜了。”

“希区也这么说来着！”

说完这句，我们都忍不住大笑起来，由此这事算是了结了。几个夏天之后，我正好在佛蒙特的同一个厨房里，克里斯托弗给贝娄夫妇寄来了一份道歉，或者至少算是一张感谢的便条吧。信息藏在他发表在《伦敦书评》上的一篇文章里。这一形式的交流被宽容地接受了——不对，被热情地接受了。我的妻子也被热情地接受了。是新妻，那次她与我同行。而我也以新的现实存在被重新接受了……想要从中协调朋友之间的关系，是挺朴素的愿望。就这层关系来说，我已经准备好再试一次了。促使我这么做的是，把我——作为读者——介绍给贝娄的是希钦斯。“去看看《洪堡的礼物》，”他跟我说，脑袋严肃地前倾着。（我想）那是在1977年，《新政治家周刊》的楼梯上。而我却去看了《受害者》，看了没几页之后，我感觉到一种熟识感逐渐地穿透了我的身心。化作语言的话（与其说是喜出望外，不如说是隆重庄严）差不多是这样：“这儿有位作家，我必须得阅读他所有的作品。”所有其它的都是后续，这一点才是联接的基础。我差不多一年见贝娄两次，我们也打打电话写写信。但那只是他陪伴我的时间中极小的一部分。他在书架上，在书桌上，在屋子的角角落落，也总是在谈话的气氛中。而那正是书写的本意，不是信息的传递，而是思想情感共融合一的途径。这儿还有别的作家绕着你打转呢，就像是旧朋好友，数百年来都一直耐心、亲密地待你，无眠无休地随叫随到。这就是文学的定义。

哦，对了，那一阵狂笑。那是能将你从内到外翻个个，给你留下一摊子新鲜体液的大笑。“巨大的喜悦”。[①] 那句俏皮话——临时想出来的——和以色列毫无关系，和佛蒙特也毫无关系，但我们还是处在同一个短篇中，每件事都合着分寸。尼采语不惊人死不休的名言中有一句：俏皮话是有关一种感情死亡的隽言妙语。[②] 我们的临时创作极其的下三流，不好写出来。但确实是悼念曾经的感情：对于前半生的感情。对“青春”或许可以作这样的定义：青春是对你自身持久性的幻觉。这一幻觉最后蒸发的时候，会让眼睛下方的皮肤发干起皱，让你的头发在梳理时爆出干燥的噼啪声。青春，结束了。麻烦接踵而至。死去的恒星使出的招数是炼金师的梦魇：黄金变成了灰铅。1989 年，我们就在那个阶段，朝着低贱的金属行去。变化已经降临在他的身上，也很快会降临在我身上。

“真是紧追不放啊，”我对他说。在那个悲凉的圣诞节，突然轮到我了。“离婚，离开孩子们，健康危机。”露西·帕汀顿，布鲁诺·丰塞卡，在重症看护中的索尔·贝娄。还有一本历时五年的小说《情报》，始于和平，这下止于阵阵战火……克里斯托弗坐在那儿，让我知道他在近旁。想说什么就说什么，不想说就不说。我感觉，他能够站在过来人的有利位置上，琢磨我。承认这一点后，我说，“这下我要的就是再加一项，父母的死亡。”

不过在这儿——马蛭池塘的屋子，还有一段时间。在这儿的树下，克里斯托弗和我，三十六岁，抱着儿子拍了照片：路易斯、亚历山大。拍照片的女人是安东尼娅和艾莱妮。还会有别的新生儿：雅各布和索菲亚。所有这些都会远去。所有这些都会消失。这不会持续。我会经受失败。我对自己说，看看：看看你都干了些什么。这是一辆租来的车，一

---

① 原文为意大利语。

② 顺便提一句。戴安娜王妃去世的时候，过了四五天时间才炮制出一些俏皮话。小肯尼迪去世的时候，俏皮话随即出现，快得如同光速电流。换句话说，感情没有存在的机会，诞生即是死亡。这不禁让人也想到继之而来在信息高速公路上的路杀。——原文注

辆不同的租来的车。你会独自开车去洛根机场。你的妻子在车道上哭泣着。她的身后是你的两个儿子，坐在那块草地上，玩着他们的蛙龟动物园。

老铁匠铺子来信

老铁匠铺子
谢尔顿
牛津
（1971年秋）

最亲爱的渥格：①

谢谢寄来的支票+便条。这儿的闹剧一出又一出，没完没了：看起来都已经不可收拾了。上个周末各式各样玩闹的结果是，你知道的那个Z，现在呆在牛津当地的某个疯人院里。是上个星期五的事：他把一个姑娘打了一顿。他对那个姑娘想入非非已经有六个月了。他请求她共度

① 这是奥斯力克档案中的最后一封信，而且也是第一次我没有修改删除简的绰号。我看过威廉·博伊德早期的电视剧《体育比赛优差选手》后，就反对简的绰号了。电视剧的背景是一家私立学校，主要人物叫渥基。渥基出生在东方。以前总觉得英格兰人要是去过特伦特河以北或是特威德河以南，一准会被叫做“渥格”或是“渥基”。但是有人提醒我渥格，之所以被叫做“渥格”是因为她的头发：和黑娃娃“歌利渥格”一样。我现在喜欢这绰号了，因为这算是一种告别，我想感谢她对我的帮助。奥斯力克搬到一幢离学校挺远的屋子去了——同（X和Y）夫妻俩，还有个男人（Z）一道。结果不如人意。——原文注

威廉·博伊德（William Boyd，1952— ），苏格兰小说家和剧作家。

特伦特河是英格兰主要河流之一，流经英格兰中部地区。

特威德河为苏格兰南部和英格兰北部交界处的河流。

黑娃娃“歌利渥格”原是指形状怪异的黑脸玩偶。

周末，却发现她和另一个客人在床上。[①] 星期六：还继续神经病的行径（下午偷用了我的车子，花光了所有的钱），紧接着还想要自杀（吃了些安眠药），我们费尽力气地让他呕吐出来，不睡过去，之后是我以八十英里的时速冲向拉德克里夫医院救他的命。结果他还行，星期天：他回来的时候，只有葛莉和 Y 在——（同 Y）扭打了起来。这场戏结束后，她给警察打了电话，说她“不要他在这屋里”。我回来后，把事情临时性地解决了一下。他去了疯人院（后来他还在那儿发作过一回），Y 去了伦敦的诊所……这几个星期充斥着 Y 和 X 之间一歇都不歇的歇斯底里高音量的争吵……诸如：“你不爱我！你要爱我一点，你就会护着我！”（我觉得，那意思就是，你会多花点时间舔舔厨房的地面）。这些好拿来做小说的素材呢，[②] 不过也就这样而已了。我从来没见过谁如此一门心思地标榜自己又庸俗又自私的感情：又让自己变得如此作天作地，受不得一点点委屈。Y 的新规定——从医院那传给我们的——包括：屋子里不得有朋友，不得有流行音乐等等，就只是因为她“受不了”。赶走了 Z，意味着我的房租涨到了 6 镑。钱已经收到了，还有点不够的部分，我对付得了。我指望着葛莉很快就能住到这儿来，无论怎么想，日子都会好过一点。[③] 但另一方面，我也得就这种种情形警告一下：这可不有助于最后一年备考的气氛，再加上所有这些让人烦厌透顶还费用昂贵的进进出出。我得说，要是这些事都不安顿下来，我可真要遭罪死了

---

① 罗伯。——原文注

② 《死婴》（1975 年）。我最近（1999 年 10 月）去参观了电影拍摄场地。演员们都令人惊讶，而小基思尤为令人惊讶。制片人告诉我，他们解聘了第一个基思。他是个很好的演员，广受欢迎，但他们要一个更残酷无情的基思。他们找到了一个。所有其他的演员虽然语带遗憾，但都说道，事实上，他们更乐意有个更残酷无情的基思。——原文注

③ 这封信里有很多明明白白反映心理活动的地方。葛莉搬进来后没多久（对此，她表现得非常平和愉快），我上楼进了我们的房间，说，“我刚吃了一颗死亡的药丸，接下来七个小时内，我会经历可怕的幻觉。”那颗药丸是致幻剂，我说得一点没错。——原文注

——Y 不是学生；这也不是 X 的最后一年，那她在其中算是什么角色呢？她是二房东。这话她都对 Z 吼过很多遍了，所以她确实有权利把他赶出去。所以她要是变得太难以让人忍受的话，有可能得独自承担所有的房租。①

你看，我需要些建议和支持。乔纳森（华兹华斯）说，他很乐意 11 号有人请他吃饭，而我盼望着见到你们清醒明智的脸。请你给我写几句吧，说说你打算给乔纳森安排的是什么，你对所有这些都有何看法？我都还行，但对我的学业及其它的整体情况，越来越觉得有点愤懑。盼着很快见到你们俩，并向科林致以我所有的爱（转告保的险没有问题）。给你和爸爸很多很多的爱。

爱你们的马特×××

① 葛莉和奥斯力克在某晚夜深时逃离了。在迷你吉普里装好物什，以二挡的速度开走了。——原文注

第二部

主 要 事 件

事件一：迪莱拉·西尔

1995年晚春，我刚从北美回来，做了一次为时三周的售书巡回活动。做这样的巡回活动，借用伊恩·麦克尤恩的话，你感觉自己像是“以前那个自己的雇员”，因为这下书在市场上了，得保驾护航，推进支持，而你自己已经前行了。呃，我的书《情报》（以及其诸种事端）还和我在一起，纠缠难行，开始如此，后来亦是。不过，对售书巡回活动，我没有什么可再抱怨的了。有些作家比另外一些作家更倾向于觉得这是另一自我降低身份/孤军无援/无聊乏味/奔波疲累；有些作家不容易分身有术，而且非得藏身在有护城河、铁刺网护卫的地方不可。① 售书巡回已经不再是让人不齿的新鲜事了，如今已被认可为生活的一部分，职业道路的必走程序。到了每一座城市，将自己呈现给当地的媒体。之后到了晚上，“被媒体过了”的你，出现在某家书店开始表演。这时候会发生令人得益的好事，因为你面对的是你最无价的财富：你的读者。“读者见面”会对作者大有好处。有时候在排队签名的队伍中，

---

① J. D. 塞林格是个显见的例子。只有一个记者进去了，她花了好多年才得以出来。1975年，戈尔·维达尔告诉我，他听说塞林格住的地方“非常冷”：言下之意极其精妙，这位伟大的作家在酒精中求温暖。不过，一位作家的笔下如果有个人物问另一个有没有吃了饭时，说“Jeat jet?”（Did you eat yet?），你没法不爱上这位作家。这些文学的幽灵并不总是像看起来那么无法捉摸。萨曼·拉什迪和唐·德里罗去看过棒球赛。伊恩·麦克尤恩有段时间经常和托马斯·品钦一起吃午饭。——原文注

塞林格的引文出自《九故事》中的《就在与爱斯基摩人开战之前》。

托马斯·品钦（Thomas Pynchon，1937—　），美国后现代主义作家，其代表作有《V.》、《万有引力之虹》。

我会看到一双眼睛静静地告诉我，曾经发生过的思想情感的共融合一，而我也感受到相应比例的渗透输入。

那个春天的早上，我是坐夜航班机到的。我的飞机还偏离航线去北极停了一下，晚到了四五个小时。我感觉，售书巡回后总是伴随着极度的时差综合征。要不算是极度的，但那状态和极度时差综合征也很难区分开来。那分身的两人清洗过之后，作家（那个不太脆弱的家伙）现在得卸去按日程行事的自我，重新回到之前的自我。那是个星期天。我和我的鬼魂单独呆在公寓里。我们俩喝了咖啡——或者说，我泡了咖啡，我的鬼魂喝了咖啡。他洗了个澡，清洗了所有那些装束，而我也感觉好多了。我们一边传着一支烟抽着，我一边查看信件。有一封信，读了第一句的一半，就让我突然跌坐下来。我可能低声对我的鬼魂说，这估计是写给你的……

那天晚上，我的胸袋里揣着那封信，陪伊莎贝尔去诺丁山门的影院看《奇大无比的冒险》——是根据贝丽尔·贝恩布里奇的小说改编的。贝丽尔，真是抱歉极了，大多数时候我都睡着了（断断续续地睡得很沉），然后就离开了。我们就在附近街上的比萨意面店会合一起吃晚饭。餐单上有一道可以翻译成“出自祖母的手袋”的菜。早先有一次来的时候，伊莎贝尔问过“金赤”他想不想要来一盘发叉和补牙膏。我把信从胸袋里取了出来，递到桌子的对面。

伊莎贝尔读完了，说，

“……好。”

“没有什么理由说这不是件好事，对吧？”

“没有。”

第二天早上我给母亲打了电话，让她的脑子转回到了二十年前。她立即说道，

“照片还在我这儿。”

“你能不能把它找出来，妈妈？”

“就在这儿，梳妆台上，”她说。

现在，这张照片就在书房的架子上，离我的书桌一臂之远。

*　*　*

我觉得要用尽可能简单的语言来讲这个故事，这一点很重要。毕竟，我的对话人一个十一岁，一个十岁：老大路易斯，老二雅各布。为了这件事，我把两个男孩带到一家叫“香料市场”的中国饭店。当时他们很推崇这家饭店，自助餐尽可吃饱，而且还有嗞嗞乱爆的蒙古烤肉。我打算要告诉他们的是一件家里的事，一件私人的事，但我知道不能一直只是我的私事。和我亲近的人普遍觉得我应该再等等，对这一消息，“俩男孩还没准备好”。但在我看来，我别无选择。再强调一点：我并不能完全依循我的自由意志。新闻媒体可不会在意男孩们是不是准备好了。[①] 不过，话说回来了，我认为当时男孩们已经准备好了，向来都准备好了。我深信我的儿子们的道德正义感。

“以前，有个小女孩，”我说。

我说，我要给你们讲个故事。以前，有个小姑娘，叫迪莱拉。她有个弟弟，有个妈妈，有个爸爸。她两岁的时候，妈妈死了。妈妈自己杀了自己。她上吊了。迪莱拉和弟弟一起长大。是爸爸把他们带大的，他又找了个妻子。她到了十八岁的时候，得知她的父亲并不是她的生身父亲。所以，突然间，她似乎没有爸爸妈妈了。

路易斯和雅各布异口同声地说道——那天晚上，他们一直都会异口同声地一齐说。

“好可怜啊，”他们说。

“呃，儿子，生身父亲……是我。”

“很好，”他们说。

我们继续聊了下去。

---

① 没多久，我会坐在公寓里，有个穿棕色雨衣的女人每隔二十秒就来摁一下门铃，而我会耐心真诚地说：“滚！”——原文注

很好，很好——似乎不错。

会面安排在晚上七点钟，在骑士桥的一家“伦勃朗饭店”的酒吧。对要画人脸肖像的学生来说，这是个富有威力的名字，富有挑战的精神。很快，两张人脸就会对上了，就像在镜中一样，带着前所未有的好奇相互对望着。我早到了二十分钟，由必不可少的伊莎贝尔陪着。我的双手抖得厉害。它们总是在发抖的，我的那双手，但那天晚上它们像是和我分离了开来。手中的茶杯和茶碟听起来像成了一副响板，一杯冰饮像是成了沙球。我们坐在沙发上，四周围着灯盏、矮桌、小饰巾、椅套。我盯着门。她知道我长得什么样。我知道她十九岁，整点钟声敲响时她会到来。

前一天的这个时候，在同一家饭店的同一个酒吧里，我和迪莱拉的父亲，或者称“联席父亲”——帕特里克·西尔，长谈了一次，他是位才艺多样，颇有声望的人物：文学经纪人、艺术品商人、驻国外通讯员和中东问题专家。他是数部著述的作者；他也是我外套口袋中的那封信的作者。在这次会面中，他的态度和他的信一样，直截了当，无懈可击。帕特里克告诉我，他原先的计划是等到迪莱拉二十一岁时，把一切都告诉她。由于家庭政治的介入（有个继母，还另有两个孩子），这下迪莱拉知道了。她已经知道有几个月了。那她的反应如何？帕特里克描绘了这一过程：始于痛苦悲伤，此后逐渐更能适应。以他超级朝前打算的方式，他给了迪莱拉一盒子我的书（像是某种工具）再加上一小时长的访谈录像带。出现在她面前的我，部分是通过其它的介质，由我自己——还有其他人来传递：迪莱拉估计会知道我抛弃了两个儿子去纽约和一个富家女住到了一起，稍微好一点的是挥霍了大把的预付稿酬买了个李伯拉斯[1]式的露齿微笑……但这是第二层或是第三层的事。她知道真相的那一刻，对我的身份（更不消说外在的壳子）肯定是全然无视的。我试着想象那一刻，看到她在失去联系的惊慌中扑腾着。联系——

① 李伯拉斯（Wladziu Valentino Liberace，1919—1987），美国钢琴家、歌手、演员。

同她的父亲、弟弟——看似断裂了，但事实上并没有。而这儿另有一层关系正等待着接上头。我也想到了，这个夏日的晚上，她鼓起了勇气，踏上台阶推开了门。

她走了进来。

“是你吧，”伊莎贝尔问。

然后是拥抱亲吻了这个有着我的长相的女孩。

第二天的电话上，帕特里克和我的交谈彬彬有礼地像是超现实。感觉这些说出的句子闻所未闻。我祝贺他有这么好的女儿；他祝贺我有这么好的女儿。

“好可怜啊，”两个男孩听完她的故事后，异口同声地说。“很好，”我告诉他们谁是生身父亲时，他们说道。“你们这么接受这件事，我很高兴，也非常为你们骄傲。”还大大松了口气，我可能还这么加了一句——不过我不觉得像是卸下负重，因为我从来没觉得为此事担心过。这两人组皱着眉，又来了一次奇异的合唱，“没什么理由我们要不高兴呀?”是呀，的确如此。没什么理由要不高兴。一两天后，迪莱拉初次来吃饭。门铃一响，两男孩就蹦起来，跑着去开门请她进来。

六个星期之后，路易斯上完一堂吉他课，我去接他（嗨：那些吉他课上到哪儿去了?），我们去报刊店看看买一本漫画或是足球杂志。《每日快报》的头版上登着迪莱拉和我的照片。我不太用这个副词“挖苦地”，但他就是用这种口气说的：

“坏事又上报了哈，爸?”

“我不知道。可能不是坏事呢。”

就冷酷无情和感伤多情之间的对应一致关系，我不提名字，引用了他祖父的话。

“他们只有两条路可走，”我说，“我想这一次他们会编一出暖心暖肺的。”

“天呐。可还是。”

"就是这么说呢。"

迪莱拉在一处安全的地方，至少算是遥远的地方，而且会不在三个月。可《每日快报》还是派了记者追踪她——一路去了厄瓜多尔的基多。迪莱拉配合了（配合是我们的策略，帕特里克设计的），接下来的文章就挂上了副宽宏的笑容。所有相关的报导都差不多：对我们都是一副和蔼可亲的微笑。毫无疑问这是因为迪莱拉的青春——她坦坦荡荡的天真和脆弱——让媒体的情绪软和了下来。我非常高兴他们没有想要伤害她。不过，我挨过这一段就像是挨过（一边数着自己值得庆幸的事）某个臭名昭著发酒疯的醉鬼的一段哭哭啼啼。我们的故事在日报上转了一圈，又被周末的报纸作了话题，多些体贴慎重地念叨了一遍。随后又来了一桩真相大白的事件。

G. K. 切斯特顿[①]在他那篇有关《老古玩店》的文章中提到有一种批评或是评论能让作家"惊得从靴子里蹦了出来"。这样的情形越来越稀少了。我猜想，十分之九的作家一辈子都不会碰到过一次。但确实是有，而且发生在我身上了。在周末报《观察者》上，小说家莫林 · 福利列[②]直截了当地回顾了我的小说，指出这一连串人物的准时到达——失去的女儿、流浪的女儿还有被指认的父亲、逃遁的父亲，刚好凑上我第三部小说《成功》(1978)。而且，所有这些形象在之后的每一本书中以各种形式反复出现。对这一分析诊断，我无法辩驳。这正好应了我们第一次通话时，帕特里克说的话："我估计这事一直在你的脑海深处。"是的，一点不错：在脑海深处。你的书写源自脑海深处，想法尚未成形，忧虑尚未出声。那正是书写的源头：沉默的忧虑。对福利列阐释的简洁显明，我觉着简直有点令人尴尬。但这也深深地安慰了我，因为这说明

---

① G. K. 切斯特顿（Gilbert Keith Cheesterton，1874—1936），英国作家、文学评论家和神学家。此处的引文指切斯特顿认为评论的功能在于指出作者潜在的意识。

② 莫林 · 福利列（Maureen Freely，1952—　），英国华威大学教授、小说家、文学翻译。

在精神上我已经和迪莱拉在一起很久了，远远超过我所知道的。

这一阐释还不完整。至少还有一个鬼魂的存在，另一个让人理想化且又为之忧惧的鬼魂。离我右肩一尺远的地方摆着个透明的相框，相框里背对背放着两张照片（它们是怎么一起在那儿的呢?）。一个是迪莱拉·西尔（两岁，穿着印花的裙子和凉鞋），另一个露西·帕汀顿，戴着眼镜，穿着校服，坐在一个拉上帘子的摄影室里……还有第三人的存在，也是缺席的第三人：迪莱拉的母亲拉蒙娜，她于1978年上吊自杀。

我发现自己写了不少有关自杀或是围绕自杀的文字。自杀，所有话题中最为阴郁的——最为悲哀的故事。它唤醒了我心中的恐惧和悲悯，但同时也驱使着我，驱使着我写字的手。或许是因为我整日在做的事，同自杀者瞬间做的事，处在对立的两端。切斯特顿（又是他）说过，自杀比谋杀更为沉重。谋杀者杀害的不过是一个人。自杀者杀害的是每一个人。昨天还有什么其它潜意识的记忆让我走下楼，找出某一本小说，翻过十三页之后，看到了这一段：

> 我现在明白了……以前对自杀前专注的念头的认识有多么的老套。决定毁灭自我的人是远离日常琐碎的种种的；在那一刻，他坐下来写遗书这一举动就像是给手表上发条一样荒唐。因为，自杀者被摧毁的时候，整个世界也一道被摧毁了；最后一封信即刻成了灰烬，还连带着所有的邮递员；而留给不存在的后裔的财产，也像青烟一般消失了。①

“所有的邮递员”：那是天才的话。对切斯特顿精彩的说法中的刻薄

① 弗拉德米尔·纳博科夫的《眼睛》（1930/1965）。过去十五年，我都没去看过这本书。——原文注
《眼睛》写于1930年，为纳博科夫的第四部小说，由其儿子迪米特里·纳博科夫译成英语，于1965年出版。

严厉，我一向感到强烈的抵制。纳博科夫讲究道德但不因循守旧，更有鞭辟入里的说服力。在这个短篇小说里，他也展示了作家是自杀者的对立面，一直都是在为生命喝彩，而且还创造生命，赋予"不存在的后裔"生命的气息和脉动。杀害自己即是杀害所有。但我无心对此作出判断。这超越道德的范畴。人类的历史中，自杀一直努力地摆脱人类的指责：各种各样的诅咒和惩罚，未被教堂认可的地块上乱石堆的坟茔，被污损的尸骨。一如乔伊斯所知，他们的心早已破碎，何必再来钉上一根木桩？

在小说《夜行火车》中，我让我的女性叙述者作了如下的评说："以前总说——还不算很久之前，每一次自杀给撒旦带来特别的愉悦。我不觉得真的是这样——除非'魔鬼是位绅士'这话也不是真的。"但魔鬼不是一位绅士。是绅士就会悲痛。在《失乐园》中，撒旦从万魔殿（所有魔鬼的住所）中提出这是他的任务："烧光上帝全部的造物"，

> 把人类连根铲除，
> 使大地和地狱混成一起……

自杀者也是杀害整个世界的人；在那一关键时刻，他们就是普通的男男女女。但无关归咎责难。如果她受的折磨尚可忍受，她就会继续忍受。

迪莱拉两岁，站在楼梯上。她的哥哥奥兰多走在前面，看得到挂着的躯体。是帕特里克走了进去，"把她放了下来"。自然，上面那片空洞的世界才是迪莱拉幼时及后来成长过程中的核心事实，而不是"失而复得的父亲"那则小小的神秘事件，这是好事，很好，单是件好事。没了母亲，但有了不止一位的父亲——还有其他许多。还有一连串呢。迪莱拉得知真相时，失去了同她同父异母的弟弟、妹妹生理意义上的血缘关系。但还有两个，一个同父异母的弟弟，又一个同父异母的弟弟，像一支预备队伍似的等待着。一如他们等着门铃响起，跑着去开门请她进来。

"你怎么想呢，妈妈?"我说。她一把从我手中抢过了照片。

"……确确凿凿啊。"

"我该怎么办呢?"

"别做什么。什么也别做，亲爱的。"

我一直就想要个女儿，突然间，她出现了，在伦勃朗饭店，像是在镜中看到了自己。整整十七年，我一直在脑海深处替她担忧。时间，以这样的方式来面对，会需要我们做很多事，但结果并非如此。爱汩汩而至（而且很快作了表白）。这下，她和我可以异口同声地说：没什么理由不是那样的呀。

事件二：再轻轻抱一个

开始

在我失去一位父亲之前，我找到了一个孩子……

这是从跌跤的消息开始的。听到金斯利跌跤的消息时，我没有担忧，因为金斯利时不时会跌上一跤。他这辈子就做过跌倒这么件事（以前我老这么说他）。有缓慢而壮观的沉陷，比如由我在埃奇威尔路上操持的那一出（见下）。还有其它形式的绊倒、摔倒、跌倒，通常是在家中自己的房间里上演，由住楼下带花园的公寓里的母亲和继父监控着。听我母亲说起来，有些跌跤像是从飞机上扔下来一个五斗柜。“完全把人给震聋了。但你是不好提这些事的。次数太多了，我们都不上去看了。除非他被卡住了。他会砰砰地敲楼板，我就让艾利上去。”所以说，跌跤的消息没什么让人担忧的：消息本身（per se）① 并不让人担忧。

① 出自那年早些时候出版的《传记作者的胡子》（戈登是传记作者，吉米是作传的对象）：

戈登也站了起来。“我会的。我也会给您寄份 c. v.（简历）。”

“给我寄什么?”

“我的 c. v.。我的 curriculum vitae。”他发第一个词时像是“curriculum”，第二个词时是“vee tye”。

“你的什么?”

戈登又说了一遍……

“哦，你大概是想说“curriculum vitae 吧，”杰米说道，把第一个词发成“curriculum”，而第个二词像是“vie-tee”。

在此作者同情的是戈登。但可以肯定，金斯利发“per se”这个音时，是“per-see”，而不是“per-say”。在这个问题上，他是振振有词的守旧派。你要 （转下页）

不过，我听到这事时，感觉到的不是不祥的预兆，而是预兆之前的什么：光线中添了色彩，有了变化。父亲在石阶上摔倒了。他是在南威尔士的斯旺西，每年八月他都要自己去那儿呆上几个星期。他郁郁不乐，谁都看得出来，他清楚自己是勉力做着这事儿。那儿留他住宿的朋友（托马斯夫妇，拉什夫妇），他都怀有深厚的友情，而且他还喜欢所有那些聊天喝酒，① 不过到了这时候，这不是一年一度的习惯了。他的习惯已经成了每天每小时，而且他害怕任何的中断。他去威尔士，我们得要明白这是他迫于家庭压力，让希拉里休息一下。虽说在他看来，她不需要什么休息。有一项活动是他承认特别享受的：乘坐小巴士旅行。小巴士旅行起始于二十世纪八十年代中期。在《回忆录》中，有一张金斯利和伙伴们的照片，是在卡马森郡一小村子的酒吧外。下面一页，在另一处南威尔士小村子外，我们看到他很配合地跪在地上，头和手都搁在枷锁中。枷锁上方的支架上写了句“你这老蠢的乡巴佬”，完全看得出是假冒的，金斯利配合（极妙）地摆出一副绝望无助、走投无路的脸。对坐小巴士旅行这事，他对我说起来时，稍稍有一点不好意思：这事实上就是坐着车子逛酒吧，不过能去看几处地方，还要穿越威尔士起起伏伏的山地。让他不自在的并不是逛酒吧这事儿，而是因为别的——那让他觉得像是巴家老爹（他对威尔士了解深透，说起来滔滔不绝，金斯利知道这一点）。

（接上页）是把“sine qua non（必要条件）”发成“sinny-qua-non”，他会用那种音乐厅的意大利语真假嗓音地变换着唱给你听。这得发成“sigh-nee-kway-non”。我最喜欢的是他怎么说“pace”（表示不同意或不赞成对方的看法时的客套话）”。对他而言，那不是“pah-kay”，必定不是“pah-chay”（这说起来更像是音乐厅里的意大利语）。他是说“pay-see”，就像是在描述汽车或是快速投球球手。

①《老魔怪》的故事发生在南威尔士，小说中提到一顿午饭，是用“开胃烈酒、白烈啤酒灌下去的，再用百利甜酒填实了。虽说不确定是否合理，男人们用威士忌稀释杯里的烈酒”。这儿说的白烈啤酒是在流氓和海洛因瘾君子中特别受欢迎的酒。就这种酒，金斯利写过一整篇的文章。还另有一篇可以算上——有关丹麦人是如何酿制了这种酒专献给温斯顿·丘吉尔，这酒又是如何浓烈得难以置信。罗伯既敬又怕地提到过，白烈啤酒有其它任何饮料无法相比的恢复性威力和优点——确实，也没有其它物质可以与之相比。——原文注

说起自己是多么喜欢这些小巴士旅行时，他的举止却像是在说，对此我持怀疑态度，这一点没错。不过，我并不是不赞同。我喜欢看到他的活力精神……我至今也不知道他是不是在某次小巴士旅行途中跌倒的。我确实知道这事发生在中饭之后。“他撞了头，”母亲告诉我。他撞了头。

我前面说过，金斯利每年都要自己去一趟斯旺西，不过这儿用的反身动词误导读者。[①] 他这辈子从来没有放放心心地一个人旅行过。连在二十几岁的时候，他都需要有人陪伴。有个孩子——一个婴儿——在一旁（我想到了《书信集》中一封特别洋洋得意的信，记录了和我一岁的哥哥一次短暂但成功的火车之行），能让他惭愧得鼓起了旅行的勇气。我还记得晚上他被搀着进入我房间的时候，在突然间感觉丧失了自我之后。我还记得1959年全家去帝国大厦楼顶参观，他说道，有他的孩子在场才让他没有尖叫出来……那些日子，是萨丽带他西行，穿过奥法堤[②]，之后在车站的咖啡室里喝过一杯咖啡后，萨丽会再坐上火车回帕丁顿。三个星期过后，她会再去把他带回来。不过这年他的回程不按计划，像是突发的紧急事件。我当时的了解不及现在的多：他在阶梯上往后滑倒，脑袋撞在了水泥硬地上，又开始感觉前所未有的糟糕。得知有位在近旁的朋友能开车送他回伦敦，我如释重负，又感激不尽。这位朋友是金斯利的传记作者。[③]

那是八月末，家人各自度假回来，又聚在一起了。我听到消息的那天，金斯利将要回到城里，准备入住富勒姆路上的那家切尔西和西敏寺医院。我母亲对她前夫的种种伤疤惧怕无所不知，没有惊慌，说得有条不

---

① 父亲提议过“illit.（文盲）”应当是一个标准的词典缩写语。“Vulg.（俗语）”完全是另一回事。甚至连他的《牛津简明词典》有时候也会大声呼吁，要求使用“illit.”。他多喜爱那本词典啊——我也喜欢那本词典。我现有的这一本刚断成了两半，得换一本。要是就在手边，而他也正好在赞美它（“这本，就是得用这本”），他有时候会像对他的猫一样，拍一拍还摩挲一下这本胖墩墩的黑皮书。——原文注
原文此处用反身动词“betake”，认为该动词除误导读者外，且为古旧用法，在词典中用“arch”（古）表示。中文无法完全逐译。——原文注

② 英格兰和威尔士的交界处。

③ 埃里克·雅各布斯。传记已经出版了。见附录部分。但现在不要看。——原文注

紊：金斯利又"摔倒"了，"受了惊"，会"被观察一阵子"。那天晚上，我安排了去打台球，现在看来，简直是不孝到了令人发笑的地步。我给朋友打了电话，让他等着，一边开始给医院打电话。七点左右，电话打通了。

"爸。"

我死活记不得他回答我时说的几个词——唯有的印象是这几个词不太对劲。你要想记得孩童编造出来的词，得赶紧写下来：它们就像炖了一锅字母的汤，无从辨析意思，也无从记忆。父亲听起来像是瞌睡蒙眬地努力打个招呼，"是你啊"，或许，或是"哦是你"。他到底说了什么呢？"那是你"？"你在那"？

"我过来。"

他说了下去，清清楚楚地。

"不用。我情愿你明天来，你知道我什么意思。"

"你确定。"

"我确定。"

听了这话，我就出门去波多贝罗健身俱乐部打台球了，混在其他同样脸色苍白、懒懒散散、萎靡不振的人中间。我眼前浮现出这样一幅景象：那天早些时候，传记作者坐在一辆不知品牌却非常高能的车子里，沿四号高速公路急速东行。这本是我指望自己去做的事。我的感激因愧疚而加倍。这愧疚也不全然得当，因为这位传记作者去威尔士，不是专程去接金斯利，而是去拜访他：他早已在那儿了。换句话说，我挺高兴自己没必要特地开车去威尔士。我加入的那个"帕丁顿体育"健身俱乐部，有个叫雷·吉布斯的真汉子，有次被人扫了一眼，像是怀疑他的体格。他从椅子上立起身来，一路跑到了威尔士。雷六十岁。那天晚上，我的身体打着台球，集中肌肉、俯下身来，击出球去。打得不那么好，比平时差了很多，我的躯体不断地在想：该我去的。该由我开车去威尔士的。父亲说的是什么呢？"哦是你。"还是："是你啊。"这听起来像是在回答《反死亡同盟》里那个有关爱的问题。1994、1995 这两个年头可没有费力让我去相信，灾难不会降临在我的头上。人生的主要大事谁都免不了。一种预感偷偷地抓住了我，穿越了我的全身，这不是爱的预感，而是它的对立面。到时间了吗？是他吗？

夏天，我好几次想象金斯利和迪莱拉的第一次见面。她还在南美，和别人一道坐了一辆面包车南南北北地来回。这会让他们有点话题聊聊：坐面包车旅行。我知道把迪莱拉介绍给母亲是轻而易举的事，而且还暖人心脾；但父亲就不好说了。① 我挺有把握他会喜欢她的笑，她的笑声，笑声中夹着的呼吸和冲劲。这是很要紧的。他会想要听到更多那样的笑声。他会使着劲来激起那样的笑声的。

早先有一次跌跤或是小车祸（经常伴随着一次梗塞、血栓：小中风）之后，留下来后遗症，父亲暂时性精神失常。他在一篇非常出色的小文章叫做《在扭结处偷偷瞥上一眼》（《回忆录》的非韵文部分，以此篇作结）中写了这事，所有的清新、详尽源自复原后明晰的头脑。幻觉、妄想②、自发的幻象、突发的精神异常时想象出来的力量。当时他住了院——应该说早住了院，因为断了腿。我们去看他时，他看起来多多少少还不错。但有点儿不一样。他告诉我听到这些声音：

“有个小女孩叫我老法西斯。”

“但她并没有真的这么叫。”

“……没有。”

“就像是平弗尔德。③ 怎么说来着？当然了，你知道他是个搞基的。

① 在与金斯利第一次见面前的几分钟，卡罗尔·布鲁（第二任克里斯托弗·希钦斯太太）寻求我的建议。“不要说任何左翼的话，”我说。“好的，”她热切地说。“什么都不要说太多，”我说。“好的，”她说。“其实，还是什么都别说了吧，”我说。“好的，”她说。和他握了手后，卡罗尔滔滔不绝地赞美了一通古巴极高的识字率。这可不是上演了一出上佳的“越建议不要做什么，越会发生什么”的戏么。或许金斯利感觉到了这点。不过他挺喜欢卡罗尔的，会面之后，说她是个好孩子。——原文注

② 在《国王英语》一书中，他引用福勒明确“幻觉”（illusion）和“妄想”（delusion）之间的差异：“太阳绕着地球转曾经是妄想，至今仍是幻觉。”——原文注

③ 伊夫林·沃的小说《吉尔伯特·平弗尔德的苦难》（1957）。——原文注
沃的自传性小说，通过主人公吉尔伯特·平弗尔德讲述了作者自己在1954年因溴中毒产生的幻象。

犹太人总是那样的。”

金斯利警惕地皱了皱眉头。我们继续聊了下去。又来了位探望的，显然是金斯利以前的学生从报刊上看到他出了事赶来。新来的人身上带着股让人不安的气息（他喝醉了吗?）。金斯利声调柔和地问他，是不是可以离开，这听起来并不奇怪——只是直白得奇怪。学生走了。父亲和我继续聊了下去。他的头脑看起来没问题，但有点儿不一样了。我终于确定了是什么，这让我惶恐。

眼下我想起了《斯丹利和女人》，当时他正在写这本书。想起了书中年长的精神病学家纳什对疯病令人毛骨悚然的探讨，最后的结论是：“头脑清醒的好处或许没有很多，但其中一样是知道什么是好笑的。那是问题的一个结局。”

富勒姆路上

这两处都专事到达和离开，所以医院令人要拿机场来比较。不过，切尔西和西敏寺医院似乎攀比得过头了。底楼出租给商家店铺——尽是图利的生意。四下看看，想找到家免税店……周六早上。周六早上是继着周五晚上而来，这家医院做着医院的本分之事，因此某个地方估计会有为脑瓜上插着斧子的兄弟会成员准备的候诊室和包扎室，更不消说有越来越多为老人准备的病房；但这些你一点也看不到，没有二等舱，也没有大统舱。金斯利在楼上的私人医护部，“俱乐部世界”。他等在电梯的另一头。

如果父亲在玩他的副词游戏（再一次从《斯丹利和女人》借一句），这儿要用的副词是“正常地”。他正常地接受了我吻他，也正常地回吻了我。他正常地小口喝着果汁或是苏打水，他正常地在《每日邮报》的文章中穿行。他说得不多，但说得很清晰。然后，他说他想要回家……菲利普也在：我们交换了一个眼色，一个我们打小、襁褓时代就使上的眼色——像是谨慎地退开一步，半开玩笑地说，“这下该怎么着？”萨丽也在。她在打电话，订一份鲜虾色拉送到房间。当时我们就在那儿：在机场旅店某个较为高级的房间里。只有卫生间里的金属把手、带着八爪鱼吸盘的塑胶垫子才暴露了能力丧失之后的随身行李。艾米斯家的孩子们一个接一个地（日子可还得照样过啊）到了吸烟室这个烟味十足的坑洞里，坐到了一个穿着睡袍发着抖的幽灵身旁。这幽灵因狡猾的故意烧伤被好心绑了起来……

一个医生进来了，高得不得了，被他的条纹西装又拉长了几分，殷勤得和高档区梅费尔的房产经纪一个样。医生。谁是这些医生啊？[①] 这位医生说，金斯利爵士“受了点刺激”，“需要休息”。父亲配合地比之前更烦躁不安了，直到医生离开房间才歇了下来。接下来的下午，就像是航班延误了五个小时，在我们面前懒洋洋地散了开来。

我们管这事叫“看管老爹”。他自己也这么叫的。在过去的几年来，和爸爸在一起，给他做做伴，这项活动，或称经历，变得越来越不遮不掩地懒懒散散了。他看他的报纸。你看你的。他常常会冒出一句奇怪的评论，抱怨识字率低下、野蛮的行径，还会给标题来个一语双关。但不是今天。老年对他来说，就像是隐私，在他的四周越来越厚，越来越深。

“这个，爸爸。帮我一下。”

我把手中的《独立报》递给他。报纸折了四折，把有奖填字游戏分了出来。做个填字游戏，金斯利自然极有水准，但这些年下来没了兴趣，说他感觉被出题的人“操来操去的”。[②] 另一层的反对是填字游戏

---

① 我也有不少恐惧的东西。“（医生）：杆菌和旋毛虫的密友，心理创伤和肉体坏疽的相好，他们那些令人恶心的词汇，令人恶心的家具……他们是生命的守门人。还有谁会想要成为那样的人呢？”出自《时间箭》（1991年）的首页。不可否认，这本书讲述了一个极端的案例：故事是由奥斯威辛-比克瑙集中营门格勒医生的小助手的灵魂叙述的。——原文注
约瑟夫·门格勒，德国纳粹党卫队军官，奥斯威辛集中营的医生，人称“死亡天使”。

② 《老魔怪》中的艾伦·韦弗：“他边吃着（早饭），边手舞足蹈地做着《泰晤士报》上的填字游戏。‘你这个恶魔，’他说着把答案填了进去。‘喔，你……你这个猪猡。’”

“太像工作了”。对象棋，他也有同样的说法。有一次在普林斯顿（我九岁吧），他设法四步就输了棋。这不是传统的“两步将死”，这种下法需要对方在知道的情况下合作。“两步将死”只有“两”步。在稍稍拖长了的版本中，黑棋只是无视对国王和主教士兵的夹攻。这本是无法忽视的，手法也老套得令人惭愧。（1. P－K4……2. Q－KB3……3. B－B4）。“将，”我吃了一惊说道，有一刻我想着他肯定会回攻的。但就是那样了，他懊悔地站起身来（回到书房）。不，他是真的不喜欢象棋，我心想。那是我们最后一次下象棋……在帝国大厦的顶楼（那一天以其前所未有的高额消费知名：100 美金），我往底下的曼哈顿看去，心里充满了至尊无上成就无限的感觉。而这一大片闪烁的灯光只是激发了父亲的恐惧，这相异之处对我来说令人痛苦。我替他难受，但又觉得迷惑，我原以为成人都已经超越了害怕。

他躺在医院的病床上，接受了递给他的《独立报》和有奖填字游戏（奖品是一本牛津出版的参考书：当然是一只值得追寻的圣杯）。我看着他：抿起了的嘴唇，稍稍有点着恼和不耐烦；鼻孔中重重地呼出气来；准备摇一摇头，一边又不情不愿地集中了注意力。我理解他的抱怨：更多的词语，更多的词语要对付。而且这对付还毫无意义，因为某些填字游戏的书呆子①早在你前面领先了（某个其它什么事都不需做的人），你永远也赢不了那本《英国文学指南》或是《语录词典》。再说这两本书他已经有了，且他已被收录在其中了……但金斯利一般还是会帮我一把的。星期天的午餐时间，他会带点儿烦躁却又轻松得由不得人不佩服，把我带来的周六字谜填上六七个——当两个男孩在看《猫和老鼠》，或是《外星人》的录像时。

他把《独立报》还给了我（他可已经受够了），说，

---

① 原文用“wonk”一词。
俚语先生，即乔纳森·格林，在他那部出色的俚语词典（《卡塞尔俚语词典》）中，没有意识到“wonk”一词的由来。（父亲和我都同意）这肯定是逆拼而成的词，就像“yob”（粗鲁的年轻人），只是还更聪明一点。“Know（知道）倒读”：这本身就是一条字谜的线索。——原文注

"横八是'stop'。"

我心想是"stop"。四个字母组成，有两个缩写，一个与策略相关的同义词。线索可能是："Prevent roadwork（4）"（阻止道路施工）（road = *st*.，work = *op*.，prevent = *stop*）。

"谢谢，爸爸。"

很快，再回头看这一刻时，我会满心崇拜，就像一个叛教者记起信仰时的涂油礼和热情。

他在医院呆了一个星期。虽说他最想要见的、最需要的是我母亲，几个孩子也大致轮流当值。我来来回回了许多次。

拉金似乎已经过世很久了。《建筑物》（1972）是一首有关医院的重要诗歌。他在诗的开首写道：

> 比最漂亮的酒店还高大
> 闪亮的顶尖远在数英里外就能看到，但看，
> 它的四周，紧密交织的街道起起伏伏
> 就像是上个世纪留下来一声长叹。

富勒姆路不像是上个世纪留下来的一声长叹。倒像是下个世纪发出的一声长叹——不是，不是叹息，而是一首小曲，一首短诗。这一区域正经历着富豪化、意大利化（仿的是米兰，而不是佛罗伦萨或是罗马），特色取自切尔西足球俱乐部里的人物——迪马特、佐拉、维亚利①。街上的每个人都打扮得找不到瑕疵，鞋子漂亮，腰细如蜂，穿着皮夹克。他们看起来都像是每周挣三万英镑，每天吃三顿意面。而他们的心脏从从容容地，一小时跳动一次。

我们以前住在这儿，往东两个街区，富勒姆路128号：我，哥哥，妹妹，母亲。那是在二十世纪六十年代早期，在婚姻解体之后，在马略

① 切尔西足球俱乐部位于富勒姆，列举的三位队员都为意大利人。

卡岛索列尔港一段没有父亲的日子之后。我上了河对面巴特西区的一所文法学校（母亲后来在巴特西动物园工作。她年轻时曾经做过养狗场的工作人员，还养过很多马）。菲利普回到了他那所以剑桥为轴心的寄宿学校。假期里，和不同的朋友一起，以不同的组合，我们整天四下闲逛[①]，整晚地玩拼字游戏[②]。1963 年，母亲经历了一次精神崩溃。希拉里离家去休养。难以解释的是，连着几天，可能是一个星期，可能还更长，任由孩子们胡闹。有一天下午，乔治·盖尔摁响了门铃。他一个房间一个房间地走过去，一脸的严肃和惊愕，每打开一个壁柜，必看到里面有个十四岁的姑娘。金斯利和简过来住。简把家事抓了起来，把屋子的波希米亚风从低档的换成了中档的（那之前，前门都是极少关的）。简的一位朋友进来喝了杯茶。他是电影导演亚历山大·麦肯德里克（导过《荒岛酒池》、《贵妇杀手》、《成功的滋味》）。几个星期后，我带着母亲坐着英航海外航线头等舱去西印度群岛度了两个月的假。不但假期免费赠送，而且还有挺高的收入。我一个星期五十镑，她作为我的监护人得到二十镑（我们在南肯辛顿区四层房子的租金是四十八镑一个月）。[③]在麦肯德里克改编的理查德·休斯的小说《牙买加飓风》[④] 中，我毫无

① 方法：写好邀请来访的卡片，上面有名字和电话号码。把这数万张卡片派发给在伦敦地铁上看到的每一位姑娘。然后匆匆赶回家等着一两个电话，一般都是白等的。——原文注

② 我曾经有过拼字游戏盘的幻觉。拼字游戏盘就像是阳光的印记或是商标，留在我的脑海中。凌晨三点，看着马桶，我会看到一块拼字游戏盘，对角的粉红色格子，四边的红色格子。——原文注

③ 我给了菲利普五十镑。他告诉他准备怎么用这笔钱。他打算招一辆出租车（我们只在有紧急事情时叫车），说，“卡纳比街。”——原文注
卡纳比街位于伦敦苏豪区，毗邻牛津街和摄政街，是著名的步行购物街。

④ 1929 年。那时候我不知道这本书，但这是一本扣人心弦的好书：一本有关孩子胡闹的历史小说（背景是维多利亚时期）。就这个主题来说，要比写《蝇王》的戈尔丁更为错综复杂、检视内心（而且读起来也更有趣）。休斯来了片场。他个子极高，身板、肤色和背景都和格雷夫斯相似（他们俩都上了查特豪斯公学，一所名声不怎么好的私校），有个妻子可能还有个成人的孩子（休斯已经六十来岁了），他挺开心，对片场印象很好，觉得好玩极了（他们可能同时也在旁边的片场拍摄（转下页）

才华地出演了其中一个孩子。萨丽也来了，做了个忙碌的龙套。我和我的合演者安东尼·奎因一起下棋，他自始至终都像是慈爱的长者。另一位合演者是和蔼的詹姆斯，他美得像天使的女儿丽萨·可伯恩爱上了我。我走到哪儿就跟到哪儿，甚至跟着我到了旅店游泳池的深水处。我也爱她，但我想要些片刻的自由。她七岁。电影的中心人物是一个不同凡响的姑娘叫德博拉·巴克斯特，她演我的妹妹。我的眼睛（但不是嘴唇也不是两手）黏上了她的姐姐：贝弗利·巴克斯特。我最小的妹妹（一共有三个，中间那个，罗伯塔·托维又在《神秘博士和戴立克》的剧集中继续出演）叫做卡伦·弗莱克。她比丽萨·可伯恩还小。希拉里和我一遍又一遍地告诉对方卡伦有朝一日会成为大明星的。我们俩的母亲和主要演员、特技演员进城里去的时候，我会照看她。他们离开时，卡伦已经睡着了。"和卡伦上那大床去睡去，"我母亲说，"等到你大了，你可以说，你和卡伦·弗莱克睡过觉了。"这话可不像我妈说的，更像是我爸说的。不过我们俩都知道这只是说笑而已。在牙买加时，我和母亲很爱笑，不再为了她的精神崩溃焦虑不堪。（在伦敦的那天晚上，我被禁止进入她躺着的那个房间。）旅行快结束时，她踩到了岩石上一个伸展着触须的海葵，我指望她不要被吓坏了，她确实很有勇气：既没有自哀自怜，也没有闹出一场戏来。和其他的孩子相比，我演的人物挺轻松的，因为刚过了一半我就死了。为了看楼下广场上血淋淋的斗鸡，从莱拉·凯德洛娃开的妓院的窗子里掉了下来……我们飞回了英格兰（二等舱：母亲把机票换了钱），这个夏天就是在片场和伦敦之间来来回回，

（接上页）《铁金刚勇战恶魔党》）。他穿的像我的戏服：麦色的裤子，麦色的外套，草帽……我一直都想着再看看他的书，但总有什么没让我去做这事儿。我从我的《指南》书中得知，就在 1963 年那一年，他写了打破沉默的多卷本小说的第一部，这一系列不明智地取了书名叫《人类的困境》……这些受困的人生在勾画中总显得阴险可怖。《阁楼中的狐狸》于 1961 年面世。第二部《木制牧羊女》出版于 1973 年（和《雷切尔文件》一道出现在那一年的小说列表上），不受欢迎（"评论界对其无甚反响"）。之后到了 1976 年，他去世了。——原文注

直到电影拍摄完毕。[①] 新学年的第一天，我穿着一件簇新的外套，回到了位于巴特西的文法学校——马上就被开除了（因为常年逃学）。这让人吃惊极了，而且还可笑得很。沃尔特·圣约翰是一所暴力的学校，学生是，职员也是。在我看来，在那儿你想做什么就能做什么，等着被课后留校一个小时就够了。我去了诺丁山的一座乱糟糟的应试填鸭学校，又回到了白天瞎逛晚上玩填字游戏的日子。“他们和那些姑娘睡觉吗?”来我家做客的米姬姨妈问我妈。“没，”希拉里说。好吧，菲利普睡了，我没有。然后就在同一天，经过漫长的搂搂抱抱和恳求后，我失去了处子之身，对方是早些时候在一家酒吧碰到的姑娘。我十五岁。我的情色生涯开始了。我的电影生涯突然间消失了。而我的学术生涯，就像之前提到过的那样，开始形成了一种模式：每隔一年考一次 O 级。我没有什么时间花在看书上，但我真的看书时，看的是漫画，看完了，就再看一遍。我母亲朝楼上大声嚷嚷的时候，我正躺在床上，静静地，不急不躁地，不碍着别人地发着臭。她嚷着我的 A 级考试：“你不及格。”我起身，这一天接下来的时光，花在把一只袜子从房间的一头运送到另一头。不能继续这样下去了。哥哥和我搬去同金斯利、简一起住。母亲再婚，搬去密歇根州的安娜堡，萨丽也跟着她去了。

我去切尔西和西敏寺医院时，没想要顺道去老房子看看。因为我一直都时不时经过那儿的。现在这地方可成了精品，成了高档的住宅。时髦富人的门面闪着珍珠般的光泽。我难以相信，在那背后，曾经有过这么多坦坦然然的杂乱无章。电视机和收音机，几只猫几位房客，起了几

① 要过好几年我才能鼓起勇气看这部电影——而且还只是在小屏幕上。我想着，在小屏幕上，青春期的恐慌看起来更收敛一点。这还不是全部。在电影拍摄过程中，我的嗓音终于变了：我是由一位老太太来配音的（这在当时是标准的做法）。另一层焦虑事关我的身型。前几天，我听说，有人写了整整一本小说，题目叫《我的屁股在这看起来大吗?》，我挺高兴的。我可能会就《牙买加飓风》电影中的形象，问了同样的问题。答案会是，是的，很大。来，设想一下在宽银幕中屁股会是什么样儿。

次火又水淹了几次——还有毒品，超速行车。[1] 现在看来，我当时的机能完全迟钝无力。我知道外面的世界还有更高层次的什么东西，和灵魂有关。灵魂是时不时会被讨论一下的品质，更确切点说，是以哥哥和我两人理解的意思来讨论的。看人看事（特别是姑娘），灵魂都是首先要找的特性。此外，我的确告诉过自己，我想要成为一名作家。[2] 那所有的时间我又在做什么呢？我梦想了吗？涂涂写写了吗？看书了吗？祈祷了吗？一件都没做。我摸索着走回房间的另一头，寻找着另一只袜子。

1963 年母亲精神崩溃，最糟糕的时候是她无意中用药过量：安眠药。她躺在一个拉上了窗帘的房间里。我朝里看去，能看到床头灯和粉红色的灯罩。有人——一个大人——不让我进去。她恢复得很快也很彻底。后来和我说到这件事时，她说她抑郁了很久，因为她仍旧爱着父亲。

到了 1995 年，完全就不是这么回事了，这一点怎么重复都不够。一切都反了过来。到了这时候，我母亲仍旧在考虑死亡，以此来逃离对金斯利的感情——但这次是反着方向逃跑的。“我巴望着来一场心脏病突发都好多年了，”她告诉我。不过，离她真是这个意思的时候，还有好多日子，好多星期。虽说一向都很艰难，而最近几乎不可能，金斯利正朝着令人难以相信的方向行去。“勇气……意味着不要吓着了别人。”父亲在不吓着自己孩子的这事上做得很不错：帝国大厦顶楼的效果。但他没有想到不要吓着母亲。对现在的他来说，她就是全部：完整的母亲意象。在我的记忆中，父亲一直是按着我们的叫法来叫她的。他叫她妈

---

① 但没有酒。我们当时认为酒精野蛮低俗——这或许挺让人吃惊的。算不算是种反抗？在斯旺西时的某个早上，菲利普穿着校服在早餐桌旁坐了下来，冒着触犯睡眠不够的母亲的危险，说，“哦，酒铺子里的早饭。”等我们开始明白时，都差不多二十岁了。——原文注

② 当自我可以清晰地表述想法时，在这样的年龄有这样的说法，可能普天之下无甚差别的。作家理应是由此“前行”的人，但你也可以说作家是从此止步的人——他们身上那一部分再也不会长大。——原文注

妈，这一直让我吃惊，也让我不安。

9月6日，自他跌跤后刚过了一个星期，希拉里和萨丽去医院把他领回了家。

海鸥

我首先要知道的是他那边的桌上发生了什么。所有其它的都随之而来。

我和母亲一起在楼下的客厅。客厅门朝向一个不规则的小花园。往年的夏天，那儿有园子里的午餐和水管喷洒下的孙儿们。金斯利在楼上，和朋友一起。

"他坐在红色的椅子里。"

这话说得带点不祥的色彩。这把茄红的真皮扶手椅一直放在金斯利的书房里。椅子的重要性在于，它不是放在写字的这一边。红扶手椅是他不写字的时候坐的地方。

"在看书?"

"是的，可能是想看点书吧……"

我所听到的（或是说散布到我这个方向来的）诊断，仍旧是一串让人安心的老说法。金斯利（一）刚和这阵子的厄运搏斗了一阵子，活了下来，但还没有全然恢复，差了一点，状态还不是很好，脸色有点苍白，不过如果（二）他好好照看自己，不急着去做这做那的，安安静静地过一阵子，给自己画条线，不做过度的事，那么他就会（三）是的，很快就是他那老样子了。他那老样子。

楼上，各种人声——传记作者的大笑声。

"爸爸在喝酒，是吧?"

"当然在喝呢。他等不及回加里克俱乐部呢。一分钟都等不及呢。"

这是他做的第一件事。他去加里克俱乐部吃了一顿全天的午餐。

"他喝醉了吗?"

"喔，酩酊大醉……我喜欢打字机的声音。对我来说，那就像是天然的背景声音。”

她没注意到。任是谁都会错过，过了几乎半个世纪后（除了1963年—1981年这一段空窗期，母亲的其他几任丈夫也都是作家）。所有那些小说、诗歌、信函。金斯利用两个指头打字，极快。指甲在几个经常使用的键上留下了一道深深的横向裂痕。打字机没有响声，让母亲有点不安。那就像车声消失了，鸟儿也不再歌唱。

“这事希拉里藏在肚子里很久了。”她说，

“他一直打着‘海鸥’这个词。”

“海鸥?”

“海鸥。”

这事在那时看起来要比现在更令人诧异。现在我就住在父亲的街上。在不太冷的月份里，海鸥是我日常生活的一部分。它们被附近的运河吸引，摄政公园路上的天空飞满了海鸥。这些海鸥胖而笨拙，还自负傲慢，成群结队地飞到我书房外面遍布鸟粪的阳台上。它们整天整天地尖叫高鸣，练习着廉价的口琴，变形的卡祖笛。一只海鸥妈妈在烟囱里做了窝。她那黄色的喙叩问着阳台门上的玻璃。有一次还大摇大摆地走进了屋：和鸵鸟差不多大小。

“他打着‘i’和‘o’。”

“什么?”

“他早上五点起来，打‘i’和‘o’两个字母。”

一个星期之后。我没见到金斯利三天，突然间，他比我矮了。那四英寸到哪儿去了？被地心引力吞食了。要再过一个星期，我才能接受这一事实。

他看起来像是刚经历了半场回收汽车的压缩：纵向的压缩已经完成了，还得来一回横向的。我走过去在他的床上躺下，他在对面的矮扶手椅上蜷缩着。他脸上的表情看起来很陌生，起初我以为是愤怒。我知道他喜欢这类的事，尝试着对他说，

“要是我们是冰岛人，你会叫做金斯利·威廉之子。我会叫做马丁·金斯利之子，路易斯叫路易斯·马丁之子。萨丽叫萨丽·金斯利之女，杰西卡叫杰西卡·菲利普之女。”

“嗯，”他说，“没觉得好笑。”

我真希望他是对我不满。我真希望是那样……那迪莱拉呢，她会叫什么呢？迪莱拉·帕特里克之女还是迪莱拉·马丁之女？当然应该是前者。她叫他爸爸。应该是那样才对。我给了先天的，但他做了后天的。那些时间是他花的……我刚去了冰岛两个晚上才回来（我希望这是让金斯利对我不满的事）。在那儿，我看到了一条完整的彩虹，横跨峡湾两岸，简朴，孤绝。地平线上冒着几个圆鼓鼓的山丘，像是行星。现在，我又回到了小世界，回到了病房，父亲用威士忌在吞服药丸，脸上挂着那样的神色。那个神色是什么意思呢？不是不满。更像是抗拒：通过不在意自己来反抗。

哥哥和我换岗时，在门厅里交流了一下。菲利普说，

“他在毒害自己呢。”

“那些药片都混杂着扔在鞋盒里。”

“我看到他坐那儿，真的是大汗淋漓……”

楼下。我这下感觉连我母亲也变了样，也缩小了。再也不是翻翻眼睛，帮你把挂在眉毛上的头发拂上去了。从现在开始该是暖心暖肺的真心话了。我说道，其实毫无用处（大概过了三十岁左右，我们还需要有谁来告诉我们这一点吗?），

“你看起来很累。”

“早上五点，他尖叫着要止痛药。真的是尖叫……”

门铃响了。

“他整整一天都等着人来看他。等他们到了，他就打开电视机。然后他会问，‘晚饭吃什么呢？晚饭吃什么呢?’可是他已经吃过晚饭了。”

但他并没有吃过晚饭。他什么都不吃。

楼上。那天晚上到的人挺不少：我、菲利普、莫伊拉和珀西·卢伯克

夫妇，迪克·霍夫。还有永不缺席的传记作者。金斯利说得很少，眼皮低垂着，坐在他的专用椅上，茶几上放着麦卡伦威士忌和依云矿泉水。但我觉得他像是在做出一番亲和的姿势，像是告诉自己——这些是我喜欢的。酒，聊天，朋友，家庭。这些是我应当喜欢的。可是为什么……？突然间他抬起头来，表达了一个观点。他的小说《传记作者的胡子》最近出版了。评论大多说得不太中听。我发现，和同年写我的那些短评、采访相比，接受这些评论更为艰巨。我希望父亲（至少在这件事上）已经过了在意的阶段。对这些事他从来不会困扰很久，这时他提到的是一个小细节，出人意外。

——有人抱怨我在书中放了一家“真的”餐馆。可是，一旦在小说里了，哪怕真有这个地方，也不再是真的了。不是和原来那样的真了。

我以为我理解他，我以为我同意他。或许，就这一话题，这就是所有需要一提的。真实/虚构的问题得由传记作者、回忆录作者和其他拘泥字面意思的人士来解决。反正，从父亲那儿，我是再也听不到更多的批评理论了。有趣的事还会出现，但任何抽象的事，那是他最后的努力。再接下来的几个星期中，我回头看这件事，会认为这是一处高峰，还有那个字谜游戏也是。

隔壁的书房里，有很多张纸，上面打满了“i”和“o”，还有海鸥。

滚蛋之二

下面是《老魔怪》中的其中一老魔怪查理早上例行做的一些事：

> 查理·诺里斯注意到潜水艇的车厢中那个最矮小的男人的脸，是地毯料做的，他决定该是离开的时候了。

他醒了过来，又备受折磨地半睡半醒了一会了。才刚过了五点。几个小时之后：

> 他翻过身来，紧盯着镶着布垫的床头板的结实的硬木框上，数到

了一百，接着，猛然以打保龄球的姿势举臂过肩，一只手碰到了木框，抓住了，又数到一百，以全身的力气拽着木框，把自己拉起了半身。

后来，查理完全坐了起来，从卧室的窗往外看去，

……眼睛睁着却什么也没看见。尽管以前无数次在竞赛中胜出，他照样深信不疑，觉得所有他拥有的已经失去，所有他认识的人已经离开。

他艰难无比地穿好了衣服，下了楼：

十分钟之后，查理成功地从早餐室的桌旁一路走到了厨房的冰箱旁……一只没用过的茶杯旁放着一包咖啡，这还不足以让他下定决心，不过看到电茶壶装了半壶水让天平侧了一侧……一点唾沫星子粘在了嗓子深处，他才刚把茶杯放下，咳嗽它爹妈就让他在房间打了一阵子转转，终于停了下来，抬头便看见在后园干活的布里奇曼先生（花匠），隔了十八英寸就在窗玻璃的另一侧。①

10 点 45 分左右，查理喝了一杯"有点淡的"威士忌兑水后，上了出租车。他是去参加一位非正式民族诗人布莱登（根据迪伦·托马斯塑造的人物）雕像正式的揭幕仪式。在仪式上，一个自称是勒韦林·卡斯瓦隆·皮尤②的美国人过来搭讪：

---

① 金斯利自己对早饭的态度和彼得非常的相近。彼得是几个老魔怪中最胖的一个。这是他怎么对付柚子的："貌似都已经割得干干净净了，有几瓣瓤还不懈地挂在柚皮上，还有几瓣只出来一半，被皮和瓤之间的衬皮黏连着。对付这些情况，他的办法是叉着瓤把整个柚子举到半空转圈，直到连着的部分断开，砸落到盘子里或是盘子边上。"——原文注

② 典型的威尔士人名。

“我是美国威尔士友好协会的官员，”皮尤说道。

就在这一刻，查理的脑子发生了可怕的变化。皮尤照样说了下去，语调语速都没有任何变化，但查理再也辨别不清词语了，只有声响。他的眼睛四下游移了一下。他往后退了一步，重重地踩在别人的脚上。随后，他辨识出一种熟悉的声响。这一松气，差点儿让他朝另一个方向倒了下去。一个老酒鬼，就这么一些威尔士语的词汇，知道个把“我的”、“小的”、“好的”，突然遭遇带着美国口音的威尔士语的瞎扯，要指望他弄明白，这可不太公平。“嗨，”他深有感触地哼道。“嗨。”

皮尤的眼睛睁得更大了，这让查理纳闷自己答应什么事了，不过那很快就结束了，更多的英语传了过来……

一瓢子的雨洒在查理的脸上，清爽舒心，一只海鸥紧贴着他的头皮飞过，让他躲闪了一下。

那只海鸥……这下查理被艾伦救了下来，这个最通人情世故，也是最想着下半身的老魔怪。他们开着车离开时，艾伦把脑袋伸出车窗，告诉皮尤“滚蛋”。两人靠坐在座椅上：

“在美国，他们是说‘滚蛋’的吧？”艾伦担心地问道。

“我肯定他们懂这个意思。”

……艾伦轻声笑了一会儿，像是不吝于自我批评似的摇了摇头……他压低了嗓音，说了下去，“哎——说这句话，找准时间很关键。有一次在基尔伯恩，可给自己找了点麻烦，我对一个保加利亚来的写短篇的作家嚷嚷……滚蛋，差不多有两三分钟，当时开着我坐着的敞篷车的那家伙正要在死胡同掉头，我都不知道我们到了死胡同呢。骂‘滚蛋’的爽劲消失得很快，真挺让人吃惊的。连着说上两三遍，你能得到的也就这点效果了。”

“再说也没什么劲了，”查理说。

“是啊，一点不错。”

9月17日，星期天。我才知道金斯利是怎么度过周六晚上的。按母亲的话，他“非常活跃”。而我能够感觉到家族本质上的缺陷——不爱动——正慢慢地渗透着其他所有人。妈妈鬼魂似的虚弱。我是不是该是强健的那个？金斯利得去医院。但他不想去医院。我不想吓坏了他。我不想让他吓坏了我。

谁在掌管这件事呢？医生在哪儿呢？他的胃肠专家医生不会上门看诊——他的名气太大，医术太专。① 我们最后只得在黄页电话本中找——那儿多的是打零工使力气的。妈妈询了个上门服务的价：六十镑……我们这一家子都挺会说话的，但我们变得越来越无言。我们渐渐成为金斯利所成为的样子，变得越来越无言。

但昨天晚上，他非常活跃。他说，他要一次聚会。然后他让所有人——妈妈、艾利、康妮②——都滚蛋。每个人都下了楼。他又尾随着所有人到了地下室公寓里③，又让大家都滚蛋。接着他上了楼，所有人又小心翼翼地跟着上了楼。他又让大家滚蛋。

我是星期天听到这事的。几乎每个星期天我都带路易斯和雅各布来这儿吃午餐。这已经持续十年了。他是个观察仔细的爷爷，虽说一点也

---

① 这是金斯利看似最亲近的医生。以前几乎每用一次厕所，都得给他打一次电话。父亲六十几岁的时候，得了肠易激综合征。他的多疑多虑虽然程度不重，但也不可否认地加重了症状。有时候，我得开车送他，因为他害怕在出租车里出什么事。他的病症和多疑多虑最糟糕的一次是被叫去白金汉宫，接受女王授予的骑士爵位。金斯利·艾米斯让医生用“易蒙停”给他铺好一层防护墙。那之后，又有些疑心他再也不会去厕所了。等危机过去后，我跟他说，要不然的话，他会以一个为了骑士爵位而丢命的蠢货，为世人所牢记的。他听了笑了起来，让我吃了一惊，因为他的肠子比较敏感；对女王陛下，他也同样很敏感。——原文注

② 康妮·巴兹尔是安娜堡“幸运的吉姆”炸鱼薯条店的共同业主。——原文注

③ 在那儿，他在众目睽睽之下往拖把桶里撒尿。我不是不想抖露父亲这一细节的，但这已经出版面世了（见附录）。——原文注

不参与。他喜欢他们在身旁，赞赏他们也为他们骄傲。路易斯的出生让他大大地高兴了一把。他劳烦了自己，陪母亲去了趟医院。我们在我的公寓见了个面，喝了点酒。那是十一月份，我在他的膝盖前放了个电取暖器。小宝宝提早六个星期出生（但漂亮极了），妈妈满心喜悦……过后，我们三人在一家中餐馆肃肃穆穆地吃了一顿中饭。我猜自己还处于分娩带来的不知所措中，但与其说是震惊，远不如说是感到非常的温暖。轮到雅各布时（只提早了四个星期），雅各布的名字挂在父亲加里克俱乐部的布告板上，电话打得时间正好，刚来得及和路易斯一道出现在《老魔怪》的题献页上（不少早先的版本上，名字后跟着一个像是烦扰不堪的句号）。两男孩的出生是大事。除了抱抱他们打个招呼道个别，他和他们一起、也是为了他们做的唯一一件事是，在他们四下乱爬或跌跌撞撞走来走去的时候（在他们很小的时候），伸出手去盖住低矮家具锐利的边角。

这个星期天，两个男孩在别的地方，不在场。他们下一个星期天也不在。他再也没见过他们。

父亲和我不时会有机会同意“滚蛋”这说法非常滑稽有趣。人们很自然会推崇其蛮横和简洁——但这又非常地好使。①

不过，这辈子爸爸遇到过最好的“滚蛋”是作为收受的一方。至少说是他设计了这样的一幕。有天下午在汉普斯特德（肯定是1980年之前，简还在的时候。因为之前他有股轻灵的气质，简离开了他，那气质

① “滚蛋”这事做得很好的其实是斯蒂芬·韦斯特，而不是罗斯玛丽（见《克伦威尔街二十五号内》《儿童时代》一节）：“我没有几个朋友，原因很简单，他们上我们家来的时候，妈妈叫他们滚蛋。”我在这个脚注里混杂不宜地提一句，我父亲有一次让克里斯托弗·希钦斯和我“滚蛋”，在我们带他去莱斯特广场的影院看了《比弗利山警探》之后：他喜欢而我们不喜欢。我猜我们一定是对他撇了嘴。他自行走开了，不像他平素的行径。我们只好哄着他走进下一家的酒吧，也可能是上了出租。——原文注

也消失了），他寄了封信后，从前门进来，独自有滋有味地静静地笑着。我说，

“什么事这么好笑啊？”

“我刚见了一条狗的傻样儿……”

这是一个真正的夏日，没有一丝云彩，万物齐力使着劲儿。走去邮筒的路上，父亲看到一条成年阿尔萨斯狼狗，躺在一辆泊着的车子的滚烫的前盖上。他很有兴趣地看了看那条狗，狗立起身也盯着他看，像是在说：我就是躺在这车上——怎么着？等他寄了信回来时，他又看了一下这条狗，狗也盯着看，加了句：可能是挺热的，可我就是要躺在这车上。推开院子门前，他又回头最后看了一眼。

“它在做什么呢？”我催着他说下去，因为他独自有滋有味地静静地笑着。

它的脑袋从爪子上抬了起来，直了直脖子，离开了……金斯利做了这两事中的其中一件。要不是他让狗吠听起来就像是“滚蛋”，要不是他让“滚蛋”听起来像是狗吠。

他想让你大笑时，有时可真让你一辈子都大笑——不是笑个不停，而是想到时，就会笑起来。这是他的超级幽默：是他的喜剧作品不同凡响的发动机。现在，这机器慢慢地歇息了下来。

他半夜起来，洗了个澡，穿好衣服——整理好行装。他装了一个行李箱。我是从母亲那儿听说这些的。那天晚上，他告诉希拉里，他要去坐火车——金斯利，一个人，半夜，居然去坐火车？有一个很重要的会议在等着他。母亲在门口想劝说他不要走，他还是上了街，走近一辆无人驾驶的泊着的车，要求车子带他去加里克俱乐部。他给母亲打电话，

“他为什么不带我去俱乐部？”

* * *

一次短暂的探访。他像是坐在椅子里昏睡着。一开口说话，让我吃

了一惊。

“什么时候了？”

“两点。”

“下午两点？今天是星期几？”

我离开时，看了一眼金斯利的打字机里卷着的纸。我没有看到海鸥。他还在新小说的第106页上。自从他跌跤后，就一直留在第106页上了。好像是加了点东西。这一页最后几个词是：“‘相反，’福尔摩斯反驳道。”①

又一次短暂的探访。这是金斯利再一次活跃之前的晚上。不过这时他在椅子里打着盹。脸上挂着那样一种表情：这是一张男孩的脸，按照某些人的看法，这个男孩可能做错了什么事，但他肯定没有准备好承认自己错了——这一刻他累了，这场争斗（为真理而战）让他累极了，他抽身离开了这世界，睡着了。

妈妈让我想起了护士。还不单单是护士，她让我想起了保育院：我自己曾经的保育院……自然，我们一直谈论着要不要雇护士，要不要请专业人员。但母亲说，他们会受不了金斯利的（这一点值得商榷），而他也会受不了他们的（当然啰：只有妈妈他可以忍受）。医院不一样。医院唤起他内心的一点服从本能。再说，医院是他该去的地方，至少得去呆上一段时间。按英国人的说法，得“有医生罩着”。在你身体不适的时候，你该“有医生罩着”你。

金斯利的身子动了动，或是说猛然抖了一下。

“要不要件毛衣？”母亲说，一边轻轻摸摸拍拍他的肩。

---

① 后来我读了那106页。这部未竟之作的题目叫《黑与白》，讲的是一个同性恋白肤男人和一个异性恋黑肤女人之间是如何开始相互吸引的。这部写了一半的小说节奏很慢，焦点也可能不太明晰，但解决提出的问题却敏锐迅捷。福尔摩斯这一套东西都是旁枝末叶，但很有道理。——原文注

那时我还没明白父亲正向死亡走去。但我几乎已经确信我是再也看不到他眼睛里逗趣的神采。母亲像是要肯定我的想法，说，

“你现在能做的，就是对他好一点。”

这一整个过程，她都在其中。爱，是不再有了，只有爱的记忆，但比这更简单。她的良知不会允许她做得更少。金斯利一点没错：

> 1946年的时候，我二十四
> 我遇上了一个没有害人之心、没有防范之心的人，
> 直到那个时候，她内心完整未经世事；
> 笨拙、温柔、健康，挺直的背脊，
> 有人跟她说话，她开口应答，
> 开心之时，她爽朗大笑；
> 什么事出了错，她担忧是她的错……

等等。1963年，他伤了她的心，她离开了他。

> ……她的双眸我再也无法挪离，
> 哦，是啊，她还是那么的美丽。
> 嗯，女人之极致该是那样了，
> 我心想，又开始继续寻寻觅觅。
> 没有什么来比较，我们怎么能明了？

这一整个过程，她都在其中，哪怕他继续活着——不懈地，坚持着——直到本世纪的末尾。1963年是三十二年之前了。她是怎么身陷其中的？

桃子之夜

电话进来的时候，我正在贝斯沃特的“袜子”[①] 开始写《金钱》一书。

“马特。”

“菲尔。”

“发生了。”

“什么发生了?”我说。但我知道答案。

“她离开了他。”

“……天哪。”

菲利普也不觉得奇怪。那就是整件事发展的趋势……

我们作了些安排。需要解决的并非是两个儿子计划如何安慰一个失去妻子的父亲，问题基本得多。我们中的一个得一直待在那儿。不是二十四小时全天候，但得是每个晚上，每个深夜，每个早上。他的管家——忠诚的尤尼亚克太太——还在。她在家中能帮他度过白天，但只有家人或彻底信任的朋友能在那些黑暗的时刻帮助他。现在已经是下午四五点钟了。这是十一月。等我过去时，菲利普已经在了。

我记忆中的那个晚上，金斯利坐在矮扶手椅的边缘上(这是他的特色坐姿，对背脊有好处：照菲利普的模仿，他就靠着尾骨外缘的一毫米搭在座位上)，不断地眨着眼睛，比平时更快，狠狠地用食指的指甲剥着拇指根上的外皮。几乎什么都不说。对这事的一些操作步骤会回答一

① 家人朋友把我在肯辛顿公园广场上的两室公寓称作“袜子”。这一说法在《金钱》之后传播得更广了。造出这一说法的是蒂娜·布朗。她在给《闲谈者月刊》写的一篇文章中写道，某位年轻人的公寓“像是只袜子”。克里斯托弗·希钦斯继而把这一比喻推广成了一个普通名词(他也是把剃头称作“小地毯—从头想”的始作俑者)。那时——1980年，希区刚在“袜子”里度过一年，而我四处在旅行。我的清洁工阿娜仍旧每周来打扫。她告诉我：“我只看到过他一次。下午两三点光景。从睡房传来好可怕的呻吟声。哦，特拉米斯小姐，我赶紧跑了。”——原文注

些问题（简没有从她的养生农场回来；她的律师办公室递来的那封信），但就他的情感、爱情、破碎的心、中断的誓约，他一字未提。那一刻，他的需求，似乎非常的基本，与动物相似：遮挡风雨的窝，避寒取暖，熟识的动物的温暖。哥哥和我重复了需要让他马上听到的话：

“爸爸，你不会一个人过夜的。我们中总有一个会一直在这儿的。”

“谢谢你们俩。”

这话说得很严肃。但我现在明白，他心痛不已：爱情上受了重伤，而且（从某种意义上）无法愈合。在后来的修正状态中，他的心里不再装着简，不再爱她，回过头来再看自己的痛苦，他嘲讽奚落，难以置信。然后，痛苦是确确实实的。那天夜里，他在自己的脑海中写着一封信，信是写给她的，也是有关她的——一封乞求的信，一首诗。他费了巨大努力去维护的东西，还为此经历了细细碎碎的各种羞辱，却还是失去了。[①] 或许最重要的是，不只是一次，而是两次婚姻都被撤销了，抹去了。1981 年 6 月 24 日，他在给拉金的信中，描绘和一位老友的碰面：“她说，我曾让希拉里多么的悲惨，因此（毫无必要地）提醒我简的离去让我不再对自己假装，我曾经对希拉里那样至少还算有点值得。”“没有女人的人生只好说是活了一半，”后来，他这么对我说。女人，妻子，另一半[②]——走了——也没有再找寻继任。父亲再也没有带着激情去吻

① 我是指所有《杰依克的东西》里所描述的心理和性功能治疗。现在让我深感佩服的是他承受了多少沉闷无聊。“（精神病医生）也……说过工作室各项活动的主题，也就是说，每项活动都毫无例外地要比你设想的冗长得多”；“接着（另一位病人）讲了一段话，赞美女人，如此的激昂，如此的明确，当然也如此的冗长，以至于坦露有活跃的同性恋情都显得不出意料，势在必行了”；“愤慨再加难以置信让人心跳骤停，为了限制这一危险，杰依克同自己协商，不去看表……”其它地方金斯利·艾米斯也写到“所有沉闷无聊带来的如烧如燎的真切感”。是什么让他继续待了下去？是不想被抛弃的如烧如燎的真切感。——原文注

② 在《国王英语》这本很后来（确实是在他死后）出版的书中，有一篇《性别歧视的语言》的文章。金斯利恶毒的幸灾乐祸在其中掌控得很好，令人赞叹。这种语言替他把话都说了：英语，“经常性地在有关‘女性’（female）的词汇中，包含一些不那么值得尊敬的意为‘男性’（male）的附缀。‘女性’（female）一词出 （转下页）

过一个女人。而这是一个习惯于活着就是为了寻花问柳的男人。① 在过去的几年里，我已经寻找到一个心理学上的解释。就像所有这类事一样，这是非常本初的。但可以解释这种现象，因此也能够让人原谅很多事。照此看来，我经历的最能抹杀金斯利的事件（马上就要发生了）也因此而减弱了许多。

给简的信写好了。回信也收到了。那只是有关条件和最后通牒的交换，毫无成效。简坚持金斯利应当以实际行动加入匿名戒酒会，对此我不免觉得简有点儿教条。没有写的是爱情诗。后来写好的是因恨而生的小说《斯丹利和女人》。在《杰依克的东西》（1978）一书中，有些人性化的开放而不遽下定论。那个离开的女人得到了有道德寓意的所有佳句，在我看来，这都成了套路了。② 我知道颇有几位女性读者欣赏而且部分赞同小说动人的最后一段。医生刚刚问了我们这位没了力比多、这下也没了妻子的男主角，他是不是想尝试一个疗程《姑娘二十》里叫做“淫丸子”（又叫“伟哥”）的药剂：

> 杰依克很快在脑子里把女人过了一遍，不单单是过去几个月几年间认识且相处过的女人，而是所有认识且相处过的女人：她们对事物表面的关注，对物质和外貌的关注，对她们周围环境的关注以

（接上页）自‘femella’，拉丁语‘femina’（女人）的指小词，把第二个音节同‘male’（男性）同化了，因此意味着女性（female）只不过是男性（male）的附加物或是分项……‘夫人’（lady）这一几乎算是古旧的词没有语言本身内在的压迫性，也没有嘲笑，不过或许这都没什么必要，这次原本的意思就只是‘揉面团的人’（loaf-kneader），旁边是‘老爷’（lord），好歹算是那个面团的卫兵或是守护人。”——原文注

① 我觉得在他的第二次婚姻中，他基本上是忠诚的。他的确告诉过我发生在莱蒙斯宅子客厅里的一件事，没有什么后果但相当的赤裸裸。“简在哪儿呢?”我问。“在床上。”“在床上？天啊。我以为你会说，‘在希腊。’”——原文注

② 看来我在写《雷切尔文件》的时候，就在不满这一点了，或者说是对此作出反叛了。该书最后一页，叙述者提到（被抛弃的）女主角离开了屋子，“有关我自己的事，什么都没说，也没有问我知不知道我的问题在哪儿，也没有咒我不得好报之类的”。——原文注

及在这些环境中她们的形象和声音；她们像是更好更对却又无事不错；一有意愿的冲突，她们便自动认定自己是受伤的那一方；她们理所当然地认为因为自己观点在握，这观点便是更可信更有用的；她们用错误的理解和歪曲的事实作为辩论的武器；她们对嗓音语调选择性的敏感；她们对自己的真诚和虚伪的差别毫不知情；她们对重要性的兴趣（以及明显在这一方面没有辨识能力）；她们对泛泛的聊天和无方向的讨论的喜好；她们对感情分享的先行防范；她们对自己的可能性夸大的估测；她们永远不用心听别人说话，还有其它种种类似的事。这都是依他看来。

因此，答案非常容易。“不用，谢谢，”他说。

而《斯丹利和女人》（1984）则是封闭起来，壁垒森严。这本书让我打瞌睡。这段时间，父亲精心地但不完全算是不刻薄地把女人比作苏联（政治宣传的机构）：她们这么做的时候，说这话；你这么做的时候，他们说那话；等等等等。差不多这个时候，他也开始用“女性”（females）来指异性。“爸，不要说那个词!”我总这么跟他说。我在场的时候，他会收敛一点这一习惯，就像有人不惜一切代价求个耳根清净……事实上，《斯丹利和女人》无论从哪个意义上来说，都是一本小心眼的小书，酸溜溜的，语言简洁，结构好得用意不良。但文字中有卑下的成分。在此，作者践行了——不折不扣地在文字上实现了——杰依克的诗学承诺：即，唯有男人。毋庸置疑，书中没有对性事的厌恶（金斯利从来都不是那一类的厌女者）。理由完全是智性上的。

我一向认为这是一种自杀：艺术上的自杀。他没有杀死整个世界。他只是杀了其中一半。①

① “因失望而怒吼”，或许是，但也是因其它事而怒吼。这是被击败者的暴力：转移的暴力，代受的暴力。“‘前几天晚上，电视上有个家伙说，’他说道，‘英格兰威尔士有百分之二十五的暴力犯罪是丈夫攻击妻子。令人咋舌的数字，你不觉得（转下页）

再接下来的几个礼拜里，菲利普和我时不时商讨金斯利问题。要么他得去哪个地方（俱乐部，独立套房，旅店?），要么就得有人到他这儿来。上他这儿来的人得是……如何来定义呢？得是一个能理解他因而也能原谅他脆弱的人。还得是一个他确确实实非常喜欢的人。我三十一岁，菲利普三十二岁：我们觉得把我们的人生致力于照看父亲，过于早了一点——但我们也不能完全排除这种可能。在我看来金斯利问题挺奇特的。因此，答案也得是挺奇特的。

在担忧父亲的间隙，我也担心母亲。她的第三次婚姻圆满成功，但她和丈夫，还有小杰米困在中部的一处小房子里，负担不了搬到伦敦的费用……在这儿找个解决问题的答案，自然也算不上什么伟大的业绩。菲利普也早得出了同样的结论。征求意见时，主要涉及的人士都显得挺乐意的。安排了一顿介绍见面的晚饭。顺便提一下，其他所有人都觉得这个主意不但古怪还不切实际。“就像是一部艾丽丝·默多克的小说，”他们不断地这么说着。没错，要是金斯利叫做奥拓，希拉里叫做乔治，那就更像一部艾丽丝·默多克的小说了。的确，这是一个非常规性的提议，但他们都不是一帮墨守成规的人。菲利普和我想着或许能维持六个月光景，甚至可能是一年。

我们都聚集在汉普斯特德的屋子里，成立晚宴开始了。

在后来的日子里，金斯利会否认有这回事，激烈坚定地否认，哪怕当时有四个成人目击者在场。我想，父亲确实从一定程度上把这事从他

（接上页）吗？你以为更可能是百分之八十。正好说明了英格兰的丈夫是多么好相处的一帮人……’”说话的那人，是个说话粗哑的“行医的男人”，姓克里夫。这番话他是在一家叫“拜伦海军上将”的粗鄙的酒吧里说的（“这是女人的全部生命存在”）。另一个角色是级别挺高的警官，评论阿拉伯国家“看起来确实是把女人问题解决得漂漂亮亮，干干净净。不管你是不是喜欢他们这么做”。——原文注

“这是女人的全部生命存在”出自拜伦的诗歌。另见“女人和爱情之一”一节，对此句也有引用。

的记忆中抹去了。毕竟，这事彻头彻尾地让人难以相信。

我们的晚宴进行得非常愉快顺利。哥哥和我已经在相互满意地微笑了。在场的每个人都表现得像是好说话、体贴人的模范。上甜点时，八岁的杰米在之前的整个过程都表现得无懈可击，这时伸手去抓水果盘。盘子里有橘子、苹果、葡萄——还有唯一的一只桃子。当杰米的手指接触到桃子皮时，金斯利就像是圣诞前夜的倾盆大雨中在牛津圆环①想叫住对街的出租车，大声喝道：

“嗨！！！”

……这是非同寻常的展示，刺耳得可怕，突然得可怕。要是杰米伸手去拿的不是一只桃子而是一枚手榴弹，金斯利发出的声音可说是恰到好处。大家没有不出声：每个人都怔了一下，嘟哝着，诅咒着。连杰米都咕哝了一声“天哪”，蜷缩在椅子里。我记不清了——我甚至也无法想象——那天晚上剩下的时光，我们是怎么过下去的。

不过，这个家庭组合持续了十五年。

“菲利普吃了一块饼干。”杰米吃了桃子。

如果你是一个害怕黑暗的成人——家人离开你时，会怎么样？当他们让你一个人待在那样的黑暗中，你会怎么样？这是非常本初的。部分的你成了要妈妈的孩子。

在这世上，由杰米给予父亲让他欣悦的最后一幕，我觉得这应当是恰当不过的。杰米那时二十三岁了。到那时，说金斯利已经忘了桃子之夜，这一点也不假。这么说，确实一点都不假。

因此我应该告诉母亲：我知道，他利用你的感情时，你有恨意（“怀旧感伤”，你说，“让你简直想要吐出来”），不过，你的确让他重新活了过来，重新去爱。妈妈，这就是看待这件事最好的方式。他结束了《斯丹利和女人》的写作，接着写了《老魔怪》、《和姑娘们的困难》、《住在

① 伦敦市中心的繁忙商业地带。

山上的那些人》、《回忆录》、《线上的抽动》、《俄罗斯姑娘》、《你不能两者兼得》、《传记作者的胡子》、《国王英语》，还有一些诗歌。

没有你，他永远也写不了这些书，因为你让他记起了爱。妈妈：你是那只桃子。

这就是看待这件事最好的方式。

完全“可靠”①

9月20日，星期三。传记作者把金斯利送到了高尔街上的伦敦大学学院医院。哦，快乐的日子。我偷偷地觉得感恩不尽。整整一个下午，我四下走动低声说，非常感谢，先生。噢，太感谢您了②……

细节后来我才知道。我知道自己没法做成这件事。

救护车里，护理人员透露，他看过金斯利的一些小说，但看过更多的是我的小说。幸运的是，爸爸没有记住这句话。

到了急诊处，他们把他放到推床上。传记作者想要挡住他（故意）滑出来，金斯利大声嚷道：“医生！护士！阻止这人！”

一个门卫和两个护士上手才把他弄进病房。

睡着之前，他恳求传记作者，说，“别走啊，哦，请你别走啊。”

我绝对没法做成这件事。不过，或许，如果由我来做，那他就不会这么做了：恳求。到了现在，帝国大厦顶楼的效果还有几分？

六点半，我从地铁站出来。哥哥和我喝了一杯咖啡后，走进医院，走进电梯。电梯往上升去，我们短暂地抓紧了对方，蜷曲的手指握住了对方的手臂：准备好对付严峻的考验。

金斯利一人呆在他的单人间里，侧身躺在床上，背对着门。小电视上竟然播放着《流行歌曲排行榜》（以前我们看这个时，他总是取笑我

---

① 此处“可靠”有拼写错误。
② 原文此处为西班牙语。

们）："俗气的吟唱"，一对歌手"与其说是携手一起演唱，不如说是对着对方表演，做出这些爬爬绳、躲躲子弹的动作，还带着副全力以赴的架势，好像这不过才是个前奏，接下来他们必须得共同面对某个大得多的考验似的"。①

"我下了地狱。"

这话不知从哪儿冒出来的。菲利普和我挂上了同一表情——眼睛突然聚焦，睁大——这意味着惊慌加重。我们的父亲，以令人担忧的敏捷从床上爬了下来，开始脱掉淡绿色的病号服，这样的一刻我们由不得觉得惊慌。上一次我见到他光着身子是什么时候？在剑桥那会儿？

他坐在床边（像大熊一样令人怜爱的身形，在薄暮中是柔和的一具庞然大物），说道，

"我不会攻击你们的。"

这话的流利程度比内容更让我吃惊。流利很快就会失去了，但他的焦虑不安，还有他突如其来的小心，却足以说明问题。菲利普问道，

"是什么真的让你担心呢，爸爸？"

"这儿的人。"

"但他们不错啊。他们在那儿是为了帮你。"

"不是的。不是*真的*帮我。"

"你觉得我们也是在骗你吗？"

"这事你写过了，爸爸，"我说，"你不记得了？你的《回忆录》提到的最后一件事。叫做'在弯曲处偷窥'。你摔断了腿，上了医院。有一阵子，你神志不清。你以为他们都是想要毒害你。就像现在。一样的情况。"

---

① 见《姑娘二十》。在这一章前面一部分，叙述者去观看了一场摔跤比赛，看到一位赛手，叫"婆罗洲来的东西"。"在红色的角落，十八英石又五磅……婆罗洲……来的东西！"——原文注
原文以拖长词尾和元音来表示吟唱的风格。

这无疑让他感兴趣了，听了进去。我以为看到了他眼睛里的笑意，但这不是被逗乐了，不算是。而是他听到奉承时，脸上不由自主表现出来的开心。是谦逊与头脑飘飘然时的得意在搏斗。

他把病号服穿了回去。随后又把病号服脱掉了。终于，天色差不多全暗了，他上了床，转身背对着我们，背对着这个世界。

我们去了附近一家酒吧。这家酒吧有漂亮的名字：杰里米·边沁。那位老功利主义哲学家（1748—1832），金斯利很可能会认为值得让一家酒吧以他命名。和某些哲学家不一样。父亲可不想看到他的儿子们在罗素酒吧或是 A. J. 艾耶尔酒吧喝一杯。我认识 A. J. 艾耶尔。某个不说话的当儿，我想着他：他的去世，纪念仪式，罗伊·詹金斯[①]令人困惑的颂词（他谈及艾耶尔的“讣告的影响力”）。A. J. 艾耶尔是我第二次伟大爱情对象的继父：她是我第一本小说的题献人。他以前经常和我下棋，用的是一副便携式的，棋盘在腿上递来递去。几乎总是他赢。唯一的希望是能坚持到最后马还都健在。然后层出不穷的各种可能性会令他烦不胜烦，最后他会厌烦地撒手不玩了，甚至把整个棋盘都扔飞了……艾伦·布鲁姆：“面对我们在意的事，宇宙间却没有足够的支持。因此，苏格拉底把哲学的任务定义为‘学会如何去死’。”那时我还没有考虑死亡，想的只是造成的破坏和合格的恢复。这其中有没有一种哲学思想？有没有一种死亡的哲学？

第二天，菲利普去看他，金斯利开口即说：滚蛋！

再过了一天，我独自前去，先从齐人高的方窗里朝房门看去。我猜想，在看望他的人当中，这一防范措施现在是普遍都在使用的。那里面什么事都有可能在发生……

那个阳光灿烂的星期六，我从窥探的窗户看进去，高兴地往后退了

① 罗伊·詹金斯（Roy Jenkins，1920—2003），英国左翼政治家、历史学家和作家。

一步，满心的喜悦和希望。父亲梳理得干干净净，刮了胡子，坐在扶手椅上，身体前倾，手里握着一支笔。他的脸沉浸在着了迷般的全神贯注中。或许，他是在写作，我心想。我要走进门去，他就会告诉我，从这次病情中恢复了，还带来一本伟大的小说，一系列的十四行诗，再加一首长诗。

“哦。过来看看这个。”

我站在他的身后看去。A4 纸上排着一列列歪歪斜斜的阿拉伯数字，类似这样：

017 212 2010	0175687278
017 222（淡淡地划去了）2100	0175867278
017 221 2100（淡淡地划去了）	0175687872
017－221 6102 （淡淡地划去了）	017 586 7872

左边的这些数字是企图写下我的电话号码，右边的是写下他自己的号码。其中一个错误的号码旁边用大写字母注明了：完全“可靠”。那时候我不知道母亲尽管非常不情愿，还是将家中的电话号码换了一个。金斯利整天往家里打电话。金斯利也整晚往家里打电话。

“让我们再来过一遍，”他说。

“等等。这样的。你不需要‘017’，爸爸。区域号我们都是一样的。都在同一处电话交换局。是这样的。”

我写下来：马特：221 6110。希拉里：586 7872。

“那完全可靠，爸爸。”

“让我们再来过一遍。”

我们又过了一遍，由他把号码写了出来。三十遍。四十遍。要求你来做这些马拉松式的重复的只有你的孩子和（原来还会有）你的父母。他停顿了一下，显然暂时满意了，又随意地问了一句，“我为什么会在

这儿?”我告诉了他。他什么都记不得了。之后，他坐了起来，热切地说道，

“让我们再来过一遍。”

是说那些数字。

“我们已经写下来了!”

我要离开的时候，他没有恳求我。我拥抱了他，他只是说，

“轻轻抱一个。”

我直起身来。他说，

“再轻轻抱一个。”

我又拥抱了他一下。

女人的胸

母亲告诉我，最可能的是阿耳茨海默病。“他这个样子可能要持续好几年。”如果你是英格兰人，碰到这样的事，你怎么办?不是流泪绞手。你耸耸肩，“干”笑一下。《斯丹利和女人》中的结尾处克里夫怎么做，你也会怎么做：

> (他)的下巴稍稍抬了一抬，这动作是伦敦南区人用来说“早跟你说了”或是“又来了”或是“你咋就不知道呢”。别处的人也这么做。可能全世界的人都这么做。

“《斯丹利和女人》这书你无疑是又开拓新领域了，”1984年的某一天，我对他说。

他很警觉。他知道我有理由(在他看来，是赶潮流和易于流血的心这两条)质疑这本书中的观点。我们被告知，文学不能证实任何事。但《斯丹利和女人》一书证实了某件事。不过，我不会和他再来过一遍。

“你什么意思?”

“书中有个大胸的女人没有同情心。”

“谁?”

“前妻。诺埃尔。对你来说，这是第一次。”

“瞎扯。”

他很快想了想。能够说出一两个具有同情心的小胸女人，但要说出没有同情心的大胸女人，还真费劲。

“你写的那些东西中，女人的胸都太空泛了，”我说，“《露水情》中，那一句怎么说来着?①还记得安·琼斯吗?”

“安·琼斯?”

1969年，温布尔顿网球公开赛，安·琼斯大胜。按英国人的说法，她是个大个儿的女人。有人说比利·琼·金，决赛时候她的对手，故意利用这一点，直对着安的胸回球。

“她的身材棒极了，脸蛋有点蠢相。你经常把大拇指摁在电视屏幕上，遮住她的脸，为了看她的胸。”

“那又怎么着?”

“你有次告诉我，裸体女人最性感的部分是她的脸蛋。我也记得另一次对话。简也在。我说，‘你完全是个爱胸的男人? 你难道不喜欢其它的部位吗? 你不喜欢腿吗?’你说，‘好吧，我喜欢知道胸和腿都在那儿，一样都不缺。’”

“那又怎么着?”

“没怎么着，真的。不过，你或许考虑一下在第二版时，减小诺埃尔的胸部尺寸。另外提一句，玛丽莲·巴特勒给《伦敦书评》里写了老长一篇，说《斯丹利和女人》说到底是支持女性的。这太瞎扯了，是吧?”

“噢，完全瞎扯。”

---

① “为什么我如此喜欢女人的胸? 我为什么喜欢，这一点我很清楚，谢谢，但为什么如此的喜欢?”——原文注

金斯利的两条腿都还在。他的动物性部位也还在。对此他开始产生新的兴趣——对他这一状态中的人来说，这是症状性的行为。他握住了自己（但只是短短一会儿），就像是有很多兄弟姐妹的小孩看到了一只没人注意的玩具。菲利普有一块饼干。杰米有一只桃子。

在此，由不得让人想起一种可怕的对称。我想起了金斯利的父亲，和他对疯病和手淫的一些说法。还有医院的病房。血液的稀释。

《死魂灵》里是怎么说的？“老年，不可避免，无从逃避，非常可怕险恶，因为它从来不会回报什么，什么都不会奉还！”是的，一点不错。它嘲弄你，但从来不会回报什么。

难道老圆石不都是的吗？

9月24日，星期天。我进去时，他在床上转过身来，看着我。

“哦，*天哪*，”他充满感情地嚷道。

传记作者站在窗前，脸上挂着个无助的笑容。金斯利说，

“几点了？”

“六点，”我说。

“早上？”

“晚上六点。”

“晚上六点？但那人——传记作者——跟我说是*晚上*六点。”

“确实是晚上六点。”

所有这些金斯利无法再承受了。他快速转过身去，说不上怒气冲冲，但是果断的决然的。他快速转过身去，背离了世界。

六点，六点，六点。我得知，他星期五对菲利普说的，不是滚蛋。他说的原话是：“杀了我，你这混账的傻瓜！”他的房间在西向天际线的中等高度。一颗巨大的太阳正对着窗户。“我下了地狱，”金斯利这么说道。晚上六点，那间房间确实让你感觉快要燃烧起来了。

《我现在就要》。罗尼和西蒙娜私奔（这是在美国南部）到一个叫

“老圆石州立公园”的地方。罗尼睡着了。汽车的颠簸唤醒了他：

> “难道老圆石不都是吗？”罗尼摸索着找一根烟。“我是说，老圆石都是？啊呀，我是说，圆石都是老的啊？是什么让他们以这一块老圆石命名一个见鬼的公园，我可不明白？”

难道老圆石不都是的吗？或许这就是金斯利的状态：像是在一天中某个奇怪的时刻从一个悲剧性的小睡中醒过来。罗尼很快就会说圆石都是老的。可是，要是，要是就陷在“老圆石都是”中出不来了呢？

这是9月27日星期三笔记本上的一条记录：

> 金斯利显得烦躁。内心有些剧目上演，但他什么都不会跟你说，也不会对别人说。他说不出来。虽然他可能会写在纸上，如果他恢复的话。

这是勉为其难的妄想。他不会恢复了。词语和记忆都离开了他：就像是一排排的灯光和开关，叹息着关上了。

“我觉得有点儿……你知道。”

“什么，爸爸？”

“你知道。”

“焦虑？不安？”

“不完全是。就是有点儿……你知道的。”

我知道的？要说对词语的选择，父亲可不会让别人来做这事，特别是描述他自己的心理状态。可是，看他现在，信任地，而且平静地，微笑着，找不到词语。在我现在看来，这是金斯利的另一世界，一个金斯利的反面，从这一刻开始受限于一个啰嗦重复、平庸陈腐的领域。他的大脑这下子在做的是写作的对立面[①]……他的双手今天一刻不停地在动，两手挥动着，绞在一起，又挥了起来。我是不是该借用他对批评家兼作家约翰·伯杰的描写来让他高兴一下呢？[②]

“我这两只手这样子。不是什么凶险的。”

这一形容词（“那是个补语吗，爸爸？”有一次我问他。“是的，但这首先是个形容词，”他说，瞬间被有人跟他挑战学问惹恼了。）用得近日鲜有的成功，且不费什么思量，我相当佩服。

“这样子我就知道它们在哪儿了，”他说。

“让它们有个地方可以呆呆。”

“就是，一点没错。”

接着，我提了我计划想跟他说的事。我说，

“你还记得你写的那本书《结局》吗？他们把它搬上了电视，出演的有约翰·米尔斯、迈克尔·霍登、温蒂·希勒，还有乔姬·韦瑟斯。记得吗？你书中有个人物，一个可爱的老男孩，叫乔治·泽耶尔。他有称名失语症。他记不得普通名词，他记不得普通物体的名称。在书中，你写到这让他有机会以三种不同的方式变得非常的乏味又非常的有趣。在第一阶段，他乏味极了因为他只是磕磕巴巴地边说边瞎编。比如：‘这家伙有样东西，可以坐在里面四处开。这东西有，你知道，会转圈的。’[③]

---

① 乔伊斯在《尤利西斯》中的出租汽车司机值班处是这么做的，出于既定的目的。——原文注

② 金斯利有次在饭店里见到伯杰的双手夸张地大挥大舞着。伯杰代表了许多他憎恨的东西。父亲说他以为马上就要打架了，但伯杰做的不过是在确认他的预订。金斯利说，他的两手像是激战中的两架战机。——原文注

③ 老家伙们分享着他们对一位新出现的非洲独裁者的印象。乔治说，“嗯，好吧，一开始他必须得有一个，一个东西，呃，可以坐在里面四处开，这东西有，呃，它们会转圈的。非常昂贵的，这是一定的……很可能用金子做的，外面涂了金。就像另一个家伙一样。一个吧台——不是，很可能也是金子做的，呃，睡在上面……用一个金——吃饭，你知道。不消说，还有个私人的，呃，他什么时候想要去某个特别的地方，就可以用上的那个……机器。不对。得有个人替他来开。一个飞碟。不对，但你知道我想说的是什么。”——原文注

在第二阶段，他乏味极了因为他想要用练习过的公式和释义来解决难题。比如说：‘他们拿那个拧东西的和用于炉火的铁器来打他。’① 在第三阶段，他乏味极了，因为他被治愈了！他完完全全地恢复了正常。他总是情不自禁地展示他对普通名词的掌握。比如说：‘桌子、桌布、椅子、玻璃杯、玻璃瓶、勺子。’② 爸，所有这些都在你写的书里。

他带着高兴的钦慕的眼光打量着我。

“你还记得吗?”

“不记得了，”他说。

停顿了一下后，我又继续探测了一会儿。他的失忆原来是有奇特的选择性。他记得同伊莎贝尔和我一起吃的第一顿午饭（“非常清晰”），但记不得更近的第二顿……离开时，我想都没想引用了彼得·塞勒斯老唱片里的一句话（是我们家常说的），他跟着重复了。或许，他正经历着听到熟悉的句子的简简单单的愉悦感；不过我在他脸上看到了过去一个月没看到的：有意愿、有准备、有能力去大笑。为什么从他身上夺走了那个？为什么从他身上夺走了那个，还夺走了词语？

回到公寓，我又翻阅了一遍《结局》。我不时地擦擦眼睛，因为大笑，也因为大笑之对立面。再提一下乔治·泽耶尔。他完全康复了（这是在他反反复复没完没了地细说物体之前）：

---

① “今天早上，我在看一本书，某个家伙写了……年纪轻轻的四只蠢猪为了抢劫强行闯入一个地方，但放钱的地方几乎什么钱都没有……于是他们拿紧东西的和用于炉火的铁器打他等等，拿走了他身上带着的钱，还有那个用来看时间的东西，甚至还有那个抽一口的东西。对付这样的人，你能怎么办呢?”（“我想你得赶紧送他们去医院，”阿黛拉——他这位圣人般高尚但永远迷迷糊糊的对话者——回答道。）——原文注

② “‘我还没碰到一样我叫不出名字来的东西……门、门把手、门铰链、门楣、门框、门镶板、窗、窗框、窗钩、窗格、窗扇、窗绳、窗玻璃、梳妆台……抽屉、把手、镜子、衣服刷、发刷、头梳、睡袍、睡袍系带、口袋、桌子、灯、灯泡、开关、电线、插头、插座……’慢慢地持续不断地说得越来越响，听起来非常有趣，令人赞叹，半年不遇，梅因沃林医生终于让他歇了声。”——原文注

“我刚跟伯纳德说，幽默感太重要了，赛过珍珠、红宝石、任何数量的汽车或是豪华游艇或是私人飞机或是贵族城堡……我是说，假如你用母贝镶嵌的刀叉、银质的盘子吃饭，从雕花玻璃的酒杯里喝酒……”乔治继续又列举了富裕的各种具体迹象，接着又提出，所有这些对没有幽默感的人来说又有多少真正的价值。

我眼下（不过当时没有）想到了《斯丹利和女人》斯丹利和精神病医生精彩的一段话：

“当（疯人）对其余人不觉得好笑的事大笑时，比如在父母一方的去世时大笑，那不是他们深刻敏锐……他们在大笑是因为疯了，精神错乱得无法辨别什么是好笑的。头脑清醒的好处或许没有很多，但其中一样是知道什么是好笑的。而那是问题的一个结局。”

金斯利没有对不好笑的事大笑。值得庆幸。他根本就不大笑了。因为他精神不再健全了？还是因为他在一个没有什么好笑的事值得一笑的世界里？而那则是问题的另一个结局。

临终遗言这一话题

10月3日星期二。“马丁，”母亲在电话上叫我。

用全名让我作好了准备，无需再多说什么，也已经告诉了我所需要知道的一切。

某个星期天，儿子们边吃着红咖喱鸡（“本周最佳菜”）边在看一个卡通片或是投资亿万的血淋淋的大片，希拉里在厨房里进进出出……这一定是在1992年。我在写拉金《书信集》及其生平的评论文章，我说，

“我猜想你的书信集会更过分的。从政治正确的观点来看。会有更多闹哄哄的争论。”

“可是有这些事时，我不在了。”

“有这些事时，我会在的。”

“是的，你会在的，对付这些事。”

又一个星期天，可能就是下一个周日，我们讨论了拉金临终说的话。我引用道：

“我要去那躲不过的地方了。”

“不坏，”金斯利说。

不坏：用了标准的扬扬格音步。很难说他对“临终遗言”这类事持怀疑态度还是就拉金对此事的贡献有怀疑。但我感觉到他话中的赞同之意——对这一句临终遗言的赞同，其特殊的含义。死亡是躲不过的，因为他，拉金，从来没法在他的念头中避开死亡。根本躲不开，金斯利也一样地躲不开。

“你有没有准备了什么呢？有没有做些功课呢？”

这个问题我问得很小心，但他的回答显得能够接纳这个问题，而且有些兴趣。

“这下你提到了，是的，我有点准备。”

“我想你是不会告诉我具体是什么的。”

“不说。”

把临终遗言汇总起来当集子来看，这些话都挺凄凉的，让你琢磨所有这些操劳操心都是为了什么：我是说，为着死操劳操心，为着生操劳操心。总体看来，临终遗言里多的是粗心疏忽、前言不搭后语的说法、“万一有上帝”式的虔诚，还有自负的自我夸张。亨利·詹姆斯属于最后一类：他高调的“这下终于到来了，这万众瞩目的玩意儿”，很有分量又引人共鸣，但过于雕琢了。布莱克既悲且喜（妻子问他，他唱的是谁的歌，他说：“我的爱人啊，不是我的歌，不是的，这不是我的歌”）。简·奥斯汀的，言简意赅（被问道她需要什么，她说：“除了死亡，什么都不需要”）。拜伦的，顽强不屈（“现在我想要睡了。我该乞求怜悯吗？得了，得了，不能软弱。让我到最后一刻都是铮铮汉子”）。马克思的，和平素出言一样，切中肯綮：“去吧，滚出去！临终遗言只归那些还没说够的蠢人”……D. H. 劳伦斯像不少没什么道行的巫医，相信或至少是宣布自己突然正在痊愈的过程中：“我现在感觉好多了，”他说。

“你那小子霍普金斯①有个挺不错的。”

父亲很不喜欢霍普金斯，从报纸上抬起头来。

“喏，‘我太高兴了，太高兴了！’”

金斯利慢慢地点了点头，轻蔑地笑了一下。

“临终遗言还有一点，”我说，“是还能不能说出来的问题。”

“没错。还有这问题。”

那天早些时候，劳伦斯有幻觉，他正离开自己的躯体。他对玛利亚·赫胥黎说：“看看那躺在床上的他！”再早些时候，他对弗里达说：“不要哭。”眼下看来，这是很不错的临终遗言。我推荐这两句话用于一般的用途——如果届时你还能说得出来。

拒绝任何安慰最猛烈的是卡夫卡。他要求销毁所有的文档，说，“我曾经是作家这事，再无证据可查。”因为你是位作家，你的书——所有的书——便是你的临终遗言。

“马丁。”

“嗯，妈妈。”

词语离开了金斯利，它们逃离了他。但他也会有他的临终遗言。

“你父亲很快就要走了。”

那种感觉又出现了：什么事即将发生时的悬而未决。

闭上那只调皮的眼睛

10月7日，星期六。

在这个日期下，我的笔记本上出现如下一段：

---

① 指杰拉尔德·曼利·霍普金斯（Gerard Manlely Hopkins，1844—1889），英国诗人。

五十五钟内，我以6比1、6比0战胜了扎克，所以我的精力没什么问题。我是说我的精神注意力。

我连打了五局是哪一天——单只是为了停止思考？

那天晚上我问母亲，那声音让我吃了一惊，在我内心听来明显像个孩子（迷惑的，纳闷的），“他这走向死亡出于什么原因呢，妈妈？”

“喝酒，”她说。

我们坐着喝酒，当然是在杰里米·边沁酒吧……杰里米·边沁，和金斯利·艾米斯一样，喜欢支持不受欢迎的观点，上了瘾。他捍卫高利贷，反对法国革命和《人权宣言》（“踩着高跷瞎扯”）。在他的伦理系统里——宣扬“以最多人获得最大的快乐”，痛苦和愉悦以四个标准来衡量：强度、长度、确定性和邻近性。我们坐在杰里米·边沁酒吧的那个晚上，四个标准都覆盖到了。

一两天之前，母亲说过需要开个“棘手的会”——有关护士和临终关怀医院——原本要考虑的是所需的时长，这下考虑的是所需的必然。不单是喝酒，还有脑血管的问题需要考虑。那天，我去看他的时候，他摆着“思想者”的姿势，坐着睡着了（我不怀好意地松了口气），但嘴巴挂着一副苦相。一个波斯人模样的漂亮中年妇女在给他的房间吸尘。她在他的座椅下使劲吸着，好像坐在椅子上的不单不是一个人，还只是种无机物：一只冰箱，或是一架老旧的X光机。这是在私人医护部。我们仍旧可以享受商务舱的好处。

有一段日子了，我脑子里一直默默想着的事促使我向某样东西妥协：我作为英格兰人的特性，我们作为英格兰人的特性。在我和伊莎贝尔许多谈话中，这一点让我感受尤其明显。她的直觉是去探索一下——如果有必要就穷尽——所有医学治疗的可能性，这之后再作进一步的思考。我想象着自己——或者说我没法想象自己——推着金斯利上一架飞机，去苏黎世或多伦多见一位顶级的医生。我想象自己——或者说我没法想象自己——让金斯利尝试某种新颖的食疗，主要材料是钡剂和印度香米。伊莎贝尔来自的地方，人们对死亡做的第一件事是把一辈子的积蓄都扔给它。再不济她也要听听第二个医生的建议，而我连第一个医生的建议都不想听。我得努力地把电话凑在耳朵旁，听负责金斯利的医生——姓克罗克（不，这不是金斯利会喜欢的讽刺）[①] ——满是职业同情心，呱呱地说着脑损伤、无法自主控制的动作还有大小便失禁都开始造访“您可怜的老父”。我和伊莎贝尔讨论时，面前挡着一张英格兰人特性的帘子，老派的英格兰人。多么的明显切实，多么的普通寻常。在英格兰，看到死亡来临时，就问一下有没有排错了队。

“他以前总说，”母亲在杰里米·边沁酒吧又重新强调了一遍，“我要是有什么不好，成了某种状态，我可不想被人弄来弄去的。你听明白吗?”

金斯利接下来说的话是：“哪种棺材最便宜，就买哪一种，什么都别说埋了就是。”

我们走回医院。病人正烦躁不安，他作出姿势，不出声地抗议。母亲用 4711 古龙水在他脸上点了点。一边说道，

“亲爱的，现在可以睡了。所有该做的你都已经做了。”

你能够感觉到他的焦虑在这信任的仪式中平息下去了。他的左眼还睁着。

“闭上那只调皮的眼睛。所有该做的你都已经做了。工作你都已经完成了。”

第二天，金斯利的病房又成了个弧光照射的炼炉。我的继父艾利斯泰尔耐心地帮金斯利做他力不从心的事，放好晃荡着液体的瓶子连着的管子。他也是本着帮金斯利的想法出发，实际上是在问他，想死在哪儿。

“你觉得回家怎么样啊？……坏主意？……好主意?”

---

① 与克罗克（Croker）同音的“croak”有“（青蛙似的）呱呱叫”和“死”两层意思。

艾利斯泰尔有位先祖，威廉·博伊德，第四代基尔马诺克伯爵——他有些不错的临终遗言。遗言本身没什么大不了的，但所处的情势赋予这些话一定的高度。他提出，在最后的祈祷之后就会放下手里握着的手绢。他说，“两分钟之后，我就给出信号。”威廉·博伊德是位知名的詹姆士二世党人。1746年，在伦敦塔山被砍头处决。

“回家怎么样啊？……好主意？”

爸爸的手握东西有困难，握不牢，又松不开。他的脸还是他的脸，但是他的手已经认不出来了：是有马凡氏综合征患者的手。

“你可以回家去的……坏主意？……好主意？”

“不是很想，”他最后决定道。

“初六月熬我试了涂油礼”

这一天早些时候，我都在念书给他听。我提议读切斯特顿——《诺丁山的拿破仑》或是《名叫星期四的人》。我提议念安东尼·鲍威尔。我提议念乔治·麦克唐纳·弗雷泽（弗拉士曼系列小说）[①]，金斯利突然点了点头。

《弗拉士曼之自由篇》[②] 开篇时，我们的英雄正在考虑一个新的职业：从政。在威尔特郡的一次家庭聚会上，他的岳父把他介绍给一群保守党大佬，其中有一位小说家：“那个小个子的趾高气扬的犹太人迪斯雷利”。我念了下去：

> “上议院里你们这帮人可不济事，是吧？”我说道，他对着我垂下眼皮，带着他那种聪明的虚假表情。“你知道，《犹太法案》被拒

① 弗拉士曼系列据称是哈利·弗拉士曼的回忆录。弗拉士曼是《汤姆·布朗求学时代》中那个臭名昭著的小霸王。他是个出色的无赖和懦夫，后来参加英国军队，赢得名声，成了女王陛下的敌人的好朋友。——原文注

②《弗拉士曼之自由篇》为弗拉士曼系列小说第三部。弗拉士曼的姓由“flash”（闪亮）和“man”（人）构成。原文书名为 *Flash for Freedom*（为自由闪亮）。

了。白教堂的风箱[1]要修了，果真？哪儿都是糟心事啊，”我说了下去，“那个在赛马大会上跑了第二名的夏洛克也出了点什么事。我为他下了二十镑呢。”

我听到洛克嘟哝着说“老天啊”，不过朋友科德林斯比[2]只是头往后一靠，沉思着看着我。“没错呢，”他说，“诸事纷纭啊。你是想从政了吗，弗拉士曼先生？”

“那是我朝思暮想的，”我说道。

我充满期待地抬起头（健忘了）。父亲努力而徒劳地想集中注意力，紧紧地盯着我，当然，没有感到幽默……在他的文集中，大概差不多有六七处描写成年男人努力想要读点书：喝得醉醺醺地想读书。一般情况下，他们的第一反应是归罪于书。这里是《结局》里的“矮子”：

矮子努力地想看一本简装版的书。在他看来，这本书讲的是一些人在战争期间执行一项任务，要把什么东西去炸了。他的头脑在这一天的这个时候算是处于平时的状态，这让故事带上了一层厚厚的神秘的迷雾。不断有新的角色冒出来。说得更准确一点，他发现自己连着好几页追随这些人的行踪，却没有注意到他们什么时候出场。说得再准确一点，回头再看看头几章，这些角色原来一开始就在的。行文风格很折磨人，晦涩难懂，老掉书袋，还满是稀奇古怪的诗意抒情……他不时会看到一些细节，几乎要让他认定自己以前看过这本书了，可能还不止一次。

金斯利以前看过《弗拉士曼之自由篇》：还不止一次。而现在，听起

① 白教堂地区位于伦敦东区，靠近船坞，是移民和工人阶级的主要集聚地。十九世纪和二十世纪初，也是伦敦犹太人社区的中心。
② 迪斯雷利的小说《科宁斯比》于1844年出版。——原文注

来就像是《芬尼根守灵夜》。

我继续念了下去。干嘛不继续念呢？我们呆在这儿，就给金斯利一点慰安，但只有一位访客会给他带来愉悦：杰米。他喜欢杰米，杰米让他非常高兴——因为他的身上还带着新鲜的晨露，他的身上还带着青春的魅力。杰米以康拉德所称道的力量，带来他的青春（青春，那“所向披靡的力量”）。我已经没有青春可以给父亲了。这一年结束了我的青春。真抱歉，爸爸：我没有剩下的了……有时候我想象死者可以观望他们的孩子。这会是他们的特权之一。可是，到了某个点，死者真的不想再看下去了，一定会这样。威廉·艾米斯，连罗莎·艾米斯也一样：现在他们不会还在观望了。

这儿跳过一页那儿跳过一页，我继续念了下去。在保守党的家庭聚会上，弗拉士曼酒醉杀了一个客人，被岳父打发去海上。我刚念到弗拉士曼意识到“贝列尔学院”不是一艘商船，而是做奴隶贩卖的。他吃惊极了（不过一点都没觉得愤慨），考虑了一下随之而来的危险。“可是这又有什么用呢，”我念道，

> “以那种方式来考虑我目前的困境？到最后，和往常一样，就这一念头首当其冲浮现在我的脑海中——弗拉士①，活下去，其它等等再说。不过，我决心同时要让我的怨恨继续暖乎乎的，不要冷却了。

突然，金斯利坐起身来，说了一串句子长度的词。我听不懂。

“说什么？”我问。

他又说了一遍。这下子他成了《芬尼根守灵夜》了。他的意思大抵是清楚的，但那也让人没法理解。和这本书的喜剧基调全然相反，金斯利让我知道他非常不喜欢弗拉士曼：他的自私，他的怨恨。

---

① 为弗拉士曼的昵称。

“抱歉，爸爸，我没听懂。”

父亲脸部的肌肉已不受控制。他装了个鬼脸，又说了一遍。他的言下之意是，我要不是失聪，要不就是太笨（或是酒灌得太多了）才听不懂他在说什么，至少这非常像他自己。

“对不起啊，”我说道。

“哎呀！”

让我给你看看他的句子听起来是什么样的。在《爱上像你这样的姑娘》中，帕特里克·斯坦迪什跌跌撞撞地走进一间伦敦的公寓，被介绍给两位女郎。他走近其中一位——琼：

> 这一路过去，他到了一块小地毯的边上，跨了过去，就像是跨过一只睡着的大丹犬……
>
> “哈啰，我西怕大力卡四单的士我们偷着这呢我吓你一点斯琼挡开躲藏没地方赫尔墨斯啄一下幽默话自己的，”他听到自己在说，“初六月熬我试了涂油礼这好又取别墅饿椅背了。”

“初六月熬我试了涂油礼”：度过初夏的好办法。给点时间、提示，再多想想，我能破译这句话：你好，我是帕特里克·斯丹迪什。我们都在这儿，我想你一定是琼。朱利安和我吃了中饭呢，之后又去别处喝一杯了。

可是，针对弗拉士曼的这番话，我一个音节都破译不出来。

不过主题还是非常相关的。虽然这时候他没有酒醉，但在过去他经常会醉。所以他现在思考像个醉鬼说话也像个醉鬼。他的词汇库存（他有多么出于本能地憎恨那些复合词啊，让他想起了在牛津骂骂咧咧地挨过的古英语课程——复合词，是唯一一点他难以接受的拉金风格）被粗略地翻检了一遍。

他睡着了。睡眠：死亡的兄弟。

“我以前是个重要人物呢，”他对杰米说，看起来挺开心的样子。我以前是个重要人物。“但这下不是了。”

论酒

“我时不时意识到自己作为这个时代最出名的嗜酒者之一的名声，要是还不算是最出名的酒鬼，”金斯利在他的《回忆录》中写道。

嗜酒。是的，他会这么说：以前是有这么回事。

——昨晚上我回到家醉得一塌糊涂，金斯利告诉我（我想，那是1985年的一天）。我没有现金坐出租车。我说，“你收不收支票？”司机说，“嗯，看来我只好收支票了，对吧？”他抱怨了几句。不是没道理。我费力地在他的汽车盖上写一张支票，感觉到他的眼睛盯着我。第三张写了一半时，他说：“你一看就是一个受过教育的人。你为什么要把自己弄到这个份上呢。”①

“好问题。”

“非常好的问题。”

非常好的问题。金斯利写过三本有关酒精的书，《论酒》，《你这一杯怎么样？》还有《天天饮酒》②。他的小说充满了酒精，甚至可说是浸

---

① “这个份上”原文为“this states”。
“States”是单数的。这儿有个“s”是为了语音效果。这位出租车司机过于想发出最后一个“t”。可能好多年以来，他都努力不要这么说：“stay”加上喉音加上中停。我们最初是在一个二十世纪七十年代的电视广告上注意到这个趋势的。那也是个给酒做的广告。背景是人头簇拥的节日盛会，一个亲切友好的家伙对着镜头说：“我太太和我喜欢晚上邀几个朋友过来。让你有机会把波特酒拿出来（outs）。”是金斯利马上注意到这个简单但不明显地表示发音的方法。我得到他的允许后，用在我的斯丹利身上——《成功》里的斯丹利·维尔。——原文注
此处是指具有阶层特征的英语发音。

② 原文书名为*Every Day Drinking*，马丁·艾米斯解释此处的连字号很有意味地不见了，因为没有连字号的“every day”的意思为“每天”，而加上连字号，则是“日常”。

透了酒精。[1] 酒精对金斯利有着多重的意味，其中包括忘怀的状态，此处的“忘怀”或许有两层意思，但中间有不少单纯的等次差别。他的钟情一部分是出于嗜好，特别是在莱蒙斯那些奢侈豪放的日子：加过热的葡萄酒杯、顺着勺子背面浇下的冷藏奶油、薄荷叶和青瓜汁、卷成条的橙皮、杯缘上的盐、榨汁器和滤汁器。这是我唯一见到他在厨房忙乎的时候。他宠爱他那一小桶麦芽的样子，给它养分，精心培植，严肃认真得带点孩子气。那样金斯利就能声称，这是为他在写的谈酒专栏做研究，当然，实际上是为了酒而去写的专栏。在酒上投入了那么多的时间，他写酒，是为了从中抢救点什么出来。

仪式性的步骤、各种口味、以及酒精最直接的效果，不仅仅是对这些真诚而谦卑的尊敬，在我父亲身上，还有一点强迫性——这一特征在他的三个孩子身上也有间歇性的出现。1954 年《幸运的吉姆》出版之前，他没有经济能力想喝多少就喝多少。之后，他喝的酒要比能负担得了的少，但要比他想喝的多——或者说，要比他想要自己喝的量多。“这东西我想要很多，我也需要很多，”彼得·波特有一次这么对我说，随后他就为他对酒精的依恋作了证明。这东西金斯利想要很多，也需要很多。酒精同贪婪、餍足相联，这一关联兆头不祥。西里尔·康诺利[2]写道，“每个胖子的身体里囚禁着一个瘦子，拼命地挥舞着想要被放出来。”金斯利在《一个英格兰胖子》里写的更加真实更加好笑：“每个胖子的外面，还有一个更胖的胖子想要把他逐渐围起来。”

---

① 我一直觉得艾伦·西利托的第一部小说《星期六晚上和星期天早上》应该叫做“星期六晚上和星期一早上”。这事关自我满足与工作的比照，而星期六晚上/星期天早上这一对比确实定了父亲很多事的节奏：自我满足与自我检查、自我谴责还有（经常性的）自我憎恨。——原文注

艾伦·西利托（Alan Sillitoe，1928—2010），英国作家，《星期六晚上和星期天早上》是西利托的第一部小说，讲述的是诺丁汉工人阶级的生活，被改编成电影和剧作。

② 西里尔·康诺利（Cyril Connolly，1903—1974），英国作家和评论家。

1994年春天的一个周四晚上，比阿吉饭店。我留意地看他走进来。他拖着沉重的步子，像是在找寻一张敌人的脸似的把饭店扫视了一圈。我站了起来。我们拥抱亲吻了对方。我帮他在椅子上坐下，说，

“中饭吃了很多?”

“嗯。问题是……问题是，等你到了我这个年龄，中饭才是正餐。”①

“你是说中饭是你付的帐。还有其它的等等。”

“是啊。”

他要了金巴利酒和苏打水：这是他开始重振精神准备第二场的常用途径……在饭店里，父亲总是带着警惕的神色，像是预想会有人对他无礼，骗他，忽略他，或是虚情假意讨他欢心（是虚情假意，不是明晃晃的粗俗，后一点他通常都挺喜欢的)。② 即便是在比阿吉，这三十年不时上这儿来，金斯利都一直带着警觉。有一桩事是肯定会把他惹恼的，侍者不招自来（他觉得他们总是算准了时间，毁了他要讲的趣事)。拿着胡椒研磨器的侍者特别招他的蔑视。

“先生，来点胡椒吗?”

“……呃，我还不知道呢，对吧？因为我都还没尝过呢。”

轮到问我时，我接受了还没尝过的头盘上厚厚的一层胡椒。金斯利紧紧地盯着我看。我说，

“如果你喜欢这个菜，放不放都会喜欢。和盐不一样。那就是为什么他们不会拿着个盐瓶四下问的。”

这一说让他似乎觉得大受启发。不过他随即闭上了眼睛，他的头侧

---

① 另见《老魔怪》：“对退休的人来说，这确实是个问题呢，我很明白的。突然间，晚上是在早餐后开始的。所有那些没有什么能让人保持清醒的时光。或者说，在那些时光里，没有什么能让人自自然然地保持清醒的……”——原文注

② 食物也得实实在在地为顾客量身定制。以下摘引自一篇书评，评的是一本有关英国饮食习惯的书：“‘一顿港餐……明明白白地在说顾客是第二位的。’我知道那一类的餐饮，明明白白说的是，去你妈的，你又没跑到香港去吃港餐。索霍已经够远了。”——原文注
索霍区有唐人街，多见华人餐馆。

到了一边：旁边有个婴儿在哭闹。

“以前，”他说，“她得带它离开这儿去处理好。以前，要是被带出来，就算是它们大大的福气。”

“哦，这样，显然是大有进步。”

“算是变化吧，”他说，这下抬起了下巴。

反婴儿的俏皮话，不论是他的、拉金的，还是其他谁的，我从来没能理解过。至少我不能对这种情绪负责，因为在我和我哥哥出生之前它就存在了。他在给拉金的信中写道：“婴儿啼哭时，让我最感到愤怒的是这种一股脑儿的强度，甚至比它们小动物般只顾着自己的利益还让我愤怒。它们像是在担心，要是略过一两秒钟不哭嚷，就会少了一滴奶吃。”那是1948年复活节过后的星期一——那时父亲二十五岁。对这类话，只要简单回答：听听那个五十步的，在笑百步呢。或者说：乌龟笑老鳖没尾巴。因为金斯利自己也曾是个婴儿。（母亲认为）七十年之后，他现在的行为有时候跟婴儿也没什么两样。

婴儿继续哭着，金斯利继续夸张地像是长期受了大罪。我不想挑衅他（我是等一下再挑衅他）但我也不想顺着他的想法。我说，

“那种话书里说说挺有趣的，否则，根本提也不要提啊。你那首疯癫癫的诗是怎么写的？‘女人、半男不女的还有小婴儿/什么事儿出了错就哭嘤嘤。’”

“女人、半男不女的还有小婴儿……”

“你什么时候出场呢？好男人什么时候出场呢？‘不过另外类型的男人……’”

“寻常的那类男人/把世界维系在一起/能够面对他们的前方/不管风雨雪霜。”①

① 这首诗是他的最后一首诗，从未发表过。第三节也是最后一节，在我听来非常荒唐：“带着懊恼的苦笑和诅咒/他们继续推着世界前行；/可是女人、半男不女的还有小婴儿/什么事儿出了错就哭嘤嘤。”——原文注

“就像你这样。像你这样的寡言少语的英雄。”

我模仿他——抿起嘴巴，看起来寡言少语的很有英雄气概的金斯利。他很喜欢被他的儿子们模仿，几乎总是让他们再来一遍（“再来一个。刚才那个再来一个”）。他没说再来一遍——再说这时侍者又来了，展示葡萄酒，让父亲一阵子大发作，龇牙咧嘴的长吁短叹，满脸怒容。那天晚上，我在考虑，依照他个人的醉酒尺度，把他放在哪个刻度上。7.5？还是8？因为我想要重提一个和他争论过的政治话题。是从前一个礼拜开始争的，我想要估测他的容忍程度。金斯利从来都不是有双重人格的酒徒，不过酒精，按他的说法，能造成某些死胡同和禁地——一些不可争辩的区域。

我想知道纠正他对纳尔逊·曼德拉认识上的错误，不知他会怎么反应。

·

“Symposium”（讨论会；专题论文集；酒宴）这个词离它的古代用法，偏移了不少距离，或是说，跌跌撞撞地走了不少距离。1978年，F. R. 利维斯去世的时候，我汇集了不同人的文章，对他的职业生涯作了评估，发表在《新政治家周刊》，称之为“F. R. Leavis: A Symposium”（《F. R. 利维斯：专题论文集》）。其中的文章都是由头脑清醒的人士在几个月里分别写就的，这个专刊书名对词源是莫大的侮辱。因为“symposium”的意思是，或者说曾经的意思是，“酒宴”，“酒宴上的讨论”：源自前缀“syn”（一起）+“potes”（酒徒）。

而这是金斯利最喜欢的事。呃，在他最有男性魅力的鼎盛期，他最喜欢的事或许是出轨搞奸情。[①] 不过，酒宴是远为更持久更明确的欢乐——是永远不变的五月。想到有“那件事”，他的两只手就会搓得如此起劲，简直让人以为要擦出火花来了。争辩、轶事（不是流言）、模仿、选段、引文、背诵……背诵诗歌。我们俩晚上聊到深夜的时候，我

---

① 父亲有一次带母亲去他已婚的情妇家中吃饭。另一个女人的丈夫也在场，他的妻子陪他一起来的。那天晚上，金斯利同她订了个约会。——原文注

有时候会想，“天哪。所有的英国诗歌，他都知道。”这里十行，那里二十行，莎士比亚、弥尔顿、马韦尔、罗彻斯特[1]、蒲柏、格雷、济慈、华兹华斯、拜伦、丁尼生、克里斯蒂娜·罗塞蒂、豪斯曼、欧文、吉普林、奥登、格雷夫斯，不用说还有拉金。从某种意义上来说，醉酒是写诗的对立面（醉酒是无厘头的诗），但从另一头来看，两者之间有明显的关联。

我以前认为金斯利对拉金的诗集《高窗》（1974年）的评论稍稍有点过于动情，可能是随心而写了事，也可能是有点平庸的感伤。评论是这么开头的：“当别的人都上床去睡了，拿什么来配这一日最后的一杯威士忌，有多少诗人能赢了柴可夫斯基的降B小调?”他接着列了几个名字，但并不是所有上面提到的诗人（插入了贝杰曼、写了《贺雷修斯》麦考利男爵[2]、还有早期的R. S. 托马斯）。他接下去又写道，“他们共有的特质是直接、浓厚、有劲，此中况味可同威士忌之烈媲美。”以前我反对这一无礼的说法，部分原因是《高窗》显然是拉金最伟大的作品，也有部分原因是《高窗》显然是他最后的作品。但现在我认同这种说法。要是提到的酒是杜松子酒，拉金自己很可能也一样会认同的。十年之后有一天，在组合家庭新建的头几个月，金斯利告诉我，

“前几天，我同拜伦有一次挺奇怪的经历。切尔西的宴会开始前，还有一个小时，我走进一家酒吧，开始读《唐璜》。过了半个小时，我难以相信这首长诗居然是如此的精彩绝伦。我知道之前也喜欢《唐璜》，但这次，啊，完全是另一个档次的东西。等我要离开的时候，四下在酒吧看看，想说，‘这儿有没有谁知道《唐璜》有多么的出色?’”

“这么说，你真的改变看法了，”我狐疑地说道。

---

① 可能指约翰·维尔莫特，第二代罗彻斯特伯爵（John Wilmot，1647—1680），英国诗人。

② 麦考利男爵，托马斯·巴宾顿·麦考利（Thomas Babington Macaulay，1800—1859），英国诗人、历史学家。《贺雷修斯》描述遏止入侵罗马敌军的古罗马英雄贺雷修斯。

“不是的，我醉了，”他说，“这是这一天的头几杯。当时的情况是，我将醉未醉。”

“不过《唐璜》也是挺有效果的。”

“哦，那是。”

将醉未醉：一向追求的无疑就是那种状态。醉了有其意义，但将醉未醉是最好的一刻。那一刻金斯利尖锐深刻地写过多次：将醉未醉突然间成了全醉，而他当之无愧能摘取宿醉的桂冠。不过，承认他所求的便是那将醉未醉，做不到的话则是全醉，这之中他从来没有任何软弱没担当。这些句子出自《我喜欢在这儿》（“特性”［property］精确得很，值得称赞）：

> （鲍恩）对芭芭拉（他的妻子）又加了一句，和杜松子酒、勃艮第红酒相比，啤酒便宜，而特性一样，都会让他烂醉的。最后这一点没有得到多少赞同。他自己思忖着，要是他进入酿酒业，广告海报上最上面一排是“鲍恩啤酒”，这排字下面海报的中间部分是（他岳母）喝多了“鲍恩啤酒”醉得东倒西歪的照片，底部用粗体或是显眼的字母，写上“让你烂醉”。

为什么是那时呢？为什么他想要放纵了自己，把自己弄到那个地步？作家的生活充满了焦虑和雄心——而此处的雄心，不是很容易与焦虑区分开来——那是对尽力施展才华的一种渴望。因为，如果能做得到，我们当中有些人会想要从中脱离出来，休整一下。在《回忆录》的序言中，金斯利提到：“有关我自己，我已经写了二十来本书了，大多数叫做小说”。这些小说“确确凿凿不是自传，但同时不可避免的是，每个词都在说我是怎么样的人。‘酒后吐真言——这话对不对我不知道，’安东尼·鲍威尔有一次跟我说，‘但文字透真言——这是肯定的。’”这又是一层联系。酒和文字相似，意识退后，无意识向前。这两者都需要换一换场景。只是有常见的麻烦：与年龄相关，而且只是在垂暮之年出现。

金斯利要的鱼饼上了。每个星期四，他都会吃鱼饼。找到什么喜欢的食物（或者是吃起来不怎么麻烦的东西），他总是会一直吃同样的。在印度餐馆，是咖喱羊肉。一直都是咖喱羊肉。“咖喱羊肉再坏也坏不到哪儿去，”他总是例行说上这句话。这下我说：

“鱼饼再坏也坏不到哪儿去。”

“正是——”

可是，就在这一刻鱼饼对金斯利使坏了。他把手伸进嘴巴，把一部分下牙牙托取了出来。这个玩意会在余下的晚上放在他的酒杯旁，谁都看得见，忠诚地提醒我很快会发生在我身上的事。等我的小说写完，我必须得飞去美国，把自己交给迈克·萨巴图拉的双手。下个星期反正也得飞去美国了：在布鲁诺·丰塞卡过世前，见他一面……侍者过来了，我能感觉到他在看那个牙托。有一瞬间，我担心他会把它错当成一片掉下来的熏火腿，迅速把它从桌上扫下去。不过，金斯利因疼痛愤怒地扭动着，足以把侍者吓得不敢近前。他退走了。我开始斟字酌句地说道：

“上个星期，我问你是不是为南非发生的事而激动，你看着我好像我脑筋搭错了。你说，曼德拉是个恐怖分子，杀了妇女孩童，并供认不讳。”

“是啊，没错。”

“嗯，你……错了。在南非白人极端分子中，要找到一个同意你观点的都会有困难。你要去这个叫‘抽黑鬼’的酒吧，凭你的这些观点，也会被赶出去的。和你同样感受的是那几个叫做‘维尔尼希特’[①] 的百岁老人。”

接着我长篇大论地给他讲了一番。

我还年轻的时候，父亲给过我一条建议，关于中饭喝酒以及给晚饭

① 可能是艾米斯的自造，由德语词“四”（vier）和“不”（nicht）构成，意思是极少。

喝酒带来的影响。把你中饭时候喝的（他说），加倍，想象自己在晚上5：55的时候一饮而尽。我记起这条规则是在一小时后，金斯利喝光了他的那杯格拉帕酒，晃悠悠地站了起来。对我为曼德拉的辩护，他基本上接受得还不错，只是在椅子上扭来扭去，说“你不懂，你不懂，你不懂”。到了最后，他把耳朵捂了起来，盯着眼前的盘子，这是前所未有的。我不吭声了。他停顿了一下，说，

“我们换个话题吧。”

“好吧。就提一点。我去美国的时候，你再找点给曼德拉添脏污的新东西。因为旧的那些太糟了。我们换个话题吧。再回到女人、同性恋和孩子这一话题吧。”

“同意。就提一点。你是时代风潮中的一片叶子。”

有烈酒的保障，晚餐一如往常友好地结束了。可是金斯利的脸从餐桌上离开后，流露出真真切切的惊恐。我看到的是酒精的力道迅速提升，让人一败涂地。我向他伸出手去。

在埃奇韦尔路中央的交通岛上（那条一向声名狼藉的主要街道，从象征着金钱财富的大理石拱门往西北延伸，经过高架路下的酒吧、卖酒的小店、游戏机房，经过小威尼斯，直到消失在迈达谷——三十年前，我们和菲利普、简一起住在那儿的一幢房子里），金斯利跌倒了。这不是被绊了一下或是一脚落空。这是一桩大型的操作行动。先是来了点类似缓慢漏气的迹象，让我马上开始担心金斯利一旦完全放光了气，会倒在交通岛上，还伸展到了岛的两侧。那儿，汽车、卡车、扑哧扑哧的公交车，车来车往。下一步，我抓住了他想拉他起来，感觉他就像是一艘大船侧倒在一边：是会自己调整过来，还是沉到水下？之后给我的感觉是整体上散了开来，身体不再有基本的凝聚。我在他身上四下摸着，想找到将他架起来的地方，但他身上的每一处都在倒下去，沉陷着，寻找着最低点，就像是一场泥石流。

我终于把他弄回了家。他找到了点平衡，一点往上的力。我把肩支到他的腋窝下，慢慢地顶了起来。整件事没有一刻不带着百分之三的喜

剧性。即使他的脸在膝盖的高度，眼睛里全是恐惧，就像是陷在泥沼中渐渐消失的人，对发生在他身上的一切，他从来没有失去那一星点的既惊且乐——对自己的重量，对地心吸力的不知餍足，对滚滚的年轮。我可以这么对他说，爸爸，这样的屁事，你年纪太大当不起了。但犯得着说吗？你以为他会不知道吗？爸爸，你年纪太大当不起了——这样的玩耍，这样的跳跃。你年纪太大当不起了。

角落

星期四，10 月 12 日。金斯利被搬到了国王十字车站后的圣潘克勒斯医院：凤凰病房。我坐在他的床边，继续念着《弗拉士曼之自由篇》（我们现在快到了达荷美王国[1]的海岸）。我真的不知道爸爸从中听到了多少。他的头向后仰着（眼睛湿蒙蒙地睁了一会儿，然后又合上了）。但我挺高兴他没有被翻到一侧，背对着我。

传记作者后来写道（挺不可能的——我得查证一下）母亲原以为凤凰病房的状况会让我心惊胆寒的，以至于我会坚持让金斯利搬走。事实并非如此。凤凰病房并没有让我心惊胆寒。

这个病房是临终的病房。这个病房相当于囚犯称呼死囚牢房——“角落”。

好人埃里克·肖特是加里克俱乐部的，来探望他。传记作者是肖特的俱乐部朋友，已经到了。访客跟我说了一两句话后，俯在床前，非常亲切又相当正式地问道，

“你感觉如何，金斯利？”

父亲已经连着几天几乎没和我说上一个字了。所以，当他把脸朝向埃里克·肖特，清清楚楚地说话的时候，让我吃惊不小，也让我大笑了起来，

“真他妈的太糟了，伙计！”

---

① 非洲王国，存在于 1600 年至 1894 年之间，位于现在的贝宁。1894 年被法国人打败后，成为法国殖民地。

停顿了一下后，埃里克试探着提及自己再来看他，以及其他打算来访的人……

“我谁都不想见……谁都不想见，”父亲说道，还为了加强效果把身体侧到了一边。

埃里克准备离开的时候，四下看了看，摇了摇头，哆嗦了一下。这一哆嗦完全否定了他在考虑的事。

我谁都不想见。这话不可能全然是字面上的意思。他当然想见到他最忠诚的访客：萨丽。

埃里克离开了，忍受了所有这一切。

这是由伦敦人叫做“国民精灵”① 承付的死亡。从现在开始，再也没有那些在商务舱里搞来搞去的事了。送餐服务、漠然操着吸尘器的清洁女工都没有了。这儿是“角落”；这是公共交通：一个舱位。

男人们坐在床上挑剔地盯视着，像是小学教员或是古董车里愤愤不平的司机。女人们更多是聚在一起，有些一堆堆地围着小桌子坐着，有些在娱乐室里排在一起看电视。同个楼层上有个癌症患者，枯槁缩减到了两岁孩子的大小，在床垫上向枕头爬过去。

不过，这并不坏，我想死在这儿。普里切特有过一些说法，有关医院让肉身“感到重要”，因为大家把“疼痛之重”集聚在了一起。我非常喜欢疼痛之重。

不过，现在围绕我的也是让我深感敬佩的是爱之重。或者是超越职责的爱。这是这儿所有不同肤色的护士共有的：超越职责的爱。她们身上满溢着爱，所以只好来这儿，做这份工。②

---

① 指英国国家医疗服务体系（National Health Service），伦敦地方口音说起来类似“National Elf”（“国民精灵”）。

② 我核实了一下。母亲以为我会为金斯利的病情到了临终关怀这一刻而“心惊胆寒”的。“其实大学学院医院的私人医护这一块更让我心惊胆寒，”她写道（1999 年 11 月 16 日），“大学学院医院的护理人员没有看护、尊重和温和这些概念。所以我应该把心惊胆寒一词换做难过、失去父亲和意识到这一切的确是发生了。”——原文注

病房里像是有薄薄的一层细尘或是水汽，但所有的东西所有的人都干干净净的。金斯利非常干净，而且难以解释地又英俊帅气起来了。

这时他让我惊了一下。他从床上坐了起来，说了些听不懂的话。他重复了一遍，但还是不知所云。

他像是在说，“——博尔赫斯。”

就像是豪尔赫·路易斯·博尔赫斯中的“博尔赫斯”。我想他是想骂我。菲利普被骂过了；我在侵入他的视线时，也被骂过了。可以想象他也可能是在骂埃里克·肖特，或是病房小丑伯纳德。博格斯。巴斯特德。也可能是“伯纳德”……金斯利肯定不想说的是，博尔赫斯（作为阅读建议）。博尔赫斯是我崇拜的神之一，而他本能地对博尔赫斯持怀疑态度，不肯花时间去读，连一本书都没翻开过。

不过，这也没什么。妈妈只是求个准确：“工作你都已经完成了。”需要做的都已经做了。工作你都已经完成了。

他的不安持续了不到半分钟。随后他就侧到一边，背对着我。

神采奕奕①

“爸爸回来了。爸爸从医院回来了，”菲利普说，“神采奕奕的。”

这个和弗拉士曼毫无关系，反正一两天前就已经放弃读他了。其实是菲利普和我刚从金斯利住的医院回来。哥哥在跟我说一个梦。我说，

“神采奕奕地回来了？”

“他只是去医院戒瘾、减肥。但这下他回来了——神采奕奕的。”

神采奕奕的。我们大概十六七岁的时候，菲利普和我在诺丁山那个乱糟糟的应试填鸭学校时，共有一个八十岁的数学老师，叫闪闪亮·咔嚓嚓②。“咔嚓嚓”这部分很好解释：他总是在咬那口假牙。在《雷切尔

① 原文标题为“All Flash”，与艾米斯在读的《弗拉士曼之自由篇》的书名有同一词“Flash”。

② 原文为“Flash Crunch”。

文件》里，这个老家伙以格林丘奇先生的名字出现：书中提到他任由着那不受约束的牙托滑脱下来，挂到了下巴半途，又把它吸溜着收回了原处。“闪闪亮”那部分更难解释。任由谁可能都会想到“咔嚓嚓”这一绰号。可是，这么一个干瘪瘪、抖索索的遗老——有一次他居然没有注意到自己那辆莫里斯 1000 车的门框，把脑袋撞开了花——怎么会得了“闪闪亮”这么个称号？有两次他因为哥哥和我没有准时到校的事不地道地责难了我俩。这种责难出自于他，就是看起来挺奇怪的，与他不符。这就是绰号的由来。因此，从此以后：“我有额外的家庭作业。”“谁给的？”“闪闪亮·咔嚓嚓。”或是：“我上课要迟到了。”“谁的课？”“闪闪亮·咔嚓嚓。”

“他的头发闪闪亮，很有光泽，”菲利普说，继续描绘着他梦见的金斯利回家。“他有一辆车。和简又复合了。神采奕奕的。”

在摄政公园路，我们下了一辆出租车，摁了前门的门铃。艾利斯泰尔让我们进了门。母亲站在楼梯上。

“他要回家来了，妈妈，”我们对她说。

她小心地盯着楼梯栏杆外。

“他看起来棒极了。他穿着那件金色的大衣。”

母亲继续盯着看。真真假假，她都不确定。

“他还开着自己的车。”

“神采奕奕的。”

这样喜剧性的舒缓是最小的一部分。我这一刻面对的是笔记本里记录的一些网球场上的战绩，令人尴尬。

以 6－2、6－2 战胜扎克。以 6－2、2－6、6－4 战胜精力充沛的戴维。以 6－3、6－3 战胜乔治。以 6－3、6－1 战胜雷——一路跑去威尔士的那个。严格地说，我甚至还战胜了克里斯。比分是 4－6、4－3。这时，他弄断了两个新的网球拍，离开了网球场。

最后一个战绩是最值得一提的，因为克里斯是前柔道冠军，可不是随便玩玩的：他打的是正儿八经的网球，平常轻轻松松就能把我打败了。可是那天，他对阵的是父亲快要去世的马丁·艾米斯——这样的对手，完全不可同日而语。他在愤怒中弄断了第一个网球拍。第二个，他平静地从袋子里取了出来，放在了地上，他站到手柄上，用双手几乎把拍面反折了过来。“今年不打网球了，”他轻声咕哝着，支棱着双肩离开了散落着商品包装垃圾的球场。两个网球拍看起来像是衣架。

我离开家的那个夏天几乎都举不起一个网球。举起网球拍？连举到眉毛处都有困难。在球场上，只有和七十来岁的人一起双打，才勉强过得去。

可是眼下，我的老头子在圣潘克勒斯医院正在死去？瞧我跳得差不多和裁判椅一样的高度，来个扣杀。瞧我转身越过边线来个反手平击球。瞧我奔上去接住那个过网急坠球——瞧瞧那个抢险球……

为什么我起床时脚步里像装了弹簧？为什么我醒来时觉得生出想法，感觉有什么摸得着的好事正在施行并进行了下去？为什么我的身体激动不安？为什么我会神采奕奕？

“我这到底是怎么回事了？”我的笔记本里写道，“我只是想要他的钱财中属于我的那一份？”“难道我不爱他吗？”“难道他不爱我吗？”

“哦，伯纳德肩上也长着个脑袋啊。”

“哦，伯纳德又不是昨天才出生的。这个你尽可以放心。”

“伯纳德可会使他的脑瓜子了。”

“孰好孰坏，伯纳德可懂了。”

在圣潘克勒斯医院，母亲也很快加入了逗弄病房小丑伯纳德的行列，不是和他说笑，就是和别人说笑他。伯纳德给人的感觉像是在凤凰病房呆了一辈子。他懒洋洋地四下躺躺，呜里呜里口齿不清地说说话，婴儿似的咯咯笑笑，挂着张收不回去的笑脸，几乎完全不能说话。伯纳德出现了，伯纳德四下晃悠着。他成了审时度势和机智诙谐的代名词，很难理解他怎么会得到如此的名声。可是，看起来伯纳德的名声妥妥的，不受一丝威胁。

“我敢肯定伯纳德过得还挺不错的。你说呢?”母亲说道。

“嗯，伯纳德也有他那份子罪要受，”一个护士加入进来说。

“我敢肯定伯纳德可精着呢。”

“伯纳德？噢，他会照顾自己的，可不要别人操心。”

“哦，不是，我可不会操心伯纳德。”

这时伯纳德的眼锋扫了过来。他在另一边晃悠着：神采奕奕。

与此同时他这一代领头的幽默小说家正侧身躺着，默然无声，籍籍无名。显然，前几天，传记作者从他口中得了个含含糊糊的“你好，老伙计”，而我顶多在到来和离开时拥抱他，从他口中得到一记容忍我的哼哼声。金斯利得了“老年人的朋友”：肺炎。他被上了吗啡和抗生素。等到肺炎又出现时——肯定会再出现的，会继续用吗啡，但抗生素就不用了。这是英国人的方式……我一个人去看父亲时，我不再给他读书了。我自己看，一边留意着他，希望——也不希望——他会醒过来。我腿上常见的那本书是戈尔·维达尔的回忆录《重写本》。我会在《星期天泰晤士报》上写一篇长篇书评。我的头脑似乎清明，但我的情绪不断地让我觉得悲伤杂乱。比如说，在《重写本》中有条副线，一个贯穿全文的笑话，说的是“戈尔的诅咒”：所有与他作对、中伤他的人都被及时地惩罚了，还经常是终结性的。命运总是眷顾维达尔，我可不想招惹它。这诅咒现在对我的父亲还能起什么更多的作用呢？可以把所有那些他已经很幸运地不再拥有的东西复归到他行将死去的躯体上：理智、判断、意识。我可不想要那样。

“哦，伯纳德知道什么是什么。”

“伯纳德懂得可不少呢。”

“伯纳德可门儿清呢。”

“伯纳德可没人蒙得了他。”

父亲的病床如同吸纳他重力的窨井。突然，父亲痛苦万分地从中攀爬出来，说道，

"唉，得了吧。"

起初，我可笑地以为他指的是伯纳德——指的是伯纳德夸张的不配得到的高度。可是，他说的是那么的甜美，那么的恳切。或许，他是对我们——母亲和我——说"唉，得了吧。"：这个难解的字谜游戏已经远远超越所有人类的意识，我们是不可能再坚持需求解答了。或许他是对生命在说：请不要再有细枝末节的琐碎，再也不要有疯人院、救济院般的老年生涯里那些歪歪斜斜的鼻毛。或许他是在对死亡说。

他安歇了下来，母亲帮他盖好了被子。

这是他的临终遗言，我们知道大体的意思。要么继续下去，要么了结完事。够了。完结吧。

我告诉自己一向都在告诉自己的话。这也是所有作家有意无意一向都在告诉他们自己的话。你所感受到的事是举世皆然的。

父亲正在走向死亡，他的父亲也曾这样走过（他的父亲的父亲也这样走过）。不可避免的快要降临了，你的内心已有准备，起身迎接它。"什么事即将发生时悬而未决的感觉。""悬而未决"，没错。"悬而未决"，不亚于真相。

那些储存身体里的巨能药物，等待着震慑和疼痛。这些药物能让你把压在一个婴儿身上的公共汽车抬起来。这些药物留在那儿助你走过这一段，背负着你走到另一头。

医院让肉身感觉重要。临死的父亲让肉身感觉重要。肉身做着父亲做不了的事：继续活了下去。这一点为什么在这一刻突然击中了你，毫无理由：肉身继续活了下去。

这是1995年，而他自1949年起就一直在那儿。那中间调停的人物这下子被抹除了。没有人站在你和消亡之间了。死亡更近了，让你想起要做的事还有很多。有孩子要养，有书要写。有很多事要去做。

现在是1999年，四年之后的今天，他的书铺满了我的书房，书桌上，茶几上，地面上，书架上。我不停地得去找一本我想要的书，一直在想：爸爸，你写了这么多的书，你干了那么多。这些是你的临终遗言。《地狱新地图》在《反死亡同盟》下面。《国王英语》在《诗集》上面。《简·奥斯汀怎么了》靠着《变化》。《老魔怪》躲在《结局》背后。所有这些都是你，是你的精华，而这些仍旧在这儿，归我所有。

伯纳德说话了

10月17日，星期二。我听到砰地一声重响，突然间凤凰病房里一阵骚动：伯纳德摔倒了。伯纳德跌了一跤，护士们都拥过来，围着他穿着睡袍的蜷曲的身体。

“哎呀。出了点小事呀。好了好了，亲爱的。”

“伯纳德没事儿。”

“伯纳德结实得很。”

“伯纳德？他健康得很呐……”

这个礼拜我又因为一个熟悉的理由出现在报刊上。没错，报纸还继续存在着，但他们报道的像是另一个宇宙，和我存在的宇宙只有一丁点的相似之处。这个礼拜我上了报纸，是因为《情报》没有上布克奖的决选名单。我意识到没有人提及金斯利的最新小说《传记作者的胡子》，那也同样的不在布克决选名单上面。后者的出版，如果有人还记得，考验了书评者的耐心，也同样考验了采访者的耐心。走向死亡的金斯利不上报纸。我们所看到的只是一段轻松愉快的日记，写了他的意外和之后被送到医院。真挺少的，要是你想想新闻界还在对我的补牙事热衷不已。举个例子吧，没有一个记者想方设法来凤凰病房，为了报个内幕故事（而有个记者想方设法进了迈克·萨巴图拉的诊所）。除非伯纳德就是那个记者——我看到他又拖着脚神气活现地四下走动了。他时不时踅过来，像是在听什么。没有什么可听的……报界特别是那些小报，关注的是罗斯玛丽·韦斯特的审判。等到《太阳报》终于登了一篇有关金斯利的文章时，他被描写成是《幸运的吉姆》的作者和露西·帕汀顿的姨夫。

金斯利看起来光洁漂亮。他的头发比平日长，一头银发，在我看来更儒雅了。体重减轻而露出了躲藏在里面的那张脸，过去的脸，年轻的脸。金斯利开始在斯旺西教课的那天，他的其中一位学生转头对她的朋友们说，“注意看了，姑娘们。这是天才，大写的天才。”挺不错的——用于他的墓碑，再加上他那首《窈窕女子之梦》中的诗行：

门还在转动着，姑娘们苏醒了过来，
最高处的飞艇驾驶员无聊得晕了过去，
急剧地坠入我打盹时呼出的明亮的氧气……
“我先来，金斯利；我是最聪明的”每个人都这么说，
可是没有哪个美食家跑到楼下来进餐，
　　我也不会跑到楼上去。

我不知道大自然在这儿玩的是什么把戏，重整了他的漂亮容颜给我看。大自然应当令他丑陋不堪，这样我更能放手让他离开。

病人动了动，张开了嘴。我不得不说金斯利的牙齿是他唯一一处不够让人喜欢的地方。因此，很多早年的照片他都挂着完全愉快的但从来不露齿的微笑。他的嘴现在空空荡荡的。看起来就像是一个上照式的灯座等着换上灯泡。

“他摔倒了。”

这让人惊了一跳的声音来自伯纳德。

“没错，”我告诉他。

“喝醉了？”

“呃，是的。”

这下伯纳德自告奋勇地集中围绕这个话题说了下去，我觉得过了头。我真希望换个话题。如果这是一部小说，你不觉得就这个话题我想歇歇了？

可是不行。或许是因为讲话的努力，或是因为难得开口，伯纳德的

牙，他的假牙——上面的那排——开始从他的嘴里滑了出来。哎呀呀，出来了呢。有一瞬间，他看起来年轻了，像个兢兢业业观察火车车次的书呆子，但很快就回到了老态——极其的龙钟。伯纳德是“闪闪亮·咔嚓嚓”的儿子吗？一位护士走了过来，怜爱并敏捷地把调皮的牙托很快拿了下来，把它放在一个贴着“牙托”标签（用黑色的大写字母）的白色塑料桶里——我们放那儿了！伯纳德继续咧着嘴笑着。

一年之前，这件事会让我崩溃的。可是现在？现在？

我有点惴惴地交上了戈尔·维达尔回忆录的书评。一千八百字，写得非常的顺畅自如。我觉得是我的脑内啡写成的。文章给了维达尔的回忆录好评，实在又真诚，但我的确也提出了作者性格中的一些反常之处：对于争斗，既想深入其中又想超然事外。我开始希望自己不曾说过维达尔（像李尔王一样）对自己了解得不够。戈尔之诅咒的记录令人咋舌。并非是我迷信。我们基本上都知道了金斯利会怎样。我们不知道的事是我们会怎样。我的书评会在星期天发表。

尚未觉醒的之二

时间是1974年1月，地点是在莱蒙斯，从那儿看得到哈德利林地这一片区域和树林子。

我记得早餐时金斯利看起来非常垂头丧气，无精打采，像是被宿醉的祖师爷找上门了——不过这只是他每日的功课，要向“作家焦虑”交纳的悔罪。他每天都会交付。每一天，他都深信自己会走进书房，什么都没有了。什么都没剩下了……最终，他发出一声受伤的大象的吼声——这个声音总是意味着愤怒的妥协——把自己从餐桌前支了起来。

他的书房就在我的睡房下面。周末和其它时候过来的时候，我仍旧把这个房间称为我的。所以，那天早上，在书桌前坐了一个小时后，我能听到他开始大笑：是一个男人在一定抵制后，屈服于无法逃避时的欢愉。他正在写《结局》，我正在写《死婴》（而简在走廊的另一头正在写

《伪装之物》)。两个艾米斯的小说都是发生在乡村大宅子里的黑色喜剧。在他的书中，他们都死了。在我的书中，只除了一个，其余的都死了。

他上楼来问我什么，发现我正朝着窗外看。离屋子七十五码远的地方，路对面的林地有一口圆形的小池塘，旁边站了一圈便衣警察。我想到这件事的时候，我能感觉我的记忆想要添枝加叶。想要加个穿制服的人，想要加个戴着脚蹼和面罩的专业打捞人员。我不知道：三个人，四个人，站在池塘旁边。我说，

“我想走出去问问他们，会不会为了露西打捞。”

这是唯一一次父亲和我谈到露西·帕汀顿。有些媒体雇佣的爱幻想的写手写到金斯利非常喜欢她，可是他几乎都不认识她（在《书信集》中，对她的姐姐、当时一岁的玛丽安非常的苛刻)。他说，

“她是什么样的呢?”

我说了什么呢? ……我最近梦到露西，这是1999年的夏天。在梦中，她差不多十八岁，她给我看怎么样弹奏一种古老而复杂的乐器。露西又活泼又欢乐，还鼓励我。我感觉到她是额外之喜。我感觉我发现了极大的额外之喜。等我醒过来后，集中了注意力，我自然感觉到：失去，失去。

我对父亲说了什么? 类似于这些：甜美。认真。虔诚，我觉得。文化趣味高雅，但又不失天真。她还没有机会去找男朋友。

“尚未觉醒的，”以前人是这么说的。

“尚未觉醒的。”

我不知道他们最后有没有打捞那个池塘。二十年之后，我们得知她发生了什么后，我记得我和母亲各种谈话，金斯利通常是不想参与的。但我很明确地知道露西的命运让他觉醒到什么：对上帝的憎恨。

把凤凰病房在我的灵魂前检视，我知道它挺不错的，也一直想对护

士说，“谢谢，愿神保佑你。”[①] 但这是死亡之地。所见所闻中的悲惨，逐渐了解到的发生在露西和其他女孩身上的事，有时候我会把两者联系在一起。人的肉体一文不值，所有的意义都被抽离，我得抵制这样一种末日般的景象。[②]

夜半之访

星期五。

我们和朋友吃了晚饭回来。午夜时分，我们经过医院……集体药物睡眠的深度一下就让我深感震惊。这不止是睡眠，因为还带着麻醉。这儿，所有的疼痛都是被施了药，圈了起来。无知无觉，没有记录，疼痛仍旧操纵着整个病房，死亡仍旧牵引着整个病房。空气里沉甸甸的是被困住的疼痛。但是没有谁在哭泣，也没有人在呻吟，所有的人都默然无声地平躺着，一排排，一群群，一块块的长方形。感觉像是在农场里，

---

① “Bless you” 是常用的英语口语，指祝愿对方得到福佑。在日常使用中，宗教意味减弱，有时带有感谢的意味。

② 罗斯玛丽·韦斯特在审判时，就露西的死，什么也没告诉我们——很可能是因为她没有涉入其中（见布莱恩·马斯特斯一书《“她一定是知道的”：审判罗斯玛丽·韦斯特》）。不管事实如何，她什么也没告诉我们。另一位作者乔弗雷·万塞尔写了那本无耻的书《魔鬼的爱：弗雷德里克·韦斯特的一生》。他纵容自己捏造了一系列施加于我表妹身上的折磨（“一定可能是这样的……一定会有这样的猜疑……一定会有这样的可能……可能有过……可能有过……几乎肯定的是……似乎可能性太大了……似乎太有可能了……似乎太有可能了……唯一一个可能的结论是……”）可是，事实是我们不知道——而且几乎可以肯定永远也不会知道。露西身上发现有一段包装胶带（还有一段绳子、几缕头发和两个发夹），按这情形可以推测某个时候，她被勒住窒息。另一位受害者，十五岁的雪莉·哈博德被发现时，整张脸都完全被裹在包装胶带里。韦斯特用吸汽油的塑料管穿过包装胶带的面罩插入她的鼻孔。他有没有绕着雪莉·哈博德转，一边举着胶带圈？我发现自己想到了金斯利有关女性脸庞的重要性的话……露西很快就没了气。我感觉自己可以说，对此我现在深信不疑。斯蒂芬·韦斯特是个很有观察力的年轻人。他观察到他的父亲面对很有决心的对手时，无一例外地会退缩。而露西，露西的气场，非常具有威力。那天晚上，恐惧不是单向的；韦斯特极其容易受到恐惧的影响。这是本质所在。那种恐惧的特性不会让他兴奋。他只会想着把这事做完了结。——原文注

星光下的农场，老羊和老母鸡在一边，老狗和老驴子在另一边；老宝贝在一边，老魔怪在另一边，由此你能感觉到他们的降级，感觉到他们的前方只剩下家畜的活计这一事实。

伊莎贝尔理了理他的床单，用手顺了顺他的头发。

在荷马史诗中，给神祇们献上祭品的时候，他们真的挺喜欢这一刻的。这样的敬拜给他们官能上的愉悦，但他们同时也享受烟雾、气味。今晚的这儿，疼痛之神看到所有这些献祭，所有这些求他饶恕的祈求，还随带着大丸的药、灌肠剂、皮下注射，他的心必定是欢快地哼着歌了。

死亡之汗

星期六。

午餐时间我过去的时候，萨丽在那儿。她整个上午都在那儿。她一连几个小时和他坐在一起——轻柔地和他说着话，抚慰着他。过了一会儿，我提议送她回家，但只是休息一下，因为萨丽是要再回来的。

她的公寓一尘不染，一向都是这样。也小得让人吃惊（也一向都是这样）。我一直都说，给萨丽打电话，铃声多响一下就可以挂掉了：电话不可能是在手臂够不着的地方。这么少的空间，小公寓还留出了整个角落，这在后来的报刊媒体上被称作“壁龛”。金斯利的壁龛：他的作品的签名本、照片、纪念品。架子上还有一本南卡罗来纳大学出版社出版的：《读懂金斯利·艾米斯》。我从包里拿出这套系列丛书新出的一本：《读懂马丁·艾米斯》。萨丽和我一致同意我们应该细细读读这些书，要能再来两本就更好了。

萨丽的住处真是非常的小。等我回到我在诺丁山的公寓时（卧室、书房、客厅、厨房），我觉得自己像是进入了哈罗兹百货店。这儿的时光有了不真实的感觉。

夜半的凤凰病房让我想起了一本我熟知的书：《红色大农场》（和

《月亮，晚安》同一个作者)[1]。“黑漆漆的夜空里，小船儿似的月亮在航行”，他们都在各自的窝棚里熟睡。“白天过去了，黑色的小蝙蝠从谷仓里飞了出来”：从远处能看到蝙蝠从一扇窗户的上端逃了出来，像一缕黑烟。逃遁的蝙蝠让我想起了所有那些被困住的疼痛。

1948年，阿根廷的图库曼大学委托父亲写一本有关格雷厄姆·格林的书：或许就会被冠以《读懂格雷厄姆·格林》的书名。稿费1500比索[2]：听起来像是一笔巨款。8月6日，哥哥诞生的九天前，怀上我的三个月前，金斯利给拉金写信：

> 有些有关他们的那个货币不太好的消息。我让父亲去了解一下。他说，根据最权威的信息，那个钱他妈的每个就值一先令，1500差不多就七十五点几镑，不算太坏，但一点不像我们起初想得那么好。

他写完了书，寄了过去。那一头有人把书稿弄丢了。这本书从来没有出版过。而他也从未收到过稿费。金斯利·艾米斯作品的书名页上列举的单子已经没有什么空间再添上一本《读懂格雷厄姆·格林》。可是，在他那本巨厚的《书信集》中最为一贯的主题是自我谴责：对懒惰闲散的自我的谴责。

这一刻，如果还有什么令他不安的，源头在于自我谴责。他不会相信工作都已经完成。在家中，书房的桌子上，写了一半的小说《黑与白》还等着。另外半本在他脑海里的某个地方。

金斯利的肺炎又发作了，但不再作医治。我感觉他的身体不是

---

① 《红色大农场》和《月亮，晚安》是知名的幼儿绘本，作者为玛格丽特·怀兹·布朗。

② 阿根廷比索的货币符号和美金一样“$”，因此可能会产生错误的印象。

全然没有了某种终极的体质上的力量，但已经是不知所措了。他的身体，挣扎着要留下，挣扎着要离开。他的肺泡里装满了渗出物。他必须得更努力更快速地呼吸，以获取所需的氧气。死亡是多不容易的事啊。你得喘着气去追赶。死亡的大汗意味着战斗，神圣的诗人如此说过。我们可以把这一说法扩大一下。父亲在做的正是他一向在做的。他半夜走进书房，打下那些“i”和“o”的字母，还有海鸥、海鸥……他在工作、工作、工作、工作，打通那条通向主要事件的通道。

父亲背转身去，侧躺着。他在给我示范，该怎么做的。你背转身去，侧躺，完成死亡这件事。

星期天。

最后那几次星期四晚餐中有一次，金斯利告诉我，在他最脆弱的失眠时刻，他经常会担心萨丽，担心他一过世，她会怎么样。对她的支持总体上减少，他说——还有目的的失去……一种直觉，一种“奇怪的感觉”在凌晨两点的时候让萨丽惊醒了（“我觉得他需要我”）。她穿好衣服，把自己的东西收拾好，很快到了医院。

那天晚上时间换了（春天往前拨，秋天往后拨）。我们发现自己迈入了新的时间。暮色会早早地降临。我和菲利普约好，在医院的门外见他。那是中午时分。我的手臂下夹着周日的报纸，上面有我写戈尔·维达尔的书评……我提议我们逗留一会儿，抽根烟。我们坐下来聊了十分钟。对我们，挺容易的，因为虽说有惧怕，但没有遗憾。而这并非举世皆然。读到作家写他们父亲的去世，读到金斯利写他的父亲的去世，他们告诉读者的大多是遗憾。哥哥和我觉得遗憾的是我们希望他能永远活下去。不过，我们想和他说的话都说了，想和他一起度过的时间也都度过了。我们坐在圆形花圃的边沿上抽着烟，阳光斑斑驳驳，云朵急速地移动着。这一刻，我们的父亲去世了。

和他在一起的是萨丽，再对不过了，再对不过了。她和他一起十个小时了……我们匆匆走进去的时候，白色的屏风正被拉了起来。萨丽站着，像是遭到了电击，身体倾斜着——仿佛面前有一堆火烧眉睫的事，她不知该从哪儿开始。见到尸体时，菲利普退了开去，我说你可千万别，千万别。我们往前走过去时，我感觉到他的手指抓着我的手臂，就像小时候，做了错事要去面对惩罚时，无数次我们这般相互抓着。接下来的一刻荒诞而恐怖。金斯利的床上，一个盖着床单的身形猛地挺了一下（他们正把他杀了！）——但这是别的人，另一个，一个刚进来的被扣在了床单下。我们的父亲躺在更进去一点的地方，在屏风的另一侧。我推开了屏风。死亡马上产生了化学反应，已经将他从碱性转为了酸性。死亡还会染色，靛蓝青紫，就像是特权阶级的染色，比生命的色彩艳丽得多。他的右手举着（变了形，满是斑纹），像是要挡开什么，手腕上挂着塑料名字牌。

我在病房里走了一圈。有些需要去做的事（要安慰萨丽，给母亲打电话，向护士道谢，表格要签名）。然后我在病房里又走了一圈。小推车、助行架、轮椅、干净的床上用品的篮子、需要洗涤的床上用品的篮子；放着拼图、桌游、战前简装小说的娱乐室，挂在上方的电视里播放着一部黑白片。伯纳德总是在那儿，就在边上那块地方。我思索了一会儿——怎么会？我思索了一会儿，不得其解。不得其解。伯纳德一如平素，毫不在乎，无忧无虑，稳稳地戴着他的桂冠。我们估计可以断定，要让伯纳德变脸色，一个作家的死亡是远远不够的。你可得早早起来才能成功地作弄一下伯纳德……替代了金斯利的那位新来的已经不再挣扎了。他不时很有威严地皱一下眉，把我唤了过去。我记得那样的皱眉。要是我跑到街上，让一辆庞大的车猛然转了方向或是急刹车，那时我就会透过挡风玻璃，在一张僵住的脸上看到那样的皱眉的。如今，这样的权威感在老校长的眉间若还没有消失，也至少已经减弱了。这是学校（这一排红砖的校舍），这是斯旺西，这是童年：每一样都已经过去了半个世纪。溜肩的钟，大富翁的桌游，黑白电视。我的哥哥和妹妹在这儿；我的母亲马上要来了；我的父亲不在场可又在旁边，可能就在他的书房里，准备开始写些东西。

萨丽，真遗憾，没有什么紧急的事等着你。他做完了他的事，你做完了你的事。没有什么余下的事得做了。

事件三：魔法

1996年11月

“有个男人马上要做爸爸了，”我的对手（扎卡里·利德）说。

休息的时候他去了俱乐部的洗手间。他回到场地的时候，以为会看到我坐在长椅上抽烟。

我在球场的端线上做俯卧撑。

我是那个快要做爸爸的男人。

上个礼拜我主持了在特拉法尔加广场旁边的圣马田教堂举办的金斯利纪念会。来的人不少，多的是小说家，其中有伊恩·麦克尤恩、萨曼·拉什迪、皮尔斯·保罗·里德①、A. N. 威尔逊②、威廉·博伊德、戴维·洛奇、V. S. 奈保尔③和艾丽丝·默多

---

① 皮尔斯·保罗·里德（Piers Paul Read，1941— ），英国小说家、历史学家。

② A. N. 威尔逊（A. N. Wilson，1950— ），著有多部传记和小说。

③ 我和奈保尔的关系有个令人高兴的小对称——足以写个（可能是比较老派的）短篇。他有两条人人皆知的戒律：不准时是不可原宥的，“任谁也不要给第二次机会”。所以，我第一次碰到他的时候，我只是想，好吧，那就这样了吧。因为我在他弟弟的纪念会上念了一首诗，而且我还迟到了。迟到得厉害还毫无原则。希瓦，和气亲切，富有才华，而我为了纪念他献上的却是不自检的奥登：“时间不能容忍/勇敢和天真的人，/一个星期就漠然/对待一个美丽的躯体，//时间崇拜语言，宽恕//每一个令其常存的人。”不过，维迪亚爵士像是原谅了我。我给他寄金斯利纪念会的邀请信的时候，一阵冲动让我加了一句（这是不是恳求他心照不宣地原谅我呢?），“不要迟到了。”在圣马田教堂的长椅上，我跟他提到这事。居然有这样的失礼之事，他的眼睛马上转向了教堂的最高处。“我没有……迟到，”他说。或许是我误会了，或许是我一厢情愿，我感觉到因得到宽恕而生的感恩。或者说是一个得到第二次机会的人的感恩。——原文注

克[①]。希拉里在，简也在。迪莱拉也在。当然，还有路易斯和雅各布，以及我的侄女、菲利普的女儿，杰西卡。还另有一个孙辈在场，但尚未来到外面的世界。金斯利从来没有见过他最大的那位孙辈。当然，他也永远见不到最小的那个了。到这一天，他过世一年了。

主要的事件就是这些普普通通的奇迹和普普通通的灾难。

我把迪莱拉的事告诉了萨曼·拉什迪，他说，

"这么说她现在在牛津了。她已经在牛津读书了。"

"读历史。二年级。"

"这么一来还挺有趣的。跳过尿布，直接进入学位袍学位帽阶段了。"

"没错。"

我详详细细想象了一番这是怎么做的，让自己镇静了下来（我四十七岁）。另一条上牛津去的路，另一种名号上的可能（在那儿父亲的称号只是荣誉性的），为此我们是在圣玛丽医院生的孩子——从那儿去帕丁顿车站方便极了[②]。婴儿一出生，就将其打包送到牛津。我知道这计划有一处漏洞。接到个电话说，小宝宝不会读书写字，不会走路说话，没有一刻不在啼哭，我可真不见得会有多吃惊……真相是我已经准备好

---

① 艾丽丝是父亲的一个好朋友（他拜服于她的智力）。她于1998年因阿耳茨海默病去世。那个时候，她的状况被谨慎地伪装成是作家一时文思不畅。纪念会结束后，在加里克俱乐部举行的招待会上，我跟她说，她会有一天回头看，所有的文字都会重新回来。但是没有。1990年左右，我被《星期天泰晤士报》命名为"年度作家"。这意味着要参加一个公众宴会，读者每人出点钱便可以和文坛人士一起进个餐聚一聚，而这才是此项活动的目标。艾丽丝和约翰也在。艾丽丝把我拉向她，鼓起了嘴唇实实在在地亲在了我的嘴上。这才是大荣幸，我也这么和她说了。贝利夫妻俩真的是特立独行，真的是不入凡俗，但在场的时候，又生动活泼，亲切随和，头发乱蓬蓬的，潮乎乎的。约翰会从深深的裤袋里掏出一个橄榄，说，"吃一个。这些橄榄好极了。"——原文注

约翰·贝利是艾丽丝·默多克的丈夫。

② 从伦敦到牛津的火车在帕丁顿车站出发。

迎接另一个孩子了（为了另一个孩子，我受了培训），不过我一点也不掩饰自己很想要一个女孩。虽说我现在有了迪莱拉，但我没有把她养大。而我想把一个女孩培养成人。我极其想要知道人类的另一半是怎么生活的。

不过，在这一阶段我得承认这小宝宝模仿男孩模仿得像极了。它在母亲的子宫的上端，据说男孩都是在那个位置的。而且还带着令人生疑的男性暴力在那儿四下动作。都没必要去“感觉小宝宝在动”，肉眼就能看到它在动：像是要拳打脚踢地出来。我们本可以打个电话解决这个问题——但这个现代的便利，我还是想不要动用；这个时代的诱惑，我还是想要抵制。你不应当知道。而出生的那一刻证实了你确实不应当知道。当生产快接近尾声时，你不再想是“女孩”还是“男孩”，你想的就是宝宝。宝宝，宝宝，宝宝。出生的那一刻，大自然像是抹去了性别的问题，这甚至都不是什么细节问题。你不应当知道。更何况，如果你知道了，就不再是和人类有共同的经历了。你把自己从祖先和所有过往的人类中分离了出来。

我当然准备好了。主要的事件就是这些普普通通的奇迹和普普通通的灾难。在普普通通的奇迹中，两个人进了那个房间，出来了三个。在普普通通的灾难中，呃，我原来是打算说两个人进了那个房间，只有一个出来了。但事实上是，只有一个人进了那个房间，再也没人出来。

时钟回拨的那一天

我给罗伯打了电话，告诉他，“国王死了。”[①] 他说，“哦，我觉得那非常让人难过……”我也是那么想的。我觉得那非常让人难过……“就像是失去了你自己的一部分，对不对?”在俱乐部，克里斯这么说。是啊，一点不错，就是这种感觉。当某个已经用滥的说法以其原初的劲道攫住你的时候，你知道你应对的是经历，是主要事件的经历。还有些别人说过的话、慰问的事留在记忆中：医院里护士的温柔；德米特里·纳

① 金斯利（Kingsley）的名字中有“国王”一词。

博科夫写来长长的充满感情的信[1]；帕特·卡瓦纳的来信；戈尔·维达尔的来信。不过戈尔的诅咒这次不是很有效：时间掐准了，但不知怎么目标没有命中。

父亲去世的那天，我带两个儿子和他们这一辈子的两个朋友（也是一对兄弟）去吃比萨，然后去沃姆伍德-斯克拉比斯这块沼泽似的广阔又荒凉的游乐地。两家守护的机构俯视着这块地方：医院，监狱（罗伯在那儿蹲过监，我在那儿朗读过《伦敦场地》的选段）。这四个男孩我都见过他们趴在母亲的胸上，此时此地，他们像是半个足球队……孩子在我心中激发的难以置信的感觉，一向如此，不会减弱。看着我的孩子，我无法相信我参与的一项创造会获得如此的轮廓、质地和体积。看着他们是怎样把一辆汽车、一间房间装得满满的。在浴缸里——瞧瞧他们一进去，水涨高了多少。

后来，我一动不动地坐在厨房里，像是被置于一个巨大的环形的空位的中心。一个孩子出生时，你将街道上显见的空空荡荡收起了一些，因为世界要给新来的腾出空间，而腾出得太多了，都得收起来。在这点上，死亡并不对称。死亡也会产生空间，但这是将你隔离、将你孤绝的空间。在一个星期天离开这世界，这多像金斯利的举动啊。他是如此的不肯妥协：死在一个时钟回拨的星期天。

在卫生间不自然的光线中，整整一分钟我站在镜子前，脆弱易感：半是自己招来的幻影出现了，在我脸上抹上了死亡的色彩——那些在凤凰病房亲眼所见的黄黄绿绿。死亡本当是没有什么回赠的（什么也没有！），但那个很可能就是给做儿子的。对我而言，死亡即将到来了，切切实实的，在我父亲的尸体上演示了——放映了——我自己的死亡。现在，时钟已经回拨了，我从来没有面对过如此巨大的暮色。“国王死了，”我对着电话说。“哦，我觉得那非常让人难过……”给罗伯打过电

① 纳博科夫夫妇弗拉德米尔和薇拉的独生子：登山运动员、赛车手、歌剧演员，不消说还是他父亲作品的主要译者，守卫着对父亲的纪念。——原文注

话后，我又给索尔打。一般情况下，我非常不情愿打扰他。出于自私的原因，我从来都不愿打扰他分散他的注意力。我希望他能继续写作，这样等他写完时，我就有书可看了。但我还是打了电话；没有多想什么也没有顾忌什么。我的声音闷闷的，“我父亲今天去世了。”他告诉我的正是我非常需要听到的。

暮色确实早早地降临了。在新的时间中，这不出所料。

“自从你父亲去世后，你变了，”他说。

“变得怎么了？”

“更稳重了。再也不是孩子了。”

“天啊，不会吧。孩子？”

这是很后来的事了：1997 年。我们和贾妮斯一起坐在波士顿的一家小餐馆里。我们旁边有一帮电视摄制组的人正笨手笨脚地把东西收起来；他们刚刚拍完“书签”系列节目《索尔·贝娄的礼物》（我提议过叫做《索尔·贝娄和真实》）的最后几个场景。过去这几天里的人工布置、受控环境（编排的对话、背景杂音、路人好奇但没有恶意的骚扰）撤去了，我们差不多又是我们自己了。我马上四十八岁了。他马上八十二了。在我们的谈话过程中，我向他询问有关死亡的事，有关“到这条路的尽头时多多少少令人愉快的头脑清明”。他说的话让我吃了一惊，“我有时候觉得我是死人。”这一说似乎勾画出一场未曾想到的新的挣扎：挣扎着相信你还活着。

在饭店里，我说了一直想说的话，

“我父亲去世的那天我给你打了电话，你还记得吗？你做得好极了。你只说了一句话，但那是对我唯一有点用的一句。唯一能帮我走出来的一句话。[1] 我呆呆地答道，“这下只好由你来做我的父亲了。”当时很管

① 道别的时候，他说，“我非常爱你。”我当然不是他的儿子。我是他的理想读者。我不是父亲的理想读者。滑稽的是，他的理想读者，是克里斯托弗·希钦斯。——原文注

用，至今也仍管用。只要你还活着，我就不会觉得完全失去了父亲。”

到1999年的今天，也照样管用。但我千万不能侵占了格列高利、亚当和丹尼尔的领域，还有将在本千年结束前出世的第四个孩子。我听到这个消息时，给贾妮斯写了封信。我觉得可以从中引用这一句，因为我只是引用我父亲①：“最大的困难是相信婴儿的坚韧。但是他们确实很坚韧，一根筋地坚韧……对索尔的这一点，你是知道的，对吧？你会拥有他的一部分，一半，永永远远。”

信使

在我看来，我的人生无形无状地荒唐。我知道由什么来成就一个好的故事，可是这在人生经历中不太常见——图案和平衡、形式、完结、匀称。经常是这样的：人的生命会像是一个成功故事，至少在开始是这样；但是人生呈现的唯一的形状无一例外地都是悲剧——除掉所有那些冠冕堂皇的东西，诸如因果报应、命运之轮还有命中劫数之类的。悲剧是循着悲剧面具上嘴巴的轮廓（同理喜剧也是这样的），上升到顶峰，之后曲线往下再水平延展到一个点上。这是人生通常具有的唯一一个真实的形状——再提一下，忘了那些意象的连贯、主题的一致之类的。②

我的嘴里叼着一根烟。它哀求着、尖叫着想要被点燃。我们等着从楼上的人传话过来……这是1996年四月初，纽约，一次短暂的售书巡回活动快要结束了。我坐在电视台的化妆室里，打火机竖着。然后上面

---

① 见《和姑娘们的困难》的结尾几行。内奥米·罗斯·贝娄于1999年12月23日出生。——原文注

② 就此金斯利写过一首很不错的诗，《巨大的诡计》。诗中有一位好教诲的（具体点说是利维斯式的）文人就所有的创造作了一番评论。“即便在这个阶段，我们也可以确定，/那种严肃，足以配上我们最深刻的批评的关怀/不会在此处找到，”他以此开头作为铺垫，然后总结：“那些创造的无知，彻底的卑鄙/很少被超越——/漠然的习惯/要比爱的拥抱更少破坏性，罪过/不是永不受惩就是被罚千百次，/温柔的人儿走入了悲痛——所有这些都被迫/塞入了场景、对话、评论，由/主要情节来支持，展示的是/令人绝望之极的全无人性。”——原文注

传来了消息："才子可以抽烟。"我就抽上了。才子感觉大好。

第二天，我踉踉跄跄地走进酒店的大堂，一位老朋友迎了上来。

"又来了？"他说。

"又来了，"我说。

"又来了"有两层意思。第一层是出于我的皮相给的提示：沾满了血迹的纸巾敷在一张红肿的嘴上，嘴里还有纱布露了出来。第二层意思，第二个"又来了"和金斯利·艾米斯的传记作者一事相关（或是说和金斯利·艾米斯的"意愿"一事相关）[①]，家乡的报纸上风波未定，还在无力地闹腾着。

"永远也不会歇停的，"我说，"总是会再来一个'又来了'"。

托德·贝尔曼刚从我的下颌拔除了一颗臼齿：把嘴张大。在纳什维尔（被称为南方的希腊）的时候，这颗牙就宣称自己完蛋了，但它还继续吊着，和牙床差不多成直角，一路撑过了迈阿密和费城。拔牙也不是寻常的步骤：打三针，缝两针，再加在休息室里的一段血淋淋的中场休息。[②] 之后，我是"全景"X光的照射对象：穿着一件铅背心，被固定在一把椅子上，探测头慢吞吞地但一丝不苟地在脸上巡查着。一声轻轻

---

① 我被指控干涉他对身后事的意愿。见附录。——原文注

② 到了我四十九岁的那年夏天，我的下颌终于垮下来了。没有了下颌，我只需支撑十分钟时间，从托德·贝尔曼走到迈克·萨巴图拉。我的下唇，因为麻醉松弛地耷拉着，挂在我的下巴上就像是狗的舌头。"嗨，你看起来好极了！"迈克逗我。我将自己运到了他的诊椅上。他说的是消失了的切牙下面的牛骨移植。然后他把移植体拧紧焊接复位。好了，移植体就像是铸铁，就像是壁炉的格栅。整件事做了一半光景，我已经准备好下一个"又来了"。迈克·萨巴图拉那天提早收工了。我和他一起坐电梯下楼。迈克·萨巴图拉这下换了便服：马球衫、白色便裤。后来呢？"我不敢忍受我害怕的冰冷接触。/汲取我早已/迟缓的生命！深深地俯向我，吓人的头颅，/为我的坠落而骄傲，回忆着，悲悯着/现在的他，曾经的他！"对我来说，迈克·萨巴图拉会永远闪耀着神话的光彩。但1998年的此刻，他站着，不过是准备回韦斯切斯特去的牙医。——原文注

引文的诗出自乔伊斯的《祈祷者》，另见前面章节。韦斯切斯特为纽约州东南部的一个郡。

的咳嗽作为客气的自我介绍，幽闭恐惧症一如往常地来临了。你躲不开去，因为没有地方可躲。那几分钟里，我和表妹在一起，明白痛苦（和萧伯纳所说的相反）确实是相对的。痛苦有数值范围，从 1 到 1E + 100。

那天晚上父亲来梦中见我。他有正经事。他不是以魅影而是以信使出现。

我睡着了，他像是早已在了，耐心地等待着，虽说他的时间一点不见得无穷无尽。他差不多六十岁左右；他看起来体面得很，简直稍微有点过时，比他在世时更要独立自足也显然更为宽厚仁慈。而且是无性的——极端地无性：没有性别也没有性欲。

在死者的梦中，你一直想说："你可真聪明啊。你骗了每个人，你的计谋骗过了每个人……"

"哎，爸爸，"我说，"这下你回来了，你希望事情怎么进展呢？"

我不是指起死回生。我的意思是回到这一带的街坊邻里中。不过，同时又另有一种感觉，他现在不再需要把自己卷入这些粗浅的烦恼中，凡人俗事得令人窒息。这已经没有力量让他苦恼也没有力量让他着迷了。

他什么也没说（我感觉他不想被触碰）。只凭着手势，凭着表情，凭着中顿，他让我明白我拥有他所有的信任——不管是执行他的遗愿，还是别的任何事。因为我的愿望就是他的愿望，反之亦然。然后他离开了，步履轻快地消失了，不是回到死亡，而是一个中间的有利位置。他果断坚定。这个梦全然是正经事。他不是以魅影而是以信使出现。

从我自己的无意识来的信使，这是自然的。但没关系。因为我的想法就是他的想法，反之亦然。

所以说见到你让我觉得无与伦比的温暖，爸爸。你要那样子地多来来呢。作为信使，而不是一个魅影，一个我以毕恭毕敬来淹没、骚扰、厌烦的魅影。

见到你让我觉得无与伦比的温暖，但就你的意愿，我真的不需要什么保证。因为我的意愿就是你的意愿。我是你，你是我。

胎儿的狡猾

我的第一个儿子出生时，我想要一个女儿，但以男孩开始这一点，我很快就接受了金斯利的观点（虽说这一观点既传统老派又是极金斯利式的）。我的第二个儿子出生时，我想要一个女儿，我花了几分钟才能原谅他不是一个女儿。我的第二个儿子是剖腹产的。那不再有“男孩”、“女孩”之辨的更为紧急的关头，我没有在场。因此，当护士告诉我女孩其实是男孩时，我迷惑不解。不管怎么说，我的一辈子都想要个女儿。甚至在我还是个小男孩的时候，我也想要一个女儿。

在圣玛丽医院，我不时地想一想宝宝会不会准时到，赶上四点钟去牛津的火车。不过，分娩还没开始，这玩笑就不能继续了。之前有整整一分钟，宝宝的心脏停止了跳动。从那一刻起，所有的念头都简单一致——只成了呜呜咽咽地不断地哀求福佑。不过，我对胎儿的狡猾有极强的信念。我知道，在这一过程中，他们既不是被动的也不是不感兴趣——他们真的是想活下去，坚持自我的存在。两个男孩都提早到了，早得都有危险，但他们坚持下来了。新宝宝足了月，会准备得更好，更机智、更坚定、更狡猾……在产房里，这时刻满是危机管理的气氛，紧张忙碌。帮手们——一位儿科医生，另来的两位助产士——准备好等候在一旁，一边吸引器正在一下一下果断地吸着胎儿。

马伍德先生以斗牛士般的娴熟手势分开了婴儿的大腿。这一切我都深深地看在眼里，但让我无法挪开目光的是下唇，还在颤抖着，像是要努力抵制泪水。嗯，确实是一段艰难的旅程，经历了各种各样怪异的天气。过了一会儿，我把这热乎乎的小人儿带到隔壁，清洗了一遍，称了体重，量了身高，系上了牌子，由护士的针头在大腿处接受了人生第一注派给的疼痛。

第二天，第一个来看我们的是迪莱拉・西尔。上来之前，她在底楼医院内设的花店停了一下。她说，

“女店主在包花的时候问我，‘侄子还是侄女?’”

“你怎么跟她说的?”

迪莱拉·西尔的话让我很高兴，但也让我意识到在世间度过了多少的日日夜夜。

“‘不，是妹妹，’我说，‘妹妹。’”

两个人进了那个房间，出来了三个。后来我告诉伊莎贝尔，成为母亲还另有一个不那么明显的好处：这下她可以完成她对父母的爱，或者说让她对父母的爱更为圆满，而没有孩子的人没有这样的成果。你的孩子一出生，想都不用想，你就原谅了你父母的一切，就像是一场天鹅绒革命。这也是婴儿狡猾的一部分。会有时间做这事儿，但不多，因为贡扎罗·丰塞卡第二年就去世了。死亡对他很宽容，来得挺突然的。一整天从纽约风尘仆仆地赶回来，他吃过晚饭，上床睡觉。他的住所在彼得拉桑塔附近，那个雕塑家和石匠之家。只有一个人进了那个房间，再也没人出来。新生的宝宝失去了两位亲人。对这个令人不敢相信的费尔南达来说，外婆和奶奶，还在，但没有了爷爷，没有了外公。费尔南达是个女孩。她也是个犹太人。她也是四分之一的金斯利，四分之一的贝蒂，四分之一的希拉里，四分之一的贡扎罗。

布鲁诺去世的时候，坐在他一旁的是贡扎罗，就像坐在金斯利一旁的是萨丽。每个人都赞同就应该是那样子的。

“人生主要就是悲痛和生产①……”没错，爸爸。人生主要就是死死生生；普普通通的奇迹和普普通通的灾难。始于生长的白色魔术，然后是这条路尽头的另一种魔术——黑色魔术，同样的奇特，同样的忙乱，同样的凭空而来。

四年之后，萨丽还会在“想爸爸想得厉害的日子”，哭着给我打电话。金斯利过世后，替代了他的空白之深之广磨砺着我们。对我来说还

① 此处“labour”可能既指“分娩”也指“劳作”。

算好，因为书还在这儿，因此，他也还在这儿：不眠不休地触手可及。

在凤凰病房时，我恼恨他转过身去，我恼恨他转身离去。现在，他们转身离去都令我恼恨。无论是谁都一样，哪怕是一只动物：路边躺着的阿尔萨斯狗，那只搁浅在热带海滩上的海象。女儿在她的生命中第一次沿着自身的轴心转圈，对我转过身去。他们转过身去都令我恼恨。

后记：1995 年，波兰

父亲去世的三周后，我独自一人去了华沙。出版社的亚历山德拉和英国文化协会的杰夫来机场接我。入城的一路上，烟雾中洇着落日，像是车流耗的油产生的直接效果。在某个地下室的酒吧里，有一场记者招待会，还有官方口译者和亚历山德拉之间的一场争吵——前者译过后，后者又不断地再重新来过。有一位记者对我的丧父之痛表示了同情。我发现自己第一次能在家庭成员圈外自在地讨论父亲了。我说这必定是极其的可怕：语词的背叛。对金斯利来说，这一定是内心死亡的一刻……接下来是在一家书店里签名售书（在全世界任何地方都一样的痛苦），不含朗读。之后是晚宴。看了那么多有关我牙齿的报道，亚历山德拉将菜单上有点硬的食物都去除了（出于同情，她展露了一下她自己弯弯曲曲的上牙龈）。这么做她非常细心周到，可没能给寡淡无味的鲤鱼冻添上点滋味（再说，现在我能吃一大块牛排）。那儿的人我都喜欢，也喜欢他们用英语的方式："你知我知，灯柱儿知。""替我们说句好话。"[①]再下来是泽特电台[②]的广播节目。主持人以民意测试的结果开场，说明在波兰没有人听说过我。因此，当我被问到"您对波兰的看法如何?"我说我从来没听说过波兰——虽说我当然听说过波兰，也思考过有关波兰的几件事。我觉得，她是地球上最受误解的国家之一。每一个问题、每一个眼神，你都能感觉在暗示着这一点。第二天早上，我和老朋友兹别格涅夫碰了面。他现在是华沙的商人，以其完美的英语（口头交流和

① 两句都是英语习语说法。后句原文有语言错误。

② 波兰商业广播电台，于 1990 年建立，是华沙的第一家私人广播电台。

专业用语俱佳）很受器重。以前他是在伦敦赚外快的木匠。[①] 兹别格涅夫替我做了诺丁山公寓的书架。这公寓按他的说法（他脑子里想着的是吧台、飞镖板和弹球机）是“他妈的天堂”。那天早上，我们喝了点咖啡，之后，先去了华沙起义纪念碑。壮观而时新的社会主义雕塑是为了纪念 1944 年 7 月 31 日这一时刻（纳粹撤退，华沙成了“地图上的一个地名”，城市留给了苏联红军）。之后去了尼古拉·哥白尼的黑色大理石雕像。他打破了以人类为中心的宇宙——他说太阳不是我们的行星，认为“太阳是我们的行星”这一幻象其实是错觉。他是启蒙运动的原动力。我和出版社工作人员、译者一起吃了午饭，做了一个讲座（关于《洛丽塔》）……那天晚上在酒店妓院似的酒吧里，我坐在金属椅子上放松一把。已经有人警告过我，对这些女人要小心：从大堂租好门卡，她们会自行进入你的房间，开始和已经上了床睡觉的你讨价还价。[②] 兹别格涅夫告诉过我，华沙现在成了个“钱城”。从飞机上下来的时候，我注意到波兰成了人手一册的《商业周刊》的封面俊男。旅店的酒吧也可以提供一个版本：随着穿着皮夹克的大腹便便的商人的到来，他们能变出市场力，也必然会变出穿着粉色连体裤的金发女郎。与此同时，音响设备播放的音乐里传播着自由的爱：花盆男人乐队的《让我们一起去旧金山吧》。[③]

我去了克拉科夫，又去了奥斯威辛。

---

① 看了杰奇·斯克里莫斯基的电影《披星戴月》（1982）之后，兹别格涅夫对杰里米·艾恩斯是波兰人深信不疑，而且艾恩斯其实是个在伦敦兼职打零工的波兰人。我给他看了电视版《故园风雨后》的几个片段，艾恩斯在剧中出演查尔斯·莱德，在整部剧中一直傻傻地笑着。——原文注

② 不是直接相关，但已经上了床或是准备上床睡觉这一条让我想起了威廉·巴勒斯的《裸露的午餐》，书中提到替人堕胎者，住在偏街小巷里，穷困不堪。他说，日子是如此的难以为继，他堕落到上街去推搡怀孕的妇女。——原文注

③ 创建于 1967 年的英国流行音乐乐队，以《让我们一起去旧金山吧》一曲知名。此处艾米斯似与另一首同一时代的流行歌曲《如果你去旧金山》混淆。

我十岁时第一次看到这些图像：铁轨，烟囱。

“妈妈，谁是希特勒？”

“不要担心希特勒。你有金色的头发和蓝色的眼睛。要在希特勒那年代，他会喜欢你的。”

三十年之后，我写了一部小说。我经常想到，这部小说源起是第一次击中心脏的疼痛感，是由这次对话以及对话给我带来的卑劣的放松感形成的：由一个金发碧眼的男人来讲述大屠杀的小说。我的小说部分背景是在奥斯威辛，但我之前从来没来过这儿。

到了小城：奥斯威辛（距离一公里）。这儿是火车站。在它最繁忙的时节，和伦敦维多利亚站、巴黎北站和纽约中央火车站一般大小，也有咖啡店、旅店。我的导游在等我。那是一个名叫多维塔的年轻女人。

你被杀害的梦和你杀害别人（或是唆使了杀人者，是杀人者的好友、主人）的梦，哪一类的梦更让你拼命想清醒过来？第一类的梦可能更会让你害怕得发抖，但第二类的会滞留更久。奥斯威辛现在成了个博物馆，记忆的纪念碑，没有生命。它没有生命，但继续给德国造成致命的羞愧感，给波兰造成无休止的耻辱。

提到这点时，我的导游说，

“波兰曾经停止存在了。”

是的，一点不错。而且不止一次。1939 年：雅利安化了，苏联化了；希特勒化了，斯大林化了。战争结束时，波兰发现自己变小了（往西挪移）；首都几乎被夷为平地；人口减少了四分之一。波兰剩下的是奥斯威辛，还有其它各处的集中营……我的导游叫多维塔：健壮优雅，声音温柔，不温不火。她仔仔细细地化了妆，皮肤像上了一层釉彩。但她的双眼没有蒙上尘埃，仍旧清新，没有倦怠。

“我们碰到过到这儿来的人，”她说道，“认为所有这些都是搭起来骗他们的。不单单从德国来的有人这么想。也有从荷兰来的，从斯堪的纳维亚来的。他们认定这儿什么都没发生，大屠杀不过是个神话而已。”

她是怎么应对那些人的？

“我集中在证据上。一点又一点地讲。但他们否定了。他们不相信。”

不得不承认奥斯威辛-比克瑙营区很难让人相信。但没有躲避开去的心仍旧能感觉到这块地方凶狠的节奏。奥斯威辛本身近距离得让人恶心（霍斯[1]的屋子就窝在绞刑架后面，他的妻儿以前就在那儿的园子里玩），比克瑙营区大得令人恶心。蔑视不屑很难让人相信，相比之下，冷酷残暴更容易让人相信。还有，整个计划中毫无底线的一字不漏地照做不误（所有在欧洲的犹太人？连在爱尔兰的犹太人也被上了名单——所有的布鲁姆们和赫索格们）能让人相信吗？那高效和节俭的色泽能让人相信吗？一个营房的苦工持续干三个月（一向都是三个月。你不是马上被杀，就是设法活命。否则，一向都是三个月）能让人相信吗？那一堆堆的牙刷、一列列堆满了人发的疯狂的火车，其成本之低效益之高能让人相信吗？战争期间，德意志研究会有过一个气象学部门，专事“证明”雅利安种族是从时间之初就在据说已经沉入了大西洋的亚特兰蒂斯陆地上，在积年陈冰中保存下来的，未被进化混入杂质。从意识形态上来说，小报式的夸张渲染，慷慨激昂的鼓吹，这些都是在那个层次上的——一个由会说话的动物、起死回生的名人、灵丹仙药、外星绑架、双头婴儿所构成的世界。而另一端是奥斯威辛-比克瑙营区，意识形态成了行动指南。神志不清的自言自语者、站在牛奶箱上晃动着眼珠演讲的家伙——他们的头脑在这儿被演成这一出正儿八经的反乌托邦。

在这个主题上，任何严肃的涉足都会带你经过几个阶段。我发现有这几个：难以置信，哪怕之前对一些事实情况有多熟悉，都会全然重新再一次觉得难以置信；无以发泄的愤怒，身体四下搜寻着，想找到什么方法让世界感知这种愤怒；可憎的谩骂、诅咒和流泪、咒骂、抽泣、想着死者；一种厌恶的感觉，像是有害虫在横行；一种类似（但不代表）悔罪到了极点的恶心（或许这是一种作为同族类的羞耻感）；然后到了

① 集中营指挥官（1940—1943），德国党卫队中校。

最后，停止了抵抗，不得已而同意。终于你辛辛苦苦地一路从不相信到相信。或者说，是头脑经历了这番征程。而躯体，我怀疑需要更长的时间投降，默默地挣扎着走到这一步。这一缓慢的过程在夜间进行：翻滚着，锤碾着，拉扯着。或许这也是一种身体上的共情，或说是在试图寻找这种身体上的共情。内部的重新调整总是突然把我惊醒。那时的感觉就像是一整天坐在超速行驶的车上或是颠簸在波涛汹涌的海上。躯体致力于与颠动的状态相合，一边又在紧张地抵制……在克拉科夫旅店的床上，我难以入睡。这一过程，我以前已经经历过了，一路上的每一个站点我都认识。

此刻我想起了和表弟戴维・帕汀顿的那次见面。他告诉我，他无法看到“西”这个词（“西方”、“西南”、“西边的”中的“西”）而不感到恐怖（“西”-韦斯特：一个人的集中营[①]）。他告诉我，他抬着妹妹的棺材时，感激带子摩擦着他的手——感激痛感，以及痛感不断地持续、提示这是现实的存在。也是因为痛感的持续，玛丽安去看了并抚摸了妹妹的骸骨……戴维告诉过我他曾连着几个小时的诅咒、哭泣。又如何半夜时起来诅咒、哭泣。我当时觉得是暴行造成的。当这事切身相关，就像戴维那样，要做到的不是接受，而只是要相信这事的发生。暴行一边挑衅着人类的相信，一边又迫害着人类的相信，索求绝不会自愿给予的：接受相信。露西・帕汀顿是我母亲姐姐的孩子。她是我的表妹，不是我的同胞手足，不是我的女儿。从来没有谁让我去相信某件真的是难以置信的事。对一个五十岁的人来说，需要相信的只不过是寻常的那几条（而这些看起来已经很难相信的了）：父母要离开了，孩子们会继续留下去，而我在中间的某个地方。

---

① 韦斯特的姓与“西”（West）是同个词。

附录：传记作者和媒体

有一次我走在波多贝罗路上，步子缓慢（我前头有个年迈的妇人），不得不排着队往前走（这条露天市场的街上有些修路工程），突然感到一双有力的双手一把抓住了我的后脖颈。我吓了一跳，转过头去。不过就在那半秒间，我认定这是位朋友，不是有人袭击我。甚至还想了想：雷德蒙！雷德蒙·奥汉隆[①]。大熊似的（亲热的）雷德蒙总是做这种事。我想起在他的第一部游记中，他故意给他的旅伴詹姆斯·芬顿制造了一些吓死人的事。不过那是在婆罗洲，一个比波多贝罗路远远更为吓人的地方，而且这是在星期六早上。于是，我转过身来，嗓子眼里要冒出“滚你妈的蛋，雷德！”那不是雷德。而是一个咧着嘴的陌生黑人青年。他把我推到一边，同他女朋友一道抢到了前头，说，“不行的，兄弟，不作兴在街上这么走的。”他的意思是：这么慢地走。就在那时，挡着路的老妇人往左拐，这一对走入了十字路口，动作夸张地炫耀着自由。白肤色的姑娘挽住男友的手臂，赞同地说道：“你看到他了没？他尿裤子了！”我觉得……我觉得极其疲乏。这种疲乏感差不多让我靠着墙倒下了。不对，我不是选择慢慢地走；不对，你不应当抓住陌生人的后脖颈，而且我也没有尿裤子，不对，我……各种不正不义的混合，各种无用无望的混合；宇宙间无理可讲，无法伸张，这种感觉，这种深信：让我想起了另一件事。

这就像是四处上了报纸。

---

① 雷德蒙·奥汉隆（Redmond O'Hanlon，1947—　），英国作家和学者，以自然历史和传记作品知名。

要说到目前为止这些书页间还没有一种郁郁不平的感觉，那不是因为我努力要将其排斥在外，而是因为本来就没有。不过，我们现在到了附录部分，分隔开来属于不同的领域，我想要澄清一下。接下来要说的与其说是对犯错的个人的指责，不如说是对媒体界的指责。媒体在其演变过程中，正处于一个非常特殊的阶段。一方面，对自蚀其机能的权力越发地自满；而另一方面，对所有真正重要的问题，变得越来越笨拙无能。

父亲去世的三天之后，我接到传记作者埃里克·雅各布斯的电话。他说，他一直在写一些有关金斯利的"零散笔记"——这是他打算用来写第二本书的。他告诉我《星期天泰晤士报》认为这些笔记可以发表。说这句话时，他的声音里掺入了既惊且喜，像是争取在句子结尾时挂上一个感叹号。我说，

"哦，听起来可以的。"

"你应当先过目一下才好。"

我没觉得有什么可忧虑的。对埃里克，我挺感激的。他精力充沛，与我们意气相投，减轻了不少金斯利去世带来的重负。或者说是他去世这一过程带来的重负。我预想这些笔记满怀爱意，抚慰心情。顺带着我也支持拮据的传记作者赚点小钱，给满是溢美之词的悼词再添点花。临近结束时的某个阶段，我以为连讣告都会充满敌意……

我继续工作。包裹到了，我继续工作。到2：15，我开始看埃里克的文章，到2：45，我记起要去打一场网球，我就去了。但打了一两局后，我只得服输，道了歉（我的对手又是扎卡里·利德。他很快就理解了），回家开始对付这件事。

"零散笔记"是差不多三十页的打字稿，包括从一个知情人的视角来写的金斯利最后的日子，按时间次序分段记录。我们家的一些敏感事，就像是一家瓷器店，而埃里克东倒西歪地冲了进来，撞翻了这个，碰碎了那个。每一次他弯下身去查看一只碎花瓶，后臀就会连带着把另

一个架子上的东西扫在地上。他在这儿干的都是什么啊？这个时候他在这儿干什么啊？最亲近的家人受到侵犯，令人烦忧不堪（还包括边缘的人物：比如说，我的两个儿子），而死亡之旅这一中心事件，却被降低了重要性，让人无法忍受。看到我的父亲在他最无助、真的是赤条条的时刻，被不带一星点礼节地描绘，这不是件轻松小事，就像是去了一个没有一丝情感的世界。七十二小时前他才刚死。

我看完了稿子后，纯粹是出于痛苦，我流了泪。也正是处于这样的状态中，我开始四处打电话。

"这么……粗鲁，"母亲说。

她用这个词总是包含着很多层的意思。她是说：如此的唐突，如此的无礼，如此的下三滥。

"把你那个经纪人找来，"她说，"他叫什么名字来着？对了：'死赖'"①。

"他叫怀利，妈妈。他已经开始对付这事了。"

埃里克马上同意撤掉这篇稿子（他的那封道歉信我不知放在哪个地方了）。然后，他坦白这些笔记不仅是给《星期天泰晤士报》看了，也给《每日邮报》看了。于是，那一天，还有接下来的一天，尽忙着从媒体的血液流通里清除埃里克的描述。在《星期天泰晤士报》，我有一些影响力。我是那家报纸书评的总负责，或有类似的这类头衔。我和吉伦·埃特肯谈了谈。他是安德鲁·怀利的合伙人，却不可思议地代理埃里克。（吉伦代理埃里克已经很久了，但对我来说，其中的感受还是不可思议。）这都不是我想做的事。我的父亲还没有入棺木，葬礼还有几天就要举行。

家里人自然不想和埃里克再打什么交道。这一来就意味着，编辑金

---

① "怀利"（Wylie）发音与"Wily"（"狡猾，诡计多端"）一样。此处艾米斯母亲可能与"sly"（"狡猾"）混淆。

斯利《书信集》这事还没开始，先得把他解雇了。消息传到了埃里克那儿，十月三十一日在圣马可教堂举行的葬礼不欢迎他来参加。后来我给埃里克写了一封措辞悲伤的信。我为他觉得遗憾——而且还怀有感激。

四个半月之后，这些零星的笔记分三期在《星期天泰晤士报》上发表了。我第一次听到这事时，是在星期六晚上，一个骑车人捎来一份第二天的报纸还有一封栏目编辑的短信：信里提到吠犬不咬人之类的话。书评版的首页上是我写希拉里·克林顿的文章。另一个栏目的首页上是埃里克写金斯利的三篇文章中的第一篇。

我父亲的传记作者，在我的报纸上，这一笔交易是通过我的经纪人的合伙人吉伦·埃特肯谈判达成的。那一刻，我又回到了波多贝罗路上。

是什么让埃里克倒向了一边？我在一次采访中提到，另有人编辑《书信集》：我的朋友扎卡里·利德。不出所料，埃里克以为我只是因为人情关系偏袒朋友才把这个活派给我的“打网球的球友”。后来，他在给一位与金斯利·艾米斯有信函往来的人的信中中伤扎卡里·利德，说他有“奇怪的名字”。没错，我还想说，扎卡里·利德还有个奇怪的称号：教授。

和上次一样，埃里克的做法把我卷入了各种各样费力费时费心思的事中。他还让我不得不撒了谎，这事我没法原谅他。为了在《星期天泰晤士报》继续保持一定的影响力，我不得不告诉文学编辑乔迪·格雷格，我可能被说服继续接受他的聘用——而事实上是，我站在门口打开了那个信封，骑车人在一旁看着，我和那家报纸的关系在那几秒钟内结束了。在整个过程中，格雷格都正直有理，富有同情心，为此事深觉失望。误导他无疑是一种羞辱。更累人的是，我还得继续用平静的声调和埃里克打电话，要求他作这儿那儿的删改。这些对话是我参与过的对话中最怪异的。比如说：

“我看到你加上了对葬礼的记述。”

“嗯，是的。”

“你把葬礼描写成敷衍了事。你的描写以此结尾：‘唯有萨丽哭了。’埃里克，如果我是你，我会把这一句去掉的。因为这不是真的。”

“哦，真的?”

“有很多在场的人，都可以证明这不是真的。”

“哦。”

“你又不在那儿，对吧，埃里克。谁告诉你只有萨丽哭了?”

“某个……在那儿的人。”

“不管是谁说的，这都是错误的。”

“哦。那我……那我会……”

“每个人都哭了。”

这下子整件事都公开了。哦，我的读者，我告诉你当时我指望媒体的舆论能够坚决地站在家庭的这一边，你会满怀同情微笑的。如果埃里克是在别的地方，比如意大利，这么做的话，他现在就已经进监狱了。不过，一半的英国记者也会进监狱的。报纸做的是把事情印在纸上透露给公众，所以他们会一直支持透露事情的那些人。记者永远同意记者，而埃里克是个记者，他只是在做记者都在做的事。还有其它的力量在施加影响，发生作用。首都的几家知名大报的存在已经被认为是多元化和健康的标志。而你最终得到的是相对主义者的回音壁——金斯利称作恶性的中立立场。不管是“公之于众的宿怨”、“文学界的混战”还是“有失尊严的打架”都有两面，对吧，否则报纸怎么运营呢？接下来的两个星期，媒体纷纷发声，又含糊其辞地退回了真空。

因为这是最最基本的，明摆着的事。根本不需要动脑筋才能理解。所需的只是一颗合情合理的心。归根结底要看的是，埃里克对我们做了什么，而我们又对他做了什么。他的行为起的作用是在我们悲痛的时候，攻击我们。我们所做的是所有我认识的家人都会做的事，和他切断一切联系。我们据称所采取的“令人痛苦的报复”——不让他编辑《书信集》——只是割断又一层的联系。这一刻，看到埃里克谈论金斯利的

"愿望"，我还替他脸红。"我以为遗嘱执行人应当遵循他们所代表的人士的意愿，"他这么对《星期天泰晤士报》说，"可是，这与金斯利所希望的恰恰是背道而驰。"（我想这是说，埃里克和一个叫做"扎卡里"的人是截然不同道上的。）如果他能说服谁相信，我的父亲——或者说任何想得出来的人——会在身后支持一个伤害他家人的人，而且在家人还沉浸在悲痛中的时候，那么就算他赢了。

《圣经》有言——这也刻在圣潘克勒斯后面的教堂墓地（也是我父亲安眠的地方）的一根石柱上：哀恸的人有福了，因为他们必得安慰。埃里克的行为不仅仅是错的，而且是错中之错。十月的错到三月仍旧是错的。值得表扬的是，埃里克至少是意识到了这一点。[①]

金斯利去世后的第二个星期六，我一个人呆在公寓里，不能写作也不能看书。唯一一件看似能做好的事，是盯着我的鞋子看。我没有得病的感觉，因为被狠狠地上了药。我们都是那个样子，我们都上了悲痛的抗生素。那个周末两个男孩都不在：行军床收了起来，公寓里没有散落的酸奶空杯、空薯片袋、鬼怪神兽的玩具；没有泡过的茶包耷拉在牙膏旁边。我决定想见见我的儿子们，请求和他们呆上一两个小时。而这像是个错误的决定：下雨的天，繁忙的车流，在最糟糕的星期天的天色中去了一家糟糕的购物中心……我们的任务是去给路易斯买一双运动鞋。年轻的营业员打开了很多鞋盒，对着每个鞋盒里的东西盯了好一会儿。最后，他举起了两只鞋子说，

"这俩是同个尺寸的吧。"

我闷闷地想了一会儿。我感觉搞清这鞋子的尺寸该是他那边的事，不是我的，可能露出了不能忍受的神色。我说道，

---

① 1996年10月，埃里克・雅各布斯和克里斯托弗・希钦斯有过这段对话。雅各布斯："我想你认为我有点犯贱。"希钦斯："是的，我确实这么想。是什么蒙了你的心？你怎么会想着自己能得逞的？"雅各布斯："好吧，我知道自己有点犯贱。"我们还会看到，埃里克会进一步表达他的悔恨。——原文注

“不是，显然不是。”

一只鞋子轻轻松松比另一只大了不少。而且颜色也有点不一样。营业员继续盯了一会儿，说，

“它们是一对的呀。”

这次外出肯定是有成功的一部分，因为我的笔记本上写着：“可是，路易斯很甜很感恩，更有同情心。雅各布拍了我很多次。”安慰人的拍拍是雅各布的专长……

而那位卖鞋的营业员：我现在认为这孩子入错了行。在卖鞋这一行里，他没有前途可言。他应当给一家大报写文章的。大报都很习惯于盯着一只长筒靴和一只水晶鞋，嘟哝着说，它们是一对的呀……

每个人都哭了。

“只有萨丽哭了。”不对，每个人都哭了。萨丽哭得最凶（“我要是有颗安定就好了，”她说。罗伯像是自动售货机似的，马上拿出了一颗），不过每个人都哭了。哭传染到了每个人。整个过程雅各布不是握着我的手，就拍拍我颤抖的肩膀安慰我。男孩们以前也见我哭过，但不是在大庭广众之下。他们还没见过萨丽哭伊莎贝尔哭希拉里哭菲利普哭。还有他们的母亲也在哭。于是男孩们也哭了起来。过后，在街上：路易斯通常情况下都能保持良好的仪态，管好自己。这一天穿着校服的他看起来蔫头蔫脑，像是他四五岁时有时会出现的样子。可怜的孩子。他以为这个仪式只不过是从学校请假一个小时。他没有料想到是个重要的事件。

艾米斯家的老一辈（都在抽烟，都在咳嗽）跟着灵车去了火葬场，又跟着回来，都在抽烟，都在咳嗽。葬礼之后的聚会，第一个同我说话的也是第一个我吻在唇上的人：我的表姐玛丽安·帕汀顿。这些日子她一直去旁听罗斯玛丽·韦斯特的审判。

“你说‘雅各布斯’这个名字时，”雅各布这会儿又提这个事了，

“请你加重‘s’的发音。我一直以为你是在说我。”

“你说得没错，杰依克[1]。我们不能把你们两人混了。那个和你名字接近的人怎么样了呢？我们对他的最终评价是怎么样的呢？”

《星期天泰晤士报》把“零散笔记”的最后一期排好了版。那天晚上，我给埃里克打了电话，粗暴地谴责了他：“睡前好好想想金斯利这下子会怎么看你了。”我琢磨着自己现在怎么看他。我觉得记忆中的他远比吉伦·埃特肯——他的经纪人和顾问——更多点同情之心。埃里克的行为很愚蠢、很混乱，可能是悲痛导致的杂乱无章。我也好心地替他想想，他需要钱。可是，埃特肯对自己的所作所为是怎么看的呢？[2] 如果他对代理的作家提供不同的建议，埃里克就会编辑《书信集》。他的编辑无疑会引发一些争议，但他可以问心无愧地完成这件事。

而埃里克确实是有良知的。这一点我们都知道。

在一年之后的金斯利纪念会上，卡尔·米勒谈了他的小说；布莱克·莫里森谈了他的诗歌；梅维斯·尼克尔森谈了作为老师的金斯利；理查德·霍夫和埃里克·肖特尔回忆了朋友中的金斯利；克里斯托弗·希钦斯谈及了所有这些方面。我谈了金斯利的最后日子，还有他对上帝的态度。我还说，我们现在开始以不同的眼光来看他，不仅仅只是个“老魔怪”。我们开始看到了一个完整的人。纪念会以播放金斯利·艾米斯有一次模仿别人的录音带结束：在二战最黑暗的日子里，富兰克林·罗斯福通过短波电台对英国发表讲话，一边还有支铜管乐队奏着乐曲。有笑声，有掌声，还有爵士乐。我们出来走进特拉法尔加广场，向加里克俱乐部走去。在那儿，为了纪念金斯利，我们一起聊天喝酒。对我们中大多人来说，这是愉快的一天。

---

① 杰依克（Jake）是雅各布（Jacob）的小名。

② 每个人都以为他这么做的部分原因是给安德鲁·怀利发一个烟雾信号。埃特肯第二次要求《星期天泰晤士报》刊载的做法导致了他俩合作关系的瓦解。后来埃特肯谈到他自己在《情报》的交涉过程中的角色“不太光彩”。他和《星期天泰晤士报》的交涉又是何等的光彩呢？——原文注

只有埃里克哭了，我有意打下这一行。只有埃里克哭了。可是，这几个词有点新闻记者的味道，因此不可能是真的。

玛丽弋尔德·约翰逊也哭了，而她的丈夫保罗昂着头怒气冲冲地走了。他声称金斯利“被左派劫持了”。

我无法消除对埃里克残余的一些感激之情。可是，你只能原谅自己认为可以理解的人事，而他对我来说还是一团谜。即使他走进我的某部小说，我也不知道该拿他怎么办。埃里克经常让我突然想到小说中的人物。那么问题就是：谁的小说呢？

我再看了一遍《零星的笔记》。笔记让我想起了伟大的现代主义传统中不可靠的叙述者——那个“我”所讲述的事件，不能单就表面来看。如果这一技巧能起作用，不可靠的叙述者必须得非常可靠：可以确信不可靠的叙述者是有偏见的，可以确信他不知晓自己的自以为是。我后来想到埃里克可能是金波特的远房表亲。金波特是纳博科夫《微暗的火》中那个会吞噬毁人的“编辑”。他错误地认为自己开始着手注解诗歌是对诗人一生的赞美。① 听听埃里克对金斯利·艾米斯最后一部小说《传记作者的胡子》的评论：

> 我说：“金斯利，这听起来挺像我的——一个写作家的苏格兰人。”哦，对，他很快地说道，可是“他不像你啊”……我纳闷——塞德里克，是他选择的名字吗？他对这个名字挺满意的，是不是因为其中包含了埃里克②……我禁不住开始想，这部小说似乎和他自己的生活如此的接近，是不是由我写他的传记而引发了灵感。

---

① 这个例子充分体现了金波特抓不住要点的本领：“至少有一个搞恶作剧的阴险家伙。我一到家就知道了……在我的外套口袋里找到一张不署名的便条，恶狠狠地说：‘你有很严重的幻——，伙计。’意思显然是‘幻觉’……”——原文注

② 塞德里克（Cedric）里包含了埃里克（Eric）的字母。

塞德里克/埃里克这一说（人物的名字后来被改成了戈登），还有那个“他很快地说道”，可能出自金波特——虽说这是一个很安静的日子。而且，顺带提一句，戈登也不像埃里克。这部小说和其它几本不一样，完全是非自传性的……我一直在想着那个句子——“只有萨丽哭了”——未作修改的摘录添油加醋地以此结束。代埃里克去了葬礼（无论从哪个标准来看都是个众人恸哭不已的场面）的那个人应当是有知有觉的。或许只是埃里克需要将葬礼想象成那样子，他自己惨兮兮地被排斥在外，无法让萨丽的泪再加上他的泪。他热爱金斯利，尽其所能，正如金波特热爱他的诗人约翰·谢德。

雅各布斯这事显然让我们看到了文化界顶尖之顶尖人物的最佳表现，哪怕行不通也要向他们这一行的绝对巅峰拉升。他们失败得很惨，但至少他们是想要认认真真的。连埃里克也是想要认认真真的……而对其他人来说，所有那些媒体辛勤劳作的小户：他们已有了闻名于世的各种特点——侵犯私事、疏忽大意、粗俗下作、嗜酒成瘾。我们还可以再加上金斯利所称的“态度含糊的优越姿态”、“无所不在而又不明确的讽刺”、“不假思索的敌意”。① 搜了一小会儿后，我们找到了埃里克·雅各布斯的原型。不过，在普通的日子，找到一个普通记者的原型，该是轻而易举的事。我们在莎士比亚作品这一首要的文本里找到了他。莎士比亚的作品里，什么样的人都能找得到，早早晚晚的事。他是忒耳西忒斯：在《伊利亚特》中仅说过一句话，但在《特洛伊罗斯与克瑞西达》中得到了充分的发展。“你这天生的硬面包皮儿”，（此处）可鄙的阿克琉斯这么称呼他。“你这嫉妒的核儿。”忒耳西忒斯——“一个一肚子都

① 1999年还有一场百年纪念：豪尔赫·路易斯·博尔赫斯诞辰百年。伊恩·麦克尤恩和我都去了伦敦图书馆的纪念活动，向他致敬。活动洋溢着温暖的庆祝气氛，但在一张大报的报道中，却带上了几乎是列宁式的尖刻。下面的这个例子完全不足挂齿，但很能说明问题。撰稿人说，我穿了一套“不合潮流”的西装。呃，可以肯定的是，一套“很潮”的西装也一样不合适。——原文注
1999年也是纳博科夫的百年诞辰。

是骂人的言语的奴才。”他是个“变态下流的希腊人”，因着自己的卑鄙看到四处都是变态。[①]

* * *

够了。我担心，纳博科夫会觉得这一个传记作者就他的意图来说，动作太慢了。而巴尔扎克这样的作家笔下有玩阴谋耍把戏的，马上就被反拧着双臂强行从书页间拉走了——因为实在太不懂事了。总之，埃里克太英国了。我现在觉得 V. S. 普利彻特会一眼看穿了他。还有一位作家，要是能听到整个故事，会好好地把他修理一番：金斯利·艾米斯。

① 唯一麻烦的一点是，忒耳西忒斯作为莎士比亚的人物，照样让人难以抗拒。我最喜欢的一段不算是他最典型的表现，不过让我们看到了他性格中另一个主要方面。在一场战斗中：（赫克托耳上。）赫克托耳：希腊人，你是谁？你也是要来跟赫克托耳比一个高下吗？你是不是一个贵族？忒耳西忒斯：不，不，我是个无赖，一个只会骂人的下流汉，一个卑鄙龌龊的小人。赫克托耳：我相信你，放你活命吧。（下）忒耳西忒斯：慈悲的上帝，你居然会相信我！这天杀的把我吓了这么一跳！

补篇：给姨妈的信

1999 年 11 月 8 日

亲爱的米姬：

这是一封我永远不会寄发的信，放在一本您永远不会读的书里。然而，不给您写上这几个字，我没法给这本书收尾，哪怕是试着寥寥写上几句。

春天的时候，伊莎贝尔和我带着费尔南达和男孩们去了西班牙——是去看您的妹妹。我知道二十五年前，您去过隆达的屋子，因为当时我也在那儿，不过我不知道您有没有去看过他们在城外广场上的小屋。她和艾利现在住那儿了（杰米在塞维利亚，一直都是来来去去的）。那儿的条件很基本。妈妈说，寒冷的那几个月，她至少得花上一个小时才能穿好上床——一层套着一层。她新换上的膝盖成功极了。她说，好多年来，这是第一次不再觉得疼痛了。不过，不单单是膝盖的问题解决了。她是个乡村姑娘。现在她拥有的正是我们所希望的：金斯利之后的生活。她养鸡养狗。（那两只跳到对方背上不肯动弹的山羊她不再有了。）这让我想起了十岁那年您家的院子——乱糟糟地生机勃勃，这边是鸡群咯咯，那边是狗吠汪汪，中间穿梭着几个孩子——您从来没见过这么忙个不停的孩子。费尔南达一把脱下衣服，走进鸡圈去"捡"鸡蛋。她很快就把这个词占为己有了——不断地说着"捡捡"。

对我纪念您另一位女儿露西一事，您曾有所质疑。我从玛丽安那儿得知您的态度后，我们交换了一些信函。您亲笔详细解释——您的笔锋强劲挺拔，但还是让我想起了我母亲的笔锋（除掉她人人皆知的用发音来拼写单词这一点)。您还是持怀疑态度。书我已经开始写了,但发现自己无法继续。我坐下来写作时,切切实实地感受到缺少了您的祝福。随后我有一种认识,虽说不熟悉,却很明确。您的祝福,我知道只有一个人可以获得。

您记得我们那次开车去吃中饭吗?成年后去“磨坊”,这对我不是第一次。村庄,小路,围着磨盘的环形车道,您家的草坪和池塘,您种的雏菊。我记起差不多四十年前,我在这个花园里一段接一段地四处急切地奔跑着,找寻着复活节的彩蛋,从一个线索追到下一个线索(我记得线索是您用韵句写的)。村子现在看起来像是被彻底清洁过了。不再有牛群冒着热气从小路走过来(“哞哞,牛牛来了!”)。您家的花园也不再是我少年时代有围墙的天地、无尽的宇宙。“就这点大啊!”然而,这地方仍旧能将我送回到那个未堕落的世界。我能感觉到它在我女儿身上唤起的着迷和兴奋:那时她还不到两岁呢。今天是她的三岁生日。生日聚会刚刚结束,屋子还堆满了气球。

那天下午,您和我本来是要谈谈露西的,也要谈谈我写她的事是否妥当。但是,我们俩都知道我们永远也不会这么来谈。我猜,要谈,也得您和我单独一起呆上差不多半年时间。再说了,试图改变您的想法也没什么意思。需要的不是改变想法,需要的不止是这一点。我做不到,只有我的女儿可以做到。

我们来访之后没多久,您写信给我。您说,有一天您醒来后,发现您的疑虑已经消除,取以代之的是平和。您给了我您的祝福。您也提到了您对费尔南达的印象……我在前门的信箱取出您的信后,一边往卡姆登区走去,一边读着信。回到家后,我把信递给伊莎贝尔,说,“费尔南达的力量。”说这话我一点不带胜利的骄傲,只有清醒的尊敬。对此,我从来不曾有过怀疑,但还是非同寻常:这些女孩的力量。

虽然您说到她让您想起了露西,但我不曾有过这样的预想。我明确知道的是,她会给您留下些什么,她会传递某种信息。她被送到这世上来,不是来一下就走。就像露西一样,费尔南达也一直会给您留下些什么。和她在一起，不可能不接受些某种信息。露西也绝对是那样：她拥有魔法。到时间该走的时候，费尔南达不愿离开院子，向您伸出了手，好像您是她的拯救者。

附上几张费尔南达的照片，还有两张她姐姐迪莱拉的（我给您写信说过她的事——细谈了一番无意识，以及沉默的焦虑），还有两张她妹妹的照片：小小的克莱奥。

路易斯和雅各布也在其中。

一如既往爱您的外甥，

×

×马特×

×

《经历》译后记

2000年，《经历》出版时，马丁·艾米斯五十一岁。开始写作这本书的四五年前，他跨入中年。和所有的人生一样，那是个会发生很多事的年龄。1995年前后的十八个月间，他经历了：离婚结婚，非婚生女儿的出现，消失了差不多二十年的表妹原来成了系列杀人者的牺牲品，大型的牙科手术，更换经纪人，《情报》出版过程中的种种是非，更不消说还有父亲的去世。

在这样的一个人生中点上，艾米斯回头看，盘点他的“经历”。

“我”的回忆

作为回忆录，看起来艾米斯真正写自己的部分不多。重要的青少年时期，他呈现的是当年写给父亲和简的信件。而周围的人似乎才是他着墨的重点：父亲、母亲、简、露西、迪莱拉，还有和索尔·贝娄、克里斯托弗·希钦斯、朱利安·巴恩斯的友谊。

但个人的回忆录一定是个人视角的回忆。熟稔英国文学传统的艾米斯取用“经历”作为书名时，无疑是指向弥尔顿的《失乐园》、布莱克的《纯真之歌》（*Songs of Innocence*）和《经验之歌》（*Songs of Experience*）。纯真是生命的本初，是伊甸园中的亚当和夏娃。撒旦化身的蛇令他们犯下了原罪，“失去的纯真再不复得”（《失乐园》）。艾米斯笔下的“纯真”是童年，是母亲，是英格兰的乡村。当他提到父母的离婚是童年的结束，“从那时起，就全是城市，全是伦敦，全是世事经历了”，读者免不了读出其中的言下之意：一边是童年、乡村的“纯真”，另一边是世故练达、富有“经历”——是“经历”破坏攫取了“纯真”。

金斯利·艾米斯和简·霍华德两位小说家的情事，在小艾米斯回忆录的草蛇灰线中，容易被解读成文艺女爱上知名作家“小三上位”的狗血情节。事实上是，简和金斯利在1962年的切尔滕纳姆文学节相遇的时候，简已出版四部小说，在伦敦的文学圈中小有名气，而且她是这一届文学节的总监。金斯利·艾米斯也出版了四部小说，以1954年出版的《幸运的吉姆》出名。金斯利是受邀嘉宾，与美国作家卡森·麦卡勒斯、约瑟夫·海勒、法国作家罗曼·加里一起参加题为《性和文学》的小组讨论。此前，简已为金斯利的小说《爱上你这样的姑娘》（1960）写过书评。说到金斯利笔下的人物：他觉得荒唐的那些人，写起来滑稽极了，可是大多数时候，人物都很乏味[①]（p. 150）。作为一部喜剧小说，而且是一部有关“有魅力和无魅力”的人的小说，这样的评论不是不犀利的。2016年，阿尔忒弥斯·库柏的伊丽莎白·简·霍华德传记出版，书名为《危险的纯真》（*A Dangerous Innocence*），是不是对艾米斯的书中记录简的文字的一种回应和批驳？

而且这也不完全是一部作家的回忆录：艾米斯极少提到自己的作品。和同为作家的父亲，读者看到的不是文学的薪火相传，却是同行之间的既相近又相轻。儿子的作品父亲看过的极少。题献给父亲的《伦敦场地》，父亲不曾读过。而父亲的作品，是给儿子最好的遗赠，儿子借着回忆录写了他的书评。对父亲被时人诟病的政治观点，既有批评也有庇护。金斯利的好友诗人拉金身后出版的书信集，因为在私人通信中显露出来反人类尤其是种族歧视的一面，令他声名大跌。而金斯利有儿子护着，小艾米斯在校读此回忆录的同时，也在校读利德编辑的父亲的书信集。

后现代的回忆

前文提到的艾米斯写自己的部分并不多，那是为什么呢？同样的离

---

① Artemis Cooper, *A Dangerous Innocence*, London: John Murray, 2016, p. 150.

婚，父亲的两次离婚他说得详详细细，甚至还企图解释和简离婚的契机在于伦敦电影院里那场傅满洲的电影。而对自己的离婚却语焉不详，连前妻的名字也只零零星星提到过几次。

虽然原版封底将这本书作为“自传”（autobiography）来介绍，而且“回忆录”（memoir）和“自传”也时不时混着用，甚至还有称作自传体的回忆录。两者的写作无疑都借助回忆，都是回望时的记录：这一刻的感受，以及感受当年的感受。因此，在自传和回忆录中，事件对个体的情感影响可以说比事件本身更重要。但这两者之间，就我看来，应该有所区分。

区分的关键在于回望时记录的方式方法，及重点所在。自传和传记一样，通常是按时空线索来叙述的，告诉读者这一路发生了什么。而回忆录不一定是以时空顺序来写，而是从自己的立场向读者的展示。自传是要画成一幅完整的自我肖像，而回忆录则可能是碎片散事，马赛克似的任由拼贴。比如纳博科夫的回忆录《说吧，记忆》，由发表于1936年和1951年间的一些回忆短篇组成，出第二版时又经过修改和扩充。就像书名所提示的，发声的是“我”的记忆。而记忆的重点是周围的人事，这也是回忆录和自传不同的一点：后者的重点更在于自己，回忆录则和小说相近，注重叙述过程中的构建。

不以自我为中心的回忆录，这无疑也和马丁·艾米斯的后现代写作相关。艾米斯在回忆录中用了他小说写作的主要手法。在BBC的一次采访中，他提到在写这部回忆录时，“我对平行故事和重复主题的热衷没有减少，哪怕对真实性我一丝不苟。”① 书里不断有一些人生的大主题：童年、友情、爱情、亲情、死亡。艾米斯虽然没有写很多的自己，却不时会提到自己“经历”别人的“经历”：在自己失去牙齿的时候体会母亲提到失去牙齿时的心情——“一条一路通向我灭亡的隧道”；在

① “The Amis Experience”（http://www.bbc.co.uk/worldservice/arts/highlights/000804_amis.shtml）.

"全景"X光机里短暂体会表妹被禁闭的时刻……对这些"经历"的回忆、选择、书写，好比是把过去拆开了重新组装，重要的部件便是"主要事件"。过去造就了现在，通过现在对过去的回望，而重新阐释接纳现在，继续未来。

艾米斯后现代挑战性的另一点是：谁是作者预设的读者？似乎并不是陌生的你我。一方面这是艾米斯对英国媒体特别是小报喜欢拿他说事的回应，另一面像是写给周边亲友的公开信，书中的"你"有时特有所指。事实上，书中也包括了很多信的原件：自己写给父亲和简的，写给姨妈的，写给巴恩斯的……让不是圈内的读者觉得像是走进了别人家的宴席，眼花缭乱，窥探到了精彩，又不全然是其中的一部分。艾米斯想表现被侵犯的私密：自我被消融、肢解、阐释、组装。不断增补的脚注，更为过去的经历添加新的层面，像是洋葱，层层叠叠地往外延展。

父亲反现代，而儿子越到了后现代。马丁·艾米斯秉承的是贝娄、纳博科夫、乔伊斯的传统。《经历》为艾米斯的真实之"构"，而有些"真实"留在了虚构之"构"中。如果你想了解更多，或者想知道十年后的艾米斯，请看《怀孕的寡妇》，马丁、罗伯、萨丽在那儿都能找到真实的影子。

译者余话

"Experience"在中文中，作为动词一般是译作"经历"，而指实践中得到的知识、技能时，译作"经验"。为了体现书名，都一致译作"经历"。通读下来，并无膈应。

在原文中，艾米斯在对话的开头用了很多的破折号，表现两个人之间的对话；而引号是引用某个人的话。除了版面上的简洁，这无疑也是向乔伊斯致敬——在《尤利西斯》中见得到很多这类破折号的用法，是艾米斯作为后现代作家的特征之一。遗憾的是，在穿上中文的靴子的时候，这一点也不得不处理掉了。

这是一部中年的书，老的走了，新的来了，人生一程一程地往前赶。中年之前是“尚未觉醒的”，中年之后的“觉醒”无疑就是中文中的“不惑”、“知天命”。在手持电子设备上“速读”的年代，这本书不符合大多人的阅读兴趣，但你若同我一样，在中年的点上跟着艾米斯往回看，再往前看，必有许多感同身受、惺惺相惜的一刻，知道“想说却还没说的，还很多”。

艾黎

2018 年初于英国莱斯特

图书在版编目(CIP)数据

经历/(英)马丁·艾米斯(Martin Amis)著;艾黎译.—上海:上海译文出版社,2018.8
(马丁·艾米斯作品)
书名原文:Experience
ISBN 978-7-5327-7795-2

Ⅰ.①经… Ⅱ.①马…②艾… Ⅲ.①回忆录—英国—现代 Ⅳ.①I561.55

中国版本图书馆CIP数据核字(2018)第072721号

图字:09-2013-385号

经历
〔英〕马丁·艾米斯 著 艾黎 译
责任编辑/徐 珏 装帧设计/张志全工作室

上海译文出版社有限公司出版、发行
网址:www.yiwen.com.cn
200001 上海福建中路193号 www.ewen.co
杭州恒力通印务有限公司印刷

开本 890×1240 1/32 印张 13.25 插页 12 字数 284,000
2018年8月第1版 2018年8月第1次印刷
印数:0,001—4,000册

ISBN 978-7-5327-7795-2/I·4779
定价:79.00元